古典文學經典名著

西遊記

中冊（全三冊）

吳承恩（著）
黎庶（注釋）

第三十三回

外道迷真性　元神助本心

卻說那怪將八戒拿進洞去，道：「哥哥啊，拿將一個來了。」老魔喜道：「拿來我看。」二魔道：「這不是？」老魔道：「兄弟，錯拿了，這個和尚沒用。」八戒就綽經說道：「大王，沒用的和尚，放他出去罷。不當人子！」二魔道：「哥哥，不要放他；雖然沒用，也是唐僧一起的，叫做豬八戒。把他且浸在後邊淨水池中，浸退了毛衣，使鹽醃著，曬乾了，等天陰下酒。」八戒聽言道：「蹭蹬啊！撞著個販醃臘的妖怪了！」那小妖把八戒抬進去，拋在水裡不題。

卻說三藏坐在坡前，耳熱眼跳，身體不安，叫聲「悟空！怎麼悟能這番巡山，去之久而不來？」行者道：「師父還不曉得他的心哩。」三藏道：「他有甚心？」行者道：「師父啊，此山若是有怪，他半步難行，一定虛張聲勢，跑將回來報我；想是無怪，路途平靜，他一直去了。」三藏道：「假若真個去了，卻在那裡相會？此間乃是山野空闊之處，比不得那店市城井之間。」行者道：「師父莫慮，且請上馬。那呆子有些懶惰，斷然走的遲慢。你把馬打動些兒，我們定趕上他。一同去罷。」真個唐僧上馬，沙僧挑擔，行者前面引路上山。

卻說那老怪又喚二魔道：「兄弟，你既拿了八戒，斷乎就有唐僧。再去巡巡山來，切莫放過他去。」二魔道：「就行，就行。」你看他急點起五十名小妖，上山巡邏。

正走處，只見祥雲縹緲，瑞氣盤旋。二魔道：「唐僧來了。」眾妖道：「唐僧在那裡？」二魔道：「好人頭上祥雲照頂，惡人頭上黑氣沖天。那唐僧原是金蟬長老臨凡，十世修行的好人，所以有這祥雲縹緲。」眾怪都不看見，二魔用手指道：「那不是？」那三藏就在馬上打了一個寒噤；又一指，又打個寒噤。一連指了三指，他就一連打了三個寒噤。心神不寧道：「徒弟啊，我怎麼打寒噤麼？」沙僧道：「打寒噤想是傷食病發了。」行者道：「胡說，師父是走著這深山峻嶺，必然小心虛驚。莫怕！莫怕！等老孫把棒打一路與你壓壓驚。」

好行者，理開棒，在馬前丟幾個解數，上三下四，左五右六，盡按那六韜三略，使起神通。那長老在馬上觀之，真個是寰中少有，世上全無。剖開路一直前行，險些兒不唬倒那怪物。他在山頂上看見，魂飛魄喪。忽失聲道：「幾年間聞說孫行者，今日才知話不虛傳果是真。」眾怪上前道：「大王，怎麼長他人之志氣，滅自己之威風？你誇誰哩？」二魔道：「孫行者神通廣大，那唐僧吃他不成。」眾怪道：「大王，你沒手段，等我們著幾個去報大大王，教他點起本洞大小兵來，擺開陣勢，合力齊心，怕他走了那裡去！」二魔道：「你們不曾見他那條鐵棒，有萬夫不當之勇。我洞中不過有四五百兵，怎禁得他那一棒？」眾妖道：「這等說，唐僧吃不成，卻不把豬八戒錯拿了？如今送還他罷。」二魔道：「拿便也不曾錯拿，送便也不好輕送。唐僧終是要吃，只是眼下還尚不能。」眾妖道：「這般說，還過幾年麼？」二魔道：「也不消幾年。我看見那唐僧，只可善圖，不可惡取。若要倚勢拿他，聞也不得一聞。只可以善去感他，賺得他心與我心相合，卻就善中取計，可以圖之。」眾妖道：「大王如定計拿他，可用我等。」二魔道：「你們都各回本寨，但不許報與大王知道，若是驚動了他，必然走了風訊，敗了我計策。我自有個神通變化，可以拿他。」

眾妖散去，他獨跳下山來，在那道路之旁，搖身一變，變做個年老的道者。真個是怎生打扮？但見他：

星冠晃亮，鶴髮蓬鬆。羽衣圍繡帶，雲履綴黃棕。神清目朗如仙客，體健身輕似壽翁。
說甚麼清牛道士，也強如素券（指和尚）先生。粧成假像如真像，捏作虛情似實情。

他在那大路旁裝做個跌折腿的道士，腳上血淋津，口裡哼哼的，只叫：「救人！救人！」

卻說這三藏仗著孫大聖與沙僧，歡喜前來。正行處，只聽得叫：「師父救人！」三藏聞得，道：「善哉！善哉！這曠野山中，四下裡更無村舍，是甚麼人叫？想必是虎豹狼蟲唬倒的。」這長老兜回駿馬，叫道：「那有難者是甚人？可出來。」這怪從草科裡爬出，對長老馬前，乒乓的只情磕頭。三藏在馬上見他是個道者，卻又年紀高大，甚不過意。連忙下馬攙道：「請起，請起。」那怪道：「疼！疼！疼！」丟了手看處，只見他腳上流血。三藏驚問道：「先生啊，你從那裡來？因甚傷了尊足？」那怪巧語花言，虛情假意道：「師父啊，此山西去，有一座清幽觀宇。我是那觀裡的道士。」三藏道：「你不在本觀中侍奉香火，演習經法，為何在此閒行？」那魔道：「因前日山南裡施主家，邀道眾禳星（道家驅除邪惡的一種法事），散福（祭祀後把供品散發眾人）來晚，我師徒二人，一路而行。行至深衢，忽遇著一隻斑斕猛虎，將我徒弟銜去。貧道戰兢兢亡命走，一跤跌在亂石坡上，傷了腿足，不知回路。今日大有天緣，得遇師父，萬望師父大發慈悲，救我一命。若得到觀中，就是典身賣命，一定重謝深恩。」三藏聞言，認為真實，道：「先生啊，你我都是一命之人，我是僧，你是道。衣冠雖別，修行之理則同。我不救你啊，就不是出家之輩。救便救你，你卻走不得路哩。」那怪道：「立也立不起來，怎生走路？」三藏道：「也罷，也罷。我還走得路，將馬讓與你騎一程，到你上宮，還我馬去罷。」那怪道：「師父，感蒙厚情，只是腿胯跌傷，不能騎馬。」三藏道：「正是。」叫沙和尚：「你把行李捎在我馬上，你馱他一程罷。」沙僧道：「我馱他。」

那怪急回頭，抹了他一眼，道：「師父啊，我被那猛虎唬怕了，見這晦氣色臉的師父，愈加驚怕，不敢要他馱。」三藏叫道：「悟空，你馱罷。」行者連聲答應道：「我馱！我馱！」那妖就認定了行者，順順的要他馱，再不言語。沙僧笑道：「這個沒眼色的老道！我馱著不好，顛倒要他馱。他若看不見師父時，三尖石上，把筋都摜斷了你的哩！」行者馱了，口中笑道：「你這個潑魔，怎麼敢來惹我！你也問問老孫是幾年的人兒！你這般鬼話兒，只好瞞唐僧，又好來瞞我？我認得你是這山中的怪物！想是要吃我師父哩。我師父又非是等閒之輩，是你吃的！你要吃他，也須是分多一半與老孫是。」那魔聞得行者口中念誦，道：「師父，我是好人家兒孫，做了道士。今日不幸，遇著虎狼之厄，我不是妖怪。」行者道：「你既怕虎狼，怎麼不念《北斗經》？」

三藏正然上馬，聞得此言，罵道：「這個潑猴！『救人一命，勝造七級浮屠。』你馱他馱兒便罷了，且講甚麼『北斗經』、『南斗經』！」行者聞言道：「這廝造化哩！我那師父是個慈悲好善之人，又有些外好裡椏槎（指對外人好，對自己人苛刻。）我待不馱你，他就怪我。馱便馱，須要與你講開：若是大小便，先和我說，若在脊梁上淋下來，臊氣不堪，且污了我的衣服，沒人漿洗。」那怪道：「我這般一把子年紀，豈不知你的話說？」行者才拉將起來，背在身上。同長老、沙僧，奔大路西行。那山上高低不平之處，行者留心慢走，讓唐僧前去。行不上三五里路，師父與沙僧下了山凹之中，行者卻望不見，心中埋怨道：「師父偌大年紀，再不曉得事體。這等遠路，就是空身子也還嫌手重，恨不得捽了，卻又教我馱著這個妖怪！莫說他是妖怪，就是好人，這把年紀，也死得著了，摜殺他罷，馱他怎的？」這大聖正算計要摜，原來那怪就知道了。且會遣山，就使一個「移山倒海」的法術，就在行者背上捻訣，念動真言，把一座須彌山遣在空中，劈頭來壓行者。這大聖慌的把頭偏一偏，壓在左肩背上。笑道：「我的兒，你使甚麼重身法來壓老孫哩？這個倒也不怕，只是『正擔好挑，偏擔兒難挨。』」那魔道：「一座山壓他不住！」卻又念咒語，把一座峨眉山遣在空中來壓。行者又把頭偏一偏，壓在右肩背上。看他挑著兩座大山，飛星來趕師父！那魔頭看見，就嚇得渾身是汗，遍體生津（汗）道：「他卻會擔山！」又整性情，把真言念動，將一座泰山遣在空中，劈頭壓住行者。那大聖力軟筋麻，遭逢他這泰山下頂之法，只壓得三屍神咋，七竅噴紅。

好妖魔，使神通壓倒行者，卻疾駕長風，去趕唐三藏。就於雲端裡伸下手來，馬上撾人。慌得個沙僧丟了行李，掣出降妖棒，當頭擋住。那妖魔舉一口七星劍，對面來迎。這一場好殺：

> 七星劍，降妖杖，萬映金光如閃亮。這個圜眼凶如黑煞神，那個鐵臉真是捲簾將。那怪山前大顯能，一心要捉唐三藏。這個努力保真僧，一心寧死不肯放。他兩個噴雲噯霧照天宮，播土揚塵遮鬥象。殺得那一輪紅日淡無光，大地乾坤昏蕩蕩。來往相持八九回，不期戰敗沙和尚。

那魔十分凶猛，使口寶劍，流星的解數滾來，把個沙僧戰得軟弱難搪，回頭要走；早被他逼住寶杖，掄開大手，撾住沙僧，挾在左脅下，將右手去馬上拿了三藏，腳尖兒鉤著行李，張開口，咬著馬鬃，使起攝法，把他們一陣風，都拿到蓮花洞裡。厲聲高叫道：「哥哥！這和尚都拿來了！」

老魔聞言，大喜道：「拿來我看。」二魔道：「這不是？」老魔道：「賢弟呀，又錯拿來了也。」二魔道：「你說拿唐僧的。」老魔道：「是便就是唐僧，只是還不曾拿住那有手段的孫行者。須是拿住他，才好吃唐僧哩。若不曾拿得他，切莫動他的人。那猴王神通廣大，變化多般。我們若吃了他師父，他肯甘心？來那門前吵鬧，莫想能得安生。」二魔笑道：「哥啊，你也忒會抬舉人。若依你誇獎他，天上少有，地上全無；自我觀之，也只如此，沒甚手段。」老魔道：「你拿住了？」二魔道：「他已被我遣三座大山壓在山下，寸步不能舉移。所以才把唐僧、沙和尚連馬、行李，都攝將來也。」

那老魔聞言，滿心歡喜道：「造化！造化！拿住這廝，唐僧才是我們口裡的食哩。」叫小妖：「快安排酒來，且與你二大王奉個得功的杯兒。」二魔道：「哥哥，且不要吃酒，叫小的們把豬八戒撈上水來吊起。」遂把八戒吊在東廊，沙僧吊在西邊，唐僧吊在中間，白馬送在槽上，行李收將進去。

老魔笑道：「賢弟好手段！兩次捉了三個和尚。但孫行者雖是有山壓住，也須要作個法，怎麼拿他來湊蒸，才好哩。」二魔道：「兄長請坐。若要拿孫行者，不消我們動身，只教兩個小妖，拿兩件寶貝，把他裝將來罷。」老魔道：「拿甚麼寶貝去？」二魔道：「拿我的『紫金紅葫蘆』，你的『羊脂玉淨瓶』。」老魔將寶貝取出道：「差那兩個去？」二魔道：「差精細鬼、伶俐蟲二人去。」吩咐

第三十三回

外道迷真性　元神助本心

道：「你兩個拿著這寶貝，徑至高山絕頂，將底兒朝天，口兒朝地，叫一聲『孫行者！』他若應了，就已將在裡面，隨即貼上『太上老君急急如律令奉敕』的貼兒。他就一時三刻化為膿了。」二小妖叩頭，將寶貝領出去拿行者不題。

卻說那大聖被魔使法壓住在山根之下，遇苦思三藏，逢災念聖僧。厲聲叫道：「師父啊！想當時你在兩界山，揭了壓帖，老孫脫了大難，秉教沙門；感菩薩賜與法旨，我和你同住同修，同緣同相，同見同知，乍想到了此處，遭逢魔障，又被他遣山壓了，可憐！可憐！你死該當，只難為沙僧、八戒與那小龍化馬一場！這正是樹大招風風撼樹，人為名高名喪人！」嘆罷，那珠淚如雨。早驚了山神、土地與五方揭諦神眾。會金頭揭諦道：「這山是誰的？」土地道：「是我們的。」「你山下壓的是誰？」土地道：「不知是誰。」揭諦道：「你等原來不知。這壓的是五百年前大鬧天宮的齊天大聖孫悟空行者。如今皈依正果，跟唐僧做了徒弟。你怎麼把山借與妖魔壓他？你們是死了。他若有一日脫身出來，他肯饒你！就是從輕，土地也問個擺站，山神也問個充軍，我們也領個大不應是。」那山神、土地才怕道：「委實不知，不知。只聽得那魔頭念起遣山咒法，我們就把山移將來了。誰曉得是孫大聖？」揭諦道：「你且休怕，律上有云：『不知者不坐。』我與你計較，放他出來，不要教他動手打你們。」土地道：「就沒理了，既放出來又打？」揭諦道：「你不知。他有一條如意金箍棒，十分利害：打著的就死，挽著的就傷，磕一磕兒筋斷，擦一擦兒皮塌哩！」

那土地、山神、心中恐懼，與五方揭諦商議了，卻來到三山門外叫道：「大聖！山神、土地、五方揭諦來見。」好行者，他虎瘦雄心還在，自然的氣象昂昂，聲音朗朗道：「見我怎的？」土地道：「告大聖得知。遣開山，請大聖出來，赦小神不恭之罪。」行者道：「遣開山，不打你。」喝聲「起去！」就如官府發放一般。那眾神念動真言咒語，把山仍遣歸本位，放起行者。行者跳將起來，抖抖土，束束裙，耳後掣出棒來，叫山神、土地：「都伸過孤拐來，每個先打兩下，與老孫散散悶！」眾神大驚道：「剛才大聖已吩咐，恕我等之罪；怎麼出來就變了言語要打？」行者道：「好土地！好山神，你倒不怕老孫，卻怕妖怪！」土地道：「那魔神通廣大，法術高強，念動真言咒語，拘喚我等在他洞裡，一日一個輪流當值哩！」

行者聽見「當值」二字，卻也心驚。仰面朝天，高聲大叫道：「蒼天！蒼天！自那混沌初分，天開地辟，花果山生了我，我也曾遍訪明師，傳授長生秘訣。想我那隨風變化，伏虎降龍，大鬧天宮，名稱大聖。更不曾把山神、土地欺心使喚。今日這個妖魔無狀，怎敢把山神、土地喚為奴僕，替他輪流當值？天啊！既生老孫，怎麼又生此輩？」那大聖正感嘆間，又見山凹裡霞光焰焰而來，行者道：「山神、土地，你既在這洞中當值，那放光的是甚物件？」土地道：「那是妖魔的寶貝放光，想是有妖精拿寶貝來降你。」行者道：「這個好耍子兒啊！我且問你，他這洞中有甚人與他相往？」土地道：「他愛的是燒丹煉藥，喜的是全真道人。」行者道：「怪道他變個老道士，把我師父騙去了。既這等，你都且記打。回去罷。等老孫自家拿他。」那眾神俱騰空而散。

這大聖搖身一變，變做個老真人，你道他怎生打扮：

頭挽雙髽髻，身穿百衲衣。手敲漁鼓簡，腰繫呂公絛。
斜倚大路下，專候小魔妖。頃刻妖來到，猴王暗放刁。

第三十三回

外道迷真性　元神助本心

不多時，那兩個小妖到了。行者將金箍棒伸開，那妖不曾防備，絆著腳，撲的一跌。爬起來，才看見行者，口裡嚷道：「憊懶！憊懶！若不是我大王敬重你這行人，就和比較起來。」行者陪笑道：「比較甚麼？道人見道人，都是一家人。」那怪道：「你怎麼睡在這裡，絆我一跌？」行者道：「小道童見我這老道人，要跌一跌兒做見面錢。」那妖道：「我大王見面錢只要幾兩銀子，你怎麼跌一跌兒做見面錢？你別是一鄉風，決不是我這裡道士。」行者道：「我當真不是。我是蓬萊山來的。」那妖道：「蓬萊山是海島神仙境界。」行者道：「我不是神仙，誰是神仙？」那妖卻回嗔作喜，上前道：「老神仙，老神仙！我等肉眼凡胎，不能識認，言語衝撞，莫怪，莫怪。」行者道：「我不怪你。常言道：『仙體不踏凡地』，你怎知之？我今日到你山上，要度一個成仙了道的好人。那個肯跟我去？」精細鬼道：「師父，我跟你去。」伶俐蟲道：「師父，我跟你去。」

行者明知故問道：「你二位從那裡來的？」那怪道：「自蓮花洞來的。」「要往那裡去？」那怪道：「奉我大王教命，拿孫行者去的。」行者道：「拿那個？」那怪又道：「拿孫行者。」孫行者道：「可是跟唐僧取經的那個孫行者麼？」那妖道：「正是，正是。你也認得他？」行者道：「那猴子有些無禮。我認得他。我也有些惱他。我與你同拿他去，就當與你助功。」那怪道：「師父，不須你助功。我二大王有些法術，遣了三座大山把他壓在山下，寸步難移，教我兩個拿寶貝來裝他的。」行者道：「是甚寶貝？」精細鬼道：「我的是『紅葫蘆』，他的是『玉淨瓶』。」行者道：「怎麼樣裝他？」小妖道：「把這寶貝的底兒朝天，口兒朝地，叫他一聲，他若應了，就裝在裡面；貼上一張『太上老君急急如律令奉敕』的帖子，他就一時三刻化為膿了。」

行者見說，心中暗驚道：「利害！利害！當時日值功曹報信，說有五件寶貝，這是兩件了；不知那三件又是甚麼東西？」行者笑道：「二位，你把寶貝借我看看。」那小妖那知甚麼訣竅，就於袖中取出兩件寶貝，雙手遞與行者。行者見了，心中暗喜道：「好東西！好東西！我若把尾子一抉，颼的跳起來走了，只當是送老孫。」忽又思道：「不好！不好！搶便搶去，只是壞了老孫的名頭。這叫做白日搶奪了。」復遞與他去，道：「你還不曾見我的寶貝哩。」那怪道：「師父有甚寶貝？也借與我凡人看看壓災。」

好行者，伸下手把尾上毫毛拔了一根，捻一捻，叫「變！」即變做一個一尺七寸長的大紫金紅葫蘆，自腰裡拿將出來道：「你看我的葫蘆麼？」那伶俐蟲接在手，看了道：「師父，你這葫蘆長大，有樣範，好看，卻只是不中用。」行者道：「怎的不中用？」那怪道：「我這兩件寶貝，每一個可裝千人哩。」行者道：「你這裝人的，何足稀罕？我這葫蘆，連天都裝在裡面哩！」那怪道：「就可以裝天？」行者道：「當真的裝天。」那怪道：「只怕是謊。就裝與我們看看才信；不然，決不信你。」行者道：「天若惱著我，一月之間，常裝他七八遭。不惱著我，就半年也不裝他一次。」伶俐蟲道：「哥啊，裝天的寶貝，與他換了罷。」精細鬼道：「他裝天的，怎肯與我裝人的相換？」伶俐蟲道：「若不肯啊，貼他這個淨瓶也罷。」行者心中暗喜道：「葫蘆換葫蘆，餘外貼淨瓶：一件換兩件，其實甚相應！」即上前扯住那伶俐蟲道：「裝天可換麼？」那怪道：「但裝天就換；不換，我是你的兒子！」行者道：「也罷，也罷，我裝與你們看看。」

好大聖，低頭捻訣，念個咒語，叫那日游神、夜游神、五方揭諦神：「即去與我奏上玉帝，說老孫皈依正果，保唐僧去西天取經，路阻高山，師逢苦厄。妖魔那寶，吾欲誘他換之，萬千拜上，將天借與老孫裝閉半個時辰，以助成功。或道半聲不肯，即上靈霄殿，動起刀兵！」

第三十三回

外道迷真性　元神助本心

那日游神徑至南天門裡，靈霄殿下，啟奏玉帝，備言前事。玉帝道：「這潑猴頭，出言無狀。前者觀音來說，放了他保護唐僧，朕這裡又差五方揭諦、四值功曹，輪流護持，如今又借天裝，天可裝乎？」才說裝不得，那班中閃出哪吒三太子，奏道：「萬歲，天也裝得。」玉帝道：「天怎樣裝？」哪吒道：「自混沌初分，以輕清為天，重濁為地。天是一團清氣而扶托瑤天宮闕，以理論之，其實難裝；但只孫行者保唐僧西去取經，誠所謂泰山之福緣，海深之善慶，今日當助他成功。」玉帝道：「卿有何助？」哪吒道：「請降旨意，往北天門問真武借皂雕旗在南天門上一展，把那日月星辰閉了。對面不見人，捉白不見黑，哄那怪道，只說裝了天，以助行者成功。」玉帝聞言：「依卿所奏。」那太子奉旨，前來北天門，見真武，備言前事。那祖師隨將旗付太子。

早有游神急降大聖耳邊道：「哪吒太子來助功了。」行者仰面觀之，只見祥雲繚繞，果是有神。卻回頭對小妖道：「裝天罷。」小妖道：「要裝就裝，只管『阿綿花屎』（比喻拖延時間）怎的？」行者道：「我方才運神念咒來。」那小妖都睜著眼，看他怎麼樣裝天。這行者將一個假葫蘆兒拋將上去。你想，這是一根毫毛變的，能有多重？被那山頂上風吹去，飄飄蕩湯，足有半個時辰，方才落下。

只見那南天門上，哪吒太子把皂旗撥喇喇展開，把日月星辰俱遮閉了。真是乾坤墨染就，宇宙靛裝成。二小妖大驚道：「才說話時，只好晌午，卻怎麼就黃昏了？」行者道：「天既裝了，不辨時候，怎不黃昏！」「如何又這等樣黑？」行者道：「日月星辰都裝在裡面，外卻無光，怎麼不黑！」小妖道：「師父，你在那廂說話哩？」行者道：「我在你面前不是？」小妖伸手摸著道：「只見說話，更不見面目。師父，此間是甚麼去處？」行者又哄他道：「不要動腳，此間乃是渤海岸上。若塌了腳，落下去啊，七八日還不得到底哩！」小妖大驚道：「罷！罷！罷！放了天罷。我們曉得是這樣裝了。若弄一會子，落下海去，不得歸家！」

好行者，見他認了真實，又念咒語，驚動太子，把旗捲起，卻早見日光正午。小妖笑道：「妙啊！妙啊！這樣好寶貝，若不換啊，誠為不是養家的兒子！」那精細鬼交了葫蘆，伶俐蟲拿出淨瓶，一齊兒遞與行者。行者卻將假葫蘆兒遞與那怪。行者既換了寶貝，卻又幹事找絕：臍下拔一根毫毛，吹口仙氣，變作一個銅錢，叫道：「小童，你拿這個錢去買張紙來。」小妖道：「何用？」行者道：「我與你寫個合同文書。你將這兩件裝人的寶貝換了我一件裝天的寶貝，恐人心不平，向後去日久年深，有甚反悔不便，故寫此各執為照。」小妖道：「此間又無筆墨，寫甚文書？我與你賭個咒罷。」行者道：「怎麼樣賭？」小妖道：「我兩件裝人之寶，貼換你一件裝天之寶，若有反悔，一年四季遭瘟。」行者笑道：「我是決不反悔；如有反悔，也照你四季遭瘟。」說了誓，將身一縱，把尾子翹了一翹，跳在南天門前，謝了哪吒太子麾旗相助之功。太子回宮繳旨，將旗送還真武不題。

這行者佇立霄漢之間，觀看那個小妖。畢竟不知怎生區處，且聽下回分解。

第三十四回

魔王巧算困心猿　大聖騰那騙寶貝

卻說那兩個小妖，將假葫蘆拿在手中，爭看一會，忽抬頭不見了行者。伶俐蟲道：「哥啊，神仙也會打誑語。他說換了寶貝，度我等成仙，怎麼不辭就去了？」精細鬼道：「我們相應便宜的多哩，他敢去得成？拿過葫蘆來，等我裝裝天，也試演試演看。」真個把葫蘆往上一拋，撲的就落將下來。慌得個伶俐蟲道：「怎麼不裝！不裝！莫是孫行者假變神仙，將假葫蘆換了我們的真的去耶？」精細鬼道：「不要胡說！孫行者是那三座山壓住了，怎生得出？拿過來，等我念他那幾句咒兒裝了看。」這怪也把葫蘆兒望空丟起，口中念道：「若有半聲不肯，就上靈霄殿上，動起刀兵！」念不了，撲的又落將下來。兩妖道：「不裝！不裝！一定是個假的！」

正嚷處，孫大聖在半空裡聽得明白，看得真實，恐怕他弄得時辰多了，緊要處走了風訊，將身一抖，把那變葫蘆的毫毛，收上身來，弄得那兩妖四手皆空。精細鬼道：「兄弟，拿葫蘆來。」伶俐蟲道：「你拿著的。天呀！怎麼不見了？」都去地下亂摸，草裡胡尋，吞袖子，揣腰間，那裡得有？二妖嚇得呆呆掙掙道：「怎的好！怎的好！當時大王將寶貝付與我們，教拿孫行者；今行者既不曾拿得，連寶貝都不見了。我們怎敢去回話？這一頓直直的打死了也！怎的好！怎的好！」伶俐蟲道：「我們走了罷。」精細鬼道：「往那裡走麼？」伶俐蟲道：「不管那裡走罷。若回去說沒寶貝，斷然是送命了。」精細鬼道：「不要走，還回去。二大王平日看你甚好，我推一句兒在你身上。他若肯將就，留得性命；說不過，就打死，還在此間。莫弄得兩頭不著。去來！去來！」那怪商議了，轉步回山。

行者在半空中見他回去，又搖身一變，變作蒼蠅兒。飛下去，跟著小妖。你道他既變了蒼蠅，那寶貝卻放在何處？如丟在路上，藏在草裡，被人看見拿去，卻不是勞而無功？他還帶在身上。帶在身上啊，蒼蠅不過豆粒大小，如何容得？原來他那寶貝，與他金箍棒相同；叫做如意佛寶，隨身變化，可以大，可以小，故身上亦可容得。他嚶的一聲飛下去，跟定那怪。不一時，到了洞裡。只見那兩個魔頭，坐在那裡飲酒。小妖朝上跪下。行者就釘在那門櫺上，側耳聽著。小妖道：「大王。」二老魔即停杯道：「你們來了？」小妖道：「來了。」又問：「拿著孫行者否？」小妖叩頭，不敢聲言，老魔又問，又不敢應，只是叩頭。問之再三，小妖俯伏在地：「赦小的萬千死罪！赦小的萬千死罪！我等執著寶貝，走到半山之中，忽遇著蓬萊山一個神仙。他問我們那裡去，我們答道，拿孫行者去。那神仙聽見說孫行者，他也惱他，要與我們幫功。是我們不曾叫他幫功，卻將拿寶貝裝人的情由，與他說了。那神仙也有個葫蘆，善能裝天。我們也是妄想之心，養家之意：他的裝天，我的裝人，與他換了罷。原說葫蘆換葫蘆，伶俐蟲又貼他個淨瓶。誰想他仙家之物，近不得凡人之手。正試演處，就連人都不見了。萬望饒小的們死罪！」老魔聽說，暴躁如雷道：「罷了！罷了！這就是孫行者假裝神仙騙哄去了！那猴頭神通廣大，處處人熟，不知那個毛神，放他出來，騙去寶貝！」

第三十四回

魔王巧算困心猿　大聖騰那騙寶貝

二魔道：「兄長息怒。叵耐那猴頭著然無禮。既有手段，便走了也罷，怎麼又騙寶貝？我若沒本事拿他，永不在西方路上為怪！」老魔道：「怎生拿他？」二魔道：「我們有五件寶貝，去了兩件，還有三件，務要拿住他。」老魔道：「還有那三件？」二魔道：「還有『七星劍』與『芭蕉扇』在我身邊；那一條『幌金繩』，在壓龍山壓龍洞老母親那裡收著哩。如今差兩個小妖去請母親來吃唐僧肉，就教他帶幌金繩來拿孫行者。」老魔道：「差那個去？」二魔道：「不差這樣廢物去！」將精細鬼、伶俐蟲一聲喝起。二人道：「造化！造化！打也不曾打，罵也不曾罵，卻就饒了。」二魔道：「叫那常隨的伴當巴山虎、倚海龍來。」二人跪下。二魔吩咐道：「你卻要小心。」俱應道：「小心。」「卻要仔細。」俱應道：「仔細。」又問道：「你認得老奶奶家麼？」又俱應道：「認得。」「你既認得，你快早走動，到老奶奶處，多多拜上，說請吃唐僧肉哩；就著帶幌金繩來，要拿孫行者。」

二怪領命疾走，怎知那行者在旁，一一聽得明白。他展開翅，飛將去，趕上巴山虎，釘在他身上。行經二三里，就要打殺他兩個。又思道：「打死他，有何難事？但他奶奶身邊有那幌金繩，又不知住在何處。等我且問他一問再打。」

好行者，嚶的一聲，躲離小妖，讓他先行有百十步，卻又搖身一變，也變做個小妖兒，戴一頂狐皮帽子，將虎皮裙子倒插上來勒住，趕上道：「走路的，等我一等。」那倚海龍回頭問道：「是那裡來的？」行者道：「好哥啊，連自家人也認不得？」小妖道：「我家沒有你。」行者道：「怎麼沒我？你再認認看。」小妖道：「面生，面生，不曾相會。」行者道：「正是。你們不曾會著我，我是外班的。」小妖道：「外班長官，是不曾會。你往那裡去？」行者道：「大王說差你二位請老奶奶來吃唐僧肉，教他就帶幌金繩來，拿孫行者。恐你二位走得緩，有些貪頑，誤了正事，又差我來催你們快去。」小妖見說著海底眼（底細，隱秘），更不疑惑，把行者果認做一家人。急急忙忙，往前飛跑。一氣又跑有八九里。行者道：「忒走快了些。我們離家有多少路了？」小怪道：「有十五六里了。」行者道：「還有多遠？」倚海龍用手一指道：「烏林子裡就是。」行者抬頭見一帶黑林不遠，料得那老怪只在林子裡外。卻立定步，讓那小怪前走。即取出鐵棒，走上前，著腳後一刮；可憐忒不禁打，就把兩個小妖刮做一團肉餅。卻拖著腳，藏在路旁深草科裡。即便拔下一根毫毛，吹口仙氣，叫「變！」變做個巴山虎，自身卻變做個倚海龍。假裝做兩個小妖，徑往那壓龍洞請老奶奶。這叫做七十二變神通大，指物騰那手段高。

三五步，跳到林子裡，正找尋處，只見有兩扇石門，半開半掩，不敢擅入。只得佯叫一聲：「開門！開門！」早驚動那把門的一個女怪，將那半扇兒開了，道：「你是那裡來的？」行者道：「我是平頂山蓮花洞裡差來請老奶奶的。」那女怪道：「進去。」到了二層門下，閃著頭，往裡觀看，又見那正當中高坐著一個老媽媽兒。你道他怎生模樣？但見：

雪鬢蓬鬆，星光晃亮，臉皮紅潤皺紋多，牙齒稀疏神氣壯。貌似菊殘霜裡色，形如松老雨餘顏。頭纏白練攢絲帕，耳墜黃金嵌寶環。

孫大聖見了，不敢進去，只在二門外仵著臉，脫脫的哭起來，你道他哭怎的，莫成是怕他？就怕也便不哭。況先哄了他的寶貝，又打殺他的小妖，卻為何而哭？他當時曾下九鼎油鍋，就煠了七八日也不曾有一點淚兒。只為想起唐僧取經的苦惱，他就淚出痛腸，放眼便哭。

心卻想道：「老孫既顯手段，變做小妖，來請這老怪，沒有個直直的站了說話之理，一定見他磕頭才是。我為人做了一場好漢，止拜了三個人：西天拜佛祖；南海拜觀音；兩界山師父救了我，我拜了他四拜。為他使碎六葉連肝肺，用盡三毛七孔心。一卷經能值幾何？今日卻教我去拜此怪。若不跪拜，必定走了風訊。苦啊！算來只為師父受困，故使我受辱於人！」到此際也沒及奈何，撞將進去，朝上跪下道：「奶奶磕頭。」

那怪道：「我兒，起來。」行者暗道：「好！好！好！叫得結實！」老怪問道：「你是那裡來的？」行者道：「平頂山蓮花洞，蒙二位大王有令，差來請奶奶去吃唐僧肉；教帶幌金繩，要拿孫行者哩。」老怪大喜道：「好孝順的兒子！」就去叫抬出轎來。行者道：「我的兒啊！妖精也抬轎！」後壁廂即有兩個女怪，抬出一頂香藤轎，放在門外，掛上青絹緯幔。老怪起身出洞，坐在轎裡。後有幾個小女怪，捧著減妝，端著鏡架，提著手巾，托著香盒，跟隨左右。那老怪道：「你們來怎的？我往自家兒子去處，愁那裡沒人伏侍，要你們去獻勤塌嘴？都回去！關了門看家！」那幾個小妖果俱回去，止有兩個抬轎的。老怪問道：「那差來的叫做甚麼名字？」行者連忙答應道：「他叫做巴山虎，我叫做倚海龍。」老怪道：「你兩個前走，與我開路。」行者暗想道：「可是晦氣！經倒不曾取得，且來替他做皂隸（差役）！」卻又不敢抵強，只得向前引路，大四聲喝起。

行了五六里遠近，他就坐在石崖上。等候那抬轎的到了，行者道：「略歇歇如何？壓得肩頭疼啊。」小怪那知甚麼訣竅，就把轎子歇下。行者在轎後，胸脯上拔下一根毫毛，變做一個大燒餅，抱著啃。轎夫道：「長官，你吃的是甚麼？」行者道：「不好說。這遠的路，來請奶奶，沒些兒賞賜，肚裡飢了，原帶來的乾糧，等我吃些兒再走。」轎夫道：「把些兒我們吃吃。」行者笑道：「來麼，都是一家人，怎麼計較？」那小妖不知好歹，圍著行者，分其乾糧，被行者掣出棒，著頭一磨，一個趟著的，打得稀爛；一個擦著的，不死還哼。那老怪聽得人哼，轎子裡伸出頭來看時，被行者跳到轎前，劈頭一棍，打了個窟窿，腦漿迸流，鮮血直冒。拖出轎來看處，原是個九尾狐狸。行者笑道：「這孽畜！叫甚麼老奶奶！你叫老奶奶，就該稱老孫做上太祖公公是！」好猴王，把他那幌金繩搜出來，籠在袖裡，歡喜道：「那潑魔縱有手段，已此三件兒寶貝姓孫了！」卻又拔兩根毫毛變做個巴山虎、倚海龍；又拔兩根變做兩個抬轎的；他卻變做老奶奶模樣，坐在轎裡。將轎子抬起，徑回本路。

不多時，到了蓮花洞口，那毫毛變的小妖，俱在前道：「開門！開門！」內有把門的小妖，開了門道：「巴山虎、倚海龍來了？」毫毛道：「來了。」「你們請的奶奶呢？」毫毛用手指道：「那轎內的不是？」小妖道：「你且住，等我進去先報。」報道：「大王，奶奶來耶。」兩個魔頭聞說，即命排香案來接。行者聽得，暗喜道：「造化！也輪到我為人了！我先變小妖，去請老怪，磕了他一個頭；這番來，我變老怪，是他母親，定行四拜之禮。雖不怎的，好道也賺他兩個頭兒！」好大聖，下了轎子，抖抖衣服，把那四根毫毛收在身上。那把門的小妖，把空轎抬入門裡。他卻隨後徐行。那般嬌嬌啻啻，扭扭捏捏，就像那老怪的行動，徑自進去。又只見大小群妖，都來跪接。鼓樂簫韶，一派響亮；博山爐裡，靄靄香煙。他到正廳中，南面坐下。兩個魔頭，雙膝跪倒，朝上叩頭，叫道：「母親，孩兒拜揖。」行者道：「我兒起來。」

卻說豬八戒吊在梁上，哈哈的笑了一聲。沙僧道：「二哥，好啊！吊出笑來也！」八戒道：「兄弟，我笑中有故。」沙僧道：「甚故？」八戒道：「我們只怕是奶奶來了，就要蒸吃；原來不是奶

第三十四回

魔王巧算困心猿　大聖騰那騙寶貝

奶，是舊話來了。」沙僧道：「甚麼舊話？」八戒笑道：「弼馬溫來了。」沙僧道：「你怎麼認得是他？」八戒道：「彎倒腰，叫『我兒起來』，那後面就掬起猴尾巴子。我比你吊得高，所以看得明也。」沙僧道：「且不要言語，聽他說甚麼話。」八戒道：「正是，正是。」

那孫大聖坐在中間，問道：「我兒，請我來有何事幹？」魔頭道：「母親啊，連日兒等少禮，不曾孝順得。今早愚兄弟拿得東土唐僧，不敢擅吃，請母親來獻獻生，好蒸與母親吃了延壽。」行者道：「我兒，唐僧的肉，我倒不吃；聽見有個豬八戒的耳朵甚好，可割將下來整治整治我下酒。」那八戒聽見慌了道：「遭瘟的！你來為割我耳朵的！我喊出來不好聽啊！」

噫！只為呆子一句通情話，走了猴王變化的風。那裡有幾個巡山的小怪，把門的眾妖，都撞將進來，報道：「大王，禍事了！孫行者打殺奶奶，他裝來耶！」魔頭聞此言，那容分說，掣七星寶劍，望行者劈臉砍來。好大聖，將身一幌，只見滿洞紅光，預先走了。似這般手段，著實好耍子。正是那聚則成形，散則成氣。唬得個老魔頭魂飛魄散，眾群精噬指搖頭。老魔道：「兄弟，把唐僧與沙僧、八戒、白馬、行李都送還那孫行者，閉了是非之門罷。」二魔道：「哥哥，你說那裡話？我不知費了多少辛勤，施這計策，將那和尚都攝將來；如今似你這等怕懼孫行者的詭譎，就俱送去還他，真所謂畏刀避劍之人，豈大丈夫之所為也？你且請坐忽懼。我聞你說孫行者神通廣大，我雖與他相會一場，卻不曾與他比試。取披掛來，等我尋他交戰三合。假若他三合勝我不過，唐僧還是我們之食；如三戰我不能勝他，那時再送唐僧與他未遲。」老魔道：「賢弟說得是。」教：「取披掛。」

眾妖抬出披掛，二魔結束齊整。執寶劍，出門外，叫聲「孫行者！你往那裡走了？」此時大聖已在雲端裡，聞得叫他名字，急回頭觀看，原來是那二魔。你看他怎生打扮：

頭戴鳳盔欺臘雪，身披戰甲幌鑌鐵。腰間帶是蟒龍筋，粉皮靴靿梅花折。
顏如灌口活真君，貌比巨靈無二別。七星寶劍手中擎，怒氣沖霄威烈烈。

二魔高叫道：「孫行者！快還我寶貝與我母親來，我饒你唐僧取經去！」大聖忍不住罵道：「這潑怪物，錯認了你孫外公！趕早兒送還我師父、師弟、白馬、行囊，仍打發我些盤纏，往西走路。若牙縫裡道半個『不』字，就自家搓根繩兒去罷，也免得你外公動手。」二魔聞言，急縱雲，跳在空中，掄寶劍來刺。行者掣鐵棒劈手相迎。他兩個在半空中，這場好殺：

棋逢對手，將遇良才。棋逢對手難藏興，將遇良才可用功。那兩員神將相交，好便似南山虎鬥，北海龍爭。龍爭處，鱗甲生輝；虎鬥時，爪牙亂落。爪牙亂落撒銀鉤，鱗甲生輝支鐵葉。這一個翻翻覆覆，有千般解數；那一個來來往往，無半點放閒。金箍棒，離頂門只隔三分；七星劍，向心窩惟爭一蹍。那個威風逼得斗牛寒，這個怒氣勝如雷電險。

他兩個戰了有三十回合，不分勝負。

行者暗喜道：「這潑怪倒也架得住老孫的鐵棒！我已得了他三件寶貝，卻這般苦苦的與他廝殺，可不誤了我的工夫？不若拿葫蘆或淨瓶裝他去，多少是好。」又想到：「不好！不好！常言道：『物隨主便。』倘若我叫他不答應，卻又不誤了事業？且使幌金繩扣頭罷。」好大聖，一隻手使棒，架住他的寶劍；一隻手把那繩拋起，刷喇的扣了魔頭。原來那魔頭有個《緊繩咒》，有個《鬆繩咒》。若扣住別人，就念《緊繩咒》，莫能得脫；若扣住自家人，就念《鬆繩咒》，不得傷身。他認得是自家的寶貝，即念《鬆繩咒》，把繩鬆動，便脫出來。反望行者拋將去，卻早扣住了大聖。大聖正要使「瘦身法」，想要脫身，卻被那魔念動《緊繩咒》，緊緊扣住，怎能得脫？褪至頸項之下，原是一個金圈子套住。那怪將繩一扯，扯將下來，照光頭上砍了七八寶劍，行者頭皮兒也不曾紅了一紅。那魔道：「這猴子，你這等頭硬，我不砍你；且帶你回去，再打你。將我那兩件寶貝趁早還我！」行者道：「我拿你甚麼寶貝，你問我要？」那魔頭將身上細細搜檢，卻將那葫蘆、淨瓶都搜出來；又把繩子牽著，帶至洞裡道：「兄長，拿將來了。」老魔道：「拿了誰來？」二魔道：「孫行者。你來看，你來看。」老魔一見，認得是行者，滿面歡喜道：「是他！是他！把他長長的繩兒拴在柱科上耍子！」真個把行者拴住，兩個魔頭，卻進後面堂裡飲酒。

那大聖在柱根下爬蹉，忽驚動八戒。那呆子吊在梁上，哈哈的笑道：「哥哥啊，耳朵吃不成了！」行者道：「呆子！可吊得自在麼？我如今就出去，管情救了你們。」八戒道：「不羞！不羞！本身難脫，還想救人，罷！罷！罷！師徒們都在一處死了，好到陰司裡問路！」行者道：「不要胡說！你看我出去。」八戒道：「我看你怎麼出去。」那大聖口裡與八戒說話，眼裡卻抹著那些妖怪。見他在裡邊吃酒，有幾個小妖拿盤拿盞，執壺釃酒，不住的兩頭亂跑，關防的略鬆了些兒。他見面前無人，就弄神通：順出棒來，吹口仙氣，叫「變！」即變做一個純鋼的銼兒；扳過那頸項的圈子，三五銼，銼做兩段；扳開銼口，脫將出來，拔了一根毫毛，叫變做一個假身，拴在那裡，真身卻幌一幌，變做個小妖，立在旁邊。八戒又在梁上喊道：「不好了！不好了！拴的是假貨，吊的是正身！」老魔停杯便問：「那豬八戒吆喝的是甚麼？」行者已變做小妖，上前道：「豬八戒攛道孫行者教變化走了罷，他不肯走，在那裡吆喝哩。」二魔道：「還說豬八戒老實！原來這等不老實！該打二十多嘴棍！」

這行者就去拿條棍來打。八戒道：「你打輕些兒；若重了些兒，我又喊起。我認得你！」行者道：「老孫變化，也只為你們。你怎麼倒走了風息？這一洞裡妖精，都認不得，怎的偏你認得？」八戒道：「你雖變了頭臉，還不曾變得屁股。那屁股上兩塊紅不是？我因此認得是你。」行者隨往後面，演到廚中，鍋底上摸了一把，將兩臀擦黑，行至前邊。八戒看見，又笑道：「那個猴子去那裡混了這一會，弄做個黑屁股來了。」

行者仍站在跟前，要偷他寶貝。真個甚有見識：走上廳，對那怪扯個腿子道：「大王，你看那孫行者拴在柱上，左右爬蹉，磨壞那根金繩，得一根粗壯些的繩子換將下來才好。」老魔道：「說得是。」即將腰間的獅蠻帶解下，遞與行者。行者接了帶，把假裝的行者拴住。換下那條繩子，一窩兒窩兒籠在袖內；又拔一根毫毛，吹口仙氣，變作一根假幌金繩，雙手送與那怪。那怪只因貪酒，那曾細看，就便收下。這個是大聖騰那弄本事，毫毛又換幌金繩。

得了這件寶貝，急轉身跳出門外，現了原身。高叫：「妖怪！」那把門的小妖問道：「你是甚人，在此呼喝？」行者道：「你快早進去報與你那潑魔，說者行孫來了。」那小妖如言報告。老魔大驚道：「拿住孫行者，又怎麼有個者行孫？」二魔道：「哥哥，怕他怎的？寶貝都在我手裡，等我拿那葫蘆出去，把他裝將來。」老魔道：「兄弟仔細。」二魔拿了葫蘆，走出山門，忽看見與孫行者模樣一般，只是略矮些兒。問道：「你是那裡來的？」行者道：「我是孫行者的兄弟。聞說你拿了我家兄，卻來與你尋事的。」二魔道：「是我拿了，鎖在洞中。你今既來，必要索戰；我也不與你交兵，我且叫你一聲，你敢應我麼？」行者道：「可怕你叫上千聲，我就答應你萬聲！」那魔執了寶貝，跳在空中，把底兒朝天，口兒朝地，叫聲：「者行孫。」行者卻不敢答應，心中暗想道：「若是應了，就裝進去哩。」那魔道：「你怎麼不應我？」行者道：「我有些耳閉，不曾聽見。你高叫。」那怪物又叫聲「者行孫」。行者在底下掐著指頭算了一算，道：「我真名字叫做孫行者，起的鬼名字叫做者行孫。真名字可以裝得，鬼名字好道裝不得。」卻就忍不住，應了他一聲。颼的被他吸進葫蘆去，貼上帖兒。

原來那寶貝，那管甚麼名字真假，但綽個應的氣兒，就裝了去也。

大聖到他葫蘆裡，渾然烏黑。把頭往上一頂，那裡頂得動，且是塞得甚緊，卻才心中焦躁道：「當時我在山上，遇著那兩個小妖，他曾告誦我說：不拘葫蘆、淨瓶，把人裝在裡面，只消一時三刻，就化為膿了，敢莫化了我麼？」一條心又想著道：「沒事！化不得我！老孫五百年前大鬧天宮，被太上老君放在八卦爐中煉了四十九日，煉成個金子心肝，銀子肺腑，銅頭鐵背，火眼金睛，那裡一時三刻就化得我？且跟他進去，看他怎的。」

二魔拿入裡面道：「哥哥，拿來了。」老魔道：「拿了誰？」二魔道：「者行孫，是我裝在葫蘆裡也。」老魔歡喜道：「賢弟，請坐。不要動，只等搖得響再揭帖兒。」行者聽得道：「我這般一個身子，怎麼便搖得響？只除化成稀汁，才搖得響是。等我撒泡溺罷，他若搖得響時，一定揭帖起蓋，我乘空走他娘罷！」又思道：「不好！不好！溺雖可響，只是污了這直裰。等他搖時，我但聚些唾津漱口，稀漓呼喇的，哄他揭開，老孫再走罷。」大聖作了準備，那怪貪酒不搖。大聖作個法，意思只是哄他來搖，忽然叫道：「天呀！孤拐都化了！」那魔也不搖。大聖又叫道：「娘啊！連腰截骨都化了！」老魔道：「化至腰時，都化盡矣。揭起帖兒看看。」

那大聖聞言，就拔了一根毫毛，叫「變！」變作個半截的身子，在葫蘆底上。真身卻變做個蟭蟟蟲兒，釘在那葫蘆口邊。只見那二魔揭起帖子看時，大聖早已飛出。打個滾，又變做個倚海龍。倚海龍卻是原去請老奶奶的那個小妖。他變了，站在旁邊。那老魔扳著葫蘆口。張了一張，見是個半截身子動耽，他也不認真假，慌忙叫：「兄弟，蓋上！蓋上！還不曾化得了哩！」二魔依舊貼上。大聖在旁暗笑道：「不知老孫已在此矣！」

那老魔拿了壺，滿滿的斟了一杯酒，近前雙手遞與二魔道：「賢弟，我與你遞個盅兒。」二魔道：「兄長，我們已吃了這半會酒，又遞甚盅？」老魔道：「你拿住唐僧、八戒、沙僧猶可；又索了孫行者，裝了者行孫，如此功勞，該與你多遞幾盅。」二魔見哥哥恭敬，怎敢不接，但一隻手托著葫蘆，一隻手不敢去接，卻把葫蘆遞與倚海龍，雙手去接杯，不知那倚海龍是孫行者變的。你看他端葫蘆，殷勤奉侍。二魔接酒吃了，也要回奉一杯，老魔道：「不消回酒，我這裡陪你一杯罷。」兩人只管謙遜。行者頂著葫蘆，眼不轉睛，看他兩個左右傳杯，全無計較，他就把個葫蘆揌入衣袖。拔根毫毛，變個假葫蘆，一樣無二，捧在手中。那魔遞了一會酒，也不看真假，一把接過寶貝。各上席，安然坐下，依然敘飲。孫大聖撤身走過，得了寶貝，心中暗喜道：「饒這魔頭有手段，畢竟葫蘆還姓孫！」畢竟不知向後怎樣施為，方得救師滅怪，且聽下回分解。

第三十五回

外道施威欺正性　心猿獲寶伏邪魔

本性圓明道自通，翻身跳出網羅中。修成變化非容易，煉就長生豈俗同？
清濁幾番隨運轉，闢開數劫任西東。逍遙萬億年無計，一點神光永注空。

此詩暗合孫大聖的道妙。他自得了那魔真寶，籠在袖中。喜道：「潑魔苦苦用心拿我，誠所謂水中撈月；老孫若要擒你，就好似火上弄冰。」藏著葫蘆，密密的溜出門外，現了本相，厲聲高叫道：「精怪開門！」旁有小妖道：「你又是甚人，敢來吆喝？」行者道：「快報與你那老潑魔，吾乃行者孫來也。」

那小妖急入裡報道：「大王，門外有個甚麼行者孫來了。」老魔大驚道：「賢弟，不好了！惹動他一窩風了？幌金繩現拴著孫行者，葫蘆裡現裝著者行孫，怎麼又有個甚麼行者孫？想是他幾個兄弟都來了。」二魔道：「兄長放心。我這葫蘆裝下一千人哩。我才裝了者行孫一個，又怕那甚麼行者孫！等我出去看看，一發裝來。」老魔道：「兄弟仔細。」

你看那二魔拿著個假葫蘆，還像前番，雄糾糾，氣昂昂，走出門呼道：「你是那裡人氏，敢在此間吆喝？」行者道：「你認不得我？

家居花果山，祖貫水簾洞。只為鬧天宮，多時罷爭競。
如今幸脫災，棄道從僧用。秉教上雷音，求經歸覺正。
相逢野潑魔，卻把神通弄。還我大唐僧，上西參佛聖。
兩家罷戰爭，各守平安境。休惹老孫焦，傷殘老性命！」

那魔道：「你且過來，我不與你相打，但我叫你一聲，你敢應麼？」行者笑道：「你叫我，我就應了；我若叫你，你可應麼？」那魔道：「我叫你，是我有個寶貝葫蘆，可以裝人；你叫我，卻有何物？」行者道：「我也有個葫蘆兒。」那魔道：「既有，拿出來我看。」行者就於袖中取出葫蘆道：「潑魔，你看！」幌一幌，復藏在袖中，恐他來搶。

那魔見了大驚道：「他葫蘆是那裡來的？怎麼就與我的一般？縱是一根藤上結的，也有個大小不同，偏正不一，卻怎麼一般無二？」他便正色叫道：「行者孫，你那葫蘆是那裡來的？」行者委的不知來歷，接過口來，就問他一句道：「你那葫蘆是那裡來的？」那魔不知是個見識，只道是句老實言語，就將根本從頭說出道：「我這葫蘆是混沌初分，天開地辟，有一位太上老祖，解化女媧之名，煉石補天，普救閻浮世界；補到乾宮夬（六十四卦之一）地，見一座昆侖山腳下，有一縷仙藤，上結著這個紫金紅葫蘆，卻便是老君留下到如今者。」大聖聞言，就綽了他口氣道：「我的葫蘆，也是那裡來

第三十五回
外道施威欺正性　心猿獲寶伏邪魔

的。」魔頭道：「怎見得？」大聖道：「自清濁初開，天不滿西北，地不滿東南，太上道祖解化女媧，補完天缺，行至崑侖山下，有根仙藤，藤結有兩個葫蘆。我得一個是雄的，你那個卻是雌的。」那怪道：「莫說雌雄；但只裝得人的，就是好寶貝。」大聖道：「你也說得是，我就讓你先裝。」

那怪甚喜，急縱身跳將起去，到空中，執著葫蘆，叫一聲：「行者孫。」大聖聽得，卻就不歇氣連應了八九聲，只是不能裝去。那魔墜將下來，跌腳捶胸道：「天那！只說世情不改變哩！這樣個寶貝，也怕老公，雌見了雄，就不敢裝了！」行者笑道：「你且收起，輪到老孫該叫你哩。」急縱筋斗，跳起去，將葫蘆底兒朝天，口兒朝地，照定妖魔，叫聲「銀角大王」。那怪不敢閉口，只得應了一聲，倏的裝在裡面，被行者貼上「太上老君急急如律令奉敕」的帖子。心中暗喜道：「我的兒，你今日也來試試新了！」

他就按落雲頭，拿著葫蘆，心心念念，只是要救師父，又往蓮花洞口而來。那山上都是些窪踏不平之路，況他又是個圈盤腿，拐呀拐的走著，搖的那葫蘆裡漷漷索索，響聲不絕。你道他怎麼便有響聲。原來孫大聖是熬煉過的身體，急切化他不得；那怪雖也能騰雲駕霧，不過是些法術，大端是凡胎未脫，到於寶貝裡就化了。行者還不當他就化了，笑道：「我兒子啊，不知是撒尿耶，不知是漱口哩。這是老孫幹過的買賣。不等到七八日，化成稀汁，我也不揭蓋來看。——忙怎的？有甚要緊？想著我出來的容易，就該千年不看才好！」他拿著葫蘆，說著話，不覺的到了洞口，把那葫蘆搖搖，一發響了。他道：「這個像發課的筒子響，倒好發課。等老孫發一課，看師父甚麼時才得出門。」你看他手裡不住的搖，口裡不住的念道：「周易文王、孔子聖人、桃花女先生、鬼谷子先生。」

那洞裡小妖看見道：「大王，禍事了！行者孫把二大王爺爺裝在葫蘆裡發課哩！」那老魔聞得此言，唬得魂飛魄散，骨軟筋麻，撲的跌倒在地，放聲大哭道：「賢弟呀！我和你私離上界，轉托塵凡，指望同享榮華，永為山洞之主；怎知為這和尚，傷了你的性命，斷吾手足之情！」滿洞群妖，一齊痛哭。

豬八戒吊在梁上，聽得他一家子齊哭，忍不住叫道：「妖精，你且莫哭，等老豬講與你聽。先來的孫行者，次來的者行孫，後來的行者孫，反覆三字，都是我師兄一人。他有七十二變化，騰那進來，盜了寶貝，裝了令弟。令弟已是死了，不必這等扛喪，快些兒刷淨鍋灶，辦些香蕈、蘑菇、茶芽、竹筍、豆腐、麵筋、木耳、蔬菜，請我師徒們下來，與你令弟念卷『受生經』。」那老魔聞言，心中大怒道：「只說豬八戒老實，原來甚不老實！他倒作笑話兒打趣我！」叫小妖：「且休舉哀，把豬八戒解下來，蒸得稀爛，等我吃飽了，再去拿孫行者報仇。」沙僧埋怨八戒道：「好麼！我說教你莫多話，多話的要先蒸吃哩！」那呆子也盡有幾分悚懼。旁一小妖道：「大王，豬八戒不好蒸。」八戒道：「阿彌陀佛！是那位哥哥積陰德的？果是不好蒸。」又有一個妖道：「將他皮剝了，就好蒸。」八戒慌了道：「好蒸！好蒸！皮骨雖然粗糙，湯滾就爛。㹀戶（指在圈裡飼養的）㹀戶！」

正嚷處，只見前門外一個小妖報道：「行者孫又罵上門來了！」那老魔又大驚道：「這廝輕我無人！」叫：「小的們，且把豬八戒照舊吊起，查一查還有幾件寶貝。」管家的小妖道：「洞中還有三件寶貝哩。」老魔問：「是那三件？」管家的道：「還有『七星劍』、『芭蕉扇』與『淨瓶』。」老魔道：「那瓶子不中用：原是叫人，人應了就裝得，轉把個口訣兒教了那孫行者，倒把自家兄弟裝去了。不用他，放在家裡。快將劍與扇子拿來。」那管家的即將兩件寶貝獻與老魔。老魔將芭蕉扇插在後項衣領，把七星劍提在手中，又點起大小群妖，有三百多名，都教一個個拈槍弄棒，理索掄刀。這老魔卻頂盔貫甲，罩一領赤焰焰的絲袍。群妖擺出陣去，要拿孫大聖。那孫大聖早已知二魔化在葫蘆裡面，卻將他緊緊拴扣停當，撒在腰間，手持著金箍棒，準備廝殺。只見那老妖紅旗招展，跳出門來。卻怎生打扮？

頭上盔纓光焰焰，腰間帶束彩霞鮮。身穿鎧甲龍鱗砌，上罩紅袍烈火然。
圓眼睜開光掣電，鋼鬚飄起亂飛煙。七星寶劍輕提手，芭蕉扇子半遮肩。
行似流雲離海岳，聲如霹靂震山川。威風凜凜欺天將，怒帥群妖出洞前。

那老魔急令小妖擺開陣勢。罵道：「你這猴子，十分無禮！害我兄弟，傷我手足，著然（確實）可恨！」行者罵道：「你這討死的怪物！你一個妖精的性命捨不得，似我師父、師弟、連馬四個生靈，平白的吊在洞裡，我心何忍！情理何甘！快快的送將出來還我，多多貼些盤費，喜喜歡歡打發老孫起身，還饒了你這個老妖的狗命！」那怪那容分說，舉寶劍劈頭就砍。這大聖使鐵棒舉手相迎。這一場在洞門外好殺！咦！

金箍棒與七星劍，對撞霞光如閃電。悠悠冷氣逼人寒，蕩蕩昏雲遮嶺堰。那個皆因手足情，些兒不放善；這個只為取經僧，毫釐不容緩。兩家各恨一般仇，二處每懷生怒怨。只殺得天昏地暗鬼神驚，日淡煙濃龍虎戰。這個咬牙銼玉釘，那個怒目飛金焰。一來一往逞英雄，不住翻騰棒與劍。

這老魔與大聖戰經二十回合，不分勝負。他把那劍梢一指，叫聲「小妖齊來！」那三百餘精，一齊擁上，把行者圍在垓心。好大聖，公然無懼，使一條棒，左衝右撞，後抵前遮。那小妖都有手段，越打越上，一似綿絮纏身，摟腰扯腿，莫肯退後。大聖慌了，即使個身外身法，將左脅下毫毛，拔了一把，嚼碎噴去，喝聲叫「變！」一根根都變做行者。你看他長的使棒，短的掄拳，再小的沒處下手，抱著孤拐啃筋，把那小妖都打得星落雲散，齊聲喊道：「大王啊，事不諧矣！難矣乎哉！滿地盈山，皆是孫行者了！」被這身外法把群妖打退，止撇得老魔圍困中間，趕得東奔西走，出路無門。

那魔慌了，將左手擎著寶劍，右手伸於項後，取出芭蕉扇子，望東南丙丁火，正對離宮，唿喇的一扇子，扇將下來，只見那就地上，火光焰焰。原來這般寶貝，平白地扇出火來。那怪物著實無情：一連扇了七八扇子，熯天熾地，烈火飛騰。好火！

那火不是天上火，不是爐中火，也不是山頭火，也不是灶底火，乃是五行中自然取出的一點靈光火。這扇也不是凡間常有之物，也不是人工造就之物，乃是自開闢混沌以來產成的珍寶之物。用此扇，扇此火，煌煌燁燁，就如電掣紅綃；灼灼輝輝，卻似霞飛絳綺。更無一縷青煙，盡是滿山赤焰，只燒得嶺上松翻成火樹，崖前柏變作燈籠。那窩中走獸貪性命，西撞東奔；這林內飛禽惜羽毛，高飛遠舉。這場神火飄空燎，只燒得石爛溪乾遍地紅！

大聖見此惡火，卻也心驚膽顫；道聲：「不好了！我本身可處，毫毛不濟：一落這火中，豈不真如燎毛之易？」將身一抖，遂將毫毛收上身來。只將一根變作假身子，避火逃災，他的真身，捻著避

第三十五回

外道施威欺正性　心猿獲寶伏邪魔

火訣，縱筋斗，跳將起去，脫離了大火之中，徑奔他蓮花洞裡，想著要救師父。急到門前，把雲頭按落。又見那洞門外有百十個小妖，都破頭折腳，肉綻皮開。原來都是他分身法打傷了的，都在這裡聲聲喚喚，忍疼而立。大聖見了，按不住惡性凶頑，掄起鐵棒，一路打將進去。可憐把那苦煉人身的功果息（修煉的成果毀掉了），依然是塊舊皮毛（指本性未改）！

那大聖打絕了小妖，撞入洞裡，要解師父，又見那內面有火光焰焰，唬得他手慌腳忙道：「罷了！罷了！這火從後門口燒起來，老孫卻難救師父也！」正悚懼處，仔細看時，呀！原來不是火光，卻是一道金光。他正了性，往裡視之，乃羊脂玉淨瓶放光，卻自心中歡喜道：「好寶貝耶！這瓶子曾是那小妖拿在山上放光，老孫得了，不想那怪又復搜去；今日藏在這裡，原來也放光。」

你看他竊了這瓶子，喜喜歡歡，且不救師父，急抽身往洞外而走。才出門，只見那妖魔提著寶劍，拿著扇子，從南而來，孫大聖回避不及，被那老魔舉劍劈頭就砍。大聖急縱筋斗雲，跳將起去，無影無蹤的逃了不題。

卻說那怪到得門口，但見屍橫滿地，就是他手下的群精，慌得仰天長嘆，止不住放聲大哭道：「苦哉！痛哉！」有詩為證。詩曰：

可恨猿乖馬劣頑，靈胎轉托降塵凡。只因錯念離天闕，致使忘形落此山。
鴻雁失群情切切，妖兵絕族淚潸潸。何時孽滿開愆鎖，返本還原上御關？

那老魔慚惶不已，一步一聲，哭入洞內。只見那什物家伙俱在，只落得靜悄悄，沒個人形；悲切切，愈加淒慘。獨自個坐在洞中，蹋伏在那石案之上，將寶劍斜倚案邊，把扇子插於肩後，昏昏默默睡著了。這正是：人逢喜事精神爽，悶上心來瞌睡多。

話說孫大聖撥轉筋斗雲，佇立山前，想著要救師父，把那淨瓶兒牢扣腰間，徑來洞口打探。見那門開兩扇，靜悄悄的不聞消耗，隨即輕輕移步，潛入裡邊。只見那魔斜倚石案，呼呼睡著，芭蕉扇褪出肩衣，半蓋著腦後，七星劍還斜倚案邊；卻被他輕輕的走上前拔了扇子，急回頭，呼的一聲，跑將出去。原來這扇柄兒刮著那怪的頭髮，早驚醒他。抬頭看時，是孫行者偷了，急慌忙執劍來趕。那大聖早已跳出門前，將扇子撒在腰間，雙手掄開鐵棒，與那魔抵敵。這一場好殺：

惱壞潑妖王，怒髮衝冠志。恨不過撾來囫圇吞，難解心頭氣。惡口罵猢猻：「你老大將人戲！傷我若干生，還來偷寶貝。這場決不容，定見存亡計！」大聖喝妖魔：「你好不知趣！徒弟要與老孫爭，累卵焉能擊石碎？」寶劍來，鐵棒去，兩家更不留仁義。一翻二復賭輸贏，三轉四回施武藝。蓋為取經僧，靈山參佛位，致令金火不相投，五行撥亂傷和氣；揚威耀武顯神通，走石飛沙弄本事。交鋒漸漸日將晡（黃昏），魔頭力怯先回避。

那老魔與大聖戰經三四十合，天將晚矣，抵敵不住，敗下陣來；徑往西南上，投奔壓龍洞去不題。這大聖才按落雲頭，闖入蓮花洞裡，解下唐僧與八戒、沙和尚來。他三人脫得災厄，謝了行者，卻問：「妖魔那裡去了？」行者道：「二魔已裝在葫蘆裡，想是這會子已化了；大魔才然一陣戰敗，往西南壓龍山去訖。概洞小妖，被老孫分身法打死一半，還有些敗殘回的，又被老孫殺絕，方才得入此處，解放你們。」唐僧謝之不盡道：「徒弟啊，多虧你受了勞苦！」行者笑道：「誠然勞苦。你們還只是吊著受疼，我老孫再不曾住腳，比急遞鋪的鋪兵還甚，反覆裡外，奔波無已。因是偷了他的寶貝，方能平退妖魔。」豬八戒道：「師兄，你把那葫蘆兒拿出來與我們看看。只怕那二魔已化了也。」大聖先將淨瓶解下，又將金繩與扇子取出，然後把葫蘆兒拿在手道：「莫看！莫看！他先曾裝了老孫，被老孫漱口，哄得他揭開蓋子，老孫方得走了。我等切莫揭蓋，只怕他也會弄喧走了。」師徒們喜喜歡歡，將他那洞中的米麵菜蔬尋出，燒刷了鍋灶，安排些素齋吃了。飽餐一頓，安寢洞中，一夜無詞。早又天曉。

卻說那老魔徑投壓龍山，會聚了大小女怪，備言打殺母親，裝了兄弟，絕滅妖兵，偷騙寶貝之事。眾女怪一齊大哭。哀痛多時道：「你等且休淒慘。我身邊還有這口七星劍，欲會汝等女兵，都去壓龍山後，會借外家親戚，斷要拿住那孫行者報仇。」說不了，有門外小妖報道：「大王，山後老舅爺帥領若干兵卒來也。」老魔聞言，急換了縞素孝服，躬身迎接。

原來那老舅爺是他母親之弟，名喚狐阿七大王。因聞得哨山的妖兵報道，他姐姐被孫行者打死，假變姐形，盜了外甥寶貝，連日在平頂山拒敵。他卻帥本洞妖兵二百餘名，特來助陣；故此先攏姐家問信。才進門，見老魔掛了孝服，二人大哭。哭久，老魔拜下，備言前事。那阿七大怒，即命老魔換了孝服，提了寶劍，盡點女妖，合同一處，縱風雲，徑投東北而來。

這大聖卻教沙僧整頓早齋，吃了走路。忽聽得風聲，走出門看，乃是一伙妖兵，自西南上來。行者大驚，急抽身，忙呼八戒道：「兄弟，妖精又請救兵來也。」三藏聞言，驚恐失色道：「徒弟，似此如何？」行者笑道：「放心！放心！把他這寶貝都拿來與我。」大聖將葫蘆、淨瓶繫在腰間，金繩籠於袖內，芭蕉扇插在肩後，雙手掄著鐵棒，教沙僧保守師父，穩坐洞中；著八戒執釘鈀，同出洞外迎敵。

那怪物擺開陣勢，只見當頭的是阿七大王。他生的玉面長髯，鋼眉刀耳；頭戴金煉盔，身穿鎖子甲，手執方天戟，高聲罵道：「我把你個大膽的潑猴！怎敢這等欺人！偷了寶貝，傷了眷族，殺了妖兵，又敢久占洞府！趕早兒一個個引頸受死，雪我姐家之仇！」行者罵道：「你這伙作死的毛團，不識你孫外公的手段！不要走！領吾一棒！」那怪物側身躲過，使方天戟劈面相迎。兩個在山頭一來一往，戰經三四回合，那怪力軟，敗陣回走。行者趕來，卻被老魔接住。又鬥了三合，只見那狐阿七復轉來攻。這壁廂八戒見了，急掣九齒鈀擋住。一個抵一個，戰經多時，不分勝敗。那老魔喝了一聲，眾妖兵一齊圍上。

卻說那三藏坐在蓮花洞裡，聽得喊聲振地，便叫：「沙和尚，你出去看你師兄勝負何如。」沙僧果舉降妖杖出來，喝一聲，撞將出去，打退群妖。阿七見事勢不利，回頭就走；被八戒趕上，照背後一鈀，就築得九點鮮紅往外冒，可憐一靈真性赴前程。急拖來剝了衣服看處，原來也是個狐狸精。

那老魔見傷了他老舅，丟了行者，提寶劍，就劈八戒。八戒使鈀架住。正賭鬥間，沙僧撞近前來，舉杖便打。那妖抵敵不住，縱風雲往南逃走。八戒、沙僧緊緊趕來。大聖見了，急縱雲跳在空中，解下淨瓶，罩定老魔，叫聲：「金角大王。」那怪只道是自家敗殘的小妖呼叫，就回頭應了一聲；颼的裝將進去，被行者貼上「太上老君急急如律令奉敕」的帖子。只見那七星劍墜落塵埃，也歸了行者。八戒迎著道：「哥哥，寶劍你得了，精怪何在？」行者笑道：「了了！已裝在我這瓶兒裡也。」沙僧聽說，與八戒十分歡喜。

當時通掃淨諸邪，回至洞裡，與三藏報喜道：「山已淨，妖已無矣，請師父上馬走路。」三藏喜不自勝。師徒們吃了早齋，收拾了行李、馬匹，奔西找路。正行處，猛見路旁閃出一個瞽者，走上前扯住三藏馬，道：「和尚，那裡去？還我寶貝來！」八戒大驚道：「罷了！這是老妖來討寶貝了！」行者仔細觀看，原來是太上李老君，慌得近前施禮道：「老官兒，那裡去？」那老祖急升玉局寶座，九霄空裡佇立，叫：「孫行者，還我寶貝。」大聖起到空中道：「甚麼寶貝？」老君道：「葫蘆是我盛丹的，淨瓶是我盛水的，寶劍是我煉魔的，扇子是我扇火的，繩子是我一根勒袍的帶，那兩個怪：一個是我看金爐的童子，一個是我看銀爐的童子。只因他偷了我的寶貝，走下界來，正無覓處，卻是你今拿住，得了功績。」

大聖道：「你這老官兒，著實無禮。縱放家屬為邪，該問個鈐束不嚴的罪名。」老君道：「不干我事，不可錯怪了人。此乃海上菩薩問我借了三次，送他在此托化妖魔，看你師徒可有真心往西去也。」大聖聞言，心中作念道：「這菩薩也老大憊懶！當時解脫老孫，教保唐僧西去取經，我說路途艱澀難行，他曾許我到急難處親來相救；如今反使精邪掯害，語言不的，該他一世無夫！若不是老官兒親來，我決不與他；既是你這等說，拿去罷。」那老君收得五件寶貝，揭開葫蘆與淨瓶蓋口，倒出兩股仙氣，用手一指，仍化為金銀二童子，相隨左右。只見那霞光萬道。咦！縹緲同歸兜率院，逍遙直上大羅天。

畢竟不知此後又有甚事，孫大聖怎生保護唐僧，幾時得到西天，且聽下回分解。

第三十六回

心猿正處諸緣伏　劈破傍門見月明

卻說孫行者按落雲頭，對師父備言菩薩借童子，老君收去寶貝之事。三藏稱謝不已，死心塌地辦虔誠，捨命投西。攀鞍上馬，豬八戒挑著行李，沙和尚攏著馬頭，孫行者執了鐵棒，剖開路，徑下高山前進。說不盡那水宿風餐，披霜冒露。師徒們行罷多時，前又一山阻路。三藏在那馬上高叫：「徒弟啊，你看那裡山勢崔巍，須是要仔細提防，恐又有魔障侵身也。」行者道：「師父休要胡思亂想，只要定性存神，自然無事。」三藏道：「徒弟呀，西天怎麼這等難行？我記得離了長安城，在路上春盡夏來，秋殘冬至，有四五個年頭，怎麼還不能得到？」行者聞言，呵呵笑道：「早哩！早哩！還不曾出大門哩！」八戒道：「哥哥不要扯謊。人間就有這般大門？」行者道：「兄弟，我們還在堂屋裡轉哩！」沙僧笑道：「師兄，少說大話嚇我。那裡就有這般大堂屋，卻也沒處買這般大過梁啊。」行者道：「兄弟，若依老孫看時，把這青天為屋瓦，日月作窗欞；四山五嶽為梁柱，天地猶如一敞廳！」八戒聽說道：「罷了！罷了！我們只當轉些時回去罷。」行者道：「不必亂談，只管跟著老孫走路。」

第三十六回

心猿正處諸緣伏　劈破傍門見月明

好大聖，橫擔了鐵棒，領定了唐僧，剖開山路，一直前進。那師父在馬上遙觀，好一座山景。真個是：

山頂嵯峨摩斗柄（北斗星），樹梢彷彿接雲霄。青煙堆裡，時聞得谷口猿啼；亂翠蔭中，每聽得松間鶴唳。嘯風山魅立溪間，戲弄樵夫；成器狐狸坐崖畔，驚張獵戶。好山！看那八面崔巍，四圍險峻。古怪喬松盤翠蓋。枯摧老樹掛藤蘿。泉水飛流，寒氣透人毛發冷；巔峰屹垃，清風射眼夢魂驚。時聽大蟲哮吼，每聞山鳥時鳴。麂鹿成群穿荊棘，往來跳躍；獐豝結黨尋野食，前後奔跑。佇立草坡，一望並無客旅；行來深凹，四邊俱有豺狼。應非佛祖修行處，盡是飛禽走獸場。

那師父戰戰兢兢，進此深山，心中淒慘，兜住馬，叫聲「悟空啊！我

自從益智登山盟，王不留行送出城。
路上相逢三棱子，途中催趲馬兜鈴。
尋坡轉澗求荊芥，邁嶺登山拜茯苓。
防己一身如竹瀝，茴香何日拜朝廷？

（以上八句詩句中標「・」號者為中藥名）

孫大聖聞言，呵呵冷笑道：「師父不必掛念，少要心焦。且自放心前進，還你個『功到自然成』也。」師徒們玩著山景，信步行時，早不覺紅輪西墜。正是：

十里長亭無客走，九重天上現星辰。
八河船隻皆收港，七千州縣盡關門。
六宮五府回官宰，四海三江罷釣綸。
兩座樓頭鐘鼓響，一輪明月滿乾坤。

（這八句是數字詩，含一到十這十個數字）

那長老在馬上遙觀，只見那山凹裡有樓台迭迭，殿閣重重。三藏道：「徒弟，此時天色已晚，幸得那壁廂有樓閣不遠，想必是庵觀寺院，我們都到那裡借宿一宵，明日再行罷。」行者道：「師父說得是。不要忙，等我且看好歹如何。」那大聖跳在空中，仔細觀看，果然是座山門。但見：

八字磚牆泥紅粉，兩邊門上釘金釘。迭迭樓台藏嶺畔，層層宮闕隱山中。
萬佛閣對如來殿，朝陽樓應大雄門。七層塔屯雲宿霧，三尊佛神現光榮。
文殊台對伽藍舍，彌勒殿靠大慈廳。看山樓外青光舞，步虛閣上紫雲生。
松關竹院依依綠，方丈禪堂處處清。雅雅幽幽供樂事，川川道道喜回迎。
參禪處有禪僧講，演樂房多樂器鳴。妙高台上曇花墜，說法壇前貝葉生。

第三十六回

心猿正處諸緣伏　劈破傍門見月明

正是那林遮三寶地，山擁梵王宮。半壁燈煙光閃灼，一行香靄霧朦朧。

孫大聖按下雲頭，報與三藏道：「師父，果然是一座寺院，卻好借宿，我們去來。」這長老放開馬，一直前來，徑到了山門之外。行者道：「師父，這一座是甚麼寺？」三藏道：「我的馬蹄才然停住，腳尖還未出鐙，就問我是甚麼寺，好沒分曉！」行者道：「你老人家自幼為僧，須曾講過儒書，方才去演經法；文理皆通，然後受唐王的恩宥；門上有那般大字，如何不認得？」長老罵道：「潑猢猻！說話無知！我才面西催馬，被那太陽影射，奈何門雖有字，又被塵垢朦朧，所以未曾看見。」行者聞言，把腰兒躬一躬，長了二丈餘高，用手展去灰塵道：「師父，請看。」上有五個大字，乃是「敕建寶林寺」。行者收了法身。道：「師父，這寺裡誰進去借宿？」三藏道：「我進去。你們的嘴臉醜陋，言語粗疏，性剛氣傲，倘或衝撞了本處僧人，不容借宿，反為不美。」行者道：「既如此，請師父進去，不必多言。」

那長老卻丟了錫杖，解下斗篷，整衣合掌，徑入山門。只見兩邊紅漆欄桿裡面，高坐著一對金剛，裝塑的威儀惡醜：

一個鐵面鋼須似活容，一個躁眉圜眼若玲瓏。左邊的拳頭骨突如生鐵，右邊的手掌崚嶒賽赤銅。金甲連環光燦爛，明盔繡帶映飄風。西方真個多供佛，石鼎中間香火紅。

三藏見了，點頭長嘆道：「我那東土，若有人也將泥胎塑這等大菩薩，燒香供養啊，我弟子也不往西天去矣。」正嘆息處，又到了二層山門之內。見有四大天王之像，乃是持國、多聞、增長、廣目，按東北西南風調雨順之意。進了二層門裡，又見有喬松四樹，一樹樹翠蓋蓬蓬，卻如傘狀。忽抬頭，乃是大雄寶殿。那長老合掌皈依，舒身下拜。拜罷起來，轉過佛台，到於後門之下。又見有倒座觀音普度南海之像。那壁上都是良工巧匠裝塑的那些蝦、魚、蟹、鱉，出頭露尾，跳海水波潮耍子。長老又點頭三五度，感嘆萬千聲道：「可憐啊！鱗甲眾生都拜佛，為人何不肯修行！」

正贊嘆間，又見三門裡走出一個道人。那道人忽見三藏相貌稀奇，豐姿非俗。急趨步上前施禮道：「師父那裡來的？」三藏道：「弟子是東土大唐駕下差來，上西天拜佛求經的。今到寶方，天色將晚，告借一宿。」那道人道：「師父莫怪，我做不得主。我是這裡掃地撞鐘打勤勞的道人。裡面還有個管家的老師父哩，待我進去稟他一聲。他若留你，我就出來奉請；若不留你，我卻不敢羈遲。」三藏道：「累及你了。」

那道人急到方丈報道：「老爺，外面有個人來了。」那僧官即起身，換了衣服，按一按毗盧帽，披上袈裟，急開門迎接。問道人：「那裡人來？」道人用手指定道：「那正殿後邊不是一個人？」那三藏光著一個頭，穿一領二十五條達摩衣，足下登一雙拖泥帶水的達公鞋，斜倚在那後門首。僧官見了，大怒道：「道人少打！你豈不知我是僧官，但只有城上來的士夫降香，我方出來迎接。這等個和尚，你怎麼多虛少實，報我接他！看他那嘴臉，不是個誠實的，多是雲游方上僧，今日天晚，想是要來借宿。我們方丈中，豈容他打攪！教他往前廊下蹲罷了，報我怎麼！」抽身轉去。

長老聞言，滿眼垂淚道：「可憐！可憐！這才是『人離鄉賤』！我弟子從小兒出家，做了和尚，又不曾拜懺吃葷生歹意，看經懷怒壞禪心；又不曾丟瓦拋磚傷佛殿，阿羅臉上剝真金。噫！可憐啊！

第三十六回

心猿正處諸緣伏　劈破傍門見月明

不知是那世裡觸傷天地，教我今生常遇不良人！——和尚，你不留我們宿便罷了，怎麼又說這等憊懶話，教我們在前道廊下去『蹲』？此話不與行者說還好，若說了，那猴子進來，一頓鐵棒，把孤拐都打斷你的！」長老道：「也罷，也罷。常言道：『人將禮樂為先。』我且進去問他一聲，看意下如何。」

那師父踏腳跡，跟他進方丈門裡。只見那僧官脫了衣服，氣呼呼的坐在那裡，不知是念經，又不知是與人家寫法事，見那桌案上有些紙札堆積。唐僧不敢深入，就立於天井裡，躬身高叫道：「老院主，弟子問訊了！」那和尚就有些不耐煩他進裡邊來的意思，半答不答的還了個禮，道：「你是那裡來的！」三藏道：「弟子乃東土大唐駕下差來，上西天拜活佛求經的。經過寶方，天晚，求借一宿，明日不犯天光就行了。萬望老院主方便，方便。」那僧官才欠起身來道：「你是那唐三藏麼？」三藏道：「不敢，弟子便是。」僧官道：「你既往西天取經，怎麼路也不會走？」三藏道：「弟子更不曾走貴處的路。」他道：「正西去，只有四五里遠近，有一座三十里店，店上有賣飯的人家，方便好宿。我這裡不便，不好留你們遠來的僧。」三藏合掌道：「院主，古人有云：『庵觀寺院，都是我方上人的館驛，見山門就有三升米分。』你怎麼不留我，卻是何情？」僧官怒聲叫道：「你這游方的和尚，便是有些油嘴油舌的說話！」三藏道：「何為油嘴油舌？」僧官道：「古人云：『老虎進了城，家家都閉門。雖然不咬人，日前壞了名。』」三藏道：「怎麼『日前壞了名』？」他道：「向年有幾眾行腳僧，來於山門口坐下，是我見他寒薄，一個個衣破鞋無，光頭赤腳，我嘆他那般襤褸，即忙請入方丈，延之上坐；款待了齋飯，又將故衣各借一件與他，就留他住了幾日。怎知他貪圖自在衣食，更不思量起身，就住了七八個年頭。住便也罷，又幹出許多不公的事來。」三藏道：「有甚麼不公的事？」僧官道：「你聽我說：

閒時沿牆拋瓦，悶來壁上扳釘。冷天向火折窗槅，夏日拖門攔徑。幡布扯為腳帶，牙香偷換蔓菁。常將琉璃把油傾，奪碗奪鍋賭勝。」

三藏聽言，心中暗道：「可憐啊！我弟子可是那等樣沒脊骨（不成器）的和尚？」欲待要哭，又恐那寺裡的老和尚笑他；但暗暗扯衣揩淚，忍氣吞聲，急走出去，見了三個徒弟。那行者見師父面上含怒，向前問：「師父，寺裡和尚打你來？」唐僧道：「不曾打。」八戒道：「一定打來。不是，怎麼還有些哭包聲？」那行者道：「罵你來？」唐僧道：「也不曾罵。」行者道：「既不曾打，又不曾罵，你這般苦惱怎麼？好道是思鄉哩？」唐僧道：「徒弟，他這裡不方便。」行者笑道：「這裡想是道士？」唐僧怒道：「觀裡才有道士，寺裡只是和尚。」行者道：「你不濟事；但是和尚，即與我們一般。常言道：『既在佛會下，都是有緣人。』你且坐，等我進去看看。」

好行者，按一按頂上金箍，束一束腰間裙子，執著鐵棒，逕到大雄寶殿上，指著那三尊佛像道：「你本是泥塑金裝假像，內裡豈無感應？我老孫保領大唐聖僧往西天拜佛求取真經，今晚特來此處投宿，趁早與我報名！假若不留我等，就一頓棍打碎金身，教你還現本相泥土！」

這大聖正在前邊發狠，搗叉子亂說。只見一個燒晚香的道人，點了幾枝香，來佛前爐裡插；被行者咄的一聲，唬了一跌；爬起來看見臉，又是一跌；嚇得滾滾蹌蹌，跑入方丈裡，報道：「老爺！外面有個和尚來了！」那僧官道：「你這伙道人都少打！一行說教他往前廊下去『蹲』，又報甚麼！再

第三十六回

心猿正處諸緣伏　劈破傍門見月明

說打二十！」道人說：「老爺，這個和尚，比那個和尚不同：生得惡躁，沒脊骨。」僧官道：「怎的模樣？」道人道：「是個圓眼睛，查耳朵，滿面毛，雷公嘴。手執一根棍子，咬牙恨恨的，要尋人打哩。」僧官道：「等我出去看。」他即開門，只見行者撞進來了。真個生得醜陋：七高八低孤拐臉，兩隻黃眼睛，一個磕額頭；獠牙往外生，就像屬螃蟹的，肉在裡面，骨在外面。那老和尚慌得把方丈門關了。行者趕上，撲的打破門扇，道：「趕早將乾淨房子打掃一千間，老孫睡覺！」僧官躲在房裡，對道人說：「怪他生得醜麼？原來是說大話，折作的這般嘴臉。我這裡連方丈、佛殿、鐘鼓樓、兩廊，共總也不上三百間，他卻要一千間睡覺。卻打那裡來？」道人說：「師父，我也是嚇破膽的人了，憑你怎麼答應他罷。」那僧官戰索索的高叫道：「那借宿的長老，我這小荒山不方便，不敢奉留，往別處去宿罷。」

行者將棍子變得盆來粗細，直壁壁的豎在天井裡，道：「和尚，不方便，你就搬出去！」僧官道：「我們從小兒住的寺，師公傳與師父，師父傳與我輩，我輩要遠繼兒孫。他不知是那裡勾當，冒冒實實的，教我們搬哩。」道人說：「老爺，十分不尷尬，搬出去也罷。——扛子打進門來了。」僧官道：「你莫胡說！我們老少眾大四五百名和尚，往那裡搬？搬出去，卻也沒處住。」行者聽見道：「和尚，沒處搬，便著一個出來打樣棍！」老和尚叫：「道人你出去與我打個樣棍來。」那道人慌了道：「爺爺呀！那等個大扛子，教我去打樣棍！」老和尚道：「『養軍千日，用軍一朝。』你怎麼不出去？」道人說：「那扛子莫說打來，若倒下來，壓也壓個肉泥！」老和尚道：「也莫要說壓，只道豎在天井裡，夜晚間走路，不記得啊，一頭也撞個大窟窿！」道人說：「師父，你曉得這般重，卻教我出去打甚麼樣棍？」他自家裡面轉鬧起來。

行者聽見道：「是也禁不得。假若就一棍打殺一個，我師父又怪我行凶了。且等我另尋一個甚麼打與你看看。」忽抬頭，只見方丈門外有一個石獅子，卻就舉起棍來，乒乓一下，打得粉亂麻碎。那和尚在窗眼兒裡看見，就嚇得骨軟筋麻，慌忙往床下拱；道人就往鍋門裡鑽；口中不住叫：「爺爺！棍重，棍重！禁不得！方便，方便！」

行者道：「和尚，我不打你。我問你：這寺裡有多少和尚？」僧官戰索索的道：「前後是二百八十五房頭，共有五百個有度牒的和尚。」行者道：「你快去把那五百個和尚都點得齊齊整整，穿了長衣服出去，把我那唐朝的師父接進來，就不打你了。」僧官道：「爺爺，若是不打，便抬也抬進來。」行者道：「趁早去！」僧官叫：「道人，你莫說嚇破了膽，就是嚇破了心，便也去與我叫這些人來接唐僧老爺爺來。」

那道人沒奈何，舍了性命，不敢撞門，從後邊狗洞裡鑽將出去，徑到正殿上，東邊打鼓，西邊撞鐘。鐘鼓一齊響處，驚動了兩廊大小僧眾，上殿問道：「這早還不晚哩，撞鐘打鼓做甚？」道人說：「快換衣服，隨老師父排班，出山門外迎接唐朝來的老爺。」

那眾和尚，真個齊齊整整，擺班出門迎接。有的披了袈裟；有的著了褊衫；無的穿著個一口鍾直裰；十分窮的，沒有長衣服，就把腰裙接起兩條披在身上。行者看見道：「和尚，你穿的是甚麼衣服？」和尚見他醜惡，道：「爺爺，不要打，等我說。這是我們城中化的布。此間沒有裁縫，是自家做的個『一裹窮』。」

行者聞言暗笑，押著眾僧，出山門下跪下。那僧官磕頭高叫道：「唐老爺，請方丈裡坐。」八戒看見道：「師父老大不濟事。你進去時，淚汪汪，嘴上掛得油瓶。師兄怎麼就有此獐智，教他們磕頭來接？」三藏道：「你這個呆子，好不曉禮！常言道：『鬼也怕惡人哩。』」唐僧見他們磕頭禮拜，甚是不過意。上前叫：「列位請起。」眾僧叩頭道：「老爺，若和你徒弟說聲方便，不動扛子，就跪一個月也罷。」唐僧叫：「悟空，莫要打他。」行者道：「不曾打；若打，這會已打斷了根矣。」那些和尚卻才起身，牽馬的牽馬，挑擔的挑擔，抬著唐僧，馱著八戒，挽著沙僧，一齊都進山門裡去。卻到後面方丈中，依敘坐下。

眾僧卻又禮拜。三藏道：「院主請起，再不必行禮，作踐貧僧。我和你都是佛門弟子。」僧官道：「老爺是上國欽差，小和尚有失迎接。今到荒山，奈何俗眼不識尊儀，與老爺邂逅相逢。動問老爺：一路上是吃素？是吃葷？我們好去辦飯。」三藏道：「吃素。」僧官道：「徒弟，這個爺爺好的吃葷。」行者道：「我們也吃素。都是胎裡素。」那和尚道：「爺爺呀，這等凶漢也吃素！」有一個膽量大的和尚，近前又問：「老爺既然吃素，煮多少米的飯方彀吃？」八戒道：「小家子和尚！問甚麼！一家煮上一石米。」那和尚都慌了，便去刷洗鍋灶，各房中安排茶飯。高掌明燈，調開桌椅，管待唐僧。

師徒們都吃罷了晚齋，眾僧收拾了家伙，三藏稱謝道：「老院主，打攪寶山了。」僧官道：「不敢，不敢。怠慢，怠慢。」三藏道：「我師徒卻在那裡安歇？」僧官道：「老爺不要忙。小和尚自有區處。」叫：「道人，那壁廂有幾個人聽使令的？」道人道：「師父，有。」僧官吩咐道：「你們著兩個去安排草料，與唐老爺餵馬；著幾個去前面把那三間禪堂，打掃乾淨，鋪設床帳，快請老爺安歇。」

那些道人聽命，各各整頓齊備。卻來請唐老爺安寢。他師徒們牽馬挑擔，出方丈，徑至禪堂門首看處，只見那裡面燈火光明，兩梢間鋪著四張藤屜床。行者見了，喚那辦草料的道人，將草料抬來，放在禪堂裡面，拴下白馬，教道人都出去。三藏坐在中間。燈下，兩班兒，立五百個和尚，都伺候著，不敢側離。三藏欠身道：「列位請回，貧僧好自在安寢也。」眾僧決不敢退。僧官上前，吩咐大眾：「伏侍老爺安置了再回。」三藏道：「即此就是安置了，都就請回。」眾人卻才敢散，去訖。

唐僧舉步出門小解，只見明月當天，叫：「徒弟。」行者、八戒、沙僧都出來侍立。因感這月清光皎潔，玉宇深沉，真是一輪高照，大地分明。對月懷歸，口占一首古風長篇。詩云：

皓魄當空寶鏡懸，山河搖影十分全。瓊樓玉宇清光滿，冰鑑銀盤爽氣旋。
萬里此時同皎潔，一年今夜最明鮮。渾如霜餅離滄海，卻似冰輪掛碧天。
別館寒窗孤客悶，山村野店老翁眠。乍臨漢苑驚秋鬢，才到秦樓促晚奩。
庚亮有詩傳晉史，袁宏不寐泛江船。光浮杯面寒無力，清映庭中健有仙。
處處窗軒吟白雪，家家院宇弄冰弦。今宵靜玩來山寺，何日相同返故園？

行者聞言，近前答曰：「師父啊，你只知月色光華，心懷故里，更不知月中之意，乃先天法相之規繩也。月至三十日，陽魂之金散盡，陰魄之水盈輪，故純黑而無光，乃曰『晦』。此時與日相交，在晦朔兩日之間，感陽光而有孕。至初三日一陽現，初八日二陽生，魄中魂半，其平如繩，故曰『上弦』。至今十五日，三陽備足，是以團圓，故曰『望』。至十六日一陰生，二十二日二陰生，此時魂中魄半，其平如繩，故曰『下弦』。至三十日三陰備足，亦當晦。此乃先天採煉之意。我等若能溫養二八，九九成功，那時節，見佛容易，返故田亦易也。詩曰：

前弦之後後弦前，藥味平平氣象全。
採得歸來爐裡煉，志心功果即西天。

那長老聽說，一時解悟，明徹真言。滿心歡喜，稱謝了悟空。沙僧在旁笑道：「師兄此言雖當，只說的是弦前屬陽，弦後屬陰，陰中陽半，得水之金；更不道：

水火相攙各有緣，全憑土母配如然。
三家同會無爭競，水在長江月在天。

那長老聞得，亦開茅塞。正是理明一竅通千竅，說破無生即是仙。八戒上前扯住長老道：「師父，莫聽亂講，誤了睡覺。這月啊：

缺之不久又團圓，似我生來不十全。吃飯嫌我肚子大，拿碗又說有粘涎。
他都伶俐修來福，我自痴愚積下緣。我說你取經還滿三塗業，擺尾搖頭直上天！」

三藏道：「也罷，徒弟們走路辛苦，先去睡下。等我把這卷經來念一念。」行者道：「師父差了。你自幼出家，做了和尚，小時的經文，那本不熟？卻又領了唐王旨意，上西天見佛，求取『大乘真典』。如今功未完成，佛未得見，經未曾取，你念的是那卷經兒？」三藏道：「我自出長安，朝朝跋涉，日日奔波，小時的經文恐怕生了；幸今夜得閒，等我溫習溫習。」行者道：「既這等說，我們先去睡也。」他三人各往一張藤床上睡下。長老掩上禪堂門，高剔銀釭，鋪開經本，默默看念。

正是那：樓頭初鼓人煙靜，野浦漁舟火滅時。畢竟不知那長老怎麼樣離寺，且聽下回分解。

第三十七回
鬼王夜謁唐三藏　悟空神化引嬰兒

卻說三藏坐於寶林寺禪堂中，燈下念一會《梁皇水懺》，看一會《孔雀真經》，只坐到三更時候，卻才把經本包在囊裡。正欲起身去睡，只聽得門外撲剌剌一聲響亮，淅零零刮陣狂風。那長老恐吹滅了燈，慌忙將偏衫袖子遮住。又見那燈或明或暗，便覺有些心驚膽戰。此時又困倦上來，伏在經案上盹睡。雖是合眼朦朧，卻還心中明白，耳內嚶嚶聽著那窗外陰風颯颯。好風，真個那：

淅淅瀟瀟，飄飄蕩蕩。淅淅瀟瀟飛落葉，飄飄蕩蕩捲浮雲。滿天星斗皆昏昧，遍地塵沙盡灑紛。一陣家猛，一陣家純。純時松竹敲清韻，猛處江湖波浪渾。刮得那山鳥難棲聲哽哽，海魚不定跳噴噴。東西館閣門窗脫，前後房廊神鬼瞋。佛殿花瓶吹墮地，琉璃搖落慧燈昏。香爐敧倒香灰迸，燭架歪斜燭焰橫。幢幡寶蓋都搖折，鐘鼓樓台撼動根。

那長老昏夢中聽著風聲一時過處，又聞得禪堂外，隱隱的叫一聲：「師父！」忽抬頭夢中觀看，門外站著一條漢子：渾身上下，水淋淋的，眼中垂淚，口裡不住叫：「師父！師父！」三藏欠身道：「你莫是魍魎妖魅，神怪邪魔，至夜深時，來此戲我？我卻不是那貪欲貪嗔之類。我本是個光明正大之僧，奉東土大唐旨意，上西天拜佛求經者。我手下有三個徒弟，都是降龍伏虎之英豪，掃怪除魔之壯士。他若見了你，碎屍粉骨，化作微塵。此是我大慈悲之意，方便之心。你趁早兒潛身遠遁，莫上我的禪門來。」那人倚定禪堂道：「師父，我不是妖魔鬼怪，亦不是魍魎邪神。」三藏道：「你既不是此類，卻深夜來此何為？」那人道：「師父，你捨眼看我一看。」

長老果仔細定睛看處，——呀！只見他：

頭戴一頂沖天冠，腰束一條碧玉帶，身穿一領飛龍舞鳳赭黃袍，足踏一雙雲頭繡口無憂履，手執一柄列斗羅星白玉圭。面如東岳長生帝，形似文昌開化君。

三藏見了，大驚失色。急躬身厲聲高叫道：「是那一朝陛下？請坐。」用手忙攙，撲了個空虛，回身坐定。再看處，還是那個人。長老便問：「陛下，你是那裡皇王？何邦帝主？想必是國土不寧，讒臣欺虐，半夜逃生至此。有何話說，說與我聽。」這人才淚滴腮邊談舊事，愁攢眉上訴前因，道：「師父啊，我家住在正西，離此只有四十里遠近。那廂有座城池，便是興基之處。」三藏道：「叫做甚麼地名？」那人道：「不瞞師父說，便是朕當時創立家邦，改號烏雞國。」三藏道：「陛下這等驚慌，卻因甚事至此？」那人道：「師父啊，我這裡五年前，天年乾旱，草子不生，民皆飢死，甚是傷情。」三藏聞言，點頭嘆道：「陛下啊，古人云：『國正天心順。』想必是你不慈恤萬民。既遭荒歉，怎麼就躲離城郭？且去開了倉庫，賑濟黎民；悔過前非，重興今善，放赦了那枉法冤人；自然天心和合，雨順風調。」那人道：「我國中倉廩空虛，錢糧盡絕。文武兩班停俸祿，寡人膳食亦無葷。仿效禹王治水，與萬民同受甘苦，沐浴齋戒，晝夜焚香祈禱。如此三年，只乾得河枯井涸。正都在危急之處，忽然鍾南山來了一個全真（道教的一派。這裡指道士），能呼風喚雨，點石成金。先見我文武多官，後來見朕，當即請他登壇祈禱。果然有應，只見令牌響處，頃刻間大雨滂沱。寡人只望三尺雨足矣，他說久旱不能潤澤，又多下了二寸。朕見他如此尚義，就與他八拜為交，以『兄弟』稱之。」

三藏道：「此陛下萬千之喜也。」那人道：「喜自何來？」三藏道：「那全真既有這等本事，若要雨時，就教他下雨；若要金時，就教他點金。還有那些不足，卻離了城闕來此？」

那人道：「朕與他同寢食者，只得二年。又遇著陽春天氣，紅杏夭桃，開花綻蕊，家家士女，處處王孫，俱去游春賞玩。那時節，文武歸衙，嬪妃轉院。朕與那全真攜手緩步，至御花園裡，忽行到八角琉璃井邊，不知他拋下些甚麼物件，井中有萬道金光。哄朕到井邊看甚麼寶貝，他陡起凶心，撲通的把寡人推下井內；將石板蓋住井口，擁上泥土，移一株芭蕉栽在上面。——可憐我啊，已死去三年，是一個落井傷生的冤屈之鬼也！」

唐僧見說是鬼，唬得筋力酥軟，毛骨聳然。沒奈何，只得將言又問他道：「陛下，你說的這話，全不在理。既死三年，那文武多官，三宮皇后，遇三朝見駕殿上，怎麼就不尋你？」那人道：「師父啊，說起他的本事，果然世間罕有！自從害了朕，他當時在花園內搖身一變，就變做朕的模樣，更無差別。現今占了我的江山，暗侵了我的國土。他把我兩班文武，四百朝官，三宮皇后，六院嬪妃，盡屬了他矣。」三藏道：「陛下，你忒也懦。」那人道：「何懦？」三藏道：「陛下，那怪倒有些神通，變作你的模樣，侵占你的乾坤，文武不能識，后妃不能曉，只有你死的明白；你何不在陰司閻王處具告，把你的屈情申訴，申訴。」那人道：「他的神通廣大，官吏情熟，都城隍常與他會酒，海龍王盡與他有親；東岳天齊是他的好朋友，十代閻羅是他的異兄弟。因此這般，我也無門投告。」

三藏道：「陛下，你陰司裡既沒本事告他，卻來我陽世間作甚？」那人道：「師父啊，我這一點冤魂，怎敢上你的門來？山門前有那護法諸天、六丁六甲、五方揭諦、四值功曹、一十八位護教伽藍，緊隨鞍馬。卻才被夜游神一陣神風，把我送將進來。他說我三年水災該滿，著我來拜謁師父。他說你手下有一個大徒弟，是齊天大聖，極能斬怪降魔。今來志心拜懇，千乞到我國中，拿住妖魔，辨明邪正。朕當結草銜環，報酬師恩也！」三藏道：「陛下，你此來是請我徒弟與你去除卻那妖怪麼？」那人道：「正是！正是！」

三藏道：「我徒弟幹別的事不濟，但說降妖捉怪，正合他宜。陛下啊，雖是著他拿怪，但恐理上難行。」那人道：「怎麼難行？」三藏道：「那怪既神通廣大，變得與你相同；滿朝文武，一個個言和心順；三宮妃嬪，一個個意合情投；我徒弟縱有手段，決不敢輕動干戈。倘被多官拿住，說我們欺邦滅國，問一款大逆之罪，困陷城中，卻不是畫虎刻鵠（弄巧成拙）也？」

那人道：「我朝中還有人哩。」三藏道：「卻好！卻好！想必是一代親王侍長，發付何處鎮守去了？」那人道：「不是；我本宮有個太子，是我親生的儲君。」三藏道：「那太子想必被妖魔貶了？」那人道：「不曾。他只在金鑾殿上，五鳳樓中，或與學士講書，或共全真登位。自此三年，禁太子不入皇宮，不能彀與娘娘相見。」三藏道：「此是何故？」那人道：「此是妖怪使下的計策。只恐他母子相見，閒中論出長短，怕走了消息；故此兩不會面，他得永住常存也。」三藏道：「你的災澶，想應天付，卻與我相類。當時我父曾被水賊傷生。我母被水賊欺占，經三個月，分娩了我。我在水中逃了性命，幸金山寺恩師，救養成人。記得我幼年無父母，此間那太子失雙親，慚惶不已！」又問道：「你縱有太子在朝，我怎的與他相見？」那人道：「如何不得見？」三藏道：「他被妖魔拘轄，連一個生身之母尚不得見，我一個和尚，欲見何由？」那人道：「他明早出朝來也。」三藏問：「出朝作甚？」那人道：「明日早朝，領三千人馬，架鷹犬，出城採獵，師父斷得與他相見。見時肯將我的言語說與他，他便信了。」三藏道：「他本是肉眼凡胎，被妖魔哄在殿上，那一日不叫他幾聲父王？他怎肯信我的言語？」

那人道：「既恐他不信，我留下一件表記與你罷。」三藏問：「是何物件？」那人把手中執的金廂白玉圭放下道：「此物可以為記。」三藏道：「此物何如？」那人道：「全真自從變作我的模樣，只是少變了這件寶貝。他到宮中，說那求雨的全真拐了此圭去了。自此三年，還沒此物。我太子若看見，他睹物思人，此仇必報。」三藏道：「也罷，等我留下，著徒弟與你處置。──卻在那裡等麼？」那人道：「我也不敢等。我這去，還央求夜游神，再使一陣神風，把我送進皇宮內院，托一夢與我那正宮皇后，教他母子們合意，你師徒們同心。」三藏點頭應承道：「你去罷。」

那冤魂叩頭拜別，舉步相送，不知怎麼蹋了腳，跌了一個筋斗，把三藏驚醒，卻原來是南柯一夢。慌得對著那盞昏燈，連忙叫：「徒弟！徒弟！」八戒醒來道：「甚麼『土地土地』？當時我做好漢，專一吃人度日，受用腥羶，其實快活；偏你出家，教我們保護你跑路！原說只做和尚，如今拿做奴才，日間挑包袱牽馬，夜間提尿瓶焐腳！這早晚不睡，又叫徒弟作甚？」三藏道：「徒弟，我剛才伏在案上打盹，做了一個怪夢。」行者跳將起來道：「師父，夢從想中來。你未曾上山，先怕妖怪；

又愁雷音路遠，不能得到；思念長安，不知何日回程；所以心多夢多。似老孫一點真心，專要西方見佛，更無一個夢兒到我。」三藏道：「徒弟，我這樁夢，不是思鄉之夢。才然合眼，見一陣狂風過處，禪房門外有一朝皇帝，自言是烏雞國王。渾身水濕，滿眼淚垂。」這等這等，如此如此，將那夢中話一一的說與行者。

行者笑道：「不消說了，他來托夢與你，分明是照顧老孫一場生意。必然是個妖怪在那裡篡位謀國。等我與他辨個真假。想那妖魔，棍到處立業成功。」三藏道：「徒弟，他說那怪神通廣大哩。」行者道：「怕他甚麼廣大！早知老孫到，教他即走無方！」三藏道：「我又記得留下一件寶貝做表記。」八戒答道：「師父莫要胡纏；做個夢便罷了，怎麼只管當真？」沙僧道：「『不信直中直，須防仁不仁。』我們打起火，開了門，看看如何便是。」

行者果然開門。一齊看處，只見星月光中，階簷上，真個放著一柄金廂白玉圭。八戒近前拿起道：「哥哥，這是甚麼東西。」行者道：「這是國王手中執的寶貝，名喚玉圭。師父啊，既有此物，想此事是真。明日拿妖，全都在老孫身上。只是要你三樁兒造化低哩。」八戒道：「好！好！好！做個夢罷了，又告誦他。他那些兒不會作弄人哩？就教你三樁兒造化低。」三藏回入裡面道：「是那三樁？」行者道：「明日要你頂缸（代人受過）、受氣、遭瘟。」八戒笑道：「一樁兒也是難的，三樁兒卻怎麼耽得？」唐僧是個聰明的長老，便問：「徒弟啊，此三事如何講？」行者道：「也不消講，等我先與你二件物。」

好大聖，拔了一根毫毛，吹口仙氣，叫聲「變！」變做一個紅金漆匣兒，把白玉圭放在內盛著，道：「師父，你將此物捧在手中，到天曉時，穿上錦襴袈裟，去正殿坐著念經，等我去看看他那城池。端的是個妖怪，就打殺他，也在此間立個功績；假若不是，且休撞禍。」三藏道：「正是！正是！」行者道：「那太子不出城便罷；若真個應夢出城來，我定引他來見你。」三藏道：「見了我如何迎答？」行者道：「來到時，我先報知，你把那匣蓋兒扯開些，等我變作二寸長的一個小和尚，鑽在匣兒裡，你連我捧在手中。那太子進了寺來，必然拜佛；你盡他怎的下拜，只是不睬他。他見你不動身，一定教拿你；你憑他拿下去，打也由他，綁也由他，殺也由他。」三藏道：「呀！他的軍令大，真個殺了我，怎麼好？」行者道：「沒事，有我哩。若到那緊關處，我自然護你。他若問時，你說是東土欽差上西天拜佛取經進寶的和尚。他道：『有甚寶貝？』你卻把錦襴袈裟對他說一遍，說道：『此是三等寶貝。還有頭一等、第二等的好物哩。』但問處，就說這匣內有一件寶貝，上知五百年，下知五百年，中知五百年，共一千五百年過去未來之事，俱盡曉得。卻把老孫放出來。我將那夢中話告誦那太子，他若肯信，就去拿了那妖魔，一則與他父王報仇，二來我們立個名節；他若不信，再將白玉圭拿與他看。只恐他年幼，還不認得哩。」

三藏聞言，大喜道：「徒弟啊，此計絕妙！但說這寶貝，一個叫做錦襴袈裟，一個叫做白玉圭；你變的寶貝卻叫做甚名？」行者道：「就叫做『立帝貨』罷。」三藏依言，記在心上。師徒們一夜那曾得睡，盼到天明，恨不得點頭喚出扶桑日（指太陽。傳說扶桑是神樹，太陽從樹下升起），噴氣吹散滿天星。

不多時，東方發白。行者又吩咐了八戒、沙僧，教他兩個：「不可攪擾僧人，出來亂走。待我成功之後，共汝等同行。」才別了唐僧，打了唿哨，一筋斗跳在空中。睜火眼平西看處，果見有一座城池。你道怎麼就看見了。當時說那城池離寺只有四十里，故此憑高就望見了。

行者近前仔細看處，又見那怪霧愁雲漠漠，妖風怨氣紛紛。行者在空中贊嘆道：

「若是真王登寶座，自有祥光五色雲；
只因妖怪侵龍位，騰騰黑氣鎖金門。」

行者正然感嘆。忽聽得炮聲響亮，又只見東門開處，閃出一路人馬，真個是採獵之軍，果然勢勇。但見：

曉出禁城東，分圍淺草中。彩旗開映日，白馬驟迎風。鼉鼓冬冬擂，標槍對對衝。架鷹軍猛烈，牽犬將驍雄。火炮連天振，粘竿映日紅。人人支弩箭，個個挎雕弓。張網山坡下，鋪繩小徑中。一聲驚霹靂，千騎擁貔熊。狡兔身難保，乖獐智亦窮。狐狸該命盡，麋鹿喪當終。山雉難飛脫，野雞怎避凶？他都要撿占山場擒猛獸，摧殘林木射飛蟲。

那些人出得城來，散步東郊，不多時，有二十里向高田地，又只見中軍營裡，有小小的一個將軍：頂著盔，貫著甲，果肚花，十八紮，手執青鋒寶劍，坐下黃驃馬，腰帶滿弦弓。真個是：

隱隱君王相，昂昂帝主容。
規模非小輩，行動顯真龍。

行者在空暗喜道：「不須說，那個就是皇帝的太子了。等我戲他一戲。」好大聖，按落雲頭，撞

第三十七回

鬼王夜謁唐三藏　悟空神化引嬰兒

入軍中太子馬前，搖身一變，變作一個白兔兒，只在太子馬前亂跑。太子看見，正合歡心，拈起箭，拽滿弓，一箭正中了那兔兒。

原來是那大聖故意教他中了。卻眼乖手疾，一把接住那箭頭，把箭翎花落在前邊，丟開腳步跑了。那太子見箭中了玉兔，兜開馬，獨自爭先來趕。不知馬行的快，行者如風；馬行的遲，行者慢走；只在他面前不遠。看他一程一程，將太子哄到寶林寺山門之下，行者現了本身，不見兔兒，只見一枝箭插在門檻上。徑撞進去，見唐僧道：「師父，來了！來了！」卻又一變，變做二寸長短的小和尚兒，鑽在紅匣之內。

卻說那太子趕到山門前，不見了白兔，只見門檻上插住一枝雕翎箭。太子大驚失色道：「怪哉！怪哉！分明我箭中了玉兔，玉兔怎麼不見，只見箭在此間！想是年多日久，成了精魅（妖精）也。」拔了箭，抬頭看處，山門上有五個大字，寫著「敕建寶林寺」。太子道：「我知之矣。向年（前此年）間曾記得我父王在金鑾殿上差官齎些金帛與這和尚修理佛殿佛像，不期今日到此。正是『因過道院逢僧話，又得浮生半日閒』。我且進去走走。」

那太子跳下馬來，正要進去。只見那保駕的官將與三千人馬趕上，簇簇擁擁，都入山門裡面。慌得那本寺眾僧，都來叩頭拜接。接入正殿中間，參拜佛像。卻才舉目觀瞻，又欲游廊玩景，忽見正當中坐著一個和尚。太子大怒道：「這個和尚無禮！我今半朝鑾駕進山，雖無旨意知會，不當遠接，此時軍馬臨門，也該起身；怎麼還坐著不動？」教：「拿下來！」說聲「拿」字，兩邊校尉，一齊下手，把唐僧抓將下來，急理繩索便捆。行者在匣裡默默的念咒，教道：「護法諸天、六丁六甲，我今設法降妖，這太子不能知識，將繩要捆我師父，汝等及早護持；若真捆了，汝等都該有罪！」那大聖暗中吩咐，誰敢不遵，卻將三藏護持定了：有些人摸也摸不著他光頭，好似一壁牆擋住，難攙其身。

那太子道：「你是那方來的，使這般隱身法欺我！」三藏上前施禮道：「貧僧無隱身法，乃是東土唐僧，上雷音寺拜佛求經進寶的和尚。」太子道：「你那東土雖是中原，其窮無比，有甚寶貝，你說來我聽。」三藏道：「我身上穿的這袈裟，是第三樣寶貝。還有第一等，第二等更好的物哩！」太子道：「你那衣服，半邊苫身，半邊露臂，能值多少物，敢稱寶貝！」三藏道：「這袈裟雖不全體，有詩幾句。詩曰：

佛衣偏袒不須論，內隱真如脫世塵。萬線千針成正果，九珠八寶合元神。
仙娥聖女恭修制，遺賜禪僧靜垢身。見駕不迎猶自可，你的父冤未報枉為人！」

太子聞言，心中大怒道：「這潑和尚胡說！你那半片衣，憑著你口能舌便，誇好誇強。我的父冤從何未報，你說來我聽。」三藏進前一步，合掌問道：「殿下，為人生在天地之間，能有幾恩？」太子道：「有四恩。」三藏道：「那四恩？」太子道：「感天地蓋載之恩，日月照臨之恩，國王水土之恩，父母養育之恩。」三藏笑曰：「殿下言之有失。人只有天地蓋載，日月照臨，國王水土，那得個父母養育來？」太子怒道：「和尚是那游手游食削髮逆君之徒！人不得父母養育，身從何來？」三藏道：「殿下，貧僧不知；但只這紅匣內有一件寶貝，叫做『立帝貨』，他上知五百年，中知五百年，下知五百年，共知一千五百年過去未來之事，便知無父母養育之恩，令貧僧在此久等多時矣。」

太子聞說，教：「拿來我看。」三藏扯開匣蓋兒，那行者跳將出來，矢呀矢的，兩邊亂走。太子

第三十七回
鬼王夜謁唐三藏　悟空神化引嬰兒

道：「這星星小人兒，能知甚事？」行者聞言嫌小，卻就使個神通，把腰伸一伸，就長了有三尺四五寸。眾軍士吃驚道：「若是這般快長，不消幾日，就撐破天也。」行者長到原身，就不長了。太子才問道：「立帝貨，這老和尚說你能知未來過去吉凶，你卻有龜作卜？有蓍作筮？憑書句斷人禍福？」行者道：「我一毫不用，只是全憑三寸舌，萬事盡皆知。」太子道：「這廝又是胡說。自古以來，《周易》之書，極其玄妙，斷盡天下吉凶，使人知所趨避；故龜所以卜，蓍所以筮。聽汝之言，憑據何理？妄言禍福，扇惑人心！」

行者道：「殿下且莫忙，等我說與你聽。你本是烏雞國王的太子。你那裡五年前，年程荒旱，萬民遭苦，你家皇帝共臣子，秉心祈禱。正無點雨之時，鍾南山來了一個道士，他善呼風喚雨，點石為金。君王忒也愛小，就與他拜為兄弟。這樁事有麼？」太子道：「有！有！有！你再說說。」行者道：「後三年不見全真，稱孤的卻是誰？」太子道：「果是有個全真，父王與他拜為兄弟，食則同食，寢則同寢。三年前在御花園裡玩景，被他一陣神風，把父王手中金廂白玉圭，攝回鍾南山去了。至今父王還思慕他。因不見他，遂無心賞玩，把花園緊閉了，已三年矣。做皇帝的，非我父王而何？」

行者聞言，哂笑不絕。太子再問不答，只是哂笑。太子怒道：「這廝當言不言，如何這等哂笑？」行者又道：「還有許多話哩；奈何左右人眾，不是說處。」太子見他言語有因，將袍袖一展，教軍士且退。那駕上官將，急傳令，將三千人馬，都出門外住紮。此時殿上無人，太子坐在上面，長老立在前邊，左手旁立著行者。本寺諸僧皆退。行者才正色上前道：「殿下，化風去的是你生身之父王，見坐位的，是那祈雨之全真。」太子道：「胡說！胡說！我父自全真去後，風調雨順，國泰民安。照依你說，就不是我父王了。還是我年孺（年幼），容得你；若我父王聽見你這番話，拿了去，碎屍萬段！」把行者咄的喝下來。行者對唐僧道：「何如？我說他不信。果然！果然！如今卻拿那寶貝進與他，倒換關文，往西方去罷。」三藏即將紅匣子遞與行者。行者接過來，將身一抖，那匣兒卒不見了，原是他毫毛變的，被他收上身去。卻將白玉圭雙手捧上，獻與太子。

太子見了道：「好和尚！好和尚！你五年前本是個全真，來騙了我家的寶貝，如今又裝做和尚來進獻！」叫：「拿了！」一聲傳令，把長老唬得慌忙指著行者道：「你這弼馬溫！專撞空頭禍，帶累我哩！」行者近前一齊攔住道：「休嚷！莫走了風！我不叫做立帝貨，還有真名哩。」太子怒道：「你上來！我問你個真名字，好送法司定罪！」

行者道：「我是那長老的大徒弟，名喚悟空孫行者。因與我師父上西天取經，昨宵到此覓宿。我師父夜讀經卷，至三更時分，得一夢。夢見你父王道，他被那全真欺害，推在御花園八角琉璃井內，全真變作他的模樣。滿朝官不能知，你年幼亦無分曉，禁你入宮，關了花園，大端怕漏了消息。你父王今夜特來請我降魔，我恐不是妖邪，自空中看了，果然是個妖精。正要動手拿他，不期你出城打獵。你箭中的玉兔，就是老孫。老孫把你引到寺裡，見師父，訴此衷腸，句句是實。你既然認得白玉圭，怎麼不念鞠養恩情，替親報仇？」

那太子聞言，心中慘戚，暗自傷愁道：「若不信此言語，他卻有三分兒真實；若信了，怎奈殿上見是我父王。」這才是進退兩難心問口，三思忍耐口問心。行者見他疑惑不定，又上前道：「殿下不必心疑，請殿下駕回本國，問你國母娘娘一聲，看他夫妻恩愛之情，比三年前如何。只此一問，便知真假矣。」

那太子回心道：「正是！且待我問我母親去來。」他跳起身，籠了玉圭就走。行者扯住道：「你這些人馬都回，卻不走漏消息，我難成功？但要你單人獨馬進城，不可揚名賣弄。莫入正陽門，須從後宰門進去。到宮中見你母親，切休高聲大氣，須是悄語低言：恐那怪神通廣大，一時走了消息，你娘兒們性命俱難保也。」

太子謹遵教命，出山門吩咐將官：「穩在此紮營，不得移動。我有一事，待我去了就來一同進城。」看他：指揮號令屯軍士，上馬如飛即轉城。這一去，不知見了娘娘，有何話說，且聽下回分解。

第三十八回　嬰兒問母知邪正　金木參玄見假真

逢君只說受生因，便作如來會上人。一念靜觀塵世佛，十方同看降威神。
欲知今日真明主，須問當年嫡母身。別有世間曾未見，一行一步一花新。

卻說那烏雞國王太子，自別大聖，不多時，回至城中。果然不奔朝門，不敢報傳宣詔，徑至後宰門首，見幾個太監在那裡把守。見太子來，不敢阻滯，讓他進去了。好太子，夾一夾馬，撞入裡面，忽至錦香亭下。只見那正宮娘娘坐在錦香亭上，兩邊有數十個嬪妃掌扇，那娘娘倚雕欄兒流淚哩。你道他流淚怎的？原來他四更時也做了一夢，記得一半，含糊了一半，沉沉思想。這太子下馬，跪於亭下。叫：「母親！」那娘娘強整歡容，叫聲：「孩兒，喜呀！喜呀！這二三年在前殿與你父王開講，不得相見，我甚思量；今日如何得暇來看我一面？誠萬千之喜！誠萬千之喜！孩兒，你怎麼聲音悲慘？你父王年紀高邁，有一日龍歸碧海，鳳返丹霄，你就傳了帝位，還有甚麼不悅？」太子叩頭道：「母親，我問你：即位登龍（登上皇位）是那個？稱孤道寡果何人？」娘娘聞言道：「這孩兒發瘋了！

第三十八回
嬰兒問母知邪正　金木參玄見假真

做皇帝的是你父王，你問怎的？」太子叩頭道：「萬望母親赦子無罪，敢問；不赦，不敢問。」娘娘道：「子母家有何罪？赦你，赦你，快快說來。」太子道：「母親，我問你三年前夫妻宮裡之事與後三年恩愛同否，如何？」

娘娘見說，魂飄魄散，急下亭抱起，緊摟在懷，眼中滴淚道：「孩兒！我與你久不相見，怎麼今日來宮問此？」太子發怒道：「母親有話早說；不說時，且誤了大事。」娘娘才喝退左右，淚眼低聲道：「這樁事，孩兒不問，我到九泉之下，也不得明白。既問時，聽我說：

三載之前溫又暖，三年之後冷如冰。
枕邊切切將言問，他說老邁身衰事不興！」

太子聞言，撒手脫身，攀鞍上馬。那娘娘一把扯住道：「孩兒，你有甚事，話不終就走？」太子跪在面前道：「母親，不敢說。今日早朝，蒙欽差架鷹逐犬，出城打獵，偶遇東土駕下來的個取經聖僧，有大徒弟乃孫行者，極善降妖。原來我父王死在御花園八角琉璃井內，這全真假變父王，侵了龍位。今夜三更，父王托夢，請他到城捉怪。孩兒不敢盡信，特來問母。母親才說出這等言語，必然是個妖精。」那娘娘道：「兒啊，外人之言，你怎麼就信為實？」太子道：「兒還不敢認實，父王遺下表記與他了。」

娘娘問是何物，太子袖中取出那金廂白玉圭，遞與娘娘。那娘娘認得是當時國王之寶，止不住淚如泉湧。叫聲：「主公！你怎麼死去三年，不來見我，卻先見聖僧，後來見我？」太子道：「母親，這話是怎的說？」娘娘道：「兒啊，我四更時分，也做了一夢，夢見你父王水淋淋的，站在我跟前，親說他死了，鬼魂兒拜請了唐僧，降假皇帝，救他前身。記便記得是這等言語，只是一半兒不得分明。正在這裡狐疑，怎知今日你又來說這話，又將寶貝拿出。我且收下，你且去請那聖僧急急為之。果然掃蕩妖氛，辨明邪正，庶報你父王養育之恩也。」

太子急忙上馬，出後宰門，躲離城池。真個是噙淚叩頭辭國母，含悲頓首覆唐僧。不多時，出了城門，徑至寶林寺山門前下馬。眾軍士接著太子，又見紅輪（太陽）將墜。太子傳令，不許軍士亂動。他又獨自個入了山門，整束衣冠，拜請行者。只見那猴王從正殿搖搖擺擺走來。那太子雙膝跪下道：「師父，我來了。」行者上前攙住道：「請起，你到城中，可曾問誰麼？」太子道：「問母親來。」將前言盡說了一遍。

行者微微笑道：「若是那般冷啊，想是個甚麼冰冷的東西變的。不打緊！不打緊！等我老孫與你掃蕩。卻只是今日晚了，不好行事。你先回去，待明早我來。」太子跪地叩拜道：「師父，我只在此伺候，到明日同師父一路去罷。」行者道：「不好！不好！若是與你一同入城，那怪物生疑，不說是我撞著你，卻說是你請老孫，卻不惹他反怪你也？」太子道：「我如今進城，他也怪我。」行者道：「怪你怎麼？」太子道：「我自早朝蒙差，帶領若干人馬鷹犬出城，今一日更無一件野物，怎麼見駕？若問我個不才之罪，監陷羑裡（囚禁起來），你明日進城，卻將何倚？況那班部中更沒個相知人也。」行者道：「這甚打緊？你肯早說時，卻不尋下些等你。」

好大聖！你看他就在太子面前，顯個手段，將身一縱，跳在雲端裡。捻著訣，念一聲「唵藍淨法界」的真言，拘得那山神、土地在半空中施禮道：「大聖，呼喚小神，有何使令？」行者道：「老孫保護唐僧至此，欲拿邪魔，奈何那太子打獵無物，不敢回朝；問汝等討個人情，快將獐犯鹿兔，走獸飛禽，各尋些來，打發他回去。」山神、土地聞言，敢不承命；又問各要幾何。大聖道：「不拘多少，取些來便罷。」那各神即著本處陰兵，刮一陣聚獸陰風，捉了些野雞山雉，角鹿肥獐，狐貛貉兔，虎豹狼蟲，共有百千餘隻，獻與行者。行者道：「老孫不要。你可把他都捻就了筋，單擺在那四十里路上兩旁，教那些人不縱鷹犬，拿回城去，算了汝等之功。」眾神依言，散了陰風，擺在左右。

行者才按雲頭，對太子道：「殿下請回，路上已有物了，你自收去。」太子見他在半空中弄此神通，如何不信，只得叩頭拜別。出山門傳了令，教軍士們回城。只見那路旁果有無限的野物，軍士們不放鷹犬，一個個俱著手擒捉，喝采，俱道是千歲殿下的洪福，怎知是老孫的神功？你聽凱歌聲唱，一擁回城。

這行者保護了三藏。那本寺中的和尚，見他們與太子這樣綢繆，怎不恭敬？卻又安排齋供，管待了唐僧，依然還歇在禪堂裡。將近有一更時分，行者心中有事，急睡不著。他一轂轆爬起來，到唐僧床前，叫：「師父。」此時長老還未睡哩。他曉得行者會失驚打怪的，推睡不應。行者摸著他的光頭，亂搖道：「師父怎睡著了？」唐僧怒道：「這個頑皮！這早晚還不睡，吆喝甚麼？」行者道：「師父，有一樁事兒，和你計較計較。」長老道：「甚麼事？」行者道：「我日間與那太子誇口，說我的手段比山還高，比海還深，拿那妖精如探囊取物一般，伸了手去就拿將轉來，卻也睡不著，想起來，有些難哩。」唐僧道：「你說難，便就不拿了罷。」行者道：「拿是還要拿，只是理上不順。」唐僧道：「這猴頭亂說！妖精奪了人君位，怎麼叫做理上不順！」行者道：「你老人家只知念經拜佛，打坐參禪，那曾見那蕭何的律法？常言道：『拿賊拿贓。』那怪物做了三年皇帝，又不曾走了馬腳，漏了風聲。他與三宮妃后同眠，又和兩班文武共樂，我老孫就有本事拿住他，也不好定個罪名。」唐僧道：「怎麼不好定罪。」行者道：「他就是個沒嘴的葫蘆，也與你滾上幾滾。他敢道：『我是烏雞國王。有甚逆天之事，你來拿我？』將甚執照與他折辯？」唐僧道：「憑你怎生裁處？」

行者笑道：「老孫的計已成了。只是干礙著你老人家，有些兒護短。」唐僧道：「我怎麼護短？」行者道：「八戒生得夯，你有些兒偏向他。」唐僧道：「我怎麼向他？」行者道：「你若不向他啊，且如今把膽放大些，與沙僧只在這裡。待老孫與八戒趁此時先入那烏雞國城中，尋著御花園，打開琉璃井，把那皇帝屍首撈將上來，包在我們包袱裡。明日進城，且不管甚麼倒換文牒，見了那怪，掣棍子就打。他但有言語，就將骨櫬（屍骨）與他看，說：『你殺的是這個人！』卻教太子上來哭父，皇后出來認夫，文武多官見主，我老孫與兄弟們動手；這才是有對頭的官事好打。」唐僧聞言，暗喜道：「只怕八戒不肯去。」行者笑道：「如何？我說你護短。你怎麼就知他不肯去？你只像我叫你時不答應，半個時辰便了！我這去，但憑三寸不爛之舌，莫說是豬八戒，就是『豬九戒』，也有本事教他跟著我走。」唐僧道：「也罷，隨你去叫他。」

行者離了師父，徑到八戒床邊。叫：「八戒！八戒！」那呆子是走路辛苦的人，丟倒頭，只情打呼，那裡叫得醒。行者揪著耳朵，抓著鬃，把他一拉，拉起來，叫聲：「八戒。」那呆子還打楞掙。行者又叫一聲，呆子道：「睡了罷，莫頑！明日要走路哩！」行者道：「不是頑，有一樁買賣，我和你做去。」八戒道：「甚麼買賣？」行者道：「你可曾聽得那太子說麼？」八戒道：「我不曾見面，不曾聽見說甚麼。」行者道：「那太子告誦我說，那妖精有件寶貝，萬夫不當之勇。我們明日進朝，不免與他爭敵；倘那怪執了寶貝，降倒我們，卻不反成不美，我想著打人不過，不如先下手。我和你去偷他的來，卻不是好？」八戒道：「哥哥，你哄我去做賊哩。這個買賣，我也去得，果是曉得實實的幫寸，我也與你講個明白：偷了寶貝，降了妖精，我卻不奈煩甚麼小家罕氣的分寶貝，我就要了。」行者道：「你要作甚？」八戒道：「我不如你們乖巧能言，人面前化得出齋來；老豬身子又夯，言語又粗，不能念經，若到那無濟無生處，可好換齋吃麼？」行者道：「老孫只要圖名，那裡圖甚寶貝，就與你罷便了。」那呆子聽見說都與他，他就滿心歡喜，一轂轆爬將起來，套上衣服，就和行者走路。這正是清酒紅人面，黃金動道心。兩個密密的開了門，躲離三藏，縱祥光，徑奔那城。

不多時到了，按落雲頭，只聽得樓頭方二鼓矣。行者道：「兄弟，二更時分了。」八戒道：「正好！正好！人都在頭覺裡正濃睡也。」二人不奔正陽門，徑到後宰門首，只聽得梆鈴聲響。行者道：「兄弟，前後門皆緊急，如何得入？」八戒道：「那見做賊的從門裡走麼？瞞牆跳過便罷。」行者依言，將身一縱，跳上裡羅城牆。八戒也跳上去。二人潛入裡面，找著門路，徑尋那御花園。

正行時，只見有一座三簷白簇的門樓，上有三個亮灼灼的大字，映著那星月光輝，乃是「御花園」。行者近前看了，有幾重封皮，公然將鎖門鏽住了。即命八戒動手，那呆子掣鐵鈀，盡力一築，把門築得粉碎。行者先舉步踐入，忍不住跳將起來，大呼小叫。唬得八戒上前扯住道：「哥呀，害殺我也！那見做賊的亂嚷，似這般吆喝！驚醒了人，把我們拿住，送入官司，就不該死罪，也要解回原籍充軍。」行者道：「兄弟啊，你卻不知我發急為何？你看這：

彩畫雕欄狼狽，寶妝亭閣攲歪。莎汀蓼岸盡塵埋，芍藥荼蘼俱敗。茉莉玫瑰香暗，牡丹百合空開。芙蓉木槿草垓垓，異卉奇葩壅壞。巧石山峰俱倒，池塘水涸魚衰。青松紫竹似乾柴，滿路茸茸蒿艾。丹桂碧桃枝損，海榴棠棣根歪。橋頭曲徑有蒼苔，冷落花園境界！」

八戒道：「且嘆他做甚？快幹我們的買賣去來！」行者雖然感慨，卻留心想起唐僧的夢來，說芭蕉樹下方是井。正行處，果見一株芭蕉，生得茂盛，比眾花木不同。真是：

一種靈苗秀，天生體性空。
枝枝抽片紙，葉葉捲芳叢。
翠縷千條細，丹心一點紅。
淒涼愁夜雨，憔悴怯秋風。
長養元丁力，栽培造化工。
緘書成妙用，揮灑有奇功。
鳳翎寧得似，鸞尾迥相同。
薄露瀼瀼滴，輕煙淡淡籠。
青陰遮戶牖，碧影上簾櫳。
不許棲鴻雁，何堪繫玉驄，
霜天形槁悴，月夜色朦朧。
僅可消炎暑，猶宜避日烘。
愧無桃李色，冷落粉牆東。

第三十八回

嬰兒問母知邪正　金木參玄見假真

行者道：「八戒，動手麼！寶貝在芭蕉樹下埋著哩。」那呆子雙手舉鈀，築倒了芭蕉，然後用嘴一拱，拱了有三四尺深，見一塊石板蓋住。呆子歡喜道：「哥呀！造化了！果有寶貝！是一片石板蓋著哩！不知是罈兒盛著，是櫃兒裝著哩。」行者道：「你掀起來看看。」那呆子果又一嘴，拱開看處，又見有霞光灼灼，白氣明明。八戒笑道：「造化！造化！寶貝放光哩！」又近前細看時，呀！原來是星月之光，映得那井中水亮。八戒道：「哥呀，你但幹事，便要留根。」行者道：「我怎留根？」八戒道：「這是一眼井。你在寺裡，早說是井中有寶貝，我卻帶將兩條捆包袱的繩來，怎麼作個法兒，把老豬放下去；如今空手，這裡面東西，怎麼得下去上來耶？」行者道：「你下去麼？」八戒道：「正是要下去，只是沒繩索。」行者笑道：「你脫了衣服，我與你個手段。」八戒道：「有甚麼好衣服？解了這直裰子就是了。」

好大聖，把金箍棒拿出來，兩頭一扯，叫「長！」足有七八丈長。教：「八戒，你抱著一頭兒，把你放下井去。」八戒道：「哥呀，放便放下去，若到水邊，就住了罷。」行者道：「我曉得。」那呆子抱著鐵棒，被行者輕輕提將起來，將他放下去。不多時，放至水邊。八戒道：「到水了！」行者聽見他說，卻將棒往下一按。那呆子撲通的一個沒頭蹲，丟了鐵棒，便就負水，口裡哺哺的嚷道：「這天殺的！我說到水莫放，他卻就把我一按！」行者掣上棒來。笑道：「兄弟，可有寶貝麼？」八戒道：「見甚麼寶貝，只是一井水！」行者道：「寶貝沉在水底下哩。你下去摸一摸來。」呆子真個深知水性，卻就打個猛子，淬將下去。呀！那井底深得緊！他卻著實又一淬，忽睜眼見有一座牌樓，上有「水晶宮」三個字。八戒大驚道：「罷了！罷了！錯走了路了！蹌下海來也！海內有個水晶宮，井裡如何有之？」原來八戒不知此是井龍王的水晶宮。八戒正敘話處，早有一個巡水的夜叉，開了門，看見他的模樣，急抽身進去報道：「大王，禍事了！井上落一個長嘴大耳的和尚來了！赤淋淋的，衣服全無，還不死，逼法說話哩。」那井龍王忽聞此言，心中大驚道：「這是天蓬元帥來也。昨夜夜游神奉上敕旨，來取烏雞國王魂靈去拜見唐僧，請齊天大聖降妖。這怕是齊天大聖、天蓬元帥來了。卻不可怠慢他，快接他去也。」

那龍王整衣冠，領眾水族，出門來厲聲高叫道：「天蓬元帥，請裡面坐。」八戒卻才歡喜道：「原來是個故知。」那呆子不管好歹，徑入水晶宮裡。其實不知上下，赤淋淋的，就坐在上面。龍王道：「元帥，近聞你得了性命，皈依釋教，保唐僧西天取經，如何得到此處？」八戒道：「正為此說。我師兄孫悟空多多拜上，著我來問你取甚麼寶貝哩。」龍王道：「可憐，我這裡怎麼得個寶貝！比不得那江、河、淮、濟的龍王，飛騰變化，便有寶貝。我久困於此，日月且不能長見，寶貝果何自而來也？」八戒道：「不要推辭，有便拿出來罷。」龍王道：「有便有一件寶貝，只是拿不出來；就元帥親自來看看，何如？」八戒道：「妙！妙！妙！須是看看來也。」

那龍王前走，這呆子隨後。轉過了水晶宮殿，只見廊廡下，橫躺著一個六尺長軀。龍王用手指定道：「元帥，那廂就是寶貝了。」八戒上前看了，呀！原來是個死皇帝，戴著沖天冠，穿著赭黃袍，踏著無憂履，繫著藍田帶，直挺挺睡在那廂。八戒笑道：「難！難！難！算不得寶貝！想老豬在山為怪時，時常將此物當飯；且莫說見的多少，吃也吃夠無數，那裡叫做甚麼寶貝。」龍王道：「元帥原來不知。他本是烏雞國王的屍首；自到井中，我與他定顏珠定住，不曾得壞。你若肯馱他出去，見了齊天大聖，假有起死回生之意啊，莫說寶貝，憑你要甚麼東西都有。」八戒道：「既這等說，我與你馱出去，只說把多少燒埋錢與我？」龍王道：「其實無錢。」八戒道：「你好白使人？果然沒錢，不

第三十八回

嬰兒問母知邪正　金木參玄見假真

馱！」龍王道：「不馱，請行。」八戒就走。龍王差兩個有力量的夜叉，把屍抬將出去，送到水晶宮門外，丟在那廂，摘了辟水珠，就有水響。

八戒急回頭看，不見水晶宮門，一把摸著那皇帝的屍首，慌得他腳軟筋麻，攛出水面，扳著井牆，叫道：「師兄！伸下棒來救我一救！」行者道：「可有寶貝麼？」八戒道：「那裡有！只是水底下有一個井龍王，教我馱死人；我不曾馱，他就把我送出門來，就不見那水晶宮了，只摸著那個屍首。唬得我手軟筋麻，掙搓不動了！哥呀！好歹救我救兒！」行者道：「那個就是寶貝，如何不馱上來？」八戒道：「知他死了多少時了，我馱他怎的？」行者道：「你不馱，我回去耶。」八戒道：「你回那裡去？」行者道：「我回寺中，同師父睡覺去。」八戒道：「我就不去了？」行者道：「你爬得上來，便帶你去，爬不上來，便罷。」八戒慌了：「怎生爬得動！你想，城牆也難上，這井肚子大，口兒小，壁陡的圈牆，又是幾年不曾打水的井，團團都長的是苔痕，好不滑也，教我怎爬？哥哥，不要失了兄弟們和氣，等我馱上來罷。」行者道：「正是，快快馱上來，我同你回去睡覺。」那呆子又一個猛子，淬將下去，摸著屍首，拽過來，背在身上，攛出水面。扶井牆道：「哥哥，馱上來了。」那行者睜睛看處，真個的背在身上。卻才把金箍棒伸下井底。那呆子著了惱的人，張開口，咬著鐵棒，被行者輕輕的提將出來。

八戒將屍放下，撈過衣服穿了。行者看時，那皇帝容顏依舊，似生時未改分毫。行者道：「兄弟啊，這人死了三年，怎麼還容顏不壞？」八戒道：「你不知之。這井龍王對我說，他使了定顏珠定住了，屍首未曾壞得。」行者道：「造化！造化！一則是他的冤仇未報，二來該我們成功。兄弟快把他馱了去。」八戒道：「馱往那裡去？」行者道：「馱了去見師父。」八戒口中作念道：「怎的起！怎的起！好好睡覺的人，被這猢猻花言巧語，哄我教做甚麼買賣，如今卻幹這等事，教我馱死人！馱著他，醃臢臭水淋將下來，污了衣服，沒人與我漿洗。上面有幾個補丁，天陰發潮，如何穿麼？」行者道：「你只管馱了去，到寺裡，我與你換衣服。」八戒道：「不羞！連你穿的也沒有，又替我換！」行者道：「這般弄嘴，便不馱罷！」八戒道：「不馱！」「便伸過孤拐來，打二十棒！」八戒慌了道：「哥哥，那棒子重，若是打上二十，我與這皇帝一般了。」行者道：「怕打時，趁早兒馱著走路！」八戒果然怕打。沒好氣，把屍首拽將過來，背在身上，拽步出園就走。

好大聖，捻著訣，念聲咒語，往巽（八卦之一，代表風）地上吸一口氣，吹將去，就是一陣狂風，把八戒撮出皇宮內院，躲離了城池，息了風頭，二人落地，徐徐卻走將來。那呆子心中暗惱，算計要恨報行者，道：「這猴子捉弄我，我到寺裡也捉弄他捉弄，攛唆師父，只說他醫得活；醫不活，教師父念《緊箍兒咒》，把這猴子的腦漿勒出來，方趁我心！」走著路，再再尋思道：「不好！不好！若教他醫人，卻是容易：他去閻王家討將魂靈兒來，就醫活了。只說不許赴陰司，陽世間就能醫活，這法兒才好。」

說不了，卻到了山門前，逕直進去，將屍首丟在那禪堂門前，道：「師父，起來看邪。」那唐僧睡不著，正與沙僧講行者哄了八戒去久不回之事。忽聽得他來叫了一聲，唐僧連忙起身道：「徒弟，看甚麼？」八戒道：「行者的外公，教老豬馱將來了。」行者道：「你這饢糟的呆子！我那裡有甚麼外公。」八戒道：「哥，不是你外公，卻教老豬馱他來怎麼？也不知費了多少力了！」

那唐僧與沙僧開門看處，那皇帝容顏未改，似活的一般。長老忽然慘淒道：「陛下，你不知那世裡冤家，今生遇著他，暗喪其身，拋妻別子，致令文武不知，多官不曉！可憐你妻子昏蒙，誰曾見焚香獻茶？」忽失聲淚如雨下。八戒笑道：「師父，他死了可干你事？又不是你家父祖，哭他怎的！」三藏道：「徒弟啊，出家人慈悲為本，方便為門。你怎的這等心硬？」八戒道：「不是心硬；師兄和我說來，他能醫得活。若是醫不活，我也不馱他來了。」那長老原來是一頭水（沒有主見）的，被那呆子搖動了，也便就叫：「悟空，若果有手段醫活這個皇帝，正是『救人一命，勝造七級浮圖』。我等也強似靈山拜佛。」行者道：「師父，你怎麼信這呆子亂談！人若死了，或三七五七，盡七七日，受滿了陽間罪過，就轉生去了。如今已死三年，如何救得！」三藏聞其言道：「也罷了。」八戒苦恨不息。道：「師父，你莫被他瞞了。他有些夾腦風。你只念念那話兒，管他還你一個活人。」

真個唐僧就念《緊箍兒咒》，勒得那猴子眼脹頭疼。畢竟不知怎生醫救，且聽下回分解。

第三十九回

一粒金丹天上得　三年故主世間生

話說那孫大聖頭痛難禁，哀告道：「師父，莫念！莫念！等我醫罷！」長老問：「怎麼醫？」行者道：「只除過陰司，查勘那個閻王家有他魂靈，請將來救他。」八戒道：「師父莫信他。他原說不用過陰司，陽世間就能醫活，方見手段哩。」那長老信邪風，又念《緊箍兒咒》，慌得行者滿口招承道：「陽世間醫罷！陽世間醫罷！」八戒道：「莫要住！只管念！只管念！」行者罵道：「你這呆孽，攛道師父咒我哩！」八戒笑得打跌道：「哥耶！哥耶！你只曉得捉弄我，不曉得我也捉弄你捉弄！」行者道：「師父，莫念！莫念！等老孫陽世間醫罷。」三藏道：「陽世間怎麼醫？」行者道：「我如今一筋斗雲，撞入南天門裡，不進斗牛宮，不入靈霄殿，徑到那三十三天之上，離恨天宮兜率院內，見太上老君，把他『九轉還魂丹』求得一粒來，管取救活他也。」

三藏聞言，大喜道：「就去快來。」行者道：「如今有三更時候罷了，投到回來，好天明了。只是這個人睡在這裡，冷淡冷淡，不像個模樣；須得舉哀人看著他哭，便才好哩。」八戒道：「不消講，這猴子一定是要我哭哩。」行者道：「怕你不哭！你若不哭，我也醫不成！」八戒道：「哥哥，

第三十九回

一粒金丹天上得　三年故主世間生

你自去，我自哭罷了。」行者道：「哭有幾樣：若乾著口喊，謂之嚎；扭搜出些眼淚兒來，謂之啕。又要哭得有眼淚，又要哭得有心腸，才算著嚎啕痛哭哩。」八戒道：「我且哭個樣子你看看。」他不知那裡扯個紙條，拈作一個紙拈兒，往鼻孔裡通了兩通，打了幾個涕噴，你看他眼淚汪汪，粘涎答答的，哭將起來。口裡不住的絮絮叨叨，數黃道黑，真個像死了人的一般。哭到那傷情之處，唐長老也淚滴心酸。行者笑道：「正是那樣哀痛，再不許住聲。你這呆子哄得我去了，你就不哭。我還聽哩！若是這等哭便罷；若略住住聲兒，定打二十個孤拐！」八戒笑道：「你去！你去！我這一哭動頭，有兩日哭哩。」沙僧見他數落，便去尋幾枝香來燒獻。行者笑道：「好！好！好！一家兒都有些敬意，老孫才好用功。」

好大聖，此時有半夜時分了，別了他師徒三眾，縱筋斗雲，只入南天門裡。果然也不謁靈霄寶殿，不上那斗牛天宮，一路雲光，徑來到三十三天離恨天兜率宮中。才入門，只見那太上老君正坐在那丹房中，與眾仙童執芭蕉扇扇火煉丹哩。他見行者來時，即吩咐看丹的童兒：「各要仔細。偷丹的賊又來也。」行者作禮笑道：「老官兒，這等沒搭撒（沒正經）。防備我怎的？我如今不幹那樣事了。」老君道：「你那猴子，五百年前大鬧天宮，把我靈丹偷吃無數，著小聖二郎捉拿上界，送在我丹爐煉了四十九日，炭也不知費了多少。你如今幸得脫身，皈依佛果，保唐僧往西天取經，前者在平頂山上降魔，弄刁難，不與我寶貝，今日又來做甚？」行者道：「前日事，老孫更沒稽遲，將你那五件寶貝當時交還，你反疑心怪我？」

老君道：「你不走路，潛入吾宮怎的？」行者道：「自別後，西過一方，名烏雞國。那國王被一妖精假裝道士，呼風喚雨，陰害了國王，那妖假變國王相貌，現坐金鑾殿上。是我師父夜坐寶林寺看經，那國王鬼魂參拜我師，敦請老孫與他降妖，辨明邪正。正是老孫思無指實，與弟八戒，夜入園中，打破花園，尋著埋藏之所，乃是一眼八角琉璃井內。撈上他的屍首，容顏不改。到寺中見了我師，他發慈悲，著老孫醫救，不許去赴陰司裡求索靈魂，只教在陽世間救治。我想著無處回生，特來參謁。萬望道祖垂憐，把『九轉還魂丹』借得一千丸兒，與我老孫，搭救他也。」老君道：「這猴子胡說！甚麼一千丸，二千丸！當飯吃哩！是那裡土塊揍的，這等容易？咄！快去！沒有！」行者笑道：「百十丸兒也罷。」老君道：「也沒有。」行者道：「十來丸也罷。」老君怒道：「這潑猴卻也纏帳！沒有，沒有！出去，出去！」行者笑道：「真個沒有，我問別處去救罷。」老君喝道：「去！去！去！」這大聖拽轉步，往前就走。

老君忽的尋思道：「這猴子憊懶哩，說去就去，只怕溜進來就偷。」即命仙童叫回來道：「你這猴子，手腳不穩，我把這『還魂丹』送你一丸罷。」行者道：「老官兒，既然曉得老孫的手段，快把金丹拿出來，與我四六分分，還是你的造化哩；不然，就送你個『皮笊籬，一撈個罄盡』。」那老祖取過葫蘆來，倒吊過底子，傾出一粒金丹，遞與行者道：「止有此了。拿去，拿去！送你這一粒，醫活那皇帝，只算你的功果罷。」行者接了道：「且休忙，等我嘗嘗看。只怕是假的，莫被他哄了。」撲的往口裡一丟，慌得那老祖上前扯住，一把揪著頂瓜皮，攥著拳頭，罵道：「這潑猴若要咽下去，就直打殺了！」行者笑道：「嘴臉！小家子樣！那個吃你的哩！能值幾個錢！虛多實少的。在這裡不是？」原來那猴子頦下有嗉袋兒。他把那金丹噙在嗉袋裡，被老祖捻著道：「去罷！去罷！再休來此纏繞！」這大聖才謝了老祖，出離了兜率天宮。

你看他千條瑞靄離瑤闕，萬道祥雲降世塵。須臾間，下了南天門，回到東觀，早見那太陽星上。

按雲頭，徑至寶林寺山門外，只聽得八戒還哭哩。忽近前叫聲：「師父。」三藏喜道：「悟空來了，可有丹藥。」行者道：「有。」八戒道：「怎麼得沒有？他偷也去偷人家些來！」行者笑道：「兄弟，你過去罷，用不著你了。你揩揩眼淚，別處哭去。」教：「沙和尚，取些水來我用。」沙僧急忙往後面井上，有個方便吊桶，即將半鉢盂水遞與行者。行者接了水，口中吐出丹來，安在那皇帝唇裡；兩手扳開牙齒，用一口清水，把金丹沖灌下肚。有半個時辰，只聽他肚裡呼呼的亂響，只是身體不能轉移。行者道：「師父，弄我金丹也不能救活，可是掯殺老孫麼？」三藏道：「豈有不活之理。似這般久死之屍，如何吞得水下？此乃金丹之仙力也。自金丹入腹，卻就腸鳴了；腸鳴乃血脈和動，但氣絕不能回伸。莫說人在井裡浸了三年，就是生鐵也上鏽了。只是元氣盡絕，得個人度他一口氣便好。」那八戒上前就要度氣，三藏一把扯住道：「使不得！還教悟空來。」

那師父甚有主張：原來豬八戒自幼兒傷生作孽吃人，是一口濁氣；惟行者從小修持，咬松嚼柏，吃桃果為生，是一口清氣。這大聖上前，把個雷公嘴，噙著那皇帝口唇，呼的一口氣，吹入咽喉，度下重樓，轉明堂，徑至丹田，從湧泉倒返泥垣宮。呼的一聲響亮，那君王氣聚神歸，便翻身，掄拳曲足，叫了一聲：「師父！」雙膝跪在塵埃道：「記得昨夜鬼魂拜謁，怎知道今朝天曉返陽神！」三藏慌忙攙起道：「陛下，不干我事，你且謝我徒弟。」行者笑道：「師父說那裡話？常言道：『家無二主。』你受他一拜兒不虧。」

三藏甚不過意，攙起那皇帝來，同入禪堂。又與八戒、行者、沙僧拜見了，方才按座。只見那本寺的僧人，整頓了早齋，卻欲來奉獻；忽見那個水衣皇帝，個個驚張，人人疑說。孫行者跳出來道：「那和尚，不要這等驚疑。這本是烏雞國王，乃汝之真主也。三年前被怪害了性命，是老孫今夜救活。如今進他城去，要辨明邪正。若有了齋，擺將來，等我們吃了走路。」眾僧即奉獻湯水，與他洗了面，換了衣服。把那皇帝赭黃袍脫了，本寺僧官，將兩領布直裰，與他穿了；解下藍田帶，將一條黃絲絛子與他繫了；褪下無憂履，與他一雙舊僧鞋撒了；卻才都吃了早齋，扣背馬匹。

行者問：「八戒，你行李有多重？」八戒道：「哥哥，這行李日逐挑著，倒也不知有多重。」行者道：「你把那一擔兒分為兩擔，將一擔兒你挑著，將一擔兒與這皇帝挑。我們趕早進城幹事。」八戒歡喜道：「造化！造化！當時馱他來，不知費了多少力；如今醫活了，原來是個替身。」

那呆子就弄玄虛，將行李分開，就問寺中取條匾擔，輕些的自己挑了，重些的教那皇帝挑著。行者笑道：「陛下，著你那般打扮，挑著擔子，跟我們走走，可虧你麼？」那國王慌忙跪下道：「師父，你是我重生父母一般，莫說挑擔，情願執鞭墜鐙，伏侍老爺，同行上西天去也。」行者道：「不要你去西天。我內中有個緣故。你只挑得四十里進城。待捉了妖精，你還做你的皇帝，我們還取我們的經也。」八戒聽言道：「這等說，他只挑四十里路，我老豬還是長工！」行者道：「兄弟，不要胡說，趁早外邊引路。」

真個八戒領那皇帝前行，沙僧伏侍師父上馬，行者隨後。只見那本寺五百僧人，齊齊整整，吹打著細樂，都送出山門之外。行者笑道：「和尚們不必遠送：但恐官家有人知覺，洩漏我的事機，反為不美。快回去！快回去！但把那皇帝的衣服冠帶，整頓乾淨，或是今晚明早，送進城來，我討些封贈賞賜謝你。」眾僧依命各回訖。行者攙開大步，趕上師父，一直前來。正是：

西方有訣好尋真，金木和同卻煉神。丹母空懷懵懂夢，嬰兒長恨杌樗身。

必須井底求明主，還要天堂拜老君。悟得色空還本性，誠為佛度有緣人。

師徒們在路上，那消半日，早望見城池相近。三藏道：「悟空，前面想是烏雞國了。」行者道：「正是，我們快趕進城幹事。」那師徒進得城來，只見街市上人物齊整，風光鬧熱，早又見鳳閣龍樓，十分壯麗。有詩為證。詩曰：

海外宮樓如上邦，人間歌舞若前唐。花迎寶扇紅雲繞，日照鮮袍翠霧光。
孔雀屏開香靄出，珍珠簾捲彩旗張。太平景象真堪賀，靜列多官沒奏章。

三藏下馬道：「徒弟啊，我們就此進朝倒換關文，省得又攏那個衙門費事。」行者道：「說得有理。我兄弟們都進去，人多才好說話。」唐僧道：「都進去，莫要撒村（言行粗魯），先行了君臣禮，然後再講。」行者道：「行君臣禮，就要下拜哩。」三藏道：「正是，要行五拜三叩頭的大禮。」行者笑道：「師父不濟。若是對他行禮，誠為不智。你且讓我先走到裡邊，自有處置。等他若有言語，讓我對答。我若拜，你們也拜；我若蹲，你們也蹲。」你看那惹禍的猴王，引至朝門，與閣門大使言道：「我等是東土大唐駕下差來，上西天拜佛求經者。今到此倒換關文，煩大人轉達，是謂不誤善果。」那黃門官即入端門，跪下丹墀，啟奏道：「朝門外有五眾僧人，言是東土唐國欽差上西天拜佛求經。今至此倒換關文，不敢擅入，現在門外聽宣。」

那魔王即令傳宣。唐僧卻同入朝門裡面。那回生的國主隨行。正行，忍不住腮邊墮淚，心中暗道：「可憐！我的銅斗兒江山，鐵圍的社稷，誰知被他陰占了！」行者道：「陛下切莫傷感，恐走漏消息。這棒子在我耳朵裡跳哩，如今決要見功。管取打殺妖魔，掃蕩邪物。這江山不久就還歸你也。」那君王不敢違言，只得扯衣揩淚，捨死相從，徑來到金鑾殿下。又見那兩班文武，四百朝官，一個個威嚴端肅，相貌軒昂。這行者引唐僧站立在白玉階前，挺身不動。那階下眾官，無不悚懼，道：「這和尚十分愚濁！怎麼見我王便不下拜，亦不開言呼祝？喏也不唱一個，好大膽無禮！」說不了，只聽得那魔王開口問道：「那和尚是那方來的？」行者昂然答道：「我是南贍部洲東土大唐國奉欽差前往西域天竺國大雷音寺拜活佛求真經者。今到此方，不敢空度，特來倒換通關文牒。」那魔王聞說，心中作怒道：「你東土便怎麼！我不在你朝進貢，不與你國相通，你怎麼見吾抗禮，不行參拜！」行者笑道：「我東土古立天朝，久稱上國，汝等乃下土邊邦。自古道：『上邦皇帝，為父為君；下邦皇帝，為臣為子。』你倒未曾接我，且敢爭我不拜？」那魔王大怒，教文武官：「拿下這野和尚去！」說聲叫「拿」，你看那多官一齊踴躍。這行者喝了一聲，用手一指，教：「莫來！」那一指，就使個定身法，眾官俱莫能行動。真個是校尉階前如木偶，將軍殿上似泥人。

那魔王見他定住了文武多官，急縱身，跳下龍床，就要來拿。猴王暗喜道：「好！正合老孫之意。這一來就是個生鐵鑄的頭，湯著棍子，也打個窟窿！」正動身，不期旁邊轉出一個救命星來。你道是誰，原來是烏雞國王的太子，急上前扯住那魔王的朝服，跪在面前道：「父王息怒。」妖精問：「孩兒怎麼說？」太子道：「啟父王得知。三年前聞得人說，有個東土唐朝駕下欽差聖僧往西天拜佛求經，不期今日才來到我邦。父王尊性威烈，若將這和尚拿去斬首，只恐大唐有日得此消息，必生嗔怒。你想那李世民自稱王位，一統江山，心尚未足，又興過海征伐；若知我王害了他御弟聖僧，一定興兵發馬，來與我王爭敵。奈何兵少將微，那時悔之晚矣。父王依兒所奏，且把那四個和尚，問他個來歷分明，先定他一段不參王駕，然後方可問罪。」

這一篇，原來是太子小心，恐怕來傷了唐僧，故意留住妖魔，更不知行者安排著要打。那魔王果信其言，立在龍床前面，大喝一聲道：「那和尚是幾時離了東土？唐王因甚事著你求經？」行者昂然而答道：「我師父乃唐王御弟，號曰三藏。因唐王駕下有一丞相，姓魏名徵，奉天條夢斬涇河老龍。大唐王夢游陰司地府，復得回生之後，大開水陸道場，普度冤魂孽鬼。因我師父敷演經文，廣運慈悲，忽得南海觀音菩薩指教來西。我師父大發弘願，情欣意美，報國盡忠，蒙唐王賜與文牒。那時正是大唐貞觀十三年九月望前三日。離了東土，前至兩界山，收了我做大徒弟，姓孫，名悟空行者；又到烏斯國界高老莊，收了二徒弟，姓豬，名悟能八戒；流沙河界，又收了三徒弟，姓沙，名悟淨和尚；前日在敕建寶林寺，又新收個挑擔的行童道人。」魔王聞說，又沒法搜檢那唐僧，弄巧計盤詰行者，怒目問道：「那和尚，你起初時，一個人離東土，又收了四眾，那三僧可讓，這一道難容。那行童斷然是拐來的。他叫做甚麼名字？有度牒是無度牒？拿他上來取供。」唬得那皇帝戰戰兢兢道：「師父啊！我卻怎的供？」孫行者捻他一把道：「你休怕，等我替你供。」

好大聖，趨步上前，對怪物厲聲高叫道：「陛下，這老道是一個喑啞之人，卻又有些耳聾。只因他年幼間曾走過西天，認得道路。他的一節兒起落根本，我盡知之，望陛下寬恕，待我替他供罷。」魔王道：「趁早實實的替他供來，免得取罪。」行者道：

「供罪行童年且邁，痴聾喑啞家私壞。祖居原是此間人，五載之前遭破敗。

天無雨，民乾壞，君王黎庶都齋戒。焚香沐浴告天公，萬里全無雲靉靆。
百姓飢荒若倒懸，鍾南忽降全真怪。呼風喚雨顯神通，然後暗將他命害。
推下花園水井中，陰侵龍位人難解。幸吾來，功果大，起死回生無掛礙。
情願皈依作行童，與僧同去朝西界。假變君王是道人，道人轉是真王代。

那魔王在金鑾殿上，聞得這一篇言語，唬得他心頭撞小鹿，面上起紅雲。急抽身就要走路，奈何手內無一兵器；轉回頭，只見一個鎮殿將軍，腰挎一口寶刀，被行者使了定身法，直挺挺如痴如痖，立在那裡，他近前，奪了這寶刀，就駕雲頭望空而去。氣得沙和尚暴躁如雷，豬八戒高聲喊叫，埋怨行者是一個急猴子：「你就慢說些兒，卻不穩住他了？如今他駕雲逃走，卻往何處追尋？」行者笑道：「兄弟們且莫亂嚷。我等叫那太子下來拜父，嬪后出來拜夫。」卻又念個咒語，解了定身法。「教那多官蘇醒回來拜君，方知是真實皇帝。教訴前情，才見分曉，我再去尋他。」好大聖，吩咐八戒、沙僧：「好生保護他君臣父子嬪後，與我師父！」只聽說聲去，就不見形影。

他原來跳在九霄雲裡，睜眼四望，看那魔王哩。只見那畜果逃了性命，徑往東北上走哩。行者趕得將近，喝道：「那怪物，那裡去！老孫來了也！」那魔王急回頭，掣出寶刀，高叫道：「孫行者，你好憊懶！我來占別人的帝位，與你無干，你怎麼來抱不平，洩漏我的機密！」行者呵呵笑道：「我把你大膽的潑怪！皇帝又許你做？你既知我是老孫，就該遠遁；怎麼還刁難我師父，要取甚麼供狀！適才那供狀是也不是？你不要走！好漢吃我老孫這一棒！」那魔側身躲過，掣寶刀劈面相還。他兩個搭上手，這一場好殺，真是：

第三十九回

一粒金丹天上得　三年故主世間生

猴王猛，魔王強，刀迎棒架敢相當。
一天雲霧迷三界，只為當朝立帝王。

他兩個戰經數合，那妖魔抵不住猴王，急回頭復從舊路跳入城裡，闖在白玉階前兩班文武叢中，搖身一變，即變得與唐三藏一般模樣，並攙手，立在階前。這大聖趕上，就欲舉棒來打，那怪道：「徒弟莫打，是我！」急掣棒要打那個唐僧，卻又道：「徒弟莫打，是我！」一樣兩個唐僧，實難辨認。「倘若一棒打殺妖怪變的唐僧，這個也成了功果；假若一棒打殺我的真實師父，卻怎麼好！」只得停手，叫八戒、沙僧問道：「果然那一個是怪，那一個是我的師父？你指與我，我好打他。」八戒道：「你在半空中相打相嚷，我瞥瞥眼就見兩個師父，也不知誰真誰假。」

行者聞言，捻訣念聲咒語，叫那護法諸天、六丁六甲、五方揭諦、四值功曹、一十八位護駕伽藍、當坊土地、本境山神道：「老孫至此降妖，妖魔變作我師父，氣體相同，實難辨認。汝等暗中知會者，請師父上殿，讓我擒魔。」原來那妖怪善騰雲霧，聽得行者言語，急撒手跳上金鑾寶殿。這行者舉起棒望唐僧就打。可憐！若不是喚那幾位神來，這一下，就是二十個唐僧，也打為肉醬！多虧眾神架住鐵棒道：「大聖，那怪會騰雲，先上殿去了。」行者趕上殿，他又跳將下來扯住唐僧，在人叢裡又混了一混，依然難認。

行者心中不快；又見那八戒在旁冷笑，行者大怒道：「你這夯貨怎的？如今有兩個師父，你有得叫，有得應，有得伏侍哩，你這般歡喜得緊！」八戒笑道：「哥啊，說我呆，你比我又呆哩！師父既不認得，何勞費力？你且忍些頭疼，叫我師父念念那話兒，我與沙僧各攙一個聽著。若不會念的，必是妖怪，有何難也？」行者道：「兄弟，虧你也。正是，那話兒只有三人記得。原是我佛如來心苗上所發，傳與觀世音菩薩，菩薩又傳與我師父，便再沒人知道。——也罷，師父，念念。」真個那唐僧就念起來。那魔王怎麼知得，口裡胡哼亂哼。八戒道：「這哼的卻是妖怪了！」他放了手，舉鈀就築。那魔王縱身跳走，踏著雲頭便走。

好八戒，喝一聲，也駕雲頭趕上，慌得那沙和尚丟了唐僧，也掣出寶杖來打。唐僧才停了咒語。孫大聖忍著頭疼，攥著鐵棒，趕在空中。呀！這一場，三個狠和尚，圍住一個潑妖魔。那魔王被八戒、沙僧使釘鈀寶杖左右攻住了。行者笑道：「我要再去，當面打他，他卻有些怕我，只恐他又走了；等我老孫跳高些，與他個搗蒜打，結果了他罷。」

這大聖縱祥光，起在九霄，正欲下個切手，只見那東北上，一朵彩雲裡面，厲聲叫道：「孫悟空，且休下手！」行者回頭看處，原來文殊菩薩。急收棒，上前施禮道：「菩薩，那裡去？」文殊道：「我來替你收這個妖怪的。」行者謝道：「累煩了。」那菩薩袖中取出照妖鏡，照住了那怪的原身。行者才招呼八戒、沙僧齊來見了菩薩。卻將鏡子裡看處，那魔王生得好不凶惡：

> 眼似琉璃盞，頭若煉炒缸。渾身三伏靛，四爪九秋霜。搭拉兩個耳，一尾掃帚長。青毛生銳氣，紅眼放金光。扁牙排玉板，圓須挺硬槍。鏡裡觀真象，原是文殊一個獅猁王。

行者道：「菩薩，這是你座下的一個青毛獅子，卻怎麼走將來成精，你就不收服他？」菩薩道：「悟空，他不曾走，他是佛旨差來的。」行者道：「這畜類成精，侵奪帝位，還奉佛旨差來。似老孫保唐僧受苦，就該領幾道敕書！」

菩薩道：「你不知道。當初這烏雞國王，好善齋僧，佛差我來度他歸西，早證金身羅漢。因是不可原身相見，變做一種凡僧，問他化些齋供。被吾幾句言語相難，他不識我是個好人，把我一條繩捆了，送在那御水河中，浸了我三日三夜。多虧六甲金身救我歸西，奏與如來，如來將此怪令到此處推他下井，浸他三年，以報吾三日水災之恨。『一飲一啄，莫非前定。』今得汝等來此，成了功績。」

行者道：「你雖報了甚麼『一飲一啄』的私仇，但那怪物不知害了多少人也。」菩薩道：「也不曾害人。自他到後，這三年間，風調雨順，國泰民安，何害人之有？」行者道：「固然如此，但只三宮娘娘，與他同眠同起，點污了他的身體，壞了多少綱常倫理，還叫做不曾害人？」菩薩道：「點污（奸污）他不得。他是個騸（閹割）了的獅子。」八戒聞言，走近前，就摸了一把。笑道：「這妖精真個是『糟鼻子不吃酒——枉擔其名』了！」行者道：「既如此，收了去罷。若不是菩薩親來，決不饒他性命。」那菩薩卻念個咒，喝道：「畜生，還不皈正，更待何時！」那魔王才現了原身。菩薩放蓮花罩定妖魔，坐在背上，踏祥光辭了行者。咦！徑轉五台山上去，寶蓮座下聽談經。

畢竟不知那唐僧師徒怎的出城。且聽下回分解。

第四十回

嬰兒戲化禪心亂　猿馬刀歸木母空

卻說那孫大聖，兄弟三人，按下雲頭，徑至朝內。只見那君臣儲後，幾班兒拜接謝恩。行者將菩薩降魔收怪的那一節，陳訴與他君臣聽了，一個個頂禮不盡。正都在賀喜之間，又聽得黃門官來奏：「主公，外面又有四個和尚來也。」八戒慌了道：「哥哥，莫是妖精弄法，假捏文殊菩薩，哄了我等，卻又變作和尚，來與我們斗智哩？」行者道：「豈有此理！」即命宣進來看。

眾文武傳令，著他進來。行者看時，原來是那寶林寺僧人，捧著那沖天冠、碧玉帶、赭黃袍、無憂履進得來也。行者大喜道：「來得好！來得好！」且教道人過來，摘下包巾，戴上沖天冠；脫了布衣，穿上赭黃袍；解了絛子，繫上碧玉帶；褪了僧鞋，登上無憂履；教太子拿出白玉圭來，與他執在手裡，早請上殿稱孤。正是自古道：「朝廷不可一日無君。」那皇帝那裡肯坐，哭啼啼，跪在階心道：「我已死三年，今蒙師父救我回生，怎麼又敢妄自稱尊；請那一位師父為君，我情願領妻子城外為民足矣。」那三藏那裡肯受，一心只是要拜佛求經。又請行者，行者笑道：「不瞞列位說。老孫若肯要做皇帝，天下萬國九州皇帝，都做遍了。只是我們做慣了和尚，是這般懶散。若做了皇帝，就要

第四十回

嬰兒戲化禪心亂　猿馬刀歸木母空

留頭長髮，黃昏不睡，五鼓不眠；聽有邊報，心神不安；見有災荒，憂愁無奈。我們怎麼弄得慣？你還做你的皇帝，我還做我的和尚，修功行去也。」那國王苦讓不過，只得上了寶殿，南面稱孤，大赦天下，封贈了寶林寺僧人回去。卻才開東閣，筵宴唐僧。一壁廂傳旨宣召丹青，寫下唐師徒四位喜容，供養在金鑾殿上。

那師徒們安了邦國，不肯久停，欲辭王駕投西。那皇帝與三宮妃后、太子、諸臣，將鎮國的寶貝，金銀緞帛，獻與師父酬恩。那三藏分毫不受，只是倒換關文，催悟空等背馬早行。那國王甚不過意，擺整朝鑾駕請唐僧上坐，著兩班文武引導，他與三宮妃后並太子一家兒，捧轂推輪，送出城廓，卻才下龍輦，與眾相別。國王道：「師父啊，到西天經回之日，是必還到寡人界內一顧。」三藏道：「弟子領命。」那皇帝眼淚汪汪，遂與眾臣回去了。

那唐僧一行四僧，上了平陽大路，一心裡專拜靈山。正值秋盡冬初時節，但見：

霜凋紅葉林林瘦，雨熟黃粱處處盈。
日暖嶺梅開曉色，風搖山竹動寒聲。

師徒們離了烏雞國，夜住曉行，將半月有餘。忽又見一座高山，真個是摩天礙日。三藏馬上心驚，急兜韁忙呼行者。行者道：「師父有何吩咐？」三藏道：「你看前面又有大山峻嶺，須要仔細提防，恐一時又有邪物來侵我也。」行者笑道：「只管走路，莫再多心。老孫自有防護。」那長老只得寬懷，加鞭策馬，奔至山岩，果然也十分險峻。但見得：

高不高，頂上接青霄；深不深，澗中如地府。山前常見骨都都白雲，圪騰騰黑霧。紅梅翠竹，綠柏青松。山後有千萬丈挾魂靈台，台後有古古怪怪藏魔洞。洞中有叮叮當當滴水泉，泉下更有彎彎曲曲流水澗。又見那跳天搠地獻果猿，丫丫叉叉帶角鹿，呢呢痴痴看人獐。至晚巴山尋穴虎，待曉翻波出水龍。登得洞門唿喇的響，驚得飛禽撲魯的起，看那林中走獸鞠律律的行。見此一伙禽和獸，嚇得人心圪磴磴驚。堂倒洞堂堂倒洞，洞當當倒洞當仙。青石染成千塊玉，碧紗籠罩萬堆煙。

師徒們正當悚懼，又只見那山凹裡有一朵紅雲，直冒到九霄空內，結聚了一團火氣。行者大驚，走近前，把唐僧搊著腳，推下馬來，叫：「兄弟們，不要走了，妖怪來矣。」慌得個八戒急掣釘鈀，沙僧忙掄寶杖，把唐僧圍護在當中。

話分兩頭。卻說紅光裡，真是個妖精。他數年前，聞得人講：「東土唐僧往西天取經，乃是金蟬長老轉生，十世修行的好人。有人吃他一塊肉，延生長壽，與天地同休。」他朝朝在山間等候，不期今日到了。他在那半空裡，正然觀看，只見三個徒弟，把唐僧圍護在馬上，各各準備。這精靈誇贊不盡道：「好和尚！我才看著一個白面胖和尚騎了馬，真是那唐朝聖僧，卻怎麼被三個醜和尚護持住了！一個個伸拳斂袖，各執兵器，似乎要與人打的一般。噫！不知是那個有眼力的，想應認得我了。似此模樣，莫想得那唐僧的肉吃。」

沉吟半晌，以心問心的自家商量道：「若要倚勢而擒，莫能得近；或者以善迷他，卻到得手。但哄得他心迷惑，待我在善內生機，斷然拿了。且下去戲他一戲。」

第四十回

嬰兒戲化禪心亂　猿馬刀歸木母空

好妖怪，即散紅光，按雲頭落下。去那山坡裡，搖身一變，變作七歲頑童，赤條條的，身上無衣，將麻繩捆了手足，高吊在那松樹梢頭，口口聲聲，只叫：「救人！救人！」

卻說那孫大聖忽抬頭再看處，只見那紅雲散盡，火氣全無。便叫：「師父，請上馬走路。」唐僧道：「你說妖怪來了，怎麼又敢走路？」行者道：「我才然間，見一朵紅雲從地而起，到空中結做一團火氣，斷然是妖精。這一會紅雲散了，想是個過路的妖精，不敢傷人。我們去耶！」八戒笑道：「師兄說話最巧，妖精又有個甚麼過路的。」行者道：「你那裡知道。若是那山那洞的魔王設宴，邀請那諸山各洞之精赴會，卻就有東南西北四路的精靈都來赴會；故此他只有心赴會，無意傷人。此乃過路之妖精也。」三藏聞言，也似信不信的，只得攀鞍在馬，順路奔山前進。

正行時，只聽得叫聲「救人！救人！」長老大驚道：「徒弟啊，這半山中，是那裡甚麼人叫？」行者上前道：「師父只管走路，莫纏甚麼『人轎』、『騾轎』、『明轎』、『睡轎』。這所在，就有轎，也沒個人抬你。」唐僧道：「不是扛抬之轎，乃是叫喚之叫。」行者笑道：「我曉得，莫管閒事，且走路。」

三藏依言，策馬又進。行不上一里之遙，又聽得叫聲：「救人！」長老道：「徒弟，這個叫聲，不是鬼魅妖邪；若是鬼魅妖邪，但有出聲，無有回聲。你聽他叫一聲，又叫一聲，想必是個有難之人。我們可去救他一救。」行者道：「師父，今日且把這慈悲心略收起收起，待過了此山，再發慈悲罷。這去處凶多吉少。你知道那倚草附木之說，是物可以成精。諸般還可，只有一般蟒蛇，但修得年遠日深，成了精魅，善能知人小名兒。他若在草科裡，或山凹中，叫人一聲，人不答應還可；若答應一聲，他就把人元神綽去，當夜跟來，斷然傷人性命。且走！且走！古人云：『脫得去，謝神明。』

切不可聽他。」

長老只得依他，又加鞭催馬而去。行者心中暗想：「這潑怪不知在那裡，只管叫啊叫的；等我老孫送他一個『卯酉星法』（卯時日出，酉時日落，所以說下面「兩不見面」），教他兩不見面。」好大聖，叫沙和尚前來：「攏著馬，慢慢走著，讓老孫解解手。」你看他讓唐僧先行幾步，卻念個咒語，使個移山縮地之法，把金箍棒往後一指，他師徒過此峰頭，往前走了，卻把那怪物撇下。他再拽開步，趕上唐僧，一路奔山。只見那三藏又聽得那山背後叫聲：「救人！」長老道：「徒弟呀，那有難的人，大沒緣法，不曾得遇著我們。我們走過他了；你聽他在山後叫哩。」八戒道：「在便還在山前，只是如今風轉了也。」行者道：「管他甚麼轉風不轉風，且走路。」因此，遂都無言語，恨不得一步踏過此山，不題話下。

卻說那妖精在山坡裡，連叫了三四聲，更無人到。他心中思量道：「我等唐僧在此，望見他離不上三里，卻怎麼這半晌還不到？想是抄下路去了。」他抖一抖身軀，脫了繩索，又縱紅光，上空再看。不覺孫大聖仰面回觀，識得是妖怪，又把唐僧撮著腳推下馬來道：「兄弟們，仔細！仔細！那妖精又來也！」慌得那八戒、沙僧各持兵刀，將唐僧又圍護在中間。

那精靈見了，在半空中稱羨不已道：「好和尚！我才見那白面和尚坐在馬上，卻怎麼又被他三人藏了！這一去見面方知。先把那有眼力的弄倒了，方才捉得唐僧。不然啊，徒費心機難獲物，枉勞情興總成空。」卻又按下雲頭，恰似前番變化，高吊在松樹山頭等候。這番卻不上半里之地。

卻說那孫大聖抬頭再看，只見那紅雲又散，復請師父上馬前行。三藏道：「你說妖精又來，如何又請走路？」行者道：「這還是個過路的妖精，不敢惹我們。」長老又懷怒道：「這個潑猴，十分弄我！正當有妖魔處，卻說無事；似這般清平之所，卻又恐嚇我，不時的嚷道有甚妖精。虛多實少，不管輕重，將我搊著腳，捽下馬來，如今卻解說甚麼過路的妖精。假若跌傷了我，卻也過意不去！這等，這等！」行者道：「師父莫怪。若是跌傷了你的手足，卻還好醫治；若是被妖精撈了去，卻何處跟尋？」三藏大怒，哏哏的，要念《緊箍兒咒》，卻是沙僧苦勸，只得上馬又行。

還未曾坐得穩，只聽又叫：「師父救人啊！」長老抬頭看時，原來是個小孩童，赤條條的，吊在那樹上，兜住轡，便罵行者道：「這潑猴多大憊懶！全無有一些兒善良之意，心心只是要撒潑行凶哩！我那般說叫喚的是個人聲，他就千言萬語只嚷是妖怪！你看那樹上吊的不是個人麼？」大聖見師父怪下來了，卻又覿面看見模樣，一則做不得手腳，二來又怕念《緊箍兒咒》，低著頭，再也不敢回言。讓唐僧到了樹下。那長老將鞭梢指著問道：「你是那家孩兒？因有甚事，吊在此間？說與我，好救你。」噫！分明他是個精靈，變化得這等，那師父卻是個肉眼凡胎，不能相識。

那妖魔見他下問，越弄虛頭，眼中噙淚，叫道：「師父呀，山西去有一條枯松澗。澗那邊有一莊村。我是那裡人家。我祖公公姓紅，只因廣積金銀，家私巨萬，混名喚做紅百萬。年老歸世已久，家產遺與我父。近來人事奢侈，家私漸廢，改名喚做紅十萬，專一結交四路豪傑，將金銀借放，希圖利息。怎知那無籍之人，設騙了去啊，本利無歸。我父發了洪誓，分文不借。那借金銀人，身貧無計，結成凶黨，明火執杖，白日殺上我門，將我財帛盡情劫擄，把我父親殺了；見我母親有些顏色，拐將去做甚麼壓寨夫人。那時節，我母親捨不得我，把我抱在懷裡，哭哀哀，戰兢兢，跟隨賊寇；不期到此山中，又要殺我，多虧我母親哀告，免教我刀下身亡，卻將繩子吊我在樹上，只教凍餓而死。那些賊將我母親不知掠往那裡去了。我在此已吊三日三夜，更沒一個人來行走。不知那世裡修積，今生得遇老師父。若肯捨大慈悲，救我一命回家，就典身賣命，也酬謝師恩。致使黃沙蓋面，更不敢忘也。」

三藏聞言，認了真實，就教八戒解放繩索，救他下來。那呆子也不識人，便要上前動手。行者在旁，忍不住喝了一聲道：「那潑物！有認得你的在這裡哩！莫要只管架空搗鬼，說謊哄人！你既家私被劫，父被賊傷，母被人擄，救你去交與誰人？你將何物與我作謝？這謊脫節了耶！」那怪聞言，心中害怕，就知大聖是個能人，暗將他放在心上；卻又戰戰兢兢，滴淚而言曰：「師父，雖然我父母空亡，家財盡絕，還有些田產未動，親戚皆存。」行者道：「你有甚麼親戚？」妖怪道：「我外公家在山南，姑娘住居嶺北。澗頭李四，是我姨夫；林內紅三，是我族伯。還有堂叔、堂兄都住在本莊左右。老師父若肯救我，到了莊上，見了諸親，將老師父拯救之恩，一一對眾言說，典賣些田產，重重酬謝也。」

八戒聽說，扛住行者道：「哥哥，這等一個小孩子家，你只管盤詰他怎的！他說得是，強盜只打劫他些浮財，莫成連房屋田產也劫得去？若與他親戚們說了，我們縱有廣大食腸，也吃不了他十畝田價。救他下來罷。」呆子只是想著吃食，那裡管甚麼好歹，使戒刀挑斷繩索，放下怪來。那怪對唐僧馬下，淚汪汪只情磕頭。長老心慈，便叫：「孩兒，你上馬來，我帶你去。」那怪道：「師父啊，我手腳都吊麻了，腰胯疼痛，一則是鄉下人家，不慣騎馬。」唐僧叫八戒馱著，那妖怪抹了一眼道：「師父，我的皮膚都凍熟了，不敢要這位師父馱。他的嘴長耳大，腦後鬃硬，搠得我慌。」唐僧道：「教沙和尚馱著。」那怪也抹了一眼道：「師父，那些賊來打劫我家時，一個個都搽了花臉，帶假鬍子，拿刀弄杖的。我被他唬怕了，見這位晦氣臉的師父，一發沒了魂了，也不敢要他馱。」唐僧教孫

第四十回

嬰兒戲化禪心亂　猿馬刀歸木母空

行者馱著。行者呵呵笑道：「我馱！我馱！」

那怪物暗自歡喜。順順當當的要行者馱他。行者把他扯在路旁邊，試了一試，只好有三斤十來兩重。行者笑道：「你這個潑怪物，今日該死了；怎麼在老孫面前搗鬼！我認得你是個『那話兒』呵。」妖怪道：「師父，我是好人家兒女，不幸遭此大難，我怎麼是個甚麼『那話兒』？」行者道：「你既是好人家兒女，怎麼這等骨頭輕？」妖怪道：「我骨格兒小。」行者道：「你今年幾歲了？」那怪道：「我七歲了。」行者笑道：「一歲長一斤，也該七斤。你怎麼不滿四斤重麼？」那怪道：「我小時失乳。」行者說：「也罷，我馱著你；若要尿尿把把，須和我說。」三藏才與八戒、沙僧前走，行者背著孩兒隨後，一行徑投西去。有詩為證。詩曰：

道德高隆魔障高，禪機本靜靜生妖。心君正直行中道，木母（指豬八戒）痴頑翽外趫。
意馬不言懷愛欲，黃婆無語自憂焦。客邪得志空歡喜，畢竟還從正處消。

孫大聖馱著妖魔，心中埋怨唐僧，不知艱苦，「行此險峻山場，空身也難走，卻教老孫馱人。這廝莫說他是妖怪，就是好人。他沒了父母，不知將他馱與何人，倒不如摜殺他罷。」那怪物卻早知覺了。便就使個神通，往四下裡吸了四口氣，吹在行者背上，便覺重有千斤。行者笑道：「我兒啊，你弄重身法壓我老爺哩！」那怪聞言，恐怕大聖傷他，卻就解屍，出了元神，跳將起去，佇立在九霄空裡。這行者背上越重了。猴王發怒，抓起他來，往那路旁邊賴石頭上滑辣的一摜，將屍骸摜得像個肉餅一般。還恐他又無禮，索性將四肢扯下，丟在路兩邊，俱粉碎了。

那物在空中，明明看著，忍不住心頭火起道：「這猴和尚，十分憊懶！就作我是個妖魔，要害你師父，卻還不曾見怎麼下手哩，你怎麼就把我這等傷損！早是我有算計，出神走了。不然，是無故傷生也。若不趁此時拿了唐僧，再讓一番，越教他停留長智（學乖）。」好怪物，就在半空裡弄了一陣旋風，呼的一聲響亮，走石揚沙，誠然凶狠，好風：

淘淘怒捲水雲腥，黑氣騰騰閉日明。嶺樹連根通拔盡，野梅帶幹悉皆平。
黃沙迷目人難走，怪石傷殘路怎平。滾滾團團平地暗，遍山禽獸發哮聲。

刮得那三藏馬上難存，八戒不敢仰視，沙僧低頭掩面。孫大聖情知是怪物弄風，急縱步來趕時，那怪已騁風頭，將唐僧攝去了，無蹤無影，不知攝向何方，無處跟尋。

一時間，風聲暫息，日色光明。行者上前觀看，只見白龍馬，戰兢兢發喊聲嘶；行李擔，丟在路下；八戒伏於崖下呻吟，沙僧蹲在坡前叫喚。行者喊：「八戒！」那呆子聽見是行者的聲音，卻抬頭看時，狂風已靜。爬起來，扯住行者道：「哥哥，好大風啊！」沙僧卻也上前道：「哥哥，這是一陣旋風。」又問：「師父在那裡？」八戒道：「風來得緊，我們都藏頭遮眼，各自躲風，師父也伏在馬上的。」行者道：「如今卻往那裡去了？」沙僧道：「是個燈草做的，想被一風捲去也。」

行者道：「兄弟們，我等自此就該散了！」八戒道：「正是，趁早散了，各尋頭路，多少是好。那西天路無窮無盡，幾時能到得！」沙僧聞言，打了一個失驚，渾身麻木道：「師兄，你都說的是那裡話。我等因為前生有罪，感蒙觀世音菩薩勸化，與我們摩頂受戒，改換法名，皈依佛果，情願保護

第四十回

嬰兒戲化禪心亂　猿馬刀歸木母空

唐僧上西方拜佛求經，將功折罪。今日到此，一旦俱休，說出這等各尋頭路的話來，可不違了菩薩的善果，壞了自己的德行，惹人恥笑，說我們有始無終也！」行者道：「兄弟，你說的也是。奈何師父不聽人說。我老孫火眼金睛，認得好歹。才然這風，是那樹上吊的孩兒弄的。我認得他是個妖精，你們不識，那師父也不識，認作是好人家兒女，教我馱著他走。是老孫算計要擺布他，他就弄個重身法壓我。是我把他摜得粉碎，他想是又使解屍之法，弄陣旋風，把我師父攝去也。因此上怪他每每不聽我說，故我意懶心灰，說各人散了。既是賢弟有此誠意，教老孫進退兩難。八戒，你端的要怎的處？」八戒道：「我才自失口亂說了幾句，其實也不該散。哥哥，沒及奈何，還信沙弟之言，去尋那妖怪救師父去。」行者卻回嗔作喜道：「兄弟們，還要來結同心，收拾了行李、馬匹，上山找尋怪物，搭救師父去。」

三個人附葛扳藤，尋坡轉澗，行經有五七十里，卻也沒個音信。那山上飛禽走獸全無，老柏喬松常見。孫大聖著實心焦，將身一縱，跳上那巔險峰頭，喝一聲叫「變！」變作三頭六臂，似那大鬧天宮的本相。將金箍棒，幌一幌，變作三根金箍棒，劈哩撲辣的，往東打一路，往西打一路，兩邊不住的亂打。八戒見了道：「沙和尚，不好了。師兄是尋不著師父，惱出氣心風來了。」

那行者打了一會，打出一伙窮神來。都披一片，掛一片，褌無襠，褲無口的，跪在山前，叫：「大聖，山神、土地來見。」行者道：「怎麼就有許多山神、土地？」眾神叩頭道：「上告大聖。此山喚做『六百里鑽頭號山』。我等是十里一山神，十里一土地，共該三十名山神，三十名土地。昨日已此聞大聖來了，只因一時會不齊，故此接遲，致令大聖發怒。萬望恕罪。」行者道：「我且饒你罪名。我問你：這山上有多少妖精？」眾神道：「爺爺呀，只有得一個妖精，把我們頭也摩光了；弄得我們少香沒紙，血食（肉食供品）全無，一個個衣不充身，食不充口，還吃得有多少妖精哩！」行者道：「這妖精在山前住，是山後住？」眾神道：「他也不在山前山後。這山中有一條澗，叫做枯松澗。澗邊有一座洞，叫做火雲洞。那洞裡有一個魔王，神通廣大，常常的把我們山神、土地拿了去，燒火頂門，黑夜與他提鈴喝號。小妖兒又討甚麼常例錢。」行者道：「汝等乃是陰鬼之仙，有何錢鈔？」眾神道：「正是沒錢與他，只得捉幾個山獐、野鹿，早晚間打點群精；若是沒物相送，就要來拆廟宇，剝衣裳，攪得我等不得安生！萬望大聖與我等剿除此怪，拯救山上生靈。」行者道：「你等既受他節制，常在他洞下，可知他是那裡妖精，叫做甚麼名字？」眾神道：「說起他來，或者大聖也知道。他是牛魔王的兒子，羅剎女養的。他曾在火焰山修行了三百年，煉成『三昧真火』，卻也神通廣大。牛魔王使他來鎮守號山，乳名叫做紅孩兒，號叫做聖嬰大王。」

行者聞言，滿心歡喜。喝退了土地、山神，卻現了本相，跳下峰頭，對八戒、沙僧道：「兄弟們放心，再不須思念。師父決不傷生。妖精與老孫有親。」八戒笑道：「哥哥，莫要說謊。你在東勝神洲，他這裡是西牛賀洲，路程遙遠，隔著萬水千山，海洋也有兩道，怎的與你有親？」行者道：「剛才這伙人都是本境土地、山神。我問他妖怪的原因，他道是牛魔王的兒子，羅剎女養的，名字喚做紅孩兒，號聖嬰大王。想我老孫五百年前大鬧天宮時，遍游天下名山，尋訪大地豪傑，那牛魔王曾與老孫結七弟兄。一般五六個魔王，止有老孫生得小巧，故此把牛魔王稱為大哥。這妖精是牛魔王的兒子，我與他父親相識，若論將起來，還是他老叔哩。他怎敢害我師父？我們趁早去來。」

沙和尚笑道：「哥啊，常言道：『三年不上門，當親也不親』哩。你與他相別五六百年，又不曾往還杯酒，又沒有個節禮相邀，他那裡與你認甚麼親耶？」行者道：「你怎麼這等量人！常言道：

第四十回

嬰兒戲化禪心亂　猿馬刀歸木母空

『一葉浮萍歸大海，為人何處不相逢！』縱然他不認親，好道也不傷我師父。不望他相留酒席，必定也還我個囫圇唐僧。」三兄弟各辦虔心，牽著白馬，馬上馱著行李，找大路一直前進。

無分晝夜，行了百十里遠近，忽見一松林，林中有一條曲澗，澗下有碧澄澄的活水飛流，那澗梢頭有一座石板橋，通著那廂洞府。行者道：「兄弟，你看那壁廂有石崖嶙嶙，想必是妖精住處了。我等從眾商議：那個管看守行李、馬匹，那個肯跟我過去降妖。」八戒道：「哥哥，老豬沒甚坐性，我隨你去罷。」行者道：「好！好！」教沙僧：「將馬匹、行李俱潛在樹林深處，小心守護，待我兩個上門去尋師父耶。」那沙僧依命，八戒相隨，與行者各持兵器前來。正是：未煉嬰兒邪火勝，心猿木母（指悟空和八戒）共扶持。

畢竟不知這一去吉凶何如，且聽下回分解。

第四十一回

心猿遭火敗　木母被魔擒

善惡一時忘念，榮枯都不關心。晦明隱現任浮沉，隨分飢餐渴飲。神靜湛然常寂，昏冥便有魔侵。五行蹭蹬破禪林，風動必然寒凜。

卻說那孫大聖引八戒別了沙僧，跳過枯松澗，徑來到那怪石崖前。果見有一座洞府，真個也景致非凡。但見：

回鑾古道幽還靜，風月也聽玄鶴弄。白雲透出滿川光，流水過橋仙意興。
猿嘯鳥啼花木奇，藤蘿石蹬芝蘭勝。蒼搖崖壑散煙霞，翠染松篁招彩鳳。
遠列巔峰似插屏，山朝澗繞真仙洞。昆侖地脈發來龍，有分有緣方受用。

將近行到門前，見有一座石碣，上鐫八個大字，乃是「號山枯松澗火雲洞。」那壁廂一群小妖，在那裡掄槍舞劍的，跳風頑耍。孫大聖厲聲高叫道：「那小的們，趁早去報與洞主知道，教他送出我唐僧師父來，免你這一洞精靈的性命！牙迸半個『不』字，我就掀翻了你的山場，屣平了你的洞府！」那些小妖，聞得此言，慌忙急轉身，各歸洞裡，關了兩扇石門，到裡邊來報：「大王，禍事了！」

卻說那怪自把三藏拿到洞中，選剝了衣服，四馬攢蹄，捆在後院裡，著小妖打乾淨水刷洗，要上籠蒸吃哩。急聽得報聲禍事，且不刷洗，便來前庭上問：「有何禍事？」小妖道：「有個毛臉雷公嘴的和尚，帶一個長嘴大耳的和尚，在門前要甚麼唐僧師父哩。但若牙迸半個『不』字，就要掀翻山場，踏平洞府。」魔王微微冷笑道：「這是孫行者與豬八戒。他卻也會尋哩。我拿他師父，自半山中到此，有百五十里，卻怎麼就尋上門來？」教：「小的們，把管車的，推出車去！」那一班幾個小妖，推出五輛小車兒來，開了前門。八戒望見道：「哥哥，這妖精想是怕我們，推出車子，往那廂搬哩。」行者道：「不是，且看他放在那裡。」只見那小妖將車子按金、木、水、火、土安下，著五個看著，五個進去通報。那魔王問：「停當了？」答應：「停當了。」教：「取過槍來。」有那一伙管兵器的小妖，著兩個抬出一桿丈八長的火尖槍，遞與妖王。妖王掄槍拽步，也無甚麼盔甲，只是腰間束一條錦繡戰裙，赤著腳，走出門前。行者與八戒，抬頭觀看，但見那怪物：

面如傅粉三分白，唇若塗朱一表才。鬢挽青雲欺靛染，眉分新月似刀裁。
戰裙巧繡盤龍鳳，形比哪吒更富胎。雙手綽槍威凜冽，祥光護體出門來。
哏聲響若春雷吼，暴眼明如掣電乖。要識此魔真姓氏，名揚千古喚紅孩。

那紅孩兒怪，出得門來，高叫道：「是甚麼人，在我這裡吆喝！」行者近前笑道：「我賢侄，莫弄虛頭。你今早在山路旁，高吊在松樹梢頭，是那般一個瘦怯怯的黃病孩兒，哄了我師父。我倒好意馱著你，你就弄風兒把我師父攝將來。你如今又弄這個樣子，我豈不認得你？趁早送出我師父，不要白了面皮，失了親情；恐你令尊知道，怪我老孫以長欺幼，不像模樣。」那怪聞言，心中大怒，咄的一聲喝道：「那潑猴頭！我與你有甚親情？你在這裡滿口胡柴，綽甚聲經兒！那個是你賢侄？」行者道：「哥哥，是你也不曉得。當年我與你令尊做弟兄時，你還不知在那裡哩。」那怪道：「這猴子一發胡說！你是那裡人，我是那裡人，怎麼得與我父親做兄弟？」

行者道：「你是不知。我乃五百年前大鬧天宮的齊天大聖孫悟空是也。我當初未鬧天宮時，遍游海角天涯，四大部洲，無方不到。那時節，專慕豪傑。你令尊叫做牛魔王，稱為平天大聖，與我老孫結為七弟兄，讓他做了大哥；還有個蛟魔王，稱為復海大聖，做了二哥；又有個大鵬魔王，稱為混天大聖，做了三哥；又有個獅駝王，稱為移山大聖，做了四哥；又有個獼猴王，稱為通風大聖，做了五哥；又有個禺狨王，稱為驅神大聖，做了六哥；惟有老孫身小，稱為齊天大聖，排行第七。我老弟兄們，那時節耍子時，還不曾生你哩！」

那怪物聞言，那裡肯信，舉起火尖槍就刺。行者正是那會家不忙，又使了一個身法，閃過槍頭，掄起鐵棒，罵道：「你這小畜生，不識高低！看棍！」那妖精也使身法，讓過鐵棒道：「潑猢猻，不達時務！看槍！」他兩個也不論親情，一齊變臉，各使神通，跳在雲端裡，好殺：

行者名聲大，魔王手段強。一個橫舉金箍棒，一個直挺火尖槍。吐霧遮三界，噴雲照四方。一天殺氣凶聲吼，日月星辰不見光。語言無遜讓，情意兩乖張。那一個欺心失禮儀，這一個變臉沒綱常。棒架威風長，槍來野性狂。一個是混元真大聖，一個是正果善財郎。二人努力爭強勝，只為唐僧拜法王。

那妖魔與孫大聖戰經二十合，不分勝敗。豬八戒在旁邊，看得明白：妖精雖不敗陣，卻只是遮攔隔架，全無攻殺之能；行者縱不贏他，棒法精強。來往只在那妖精頭上，不離了左右。八戒暗想道：「不好啊，行者溜撒，一時間丟個破綻，哄那妖魔鑽進來，一鐵棒打倒，就沒了我的功勞。」你看他抖擻精神，舉著九齒鈀，在空裡，望妖精劈頭就築。那怪見了心驚，急拖槍敗下陣來。行者喝教八戒：「趕上！趕上！」二人趕到他洞門前，只見妖精一隻手舉著火尖槍，站在那中間一輛小車兒上；一隻手捏著拳頭，往自家鼻子上捶了兩拳。八戒笑道：「這廝放賴不羞！你好道捶破鼻子，淌出些血來，搽紅了臉，往那裡告我們去耶？」那妖魔捶了兩拳，念個咒語，口裡噴出火來，鼻子裡濃煙迸出，閘閘眼，火焰齊生。那五輛車子上，火光湧出。連噴了幾口，只見那紅焰焰、大火燒空，把一座火雲洞，被那煙火迷漫，真個是熯天熾地。

八戒慌了道：「哥哥，不停當！這一鑽在火裡，莫想得活；把老豬弄做個燒熟的，加上香料，盡他受用哩！快走！快走！」說聲走，他也不顧行者，跑過澗去了。

這行者神通廣大，捏著避火訣，撞入火中，尋那妖怪。那妖怪見行者來，又吐上幾口，那火比前更勝。好火：

炎炎烈烈盈空燎，赫赫威威遍地紅。卻似火輪飛上下，猶如炭屑舞西東。這火不是燧人鑽木，又不是老子炮丹，非天火，非野火，乃是妖魔修煉成真三昧火。五輛車兒合五行，五行生化火煎成。肝木能生心火旺，心火致令脾土平。脾土生金金化水，水能生木徹通靈。生生化化皆因火，火遍長空萬物榮。妖邪久悟呼三昧，永鎮西方第一名。

行者被他煙火飛騰，不能尋怪，看不見他洞門前路徑，抽身跳出火中。那妖精在門首，看得明白。他見行者走了，卻才收了火具，帥群妖，轉於洞內，閉了石門，以為得勝，著小的排宴奏樂，歡笑不題。

卻說行者跳過枯松澗，按下雲頭。只聽得八戒與沙僧朗朗的在松間講話。行者上前喝八戒道：「你這呆子，全無人氣！你就懼怕妖火，敗走逃生，卻把老孫丟下。早是我有些南北哩！」八戒笑道：「哥啊，你被那妖精說著了，果然不達時務。古人云：『識得時務者，呼為俊傑。』那妖精不與你親，你強要認親；既與你賭鬥，放出那般無情的火來，又不走，還要與他戀戰哩！」行者道：「那怪物的手段比我何如？」八戒道：「不濟。」「槍法比我何如？」八戒道：「也不濟。老豬見他撐持不住，卻來助你一鈀，不期他不識耍，就敗下陣來，沒天理，就放火了。」行者道：「正是你不該來。我再與他鬥幾合，我取巧兒撈他一棒，卻不是好？」

他兩個只管論那妖精的手段，講那妖精的火毒。沙和尚倚著松根，笑得獃了。行者看見道：「兄弟，你笑怎麼？你好道有甚手段，擒得那妖魔，破得那火陣？這樁事，也是大家有益的事。常言道：『眾毛攢毬。』你若拿得妖魔，救了師父，也是你的一件大功績。」沙僧道：「我也沒甚手段，也不

第四十一回

心猿遭火敗　木母被魔擒

能降妖。我笑你兩個都著了忙也。」行者道：「我怎麼著忙？」沙僧道：「那妖精手段不如你，槍法不如你，只是多了些火勢，故不能取勝。若依小弟說，以相生相克拿他，有甚難處？」行者聞言，呵呵笑道：「兄弟說得有理。果然我們著忙了，忘了這事。若以相生相克之理論之，須是以水克火；卻往那裡尋些水來，潑滅這妖火，可不救了師父？」沙僧道：「正是這般。不必遲疑。」行者道：「你兩個只在此間，莫與他索戰，待老孫去東洋大海求借龍兵，將些水來，潑息妖火，捉這潑怪。」八戒道：「哥哥放心前去，我等理會得。」

好大聖，縱雲離此地，頃刻到東洋。卻也無心看玩海景，使個逼水法，分開波浪。正行時，見一個巡海夜叉相撞，看見是孫大聖，急回到水晶宮裡，報知那老龍王。敖廣即率龍子、龍孫、蝦兵、蟹卒一齊出門迎接，請裡面坐。坐定，禮畢，告茶。行者道：「不勞茶，有一事相煩。我因師父唐僧往西天拜佛取經，經過號山枯松澗火雲洞，有個紅孩兒妖精，號聖嬰大王，把我師父拿了去。是老孫尋到洞邊，與他交戰，他卻放出火來。我們禁不得他，想著水能克火，特來問你求些水去，與我下場大雨，潑滅了妖火，救唐僧一難。」那龍王道：「大聖差了。若要求取雨水，不該來問我。」行者道：「你是四海龍王，主司雨澤，不來問你，卻去問誰？」龍王道：「我雖司雨，不敢擅專；須得玉帝旨意，吩咐在那地方，要幾尺幾寸，甚麼時辰起住，還要三官舉筆，太乙移文，會令了雷公、電母、風伯、雲童。俗語云：『龍無雲而不行』哩。」行者道：「我也不用著風雲雷電，只是要些雨水滅火。」龍王道：「大聖不用風雲雷電，但我一人也不能助力；著舍弟們同助大聖一功如何？」行者道：「令弟何在？」龍王道：「南海龍王敖欽、北海龍王敖閏、西海龍王敖順。」行者笑道：「我若再游過三海，不如上界去求玉帝旨意了。」龍王道：「不消大聖去，只我這裡撞動鐵鼓、金鐘，他自頃刻而至。」行者聞其言道：「老龍王，快撞鐘鼓。」

須臾間，三海龍王擁至，問：「大哥，有何事命弟等？」敖廣道：「孫大聖在這裡借雨助力降妖。」三弟即引進見畢，行者備言借水之事。眾神個個歡從，即點起：

鯊魚驍勇為前部，鱯痴口大作先鋒。
鯉元帥翻波跳浪，鯾提督吐霧噴風。
鯖太尉東方打哨，鮊都司西路催征。
紅眼馬郎南面舞，黑甲將軍北下沖。
鱑把總中軍掌號，五方兵處處英雄。
縱橫機巧黿樞密，妙算玄微龜相公。
有謀有智鼉丞相，多變多能鱉總戎。
橫行蟹士掄長劍，直跳蝦婆扯硬弓。
鯰外郎查明文簿，點龍兵出離波中。

詩曰：

四海龍王喜助功，齊天大聖請相從。
只因三藏途中難，借水前來滅火紅。

第四十一回

心猿遭火敗　木母被魔擒

那行者領著龍兵，不多時，早到號山枯松澗上。行者道：「敖氏昆玉，有煩遠涉。此間乃妖魔之處，汝等且停於空中，不要出頭露面。讓老孫與他賭鬥，若贏了他，不須列位捉拿；若輸與他，也不用列位助陣；只是他但放火時，可聽我呼喚，一齊噴雨。」龍王俱如號令。

行者卻按雲頭，入松林裡，見了八戒、沙僧，叫聲：「兄弟。」八戒道：「哥哥來得快呀！可曾請得龍王來？」行者道：「俱來了。你兩個切須仔細，只怕雨火，莫濕了行李，待老孫與他打去。」沙僧道：「師兄放心前去，我等俱理會得了。」

行者跳過澗，到了門首，叫聲「開門！」那些小妖又去報道：「孫行者又來了。」紅孩仰面笑道：「那猴子想是火中不曾燒了他，故此又來。這一來切莫饒他，斷然燒個皮焦肉爛才罷！」急縱身，挺著長槍，教：「小的們，推出火車子來！」他出門前，對行者道：「你又來怎的？」行者道：「還我師父來。」那怪道：「你這猴頭，忒不通變。那唐僧與你做得師父，也與我做得按酒，你還思量要他哩。莫想！莫想！」行者聞言，十分惱怒，掣金箍棒劈頭就打。那妖精，使火尖槍，急架相迎。這一場賭鬥，比前不同。好殺：

怒發潑妖魔，惱急猴王將。這一個專救取經僧，那一個要吃唐三藏。心變沒親情，情疏
無義讓。這個恨不得捉住活剝皮，那個恨不得拿來生蘸醬。真個忒英雄，果然多猛壯。棒來
槍架賭輸贏，槍去棒迎爭下上。舉手相輪二十回，兩家本事一般樣。

那妖王與行者戰經二十回合，見得不能取勝，虛幌一槍，急抽身，捏著拳頭，又將鼻子捶了兩

下，卻就噴出火來。那門前車子上，煙火迸起；口眼中，赤焰飛騰。孫大聖回頭叫道：「龍王何在？」那龍王兄弟，帥眾水族，望妖精火光裡噴下雨來。好雨！真個是：

瀟瀟灑灑，密密沉沉。瀟瀟灑灑，如天邊墜落星辰；密密沉沉，似海口倒懸浪滾。起初時如拳大小，次後來甕潑盆傾。滿地澆流鴨頂綠，高山洗出佛頭青。溝壑水飛千丈玉，澗泉波漲萬條銀。三叉路口看看滿，九曲溪中漸漸平。這個是唐僧有難神龍助，扳倒天河往下傾。

那雨淙淙大小，莫能止息那妖精的火勢。原來龍王私雨，只好潑得凡火；妖精的三昧真火，如何潑得？好一似火上澆油，越潑越灼。大聖道：「等我捻著訣，鑽入火中！」掄鐵棒，尋妖要打。那妖見他來到，將一口煙，劈臉噴來。行者急回頭，燭得眼花雀亂，忍不住淚落如雨。原來這大聖不怕火，只怕煙。當年因大鬧天宮時，被老君放在八卦爐中，鍛過一番。他幸在那巽位安身，不曾燒壞。只是風攪得煙來，把他燭做火眼金睛，故至今只是怕煙。那妖又噴一口，行者當不得，縱雲頭走了。那妖王卻又收了火具，回歸洞府。

這大聖一身煙火，暴躁難禁，徑投於澗水內救火。怎知被冷水一逼，弄得火氣攻心，三魂出舍。可憐氣塞胸膛喉舌冷，魂飛魄散喪殘生！慌得那四海龍王在半空裡，收了雨澤，高聲大叫：「天蓬元帥！捲簾將軍！休在林中藏隱，且尋你師兄出來！」

八戒與沙僧聽得呼他聖號，急忙解了馬、挑著擔奔出林來，也不顧泥濘，順澗邊找尋。只見那上溜頭，翻波滾浪，急流中淌下一個人來。沙僧見了，連衣跳下水中，抱上岸來，卻是孫大聖身軀。噫！你看他蜷曲四肢伸不得，渾身上下冷如冰。沙和尚滿眼垂淚道：「師兄！可惜了你，億萬年不老長生客，如今化作個中途短命人！」八戒笑道：「兄弟莫哭。這猴子佯推死，嚇我們哩。你摸他摸，胸前還有一點熱氣沒有？」沙僧道：「渾身都冷了，就有一點兒熱氣，怎的就得回生？」八戒道：「他有七十二般變化，就有七十二條性命。你扯著腳，等我擺布他。」

真個那沙僧扯著腳，八戒扶著頭，把他拽個直，推上腳來，盤膝坐定。八戒將兩手搓熱，仵住他的七竅，使一個按摩禪法。原來那行者被冷水逼了，氣阻丹田，不能出聲。卻幸得八戒按摸揉擦，須臾間，氣透三關（指耳、目、口），轉明堂，沖開孔竅，叫了一聲：「師父啊！」沙僧道：「哥啊，你生為師父，死也還在口裡。且蘇醒，我們在這裡哩。」行者睜開眼道：「兄弟們在這裡？老孫吃了虧也！」八戒笑道：「你才子發昏的，若不是老豬救你啊，已此了賬了，還不謝我哩！」行者卻才起身，仰面道：「敖氏弟兄何在？」那四海龍王在半空中答應道：「小龍在此伺候。」行者道：「累你遠勞，不曾成得功果，且請回去，改日再謝。」龍王帥水族，泱泱而回，不在話下。

沙僧攙著行者，一同到松林之下坐定。少時間，卻定神順氣，止不住淚滴腮邊。又叫「師父啊！

憶昔當年出大唐，岩前救我脫災殃。三山六水遭魔障，萬苦千辛割寸腸。
托鉢朝餐隨厚薄，參禪暮宿或林莊。一心指望成功果，今日安知痛受傷！」

沙僧道：「哥哥，且休煩惱。我們早安計策，去那裡請兵助力，搭救師父耶。」行者道：「那裡請救麼？」沙僧道：「當初菩薩吩咐，著我等保護唐僧，他曾許我們，叫天天應，叫地地應。那裡請救去？」行者道：「想老孫大鬧天宮時，那些神兵，都禁不得我。這妖精神通不小，須是比老孫手段大些的，才降得他哩。天神不濟，地煞不能，若要拿此妖魔，須是去請觀音菩薩才好。奈何我皮肉酸痲，腰膝疼痛，駕不起筋斗雲，怎生請得？」八戒道：「有甚話吩咐，等我去請。」行者笑道：「也罷，你是去得。若見了菩薩，切休仰視，只可低頭禮拜。等他問時，你卻將地名、妖名說與他，再請救師父之事。他若肯來，定取擒了怪物。」八戒聞言，即便駕了雲霧，向南而去。

卻說那個妖王在洞裡歡喜道：「小的們，孫行者吃了虧去了。這一陣雖不得他死，好道也發個大昏。咦，只怕他又請救兵來也。快開門，等我去看他請誰。」眾妖開了門，妖精就跳在空裡觀看，只見八戒往南去了。妖精想著南邊再無他處，斷然是請觀音菩薩，急按下雲，叫：「小的們，把我那皮袋尋出來。多時不用，只恐口繩不牢，與我換上一條，放在二門之下，等我去把八戒賺將回來，裝於袋內，蒸得稀爛，犒勞你們。」原來那妖精有一個如意的皮袋。眾小妖拿出來，換了口繩，安於洞門內不題。

卻說那妖王久居於此，俱是熟游之地。他曉得那條路上南海去近，那條去遠。他從那近路上，一駕雲頭，趕過了八戒。端坐在壁岩之上，變作一個「假觀世音」模樣，等候著八戒。

那呆子正縱雲行處，忽然望見菩薩。他那裡識得真假？這才是見相作佛。呆子停雲下拜道：「菩薩，弟子豬悟能叩頭。」妖精道：「你不保唐僧去取經，卻見我有何事幹？」八戒道：「弟子因與師父行至中途，遇著號山枯松澗火雲洞，有個紅孩兒妖精，他把我師父攝了去。是弟子與師兄等，尋上他門，與他交戰。他原來會放火，頭一陣，不曾得贏；第二陣，請龍王助雨，也不能滅火。師兄被他

第四十一回
心猿遭火敗　木母被魔擒

燒壞了，不能行動，著弟子來請菩薩。萬望垂慈，救我師父一難！」妖精道：「那火雲洞洞主，不是個傷生的；一定是你們衝撞了他也。」八戒道：「我不曾衝撞他，是師兄悟空衝撞他的。他變作一個小孩子，吊在樹上，試我師父。師父甚有善心，教我解下來，著師兄馱他一程。是師兄摜了他一摜，他就弄風兒，把師父攝去了。」妖精道：「你起來，跟我進那洞裡見洞主，與你說個人情，你陪一個禮，把你師父討出來罷。」八戒道：「菩薩呀，若肯還我師父，就磕他一個頭也罷。」

妖王道：「你跟來。」那呆子不知好歹，就跟著他，徑回舊路，卻不向南洋海，隨赴火雲門。頃刻間，到了門首。妖精進去道：「你休疑忌。他是我的故人，你進來。」呆子只得舉步入門。眾妖一齊吶喊，將八戒捉倒，裝於袋內。束緊了口繩，高吊在馱梁之上，妖精現了本相，坐在當中道：「豬八戒，你有甚麼手段，就敢保唐僧取經，就敢請菩薩降我？你大睜著兩個眼，還不認得我是聖嬰大王哩！如今拿你，吊得三五日，蒸熟了賞賜小妖，權為案酒！」

八戒聽言，在裡面罵道：「潑怪物！十分無禮！若論你百計千方，騙了我吃，管教你一個個遭瘟頭天瘟！」呆子罵了又罵，嚷了又嚷，不題。

卻說孫大聖與沙僧正坐，只見一陣腥風，刮面而過，他就打了一個噴嚏道：「不好！不好！這陣風，凶多吉少。想是豬八戒走錯路也。」沙僧道：「他錯了路，不會問人？」行者道：「想必撞見妖精了。」沙僧道：「撞見妖精，他不會跑回？」行者道：「不停當；你坐在這裡看守，等我跑過澗去打聽打聽。」沙僧道：「師兄腰疼，只恐又著他手，等小弟去罷。」行者道：「你不濟事，還讓我去。」

好行者，咬著牙，忍著疼，捻著鐵棒，走過澗，到那火雲洞前，叫聲：「潑怪！」那把門的小妖，又急入裡報：「孫行者又在門首叫哩！」那妖王傳令叫拿，那伙小妖，槍刀簇擁，齊聲吶喊，即開門，都道：「拿住！拿住！」行者果然疲倦，不敢相迎，將身鑽在路旁，念個咒語叫：「變！」即變做一個銷金包袱。小妖看見，報道：「大王，孫行者怕了；只見說一聲拿字，慌得把包袱丟下，走了。」妖王笑道：「那包袱也無甚麼值錢之物，左右是和尚的破偏衫，舊帽子，背進來拆洗做補襯。」一個小妖，果將包袱背進，不知是行者變的。行者道：「好了！這個銷金包袱，背著了！」那妖精不以為事，丟在門內。

好行者，假中又假，虛裡還虛：即拔一根毫毛，吹口仙氣，變作個包袱一樣；他的真身，卻又變作一個蒼蠅兒，釘在門樞上。只聽得八戒在那裡哼哩哼的，聲音不清，卻似一個瘟豬。行者嚶的飛了去尋時，原來他吊在皮袋裡也。行者釘在皮袋，又聽得他惡言惡語罵道，妖怪長，妖怪短，「你怎麼假變作個觀音菩薩，哄我回來，吊我在此，還說要吃我！有一日我師兄：

大展齊天無量法，滿山潑怪登時擒！
解開皮袋放我出，築你千鈀方趁心！」

行者聞言，暗笑道：「這呆子雖然在這裡面受悶氣，卻還不倒了旗槍（指保持志節不變）。老孫一定要拿了此怪。若不如此，怎生雪恨！」

正欲設法拯救八戒出來，只聽那妖王叫道：「六健將何在？」時有六個小妖，是他知己的精靈，封為健將，都有名字：一個叫做雲裡霧，一個叫做霧裡雲；一個叫做急如火，一個叫做快如風；一個叫做興烘掀，一個叫做掀烘興。六健將上前跪下。妖王道：「你們認得老大王家麼？」六健將道：「認得。」妖王道：「你與我星夜去請老大王來，說我這裡捉唐僧蒸與他吃，壽延千紀（十二年為一紀）。」六怪領命，一個個廝拖廝扯，徑出門去了。行者嚶的一聲，飛下袋來，跟定那六怪，躲離洞中。畢竟不知怎的請來，且聽下回分解。

第四十二回

大聖殷勤拜南海　觀音慈善縛紅孩

話說那六健將出洞門，徑往西南上，依路而走。行者心中暗想道：「他要請老大王吃我師父，老大王斷是牛魔王。我老孫當年與他相會，真個意合情投，交游甚厚。至如今我歸正道，他還是邪魔。雖則久別，還記得他模樣，且等老孫變作牛魔王，哄他一哄，看是何如。」好行者，躲離了六個小妖，展開翅，飛向前邊，離小妖有十數里遠近，搖身一變，變作個牛魔王；拔下幾根毫毛，叫「變！」即變作幾個小妖。在那山凹裡，駕鷹牽犬，搭弩張弓，充作打圍的樣子，等候那六健將。

那一伙廝拖廝扯，正行時，忽然看見牛魔王坐在中間，慌得興烘掀、掀烘興撲的跪下道：「老大王爺爺在這裡也。」那雲裡霧、霧裡雲、急如火、快如風都是肉眼風胎，那裡認得真假，也就一同跪倒，磕頭道：「爺爺！小的們是火雲洞聖嬰大王處差來，請老大王爺爺去吃唐僧肉，壽延千紀哩。」行者借口答道：「孩兒們起來，同我回家去，換了衣服來也。」小妖叩頭道：「望爺爺方便，不消回府罷。路程遙遠，恐我大王見責。小的們就此請行。」行者笑道：「好乖兒女。也罷，也罷，向前開路，我和你去來。」六怪抖擻精神，向前喝路。大聖隨後而來。

第四十二回

大聖殷勤拜南海　觀音慈善縛紅孩

不多時，早到了本處。快如風、急如火撞進洞裡，報：「大王，老大王爺爺來了。」妖王歡喜道：「你們卻中用，這等來的快。」即便叫：「各路頭目，擺隊伍，開旗鼓，迎接老大王爺爺。」滿洞群妖，遵依旨令，齊齊整整，擺將出去。這行者昂昂烈烈，挺著胸脯，把身子抖了一抖，卻將那架鷹犬的毫毛，都收回身上。拽開大步，徑走入門裡，坐在南面當中。紅孩兒當面跪下，朝上叩頭道：「父王，孩兒拜揖。」行者道：「孩兒免禮。」那妖王四大拜畢，立於下手。行者道：「我兒，請我來有何事？」妖王躬身道：「孩兒不才，昨日獲得一人，乃東土大唐和尚。常聽得人講，他是一個十世修行之人，有人吃他一塊肉，壽似蓬瀛不老仙。愚男不敢自食，特請父王同享唐僧之肉，壽延千紀。」

行者聞言，打了個失驚道：「我兒，是那個唐僧？」妖王道：「是往西天取經的人也。」行者道：「我兒，可是孫行者師父麼？」妖王道：「正是。」行者擺手搖頭道：「莫惹他！莫惹他！別的還好惹，孫行者是那樣人哩，我賢郎，你不曾會他？那猴子神通廣大，變化多端。他曾大鬧天宮。玉皇上帝差十萬天兵，布下天羅地網，也不曾捉得他。你怎麼敢吃他師父！快早送出去還他，不要惹那猴子。他若打聽著你吃了他師父，他也不來和你打，他只把那金箍棒往山腰裡搠個窟窿，連山都掬了去。我兒，弄得你何處安身，教我倚靠何人養老！」

妖王道：「父王說那裡話，長他人志氣，滅孩兒的威風。那孫行者共有兄弟三人，領唐僧在我半山之中，被我使個變化，將他師父攝來，他與那豬八戒當時尋到我的門前，講甚麼攀親托熟之言，被我怒發沖天，與他交戰幾合，也只如此，不見甚麼高作。那豬八戒刺邪裡就來助戰，是孩兒吐出三昧真火，把他燒敗了一陣。慌得他去請四海龍王助雨，又不能滅得我三昧真火；被我燒了一個小發昏，連忙著豬八戒去請南海觀音菩薩。是我假變觀音，把豬八戒賺來，見吊在如意袋中，也要蒸他與眾小的們吃哩。那行者今早又來我的門首吆喝，我傳令教拿他，慌得他把包袱都丟下，走了。卻才去請父王來看看唐僧活相，方可蒸與你吃，延壽長生不老也。」

行者笑道：「我賢郎啊，你只知有三昧火贏得他，不知他有七十二般變化哩！」妖王道：「憑他怎麼變化，我也認得。諒他決不敢進我門。」行者道：「我兒，你雖然認得他，他卻不變大的，如狼犺大象，恐進不得你門；他若變作小的，你卻難認。」妖王道：「憑他變甚小的。我這裡每一層門上，有四五個小妖把守，他怎生得入！」行者道：「你是不知。他會變蒼蠅、蚊子、蛇蚤，或是蜜蜂、蝴蝶並蟭蟟蟲等項，又會變我模樣，你卻那裡認得？」妖王道：「勿慮；他就是鐵膽銅心，也不敢近我門來也。」

行者道：「既如此說，賢郎甚有手段，實是敵得他過，方來請我吃唐僧的肉；奈何我今日還不吃哩。」妖王道：「如何不吃？」行者道：「我近來年老，你母親常勸我作些善事。我想無甚作善，且持些齋戒。」妖王道：「不知父王是長齋，是月齋？」行者道：「也不是長齋，也不是月齋，喚做『雷齋』。每月只該四日。」妖王問：「是那四日？」行者道：「三辛逢初六。今朝是辛酉日，一則當齋，二來酉不會客。且等明日，我去親自刷洗蒸他，與兒等同享罷。」

那妖王聞言，心中暗想道：「我父王平日吃人為生，今活彀有一千餘歲，怎麼如今又吃起齋來了？想當初作惡多端，這三四日齋戒，那裡就積得過來。此言有假，可疑！可疑！」即抽身走出二門之下，叫六健將來問：「你們老大王是那裡請來的？」小妖道：「是半路請來的。」妖王道：「我說你們來的快。不曾到家麼？」小妖道：「是，不曾到家。」妖王道：「不好了！著了他假也！這不是老大王！」小妖一齊跪下道：「大王，自家父親，也認不得？」妖王道：「觀其形容動靜都像，只是言語不像。只怕著了他假，吃了人虧。你們都要仔細：會使刀的，刀要出鞘；會使槍的，槍要磨明；會使棍的，使棍；會使繩的，使繩。待我再去問他，看他言語如何。若果是老大王，莫說今日不吃，明日不吃，便遲個月何妨！假若言語不對，只聽我哏的一聲，就一齊下手。」群魔各各領命訖。

這妖王復轉身到於裡面，對行者當面又拜。行者道：「孩兒，家無常禮，不須拜；但有甚話，只管說來。」妖王伏於地下道：「愚男一則請來奉獻唐僧之肉，二來有句話兒上請。我前日閒行，駕祥光，直至九霄空內，忽逢著祖廷道齡張先生。」行者道：「可是做天師的張道齡麼？」妖王道：「正是。」行者問曰：「有甚話說？」妖王道：「他見孩兒生得五官周正，三停平等（身體勻稱。三停指身體面面部的上、中、下三部分），他問我是幾年、那月、那日、那時出世。兒因年幼，記得不真。先生子平（指占卜、星象之術）精熟，要與我推看五星。今請父王，正欲問此。倘或下次再得會他，好煩他推算。」

行者聞言，坐在上面暗笑道：「好妖怪呀！老孫自歸佛果，保唐師父，一路上也捉了幾個妖精，不似這廝克剝（刻薄）。他問我甚麼家長禮短，少米無柴的話說，我也好信口捏膿（編造）答他。他如今問我生年月日，我卻怎麼知道！」好猴王，也十分乖巧，巍巍端坐中間，也無一些兒懼色，面上反喜盈盈的笑道：「賢郎請起。我因年老，連日有事不遂心懷，把你生時果偶然忘了。且等到明日回家，問你母親便知。」

妖王道：「父王把我八個字時常不離口論說，說我有同天不老之壽，怎麼今日一旦忘了！豈有此理！必是假的！」哏的一聲，群妖槍刀簇擁，望行者沒頭沒臉的扎來。這大聖使金箍棒架住了，現出本相，對妖精道：「賢郎，你卻沒理。那裡兒子好打爺的？」那妖王滿面羞慚，不敢回視。行者化金光，走出他的洞府。小妖道：「大王，孫行者走了。」妖王道：「罷！罷！罷！讓走了罷！我吃他這一場虧也！且關了門，莫與他打話（搭話），只來刷洗唐僧，蒸吃便罷。」

卻說那行者搴著鐵棒，呵呵大笑，自澗那邊而來。沙僧聽見，急出林迎著道：「哥啊，這半日方回，如何這等哂笑，想救出師父來也？」行者道：「兄弟，雖不曾救得師父，老孫卻得個上風來了。」沙僧道：「甚麼上風？」行者道：「原來豬八戒被那怪假變觀音哄將回來，吊於皮袋之內。我欲設法救援，不期他著甚麼六健將去請老大王來吃師父肉。是老孫想著他老大王必是牛魔王，就變了他的模樣，充將進去，坐在中間。他叫父王，我就應他；他便叩頭，我就直受。著實快活！果然得了上風！」沙僧道：「哥啊，你便圖這般小便宜，恐師父性命難保。」行者道：「不須慮，等我去請菩薩來。」沙僧道：「你還腰疼哩。」行者道：「我不疼了。古人云：『人逢喜事精神爽。』你看著行李、馬匹，等我去。」沙僧道：「你置下仇了，恐他害我師父。你須快去快來。」行者道：「我來得快，只消頓飯時，就回來矣。」

好大聖，說話間躲離了沙僧，縱筋斗雲，徑投南海。在那半空裡，那消半個時辰，望見普陀山景。須臾，按下雲頭，直至落伽崖上。端肅正行，只見二十四路諸天迎著道：「大聖，那裡去？」行者作禮畢，道：「要見菩薩。」諸天道：「少停，容通報。」時有鬼子母諸天來潮音洞外報道：「菩薩得知，孫悟空特來參見。」菩薩聞報，即命進去。大聖斂衣皈命，捉定步，徑入裡邊，見菩薩倒身下拜。菩薩道：「悟空，你不領金蟬子西方求經去，卻來此何幹？」行者道：「上告菩薩。弟子保護唐僧前行，至一方，乃號山枯松澗火雲洞。有一個紅孩兒妖精，喚作聖嬰大王，把我師父攝去。是弟子與豬悟能等尋至門前，與他交戰。他放出三昧火來，我等不能取勝，救不出師父。急上東洋大海，

第四十二回

大聖殷勤拜南海　觀音慈善縛紅孩

請到四海龍王，施雨水，又不能勝火，把弟子都熏壞了，幾乎喪了殘生。」菩薩道：「既他是三昧火，神通廣大，怎麼去請龍王，不來請我？」行者道：「本欲來的，只是弟子被煙熏了，不能駕雲，卻教豬八戒來請菩薩。」菩薩道：「悟能不曾來呀。」行者道：「正是。未曾到得寶山，被那妖精假變做菩薩模樣，把豬八戒又賺入洞中，現吊在一個皮袋裡，也要蒸吃哩。」

菩薩聽說，心中大怒道：「那潑妖敢變我的模樣！」恨了一聲，將手中寶珠淨瓶往海心裡撲的一摜，唬得那行者毛骨竦然，即起身侍立下面，道：「這菩薩火性不退，好是怪老孫說的話不好，壞了他的德行，就把淨瓶摜了。可惜！可惜！早知送了我老孫，卻不是一件大人事？」

說不了，只見那海當中，翻波跳浪，鑽出個瓶來。原來是一個怪物馱著出來。行者仔細看那馱瓶的怪物，怎生模樣：

根源出處號幫泥，水底增光獨顯威。
世隱能知天地性，安藏偏曉鬼神機。
藏身一縮無頭尾，展足能行快似飛。
文王畫卦曾元卜，常納庭台伴伏羲。
雲龍透出千般俏，號水推波把浪吹。
條條金線穿成甲，點點裝成彩玳瑁。
九宮八卦袍披定，散碎鋪遮綠燦衣。
生前好勇龍王幸，死後還馱佛祖碑。

要知此物名和姓，興風作浪惡烏龜。

那龜馱著淨瓶，爬上崖邊，對菩薩點頭二十四點，權為二十四拜。行者見了，暗笑道：「原來是看瓶的。想是不見瓶，就問他要。」菩薩道：「悟空，你在下面說甚麼？」行者道：「沒說甚麼。」菩薩教：「拿上瓶來。」這行者即去拿瓶，唉！莫想拿得他動。好便似蜻蜓撼石柱，怎生搖得半分毫？行者上前跪下道：「菩薩，弟子拿不動。」菩薩道：「你這猴頭，只會說嘴。瓶兒你也拿不動，怎麼去降妖縛怪？」行者道：「不瞞菩薩說。平日拿得動，今日拿不動。想是吃了妖精虧，筋力弱了。」菩薩道：「常時是個空瓶；如今是淨瓶拋下海去，這一時間，轉過了三江五湖，八海四瀆，溪源潭洞之間，共借了一海水在裡面。你那裡有架海的斤量，此所以拿不動也。」行者合掌道：「是弟子不知。」

那菩薩走上前，將右手輕輕的提起淨瓶，托在左手掌上。只見那龜點點頭，鑽下水去了。行者道：「原來是個養家看瓶的夯貨！」菩薩坐定道：「悟空，我這瓶中甘露水漿，比那龍王的私雨不同：能滅那妖精的三昧火。待要與你拿了去，你卻拿不動；待要著善財龍女與你同去，你卻又不是好心，專一隻會騙人。你見我這龍女貌美，淨瓶又是個寶物，你假若騙了去，卻那有工夫又來尋你？你須是留些甚麼東西作當。」

行者道：「可憐！菩薩這等多心。我弟子自秉沙門，一向不幹那樣事了。你教我留些當頭，卻將何物？我身上這件綿布直裰，還是你老人家賜的。這條虎皮裙子，能值幾個銅錢？這根鐵棒，早晚卻要護身。但只是頭上這個箍兒，是個金的，卻又被你弄了個方法兒長在我頭上，取不下來。你今要當頭，情願將此為當。你念個《鬆箍兒咒》，將此除去罷；不然，將何物為當？」菩薩道：「你好自在啊！我也不要你的衣服、鐵棒、金箍；只將你那腦後救命的毫毛拔一根與我作當罷。」行者道：「這毫毛，也是你老人家與我的。但恐拔下一根，就拆破群了，又不能救我性命。」菩薩罵道：「你這猴子！你便一毛也不拔，教我這善財也難捨。」行者笑道：「菩薩，你卻也多疑。正是『不看僧面看佛面』。千萬救我師父一難罷！」那菩薩：

逍遙欣喜下蓮台，雲步香飄上石崖。
只為聖僧遭障害，要降妖怪救回來。

孫大聖十分歡喜，請觀音出了潮音仙洞。諸天大神都列在普陀岩上。菩薩道：「悟空，過海。」行者躬身道：「請菩薩先行。」菩薩道：「你先過去。」行者磕頭道：「弟子不敢在菩薩面前施展。若駕筋斗雲啊，掀露身體，恐菩薩怪我不敬。」菩薩聞言，即著善財龍女去蓮花池裡，劈一瓣蓮花，放在石岩下邊水上，教行者：「你上那蓮花瓣兒，我渡你過海。」行者見了道：「菩薩，這花瓣兒，又輕又薄，如何載得我起！這一㞘翻跌下水去，卻不濕了虎皮裙？走了硝，天冷怎穿！」菩薩喝道：「你且上去看！」行者不敢推辭，舍命往上跳。果然先見輕小，到上面比海船還大三分。行者歡喜道：「菩薩，載得我了。」菩薩道：「既載得，如何不過去？」行者道：「又沒個篙、槳、篷、桅，怎生得過？」菩薩道：「不用。」只把他一口氣吹開吸攏，又著實一口氣，吹過南洋苦海，得登彼岸。行者卻腳屣實地，笑道：「這菩薩賣弄神通，把老孫這等呼來喝去，全不費力也！」

那菩薩吩咐概眾諸天各守仙境，著善財龍女閉了洞門，他卻縱祥雲，躲離普陀岩，到那邊叫：「惠岸何在？」惠岸乃托塔李天王第二個太子，俗名木吒是也。乃菩薩親傳授的徒弟，不離左右，稱為護法惠岸行者，即對菩薩合掌伺候。菩薩道：「你快上界去，見你父王，問他借天罡刀來一用。」惠岸道：「師父用著幾何？」菩薩道：「全副都要。」

惠岸領命，即駕雲頭，徑入南天門裡，到雲樓宮殿，見父王下拜。天王見了，問：「兒從何來？」木吒道：「師父是孫悟空請來降妖，著兒拜上父王，將天罡刀借了一用。」天王即喚哪吒將刀取三十六把，遞與木吒。木吒對哪吒說：「兄弟，你回去多拜上母親：我事緊急，等送刀來再磕頭罷。」忙忙相別，按落祥光，徑至南海，將刀捧與菩薩。

菩薩接在手中，拋將去，念個咒語，只見那刀化作一座千葉蓮台。菩薩縱身上去，端坐在中間。行者在旁暗笑道：「這菩薩省使儉用。那蓮花池裡有五色寶蓮台，捨不得坐將來，卻又問別人去借。」菩薩道：「悟空，休言語，跟我來也。」卻才都駕著雲頭，離了海上。白鸚哥展翅前飛，孫大聖與惠岸隨後。

頃刻間，早見一座山頭。行者道：「這山就是號山了。從此處到那妖精門首，約摸有四百餘里。」菩薩聞言，即命住下祥雲；在那山頭上念一聲「唵」字咒語，只見那山左山右，走出許多神鬼，卻乃是本山土地眾神，都到菩薩寶蓮座下磕頭。菩薩道：「汝等俱莫驚張。我今來擒此魔王。你與我把這團圍打掃乾淨，要三百里遠近地方，不許一個生靈在地。將那窩中小獸，窟內雛蟲，都送在巔峰之上安生。」眾神遵依而退。須臾間，又來回覆。菩薩道：「既然乾淨，俱各回祠。」遂把淨瓶扳倒，唿喇喇傾出水來，就如雷響。真個是：

漫過山頭，沖開石壁。漫過山頭如海勢，沖開石壁似汪洋。黑霧漲天全水氣，滄波影日幌寒光。遍崖沖玉浪，滿海長金蓮。菩薩大展降魔法，袖中取出定身禪。化做落伽仙景界，真如南海一般般。秀蒲挺出曇花嫩，香草舒開貝葉鮮。紫竹幾竿鸚鵡歇，青松數簇鷓鴣喧。萬迭波濤連四野，只聞風吼水漫天。

孫大聖見了，暗中贊嘆道：「果然是一個大慈大悲的菩薩！若老孫有此法力，將瓶兒望山一倒，管甚麼禽獸蛇蟲哩！」菩薩叫：「悟空，伸手過來。」行者即忙斂袖，將左手伸出。菩薩拔楊柳枝，蘸甘露，把他手心裡寫一個「迷」字。教他：「捏著拳頭，快去與那妖精索戰，許敗不許勝。敗將來我這跟前，我自有法力收他。」

行者領命。返雲光，徑來至洞口。一隻手使拳，一隻手使棒，高叫道：「妖怪開門！」那些小妖，又進去報道：「孫行者又來了！」妖王道：「緊關了門！莫睬他！」行者叫道：「好兒子！把老子趕在門外，還不開門！」小妖又報道：「孫行者罵出那話兒來了！」妖王只教：「莫睬他！」行者叫兩次，見不開門，心中大怒，舉鐵棒，將門一下打了一個窟窿。慌得那小妖跌將進去道：「孫行者打破門了！」妖王見報幾次，又聽說打破前門，急縱身跳將出去，挺長槍，對行者罵道：「這猴子，老大不識起倒（不知好歹）！我讓你得些便宜，你還不知盡足，又來欺我！打破我門，你該個甚麼罪名？」行者道：「我兒，你趕老子出門，你該個甚麼罪名？」

那妖王羞怒，綽長槍劈胸便刺；這行者舉鐵棒，架隔相還。一番搭上手，鬥經四五個回合，行者捏著拳頭，拖著棒，敗將下來。那妖王立在山前道：「我要刷洗唐僧去哩！」行者道：「好兒子，天看著你哩！你來！」那妖精聞言，愈加嗔怒，喝一聲，趕到面前，挺槍又刺。這行者掄棒又戰幾合，敗陣又走。那妖王罵道：「猴子，你在前有二三十合的本事，你怎麼如今正鬥時就要走了，何也？」行者笑道：「賢郎，老子怕你放火。」妖精道：「我不放火了，你上來。」行者道：「既不放火，走開些。好漢子莫在家門前打人。」那妖精不知是詐，真個舉槍又趕。行者拖了棒，放了拳頭。那妖王著了迷亂，只情追趕。前走的如流星過度，後走的如弩箭離弦。

不一時，望見那菩薩了。行者道：「妖精，我怕你了。你饒我罷。你如今趕至南海觀音菩薩處，怎麼還不回去？」那妖王不信，咬著牙，只管趕來。行者將身一幌，藏在那菩薩的神光影裡。這妖精見沒了行者。走近前，睜圓眼，對菩薩道：「你是孫行者請來的救兵麼？」菩薩不答應。妖王拈轉長槍，喝道：「咄！你是孫行者請來的救兵麼？」菩薩也不答應。妖精望菩薩劈心刺一槍來。那菩薩化道金光，徑走上九霄空內。行者跟定道：「菩薩，你好欺負我罷了！那妖精再三問你，你怎麼推聾裝痖，不敢做聲，被他一槍捌走了，卻把那個蓮台都丟下耶！」菩薩只教：「莫言語，看他再要怎的。」此時行者與木吒俱在空中，並肩同看。只見那妖呵呵冷笑道：「潑猴頭，錯認了我也！他不知把我聖嬰當作個甚人。幾番家戰我不過，又去請個甚麼膿包菩薩來，卻被我一槍，捌得無形無影去了；又把個寶蓮台兒丟了。且等我上去坐坐。」

好妖精，他也學菩薩，盤手盤腳的，坐在當中。行者看見道：「好！好！好！蓮花台兒好送人了！」菩薩道：「悟空，你又說甚麼？」行者道：「說甚！說甚！蓮台送了人了！那妖精坐放臀下，終不得你還要哩？」菩薩道：「正要他坐哩。」行者道：「他的身軀小巧，比你還坐得穩當。」菩薩叫：「莫言語，且看法力。」

他將楊柳枝往下指定，叫一聲「退！」只見那蓮台花彩俱無，祥光盡散，原來那妖王坐在刀尖之上。即命木吒：「使降妖杵，把刀柄兒打打去來。」那木吒按下雲頭，將降魔杵，如築牆一般，築了有千百餘下。那妖精，穿通兩腿刀尖出，血流成汪皮肉開。好怪物，你看他咬著牙，忍著痛，且丟了長槍，用手將刀亂拔。行者卻道：「菩薩啊，那怪物不怕痛，還拔刀哩。」菩薩見了，喚上木吒，「且莫傷他生命。」卻又把楊柳枝垂下，念聲「唵」字咒語，那天罡刀都變做倒鬚鉤兒，狼牙一般，莫能褪得。那妖精卻才慌了，扳著刀尖，痛聲苦告道：「菩薩，我弟子有眼無珠，不識你廣大法力。千乞垂慈，饒我性命！再不敢恃惡，願入法門戒行也。」

菩薩聞言，卻與二行者、白鸚哥低下金光，到了妖精面前。問道：「你可受吾戒行麼？」妖王點頭滴淚道：「若饒性命，願受戒行。」菩薩道：「你可入我門麼？」妖王道：「果饒性命，願入法門。」菩薩道：「既如此，我與你摩頂受戒。」就袖中取出一把金剃頭刀兒，近前去，把那怪分頂剃了幾刀，剃作一個太山壓頂，與他留下三個頂搭，挽起三個窩角揪兒。行者在旁笑道：「這妖精大晦氣！弄得不男不女，不知像個甚麼東西！」菩薩道：「你今既受我戒，我卻也不慢你，稱你做善財童子，如何？」那妖點頭受持，只望饒命。菩薩卻用手一指，叫聲「退！」撞的一聲，天罡刀都脫落塵埃，那童子身軀不損。菩薩叫：「惠岸，你將刀送上天宮，還你父王，莫來接我，先到普陀岩會眾諸天等候。」那木吒領命，送刀上界，回海不題。

卻說那童子野性不定，見那腿疼處不疼，臀破處不破，頭挽了三個揪兒，他走去綽起長槍，望菩薩道：「那裡有甚真法力降我！原來是個掩樣術法兒！不受甚戒！看槍！」望菩薩劈臉刺來。恨得個行者掄鐵棒要打。菩薩只叫：「莫打，我自有懲治。」卻又袖中取出一個金箍兒來道：「這寶貝原是我佛如來賜我往東土尋取經人的『金緊禁』三個箍兒。緊箍兒，先與你戴了；禁箍兒，收了守山大神；這個金箍兒，未曾捨得與人，今觀此怪無禮，與他罷。」好菩薩，將箍兒迎風一幌，叫聲「變！」即變作五個箍兒，望童子身上拋了去，喝聲「著！」一個套在他頭頂上，兩個套在他左右手上，兩個套在他左右腳上。菩薩道：「悟空，走開些，等我念念《金箍兒咒》。」行者慌了道：「菩薩呀，請你來此降妖，如何卻要咒我？」菩薩道：「這篇咒，不是《緊箍兒咒》，咒你的；是《金箍兒咒》，咒那童子的。」行者卻才放心，緊隨左右，聽得他念咒。菩薩捻著訣，默默的念了幾遍，那妖精搓耳揉腮，攢蹄打滚。

正是：一句能通遍沙界，廣大無邊法力深。畢竟不知那童子怎的皈依，且聽下回分解。

第四十三回

黑河妖孽擒僧去　西洋龍子捉鼉回

卻說那菩薩念了幾遍，卻才住口，那妖精就不疼了。又正性起身看處，頸項裡與手足上都是金箍，勒得疼痛，便就除那箍兒時，莫想褪得動分毫。這寶貝已此是見肉生根，越抹越痛。行者笑道：「我那乖乖，菩薩恐你養不大，與你戴個頸圈鐲頭哩。」那童子聞此言，又生煩惱，就此綽起槍來，望行者亂刺。行者急閃身，立在菩薩後面，叫：「念咒！念咒！」

那菩薩將楊柳枝兒，蘸了一點甘露，灑將去，叫聲「合！」只見他丟了槍，一雙手合掌當胸，再也不能開放。至今留了一個「觀音扭」，即此意也。那童子開不得手，拿不得槍，方知是法力深微。沒奈何，才納頭下拜。

菩薩念動真言，把淨瓶攲倒，將那一海水，依然收去，更無半點存留。對行者道：「悟空，這妖精已是降了，卻只是野心不定，等我教他一步一拜，只拜到落伽山，方才收法。你如今快早去洞中，救你師父去來！」行者轉身叩頭道：「有勞菩薩遠涉，弟子當送一程。」菩薩道：「你不消送，恐怕誤了你師父性命。」行者聞言，歡喜叩別。那妖精早歸了正果，五十三參，參拜觀音。

且不題菩薩收了善童子。卻說那沙僧久坐林間，盼望行者不到；將行李捎在馬上，一隻手執著降妖寶杖，一隻手牽著韁繩，出松林向南觀看，只見行者欣喜而來。沙僧迎著道：「哥哥，你怎麼去請菩薩，此時才來！焦殺我也！」行者道：「你還做夢哩。老孫已請了菩薩，降了妖怪。」行者卻將菩薩的法力，備陳了一遍。沙僧十分歡喜道：「救師父去也！」他兩個才跳過澗去，撞到門前，拴下馬匹。舉兵器齊打入洞裡，剿淨了群妖，解下皮袋，放出八戒來。那呆子謝了行者道：「哥哥，那妖精在那裡？等我去築他幾鈀，出出氣來！」行者道：「且尋師父去。」

三人徑至後邊，只見師父赤條條，捆在院中哭哩。沙僧連忙解繩，行者即取衣服穿上。三人跪在面前道：「師父吃苦了。」三藏謝道：「賢徒啊，多累你等。怎生降得妖魔也？」行者又將請菩薩，收童子之言，備陳一遍。三藏聽得，即忙跪下，朝南禮拜。行者道：「不消謝他，轉是我們與他作福，收了一個童子。」如今說童子拜觀音，五十三參，參參見佛，即此是也。教沙僧，將洞內寶物收了。且尋米糧，安排齋飯，管待了師父。那長老得性命全虧孫大聖，取真經只靠美猴精。師徒們出洞來，攀鞍上馬，找大路，篤志投西。

行經一個多月，忽聽得水聲振耳。三藏大驚道：「徒弟呀，又是那裡水聲？」行者笑道：「你這老師父，忒也多疑，做不得和尚。我們一同四眾，偏你聽見甚麼水聲。你把那《多心經》又忘了也？」唐僧道：「《多心經》乃浮屠山烏巢禪師口授，共五十四句，二百七十個字。我當時耳傳，至今常念，你知我忘了那句兒？」行者道：「老師父，你忘了『無眼耳鼻舌身意』。我等出家人，眼不視色，耳不聽聲，鼻不嗅香，舌不嘗味，身不知寒暑，意不存妄想——如此謂之祛褪六賊。你如今為求經，念念在意；怕妖魔，不肯捨身；要齋吃，動舌；喜香甜，嗅鼻；聞聲音，驚耳；睹事物，凝

眸；招來這六賊紛紛，怎生得西天見佛？」三藏聞言，默然沉慮道：「徒弟啊，我

　一自當年別聖君，奔波晝夜甚殷勤。芒鞋踏破山頭霧，竹笠衝開嶺上雲。
　夜靜猿啼殊可嘆，月明鳥噪不堪聞。何時滿足三三行，得取如來妙法文！」

行者聽畢，忍不住鼓掌大笑道：「這師父原來只是思鄉難息！若要那三三行滿，有何難哉！常言道：『功到自然成』哩。」八戒回頭道：「哥啊，若照依這般魔障凶高，就走上一千年也不得成功！」沙僧道：「二哥，你和我一般，拙口鈍腮（指不善言辭），不要惹大哥熱擦（發火）。且只捱肩磨擔，終須有日成功也。」

師徒們正話間，腳走不停，馬蹄正疾，見前面有一道黑水滔天，馬不能進。四眾停立岸邊，仔細觀看。但見那：

　層層濃浪，迭迭渾波。層層濃浪翻烏潦，迭迭渾波捲黑油。近觀不照人身影，遠望難尋樹木形。滾滾一地墨，滔滔千里灰。水沫浮來如積炭，浪花飄起似翻煤。牛羊不飲，鴉鵲難飛。牛羊不飲嫌深黑，鴉鵲難飛怕渺彌。只是岸上蘆蘋知節令，灘頭花草鬥青奇。湖泊江河天下有，溪源澤洞世間多。人生皆有相逢處，誰見西方黑水河！

唐僧下馬道：「徒弟，這水怎麼如此渾黑？」八戒道：「是那家潑了靛缸了。」沙僧道：「不

然，是誰家洗筆硯哩。」行者道：「你們且休胡猜亂道，且設法保師父過去。」八戒道：「這河若是老豬過去不難；或是駕了雲頭，或是下河負水，不消頓飯時，我就過去了。」沙僧道：「若教我老沙，也只消縱雲屣水，頃刻而過。」行者道：「我等容易，只是師父難哩。」三藏道：「徒弟啊，這河有多少寬麼？」八戒道：「約摸有十來里寬。」三藏道：「你三個計較，著那個馱我過去罷。」行者道：「八戒馱得。」八戒道：「不好馱。若是馱著騰雲，三尺也不能離地。常言道：『背凡人重若丘山。』若是馱著負水，轉連我墜下水去了。」

師徒們在河邊，正都商議，只見那上溜頭，有一人棹下一隻小船兒來。唐僧喜道：「徒弟，有船來了。叫他渡我們過去。」沙僧厲聲高叫道：「棹船的，來渡人！來渡人！」船上人道：「我不是渡船，如何渡人？」沙僧道：「天上人間，方便第一。你雖不是渡船，我們也不是常來打攪你的。我等是東土欽差取經的佛子，你可方便方便，渡我們過去，謝你。」那人聞言，卻把船兒棹近岸邊，扶著槳道：「師父啊，我這船小，你們人多，怎能全渡？」三藏近前看了，那船兒原來是一段木頭刻的，中間只有一個艙口，只好坐下兩個人。三藏道：「怎生是好？」沙僧道：「這般啊，兩遭兒渡罷。」八戒就使心術，要躲懶討乖，道：「悟淨，你與大哥在這邊看著行李、馬匹，等我保師父先過去，卻再來渡馬。教大哥跳過去罷。」行者點頭道：「你說的是。」

那呆子扶著唐僧，那梢公撐開船，舉棹沖流，一直而去。方才行到中間，只聽得一聲響喨，捲浪翻波，遮天迷目。那陣狂風十分利害！好風：

當空一片炮雲起，中溜千層黑浪高。兩岸飛沙迷日色，四邊樹倒振天號。

第四十三回

黑河妖孽擒僧去　西洋龍子捉鼉回

翻江攪海龍神怕，播土揚塵花木雕。呼呼響若春雷吼，陣陣凶如餓虎哮。
蟹鱉魚蝦朝上拜，飛禽走獸失窩巢。五湖船戶皆遭難，四海人家命不牢。
溪內漁翁難把鈎，河間梢子怎撐篙？揭瓦翻磚房屋倒，驚天動地泰山搖。

這陣風，原來就是那棹船人弄的。他本是黑水河中怪物。眼看著那唐僧與豬八戒，連船兒淬在水裡，無影無形，不知攝了那方去也。

這岸上，沙僧與行者心慌道：「怎麼好？老師父步步逢災，才脫了魔障，幸得這一路平安，又遇著黑水沌邅！」沙僧道：「莫是翻了船，我們往下溜頭找尋去。」行者道：「不是翻船；若翻船，八戒會水，他必然保師父負水而出。我才見那個棹船的有些不正氣，想必就是這廝弄風，把師父拖下水去了。」沙僧聞言道：「哥哥何不早說！你看著馬與行李，等我下水找尋去來。」行者道：「這水色不正，恐你不能去。」沙僧道：「這水比我那流沙河如何？去得！去得！」

好和尚，脫了褊衫，紥抹了手腳，掄著降妖寶杖，撲的一聲，分開水路，鑽入波中。大踏步行將進去。正走處，只聽得有人言語。沙僧閃在旁邊，偷睛觀看，那壁廂有一座亭台，台門外橫封了八個大字，乃是「衡陽峪黑水河神府」。又聽得那怪物坐在上面道：「一向辛苦，今日方能得物。這和尚乃十世修行的好人，但得吃他一塊肉，便做長生不老人。我為他也等夠多時，今朝卻不負我志。」教：「小的們！快把鐵籠抬出來，將這兩個和尚囫圇蒸熟，具柬去請二舅爺來，與他暖壽。」沙僧聞言，按不住心頭火起，掣寶杖，將門亂打。口中罵道：「那潑物，快送我唐僧師父與八戒師兄出來！」唬得那門內妖邪，急跑去報：「禍事了！」老怪問：「甚麼禍事？」小妖道：「外面有一個晦氣色臉的和尚，打著前門罵，要人哩。」

那怪聞言，即喚取披掛。小妖抬出披掛，老妖結束整齊。手提一根竹節鋼鞭，走出門來，真個是凶頑毒象。但見：

方面圜睛霞彩亮，捲唇巨口血盆紅。
幾根鐵線稀髯擺，兩鬢朱砂亂發蓬。
形似顯靈真太歲，貌如發怒狠雷公。
身披鐵甲團花燦，頭戴金盔嵌寶濃。
竹節鋼鞭提手內，行時滾滾拽狂風。
生來本是波中物，脫去原流變化凶。
要問妖邪真姓字，前身喚做小鼉龍。

那怪喝道：「是甚人在此打我門哩？」沙僧道：「我把你個無知的潑怪！你怎麼弄玄虛，變作梢公，架船將我師父攝來？快早送還，饒你性命！」那怪呵呵笑道：「這和尚不知死活！你師父是我拿了，如今要蒸熟了請人哩！你上來，與我見個雌雄！三合敵得我啊，還你師父；如三合敵不得，連你一發都蒸吃了，休想西天去也！」沙僧聞言大怒，掄寶杖，劈頭就打。那怪舉鋼鞭，急架相迎。兩個在水底下，這場好殺：

第四十三回

黑河妖孽擒僧去　西洋龍子捉鼉回

降妖杖，竹節鞭，二人怒發各爭先。一個是黑水河中千載怪，一個是靈霄殿外舊時仙。那個因貪三藏肉中吃，這個為保唐僧命可憐。都來水底相爭鬥，各要功成兩不然。殺得蝦魚對對搖頭躲，蟹鱉雙雙縮首潛。只聽水府群妖齊擂鼓，門前眾怪亂爭喧。好個沙門真悟淨，單身獨力展威權！躍浪翻波無勝敗，鞭迎杖架兩牽連。算來只為唐和尚，欲取真經拜佛天。

他二人戰經三十回合，不見高低。沙僧暗想道：「這怪物是我的對手，枉自不能取勝，且引他出去，教師兄打他。」這沙僧虛丟了個架子，拖著寶杖就走。那妖精更不趕來，道：「你去罷，我不與你鬥了。我且具柬帖兒去請客哩。」

沙僧氣呼呼跳出水來，見了行者道：「哥哥，這怪物無禮。」行者問：「你下去許多時才出來，端的是甚妖邪？可曾尋見師父？」沙僧道：「他這裡邊，有一座亭台，台門外橫書八個大字，喚做『衡陽峪黑水河神府』。我閃在旁邊，聽著他在裡面說話，教小的們刷洗鐵籠，待要把師父與八戒蒸熟了，去請他舅爺來暖壽。是我發起怒來，就去打門。那怪物提一條竹節鋼鞭走出來，與我鬥了這半日，約有三十合，不分勝負。我卻使個佯輸法，要引他出來，著你助陣。那怪物乖得緊，他不來趕我，只要回去具柬請客，我才上來了。」行者道：「不知是個甚麼妖邪？」沙僧道：「那模樣像一個大鱉；不然，便是個鼉龍也。」行者道：「不知那個是他舅爺？」

說不了，只見那下灣裡走出一個老人，遠遠的跪下，叫：「大聖，黑水河河神叩頭。」行者道：「你莫是那棹船的妖邪，又來騙我麼？」那老人磕頭滴淚道：「大聖，我不是妖邪，我是這河內真神。那妖精舊年五月間，從西洋海，趁大潮來於此處，就與神交鬥。奈我年邁身衰，敵他不過，把我坐的那衡陽峪黑水河神府，就占奪去住了，又傷了我許多水族。我卻沒奈何，徑往海內告他。原來西海龍王是他的母舅，不准我的狀子，教我讓與他住。我欲啟奏上天，奈何神微職小，不能得見玉帝。今聞得大聖到此，特來參拜投生。萬望大聖與我出力報冤！」行者聞言道：「這等說，四海龍王都該有罪。他如今攝了我師父與師弟，揚言要蒸熟了，去請他舅爺暖壽，我正要拿他，幸得你來報信。這等啊，你陪著沙僧在此看守，等我去海中，先把那龍王捉來，教他擒此怪物。」河神道：「深感大聖大恩！」

行者即駕雲，徑至西洋大海。按筋斗，捻了避水訣，分開波浪；正然走處，撞見一個黑魚精棒著一個渾金的請書匣兒，從下流頭似箭如梭鑽將上來，被行者撲個滿面，掣鐵棒分頂一下，可憐就打得腦漿迸出，腮骨查開，骨都的一聲，飄出水面。他卻揭開匣兒看處，裡邊有一張簡帖，上寫著：

「愚甥鼉潔，頓首百拜，啟上二舅爺敖老大人台下：向承佳惠，感感。今因獲得二物，乃東土僧人，實為世間之罕物。甥不敢自用。因念舅爺聖誕在邇，特設菲筵，預祝千壽。萬望車駕速臨，是荷！」

行者笑道：「這廝卻把供狀先遞與老孫也！」正才袖了帖子，往前再行。早有一個探海的夜叉，望見行者，急抽身撞上水晶宮報大王：「齊天大聖孫爺爺來了！」那龍王敖順即領眾水族，出宮迎接道：「大聖，請入小宮少座，獻茶。」行者道：「我還不曾吃你的茶，你倒先吃了我的酒也！」龍王笑道：「大聖一向皈依佛門，不動葷酒，卻幾時請我吃酒來？」行者道：「你便不曾去吃酒，只是惹下一個吃酒的罪名了。」敖順大驚道：「小龍為何有罪？」行者袖中取出簡帖兒，遞與龍王。

龍王見了，魂飛魄散，慌忙跪下，叩頭道：「大聖恕罪！那廝是舍妹第九個兒子。因妹夫錯行了風雨，刻減了雨數，被天曹降旨，著人曹官魏徵丞相，夢裡斬了。舍妹無處安身，是小龍帶他到此，恩養成人。前年不幸，舍妹疾故，惟他無方居住，我著他在黑水河養性修真。不期他作此惡孽，小龍即差人去擒他來也。」行者道：「你令妹共有幾個賢郎？都在那裡作怪？」龍王道：「舍妹有九個兒子。那八個都是好的。第一個小黃龍，見居淮瀆；第二個小驪龍，見住濟瀆；第三個青背龍，占了江瀆；第四個赤髯龍，鎮守河瀆；第五個徒勞龍，與佛祖司鐘；第六個穩獸龍，與神宮鎮脊；第七個敬仲龍，與玉帝守擎天華表；第八個蜃龍，在大家兄處，砥據太岳。此乃第九個鼉龍，因年幼無甚執事，自舊年才著他居黑水河養性，待成名，別遷調用；誰知他不遵吾旨，衝撞大聖也。」

行者聞言，笑道：「你妹妹有幾個妹丈？」敖順道：「只嫁得一個妹丈，乃涇河龍王。向年已此被斬，舍妹孀居於此，前年疾故了。」行者道：「一夫一妻，如何生這幾個雜種？」敖順道：「此正謂『龍生九種，九種各別』。」行者道：「我才心中煩惱，欲將簡帖為證，上奏天庭，問你個通同作怪，搶奪人口之罪；據你所言，是那廝不遵教誨，我且饒你這次：一則是看你昆玉分上；二來只該怪那廝年幼無知，你也不甚知情。你快差人擒來，救我師父，再作區處。」敖順即喚太子摩昂：「快點五百蝦魚壯兵，將小鼉捉來問罪。」一壁廂安排酒席，與大聖陪禮。行者道：「龍王再勿多心。既講開饒了你便罷，又何須辦酒？我今須與你令郎同回：一則老師父遭愆，二則我師弟盼望。」

那老龍苦留不住，又見龍女捧茶來獻。行者立飲他一盞香茶，別了老龍，隨與摩昂領兵，離了西海。早到黑水河中。行者道：「賢太子，好生捉怪，我上岸去也。」摩昂道：「大聖寬心，小龍子將他拿上來先見了大聖，懲治了他罪名，把師父送上來，才敢帶回海內，見我家父。」行者欣然相別。揑了避水訣，跳出波津，徑到了東邊崖上。沙僧與那河神迎著道：「師兄，你去時從空而去，怎麼回來卻自河內而回？」行者把那打死魚精，得簡帖，見龍王，與太子同領兵來之事，備陳了一遍。沙僧十分歡喜，都立在岸邊，候接師父不題。

卻說那摩昂太子著介士先到他水府門前，報與妖怪道：「西海老龍王太子摩昂來也。」那怪正坐，忽聞摩昂來，心中疑惑道：「我差黑魚精投簡帖拜請二舅爺，這早晚不見回話，怎麼舅爺不來，卻是表兄來耶？」正說間，只見那巡河的小怪，又來報：「大王，河內有一支兵，屯於水府之西，旗號上書著『西海儲君摩昂小帥』。」妖怪道：「這表兄卻也狂妄：想是舅爺不得來，命他來赴宴；既是赴宴，如何又領兵勞士？咳！但恐其間有故。」教：「小的們，將我的披掛鋼鞭伺候，恐一時變暴。待我且出去迎他，看是何如。」眾妖領命，一個個擦掌摩拳准備。

這鼉龍出得門來，真個見一支海兵劄營在右。只見：

征旗飄繡帶，畫戟列明霞。
寶劍凝光彩，長槍纓繞花。
弓彎如月小，箭插似狼牙。
大刀光燦燦，短棍硬沙沙。
鯨鰲並蛤蚌，蟹鱉共魚蝦。
大小齊齊擺，干戈似密麻。

第四十三回

黑河妖孽擒僧去　西洋龍子捉鼉回

不是元戎令，誰敢亂爬踏！

鼉怪見了，徑至那營門前，厲聲高叫：「大表兄，小弟在此拱候，有請。」有一個巡營的螺螺，急至中軍帳，「報千歲殿下，外有鼉龍叫請哩。」太子按一按頂上金盔，束一束腰間寶帶，手提一根三棱簡，拽開步，跑出營去，道：「你來請我怎麼？」鼉龍進禮道：「小弟今早有簡帖拜請舅爺，想是舅爺見棄，著表兄來的，兄長既來赴席，如何又勞師動眾？不入水府，紮營在此，又貫甲提兵，何也？」太子道：「你請舅爺做甚？」妖怪道：「小弟一向蒙恩賜居於此，久別尊顏，未得孝順。昨日捉得一個東土僧人，我聞他是十世修行的元體，人吃了他，可以延壽，欲請舅爺看過，上鐵籠蒸熟，與舅爺暖壽哩。」太子喝道：「你這廝十分懵懂！你道僧人是誰？」妖怪道：「他是唐朝來的僧人，往西天取經的和尚。」太子道：「你只知他是唐僧，不知他手下徒弟利害哩。」妖怪道：「他有一個長嘴的和尚，喚做個豬八戒，我也把他捉住了，要與唐和尚一同蒸吃。還有一個徒弟，喚做沙和尚，乃是一條黑漢子，晦氣色臉，使一根寶杖。昨日在這門外與我討師父，被我帥出河兵，一頓鋼鞭，戰得他敗陣逃生，也不見怎的利害。」

太子道：「原來是你不知！他還有一個大徒弟，是五百年前大鬧天宮上方太乙金仙齊天大聖；如今保護唐僧往西天拜佛求經，是普陀岩大慈大悲觀音菩薩勸善，與他改名，喚做孫悟空行者。你怎麼沒得做，撞出這件禍來？他又在我海內遇著你的差人，奪了請帖，徑入水晶宮，拿捏我父子們，有『結連妖邪，搶奪人口』之罪。你快把唐僧、八戒送上河邊，交還了孫大聖，憑著我與他陪禮，你還好得性命；若有半個『不』字，休想得全生居於此也！」

那怪鼉聞此言，心中大怒道：「我與你嫡親的姑表，你倒反護他人！聽你所言，就教把唐僧送出；天地間那裡有這等容易事也！你便怕他，莫成我也怕他？他若有手段，敢來我水府門前，與我交戰三合，我才與他師父；若敵不過我，就連他也拿來，一齊蒸熟，也沒甚麼親人，也不去請客，自家關了門，教小的們唱唱舞舞，我坐在上面，自自在在，吃他娘不是！」

太子見說，開口罵道：「這潑邪！果然無狀！且不要教孫大聖與你對敵，你敢與我相持麼？」那怪道：「要做好漢，怕甚麼相持！」教：「取披掛！」呼喚一聲，眾小妖跟隨左右，獻上披掛，捧上鋼鞭。他兩個變了臉，各逞英雄；傳號令，一齊擂鼓。這一場比與沙僧爭鬥，甚是不同，但見那：

旌旗照耀，戈戟搖光。這壁廂營盤解散，那壁廂門戶開張。摩昂太子提金簡，鼉怪掄鞭急架償。一聲炮響河兵烈，三棒鑼鳴海士狂。蝦與蝦爭，蟹與蟹鬥。鯨鰲吞赤鯉，鯾鮊起黃鱨。鯊鯔吃鮝鯖魚走，牡蠣擒蟶蛤蚌慌。少揚刺硬如鐵棍，鯿司針利似鋒芒。鱔追白鱣，鱸鱠捉烏鯧。一河水怪爭高下，兩處龍兵定弱強。混戰多時波浪滾，摩昂太子賽金剛。喝聲金簡當頭重，拿住妖鼉作怪王。

這太子將三棱簡閃了一個破綻，那妖精不知是詐，鑽將進來；被他使個解數，把妖精右臂，只一簡，打了個躘踵；趕上前，又一拍腳，跌倒在地。眾海兵一擁上前，揪翻住，將繩子背綁了雙手，將鐵索穿了琵琶骨，拿上岸來。押至孫行者面前道：「大聖，小龍子捉住妖鼉，請大聖定奪。」

行者與沙僧見了道：「你這廝不遵旨令。你舅爺原著你在此居住，教你養性存身，待你名成之日，別有遷用；你怎麼強占水神之宅，倚勢行凶，欺心誑上，弄玄虛，騙我師父、師弟？我待要打你這一棒，奈何老孫這棒子甚重，略打打兒就了了性命。你將我師父安在何處哩？」那怪叩頭不住道：「大聖，小鼉不知大聖大名。卻才逆了表兄，騁強背理，被表兄把我拿住。今見大聖，幸蒙大聖不殺之恩，感謝不盡。你師父還捆在那水府之間，望大聖解了我的鐵索，放了我手，等我到河中送他出來。」摩昂在旁道：「大聖，這廝是個逆怪，他極奸詐；若放了他，恐生惡念。」沙和尚道：「我認得他那裡，等我尋師父去。」

他兩個跳入水中，徑至水府門前。那裡門扇大開，更無一個小卒。直入亭台裡面，見唐僧、八戒，赤條條都捆在那裡。沙僧即忙解了師父，河神亦隨解了八戒，一家背著一個，出水面，徑至岸邊。豬八戒見那妖精鎖綁在側，急掣鈀上前就築，口裡罵道：「潑邪畜！你如今不吃我了？」行者扯住道：「兄弟，且饒他死罪罷。看敖順賢父子之情。」摩昂進禮道：「大聖，小龍子不敢久停。既然救得你師父，我帶這廝去見家父；雖大聖饒了他死罪，家父決不饒他活罪，定有發落處置，仍回覆大聖謝罪。」行者道：「既如此，你領他去罷。多多拜上令尊，尚容面謝。」那太子押著那妖鼉，投水中，帥領海兵，徑轉西洋大海不題。

卻說那黑水河神謝了行者，道：「多蒙大聖復得水府之恩！」唐僧道：「徒弟啊，如今還在東岸，如何渡此河也？」河神道：「老爺勿慮，且請上馬，小神開路，引老爺過河。」那師父才騎了白馬，八戒採著韁繩，沙和尚挑了行李，孫行者扶持左右，只見河神作起阻水的法術，將上流擋住。須臾，下流撤乾，開出一條大路。師徒們行過西邊，謝了河神，登崖上路。

這正是：禪僧有救來西域，徹地無波過黑河。畢竟不知怎生得拜佛求經，且聽下回分解。

第四十三回

黑河妖孽擒僧去　西洋龍子捉鼉回

第四十四回

法身元運逢車力　心正妖邪度脊關

詩曰：

求經脫障向西遊，無數名山不盡休。兔走烏飛催晝夜，鳥啼花落自春秋。
微塵眼底三千界，錫杖頭邊四百州。宿水餐風登紫陌，未期何日是回頭。

話說唐三藏幸虧龍子降妖，黑水河神開路，師徒們過了黑水河，找大路一直西來。真個是迎風冒雪，戴月披星。行彀多時，又值早春天氣。但見：

三陽轉運，萬物生輝。三陽轉運，滿天明媚開圖畫；萬物生輝，遍地芳菲設繡茵。梅殘數點雪，麥漲一川雲。漸開冰解山泉溜，盡放萌芽沒燒痕。正是那：太昊乘震（指春天到來），勾芒御辰；花香風氣暖，雲淡日光新。道旁楊柳舒青眼，膏雨滋生萬象春。

第四十四回
法身元運逢車力　心正妖邪度脊關

師徒們在路上，游觀景色，緩馬而行，忽聽得一聲吆喝，好便似千萬人吶喊之聲。

唐三藏心中害怕，兜住馬不能前進，急回頭道：「悟空，是那裡這等響振？」八戒道：「好一似地裂山崩。」沙僧道：「也就如雷聲霹靂。」三藏道：「還是人喊馬嘶。」孫行者笑道：「你們都猜不著，且住，待老孫看是何如。」

好行者，將身一縱，踏雲光，起在空中，睜眼觀看，遠見一座城池；又近覷，倒也祥光隱隱，不見甚麼凶氣紛紛。行者暗自沉吟道：「好去處！如何有響聲振耳？那城中又無旌旗閃灼，戈戟光明，又不是炮聲響振，何以若人馬喧嘩？」正議間，只見那城門外，有一塊沙灘空地，攢簇了許多和尚，在那裡扯車兒哩。原來是一齊著力打號，齊喊「大力王菩薩」，所以驚動唐僧。

行者漸漸按下雲頭來看處，呀！那車子裝的都是磚瓦木植土坯之類；灘頭上坡阪最高，又有一道夾脊小路，兩座大關；關下之路都是直立壁陡之崖，那車兒怎麼拽得上去？雖是天色和暖，那些人卻也衣衫襤褸。看此相十分窘迫，行者心疑道：「想是修蓋寺院。他這裡五穀豐登，尋不出雜工人來，所以這和尚親自努力。」正自猜疑未定，只見那城門裡，搖搖擺擺，走出兩個少年道士來。你看他怎生打扮。但見他：

頭戴星冠，身披錦繡。頭戴星冠光耀耀，身披錦繡彩霞飄。足踏雲頭履，腰繫熟絲絛。
面如滿月多聰俊，形似瑤天仙客嬌。

那些和尚見道士來，一個個心驚膽戰，加倍著力，恨苦的拽那車子。行者就曉得了：「咦！想必這和尚們怕那道士；不然啊，怎麼這等著力拽扯？我曾聽得人言，西方路上，有個敬道滅僧之處，斷乎此間是也。我待要回報師父，奈何事不明白，返惹他怪，敢道這等一個伶俐之人，就不能探個實信。且等下去問得明白，好回師父話。」

你道他來問誰？好大聖，按落雲頭，去郡城腳下，搖身一變，變做個游方的雲水全真，左臂上掛著一個水火籃兒，手敲著漁鼓，口唱著道情詞，近城門，迎著兩個道士，當面躬身道：「道長，貧道起手。」那道士還禮道：「先生那裡來的？」行者道：「我弟子雲游於海角，浪蕩在天涯。今朝來此處，欲募善人家。動問二位道長，這城中那條街上好道？那個巷裡好賢？我貧道好去化些齋吃。」那道士笑道：「你這先生，怎麼說這等敗興的話？」行者道：「何為敗興？」道士道：「你要化些齋吃，卻不是敗興？」行者道：「出家人以乞化為由，卻不化齋吃，怎生有錢買？」道士笑道：「你是遠方來的，不知我這城中之事。我這城中，且休說文武官員好道，富民長者愛賢，大男小女見我等拜請奉齋，這般都不須掛齒，頭一等就是萬歲君王好道愛賢。」行者道：「我貧道一則年幼，二則是遠方乍來，實是不知。煩二位道長將這裡地名、君王好道愛賢之事，細說一遍，足見同道之情。」道士說：「此城名喚車遲國。寶殿上君王與我們有親。」

行者聞言，呵呵笑道：「想是道士做了皇帝？」他道：「不是。只因這二十年前，民遭亢旱，天無點雨，地絕穀苗，不論君臣黎庶，大小人家，家家沐浴焚香，戶戶拜天求雨。正都在倒懸捱命之處，忽然天降下三個仙長來，俯救生靈。」行者問道：「是那三個仙長？」道士說：「便是我家師父。」行者道：「尊師甚號！」道士云：「我大師父，號做虎力大仙；二師父，鹿力大仙；三師父，羊力大仙。」行者問曰：「三位尊師，有多少法力？」道士云：「我那師父，呼風喚雨，只在翻掌之間；指水為油，點石成金，卻如轉身之易；所以有這般法力，能奪天地之造化，換星斗之玄微，君臣相敬，與我們結為親也。」行者道：「這皇帝十分造化。常言道：『術動公卿。』老師父有這般手段，結了親，其實不虧他。噫，不知我貧道可有星星緣法，得見那老師父一面哩？」道士笑曰：「你要見我師父，有何難處！我兩個是他靠胸貼肉的徒弟，我師父卻又好道愛賢，只聽見說個『道』字，就也接出大門。若是我兩個引進你，乃吹灰之力。」

行者深深的唱個大喏道：「多承舉薦，就此進去罷。」道士說：「且少待片時，你在這裡坐下，等我兩個把公事幹了來，和你進去。」行者道：「出家人無拘無束，自由自在，有甚公幹？」道士用手指定那沙灘上僧人：「他做的是我家生活，恐他躲懶，我們去點他一卯就來。」行者笑道：「道長差了；僧道之輩都是出家人，為何他替我們做活，伏我們點卯？」道士云：「你不知道。因當年求雨之時，僧人在一邊拜佛，道士在一邊告斗（道教祭告斗星之神——斗君，以求福除災），都請朝廷的糧償；誰知那和尚不中用，空念空經，不能濟事。後來我師父一到，喚雨呼風，拔濟了萬民塗炭。卻才惱了朝廷，說那和尚無用，拆了他的山門，毀了他的佛像，追了他的度牒，不放他回鄉，御賜與我們家做活，就當小廝一般。我家裡燒火的，也是他；掃地的，也是他；頂門的，也是他。因為後邊還有住房，未曾完備，著這和尚來拽磚瓦，拖木植，起蓋房宇。只恐他貪頑躲懶，不肯拽車，所以著我兩個去查點查點。」

行者聞言，扯住道士滴淚道：「我說我無緣，真個無緣，不得見老師父尊面！」道士云：「如何不得見面？」行者道：「我貧道在方上雲游，一則是為性命，二則也為尋親。」道士問：「你有甚麼親？」行者道：「我有一個叔父，自幼出家，削髮為僧。向日年程飢饉，也來外面求乞。這幾年不見回家，我念祖上之恩，特來順便尋訪。想必是羈遲在此等地方，不能脫身，未可知也。我怎的尋著他，見一面，才可與你進城。」道士云：「這般卻是容易。我兩個且坐下，即煩你去沙灘上替我一查。只點頭目有五百名數目便罷。看內中那個是你令叔。果若有呀，我們看道中情分，放他去了，卻與你進城好麼？」

行者頂謝不盡，長揖一聲，別了道士，敲著漁鼓，徑往沙灘之上。過了雙關，轉下夾脊，那和尚一齊跪下磕頭道：「爺爺，我等不曾躲懶，五百名半個不少，都在此扯車哩。」行者看見，暗笑道：「這些和尚，被道士打怕了，見我這假道士就這般悚懼。若是個真道士，好道也活不成了。」行者又搖手道：「不要跪，休怕。我不是監工的，我來此是尋親的。」眾僧們聽說認親，就把他圈子陣圍將上來，一個個出頭露面，咳嗽打響，巴不得要認出去。道：「不知那個是他親哩。」行者認了一會，呵呵笑將起來。眾僧道：「老爺不認親，如何發笑？」行者道：「你們知我笑甚麼？笑你這些和尚全不長俊（長進）！父母生下你來，皆因命犯華蓋，妨爺克娘，或是不招姊妹，才把你捨斷了出家；你怎的不遵三寶，不敬佛法，不去看經拜懺，卻怎麼與道士傭工，作奴婢使喚？」眾僧道：「老爺，你來羞我們哩！你老人家想是個外邊來的，不知我這裡利害。」行者道：「果是外方來的，其實不知你這裡有甚利害。」

眾僧滴淚道：「我們這一國君王，偏心無道，只喜得是老爺等輩，惱的是我們佛子。」行者道：「為何來？」眾僧道：「只因呼風喚雨，三個仙長來此處，滅了我等；哄信君王，把我們寺拆了，度牒追了，不放歸鄉，亦不許補役當差，賜與那仙長家使用，若苦難當！但有個游方道者至此，即請拜王領賞；若是和尚來，不分遠近，就拿來與仙長家傭工。」行者道：「想必那道士還有甚麼巧法術，誘了君王？若只是呼風喚雨，也都是旁門小法術耳，安能動得君心？」眾僧道：「他會摶砂煉汞，打坐存神，點水為油，點石成金。如今興蓋三清觀宇，對天地晝夜看經懺悔，祈君王萬年不老，所以就把君心惑動了。」

行者道：「原來這般。你們都走了便罷。」眾僧道：「老爺，走不脫！那仙長奏准君王，把我們畫了影身圖，四下裡長川張掛。他這車遲國地界也寬，各府州縣鄉村店集之方，都有一張和尚圖，上面是御筆親題。若有官職的，拿得一個和尚，高升三級；無官職的，拿得一個和尚，就賞白銀五十兩，所以走不脫。且莫說是和尚，就是剪鬃、禿子、毛稀的，都也難逃。四下裡快手又多，緝事的又廣，憑你怎麼也是難脫。我們沒奈何，只得在此苦捱。」

行者道：「既然如此，你們死了便罷。」眾僧道：「老爺，有死的。到處捉來與本處和尚，也共有二千餘眾。到此熬不得苦楚，受不得爊煎，忍不得寒冷，服不得水土，死了有六七百，自盡了有七八百；只有我這五百個不得死。」行者道：「怎麼不得死？」眾僧道：「懸梁繩斷，刀刎不疼；投河的飄起不沉，服藥的身安不損。」行者道：「你卻造化，天賜汝等長壽哩！」眾僧道：「老爺呀，你少了一個字兒，是『長受罪』哩！我等日食三餐，乃是糙米熬得稀粥。到晚就在沙灘上冒露安身。才合眼，就有神人擁護。」行者道：「想是累苦了，見鬼麼？」眾僧道：「不是鬼，乃是六丁六甲、護教伽藍。但至夜，就來保護。但有要死的，就保著，不教他死。」行者道：「這些神卻也沒理；只該教你們早死早生天，卻來保護怎的？」眾僧道：「他在夢寐中勸解我們，教『不要尋死，且苦捱著，等那東土大唐聖僧，往西天取經的羅漢。他手下有個徒弟，乃齊天大聖，神通廣大，專秉忠良之心，與人間報不平之事，濟困扶危，恤孤念寡。只等他來顯神通，滅了道士，還敬你們沙門禪教哩。』」

行者聞得此言，心中暗笑道：「莫說老孫無手段，預先神聖早傳名。」他急抽身，敲著漁鼓，別了眾僧，徑來城門口，見了道士。那道士迎著道：「先生，那一位是令親？」行者道：「五百個都與我有親。」兩個道士笑道：「你怎麼就有許多親？」行者道：「一百個是我左鄰，一百個是我右舍，一百個是我父黨，一百個是我母黨，一百個是我交契。你若肯把這五百人都放了，我便與你進去；不放，我不去了。」道士云：「你想有些瘋病，一時間就胡說了。那些和尚，乃國王御賜，若放一二名，還要在師父處遞了病狀，然後補個死狀，才了得哩。怎麼說都放了！此理不通！不通！且不要說我家沒人使喚，就是朝廷也要怪。他那裡長要差官查勘，或時御駕也親來點札，怎麼敢放？」行者道：「不放麼？」道士說：「不放！」行者連問三聲，就怒將起來，把耳朵裡鐵棒取出，迎風捻了一捻，就碗來粗細，幌了一幌，照道士臉上一刮，可憐就打得頭破血流身倒地，皮開頸折腦漿傾！

那灘上僧人，遠遠望見他打殺了兩個道士，丟了車兒，跑將上來道：「不好了！不好了！打殺皇親了！」行者道：「那個是皇親？」眾僧把他簸箕陣圍了。道：「他師父，上殿不參王，下殿不辭主，朝廷常稱做『國師兄長先生』。你怎麼到這裡闖禍？他徒弟出來監工，與你無干，你怎麼把他來打死？那仙長不說是你來打殺，只說是來此監工，我們害了他性命。我等怎了？且與你進城去，會了人命出來。」行者笑道：「列位休嚷。我不是雲水全真，我是來救你們的。」眾僧道：「你倒打殺人，害了我們，添了擔兒，如何是救我們的？」

行者道：「我是大唐聖僧徒弟孫悟空行者，特特來此救你們性命。」眾僧道：「不是！不是！那老爺我們認得他。」行者道：「又不曾會他，如何認得？」眾僧道：「我們夢中嘗見一個老者，自言太白金星，常教誨我等，說那孫行者的模樣，莫教錯認了。」行者道：「他和你怎麼說來？」眾僧道：「他說：『那大聖：

　　磕額金眼幌亮，圓頭毛臉無腮。齜牙尖嘴性情乖，貌比雷公古怪。慣使金箍鐵棒，曾將天闕攻開。如今皈正保僧來，專救人間災害。』」

行者聞言，又嗔又喜。喜道替老孫傳名！嗔道那老賊憊懶，把我的元身都說與這伙凡人！忽失聲道：「列位誠然認我不是孫行者。我是孫行者的門人，來此處學闖禍耍子的。那裡不是孫行者來了？」用手向東一指，哄得眾僧回頭，他卻現了本相。眾僧們方才認得。一個個倒身下拜道：「爺爺！我等凡胎肉眼，不知是爺爺顯化（化身）。望爺爺與我們雪恨消災，早進城降邪從正也！」行者道：「你們且跟我來。」眾僧緊隨左右。

那大聖徑至沙灘上，使個神通，將車兒拽過兩關，穿過夾脊，提起來，摔得粉碎。把那些磚瓦木植，盡拋下坡阪。喝教眾僧：「散！莫在我手腳邊，等我明日見這皇帝，滅那道士！」眾僧道：「爺爺呀，我等不敢遠走；但恐在官人拿住解來，卻又吃打發贖（彌補罪過），返又生災。」行者道：「既如此，我與你個護身法兒。」好大聖，把毫毛拔了一把，嚼得粉碎，每一個和尚與他一截。都教他：「捻在無名指甲裡，捻著拳頭，只情走路。無人敢拿你便罷；若有人拿你，攢緊了拳頭，叫一聲『齊天大聖』，我就來護你。」眾僧道：「爺爺，倘若去得遠了，看不見你，叫你不應，怎麼是好？」行者道：「你只管放心，就是萬里之遙，可保全無事。」

眾僧有膽量大的，捻著拳頭，悄悄的叫聲：齊天大聖！」只見一個雷公站在面前，手執鐵棒，就是千軍萬馬，也不能近身。此時有百十眾齊叫，足有百十個大聖護持。眾僧叩頭道：「爺爺！果然靈顯！」行者又吩咐：「叫聲『寂』字，還你收了。」真個是叫聲「寂！」依然還是毫毛在那指甲縫裡。眾和尚卻才歡喜逃生，一齊而散。行者道：「不可十分遠遁。聽我城中消息。但有招僧榜出，就進城還我毫毛也。」五百個和尚，東的東，西的西，走的走，立的立，四散不題。

卻說那唐僧在路旁，等不得行者回話，教豬八戒引馬投西，遇著些僧人奔走；將近城邊，見行者還與十數個未散的和尚在那裡。三藏勒馬道：「悟空，你怎麼來打聽個響聲，許久不回？」行者引了十數個和尚，對唐僧馬前施禮，將上項事說了一遍。三藏大驚道：「這般啊，我們怎了？」那十數個和尚道：「老爺放心。孫大聖爺爺乃天神降的，神通廣大，定保老爺無虞（無憂）。我等是這城裡敕建智淵寺內僧人。因這寺是先王太祖御造的，現有先王太祖神像在內，未曾拆毀。城中寺院，大小盡皆拆了。我等請老爺趕早進城，到我荒山安下。待明日早朝，孫大聖必有處置。」行者道：「汝等說得是；也罷，趁早進城去來。」

那長老卻才下馬，行到城門之下。此時已太陽西墜。過吊橋，進了三層門裡，街上人見智淵寺的和尚牽馬挑包，盡皆回避。正行時，卻到山門前。但見那門上高懸著一面金字大匾，乃「敕建智淵寺」。眾僧推開門，穿過金剛殿，把正殿門開了。唐僧取袈裟披起，拜畢金身，方入。眾僧叫：「看家的！」老和尚走出來，看見行者就拜，道：「爺爺！你來了？」行者道：「你認得我是那個爺爺，就是這等呼拜？」那和尚道：「我認得你是齊天大聖孫爺爺。我們夜夜夢中見你。太白金星常常來托夢，說道，只等你來，我們才得性命。今日果見尊顏與夢中無異。爺爺呀，喜得早來！再遲一兩日，我等已俱做鬼矣！」行者笑道：「請起，請起。明日就有分曉。」眾僧安排了齋飯，他師徒們吃了。

打掃乾淨方丈，安寢一宿。

二更時候，孫大聖心中有事，偏睡不著。只聽那裡吹打，悄悄的爬起來，穿了衣服，跳在空中觀看，原來是正南上燈燭熒煌。低下雲頭仔細再看，卻是三清觀道士禳星哩。但見那：

靈區高殿，福地真堂。靈區高殿，巍巍壯似蓬壺景；福地真堂，隱隱清如化樂宮。兩邊道士奏笙簧，正面高公擎玉簡。宣理《消災懺》，開講《道德經》。揚塵幾度盡傳符，表白一番皆俯伏。咒水發檄，燭焰飄搖衝上界；查罡布斗，香煙馥郁透清霄。案頭有供獻新鮮，桌上有齋筵豐盛。

殿門前掛一聯黃綾織錦的對句，繡著二十二個大字，云：「雨順風調，願祝天尊無量法；河清海晏，祈求萬歲有餘年。」行者見三個老道士，披了法衣，想是那虎力、鹿力、羊力大仙。下面有七八百個散眾，司鼓司鐘，侍香表白，盡都侍立兩邊。行者暗自喜道：「我欲下去與他混一混，奈何『單絲不線，孤掌難鳴。』且回去照顧八戒、沙僧，一同來耍耍。」

按落祥雲，徑至方丈中。原來八戒與沙僧通腳睡著。行者先叫悟淨。沙和尚醒來道：「哥哥，你還不曾睡哩？」行者道：「你且起來，我和你受用些來。」沙僧道：「半夜三更，口枯眼澀，有甚受用？」行者道：「這城裡果有一座三清觀。觀裡道士們修醮，三清殿上有許多供養：饅頭足有斗大，燒果有五六十斤一個，襯飯無數，果品新鮮。和你受用去來！」那豬八戒睡夢裡聽見說吃好東西，就醒了，道：「哥哥就不帶挈我些兒？」行者道：「兄弟，你要吃東西，不要大呼小叫，驚醒了師父。

都跟我來。」

他兩個套上衣服，悄悄的走出門前，隨行者踏了雲頭，跳將起去。那呆子看見燈光，就要下手。行者扯住道：「且休忙。待他散了，方可下去。」八戒道：「他才念到興頭上，卻怎麼肯散？」行者道：「等我弄個法兒，他就散了。」

好大聖，捻著訣，念個咒語，往巽地上吸一口氣，呼的吹去，便是一陣狂風，徑直捲進那三清殿上，把他些花瓶燭台，四壁上懸掛的功德，一齊刮倒，遂而燈火無光。眾道士心驚膽戰。虎力大仙道：「徒弟們且散。這陣神風所過，吹滅了燈燭香花，各人歸寢，明朝早起，多念幾卷經文補數。」眾道士果各退回。

這行者卻引八戒、沙僧，按落雲頭，闖上三清殿。呆子不論生熟，拿過燒果來，張口就啃。行者掣鐵棒，著手便打。八戒縮手躲過道：「還不曾嘗著甚麼滋味，就打！」行者道：「莫要小家子行。且敘禮坐下受用。」八戒道：「不羞！偷東西吃，還要敘禮！若是請將來，卻要如何！」行者道：「這上面坐的是甚麼菩薩？」八戒笑道：「三清也認不得，卻認做甚麼菩薩！」行者道：「那三清？」八戒道：「中間的是元始天尊，左邊的是靈寶道君，右邊的是太上老君。」行者道：「都要變得這般模樣，才吃得安穩哩。」那呆子急了，聞得那香噴噴供養，要吃，爬上高台，把老君一嘴拱下去道：「老官兒，你也坐得彀了，讓我老豬坐坐。」八戒變做太上老君；行者變做元始天尊；沙僧變作靈寶道君。把原像都推下去。及坐下時，八戒就搶大饅頭吃。行者道：「莫忙哩！」八戒道：「哥哥，變得如此，還不吃等甚？」

行者道：「兄弟呀，吃東西事小，洩漏天機事大。這聖像都推在地下，倘有起早的道士來撞鐘掃地，或絆一個跟頭，卻不走漏消息？你把他藏過一邊來。」八戒道：「此處路生，摸門不著，卻那裡藏他？」行者道：「我才進來時，那右手下有一重小門兒，那裡面穢氣畜人，想必是個五穀輪回之所。你把他送在那裡去罷。」

這呆子有些夯力量跳下來，把三個聖像，拿在肩膊上，扛將出來；到那廂，用腳登開門看時，原來是個大東廁。笑道：「這個弼馬溫著然會弄嘴弄舌！把個毛坑也與他起個道號，叫做甚麼『五穀輪回之所』！」那呆子扛在肩上且不丟了去，口裡嘓嘓噥噥的禱道：

「三清，三清，我說你聽：遠方到此，慣滅妖精。欲享供養，無處安寧。借你坐位。略略少停。你等坐久，也且暫下毛坑。你平日家受用無窮，做個清淨道士；今日裡不免享些穢物，也做個受臭氣的天尊！」

祝罷，烹的望裡一捽，濺了半衣襟臭水，走上殿來。行者道：「可藏得好麼？」八戒道：「藏便藏得好；只是濺起些水來，污了衣服，有些醃臢臭氣，你休惡心。」行者笑道：「也罷，你且來受用；但不知可得個乾淨身子出門哩。」那呆子還變做老君。三人坐下，盡情受用。先吃了大饅頭，後吃簇盤、襯飯、點心、拖爐、餅錠、油煠、蒸酥，那裡管甚麼冷熱，任情吃起。原來孫行者不大吃煙火食，只吃幾個果子，陪他兩個。那一頓如流星趕月，風捲殘雲，吃得罄盡。已此沒得吃了，還不走路，且在那裡閒講，消食耍子。

噫！有這般事！原來那東廊下有一個小道士，才睡下，忽然起來道：「我的手鈴兒忘記在殿上，若失落了，明日師父見責。」與那同睡者道：「你睡著，等我尋去。」急忙中不穿底衣，止扯一領直裰，徑到正殿中尋鈴。摸來摸去，鈴兒摸著了。正欲回頭，只聽得有呼吸之聲，道士害怕。急拽步往外走時，不知怎的，踏著一個荔枝核子，撲的滑了一跌。當的一聲，把個鈴兒跌得粉碎。豬八戒忍不住呵呵大笑出來，把個小道士唬走了三魂，驚回了七魄，一步一跌，撞到後方丈外，打著門叫：「師公！不好了！禍事了！」三個老道士還未曾睡，即開門問：「有甚禍事？」他戰戰兢兢道：「弟子忘失了手鈴兒，因去殿上尋鈴，只聽得有人呵呵大笑，險些兒唬殺我也！」老道士聞言，即叫：「掌燈來！看是甚麼邪物？」一聲傳令，驚動那兩廊的道士，大大小小，都爬起來點燈著火，往正殿上觀看。不知端的何如，且聽下回分解。

第四十五回

三清觀大聖留名　車遲國猴王顯法

卻說孫大聖左手把沙和尚捻一把，右手把豬八戒捻一把，他二人卻就省悟。坐在高處，倥（低，垂）著臉，不言不語。憑那些道士點燈著火，前後照看。他三個就如泥塑金裝一般模樣。虎力大仙道：「沒有歹人，如何把供獻都吃了？」鹿力大仙道：「卻像人吃的勾當，有皮的都剝了皮，有核的都吐出核，卻怎麼不見人形？」羊力大仙道：「師兄勿疑。想是我們虔心志意，在此晝夜誦經，前後中文，又是朝廷名號，斷然驚動天尊。想是三清爺爺聖駕降臨，受用了這些供養。趁今仙從未返，鶴駕在斯，我等可拜靠天尊，懇求些聖水金丹，進與陛下，卻不是長生永壽，見我們的功果也？」虎力大仙道：「說的是。」教：「徒弟們動樂誦經！一壁廂取法衣來，等我步罡拜禱。」那些小道士俱遵命，兩班兒擺列齊整。當的一聲磬響，齊念一卷《黃庭道德真經》。虎力大仙披了法衣，擎著玉簡，對面前舞蹈揚塵，拜伏於地，朝上啟奏道：

「誠惶誠恐，稽首皈依。臣等興教，仰望清虛。滅僧鄙俚，敬道光輝。敕修寶殿，御制庭闈。廣陳供養，高掛龍旗。通宵秉燭，鎮日香菲。一誠達上，寸敬虔歸。今蒙降駕，未返仙車，望賜些金丹聖水，進與朝廷，壽比南山。」

八戒聞言，心中忐忑，默對行者道：「這是我們的不是：吃了東西，且不走路，只等這般禱祝，卻怎麼答應？」行者又捻一把，忽地開口，叫聲：「晚輩小仙，且休拜祝。我等自蟠桃會上來的，不曾帶得金丹聖水，待改日再來垂賜。」那些大小道士聽見說出話來，一個個抖衣而戰道：「爺爺呀！活天尊臨凡，是必莫放，好歹求個長生的法兒！」鹿力大仙上前，又拜云：

「揚塵頓首，謹辦丹誠。微臣歸命，俯仰三清。自來此界，興道除僧。國王心喜，敬重玄齡。羅天大醮，徹夜看經。幸天尊之不棄，降聖駕而臨庭。俯求垂念，仰望恩榮。是必留些聖水，與弟子們延壽長生。」

沙僧捻著行者，默默的道：「哥呀，要得緊，又來禱告了。」行者道：「與他些罷。」八戒寂寂道：「那裡有得？」行者道：「你只看著我；我有時，你們也都有了。」那道士吹打已畢，行者開言道：「那晚輩小仙，不須伏拜。我欲不留些聖水與你們，恐滅了苗裔；若要與你，又忒容易了。」眾道聞言，一齊俯伏叩頭道：「萬望天尊念弟子恭敬之意，千乞喜賜些須。我弟子廣宣道德，奏國王普敬玄門。」行者道：「既如此，取器皿來。」那道士一齊頓首謝恩。虎力大仙愛強，就抬一口大缸，放在殿上；鹿力大仙端一砂盆安在供桌之上；羊力大仙把花瓶摘了花，移在中間。行者道：「你們都出殿前，掩上格子，不可洩了天機，好留與你些聖水。」眾道一齊跪伏丹墀之下，掩了殿門。

那行者立將起來，掀著虎皮裙，撒了一花瓶臊溺。豬八戒見了，歡喜道：「哥啊，我把你做這幾年兄弟，只這些兒不曾弄我。我才吃了些東西，道要幹這個事兒哩。」那呆子揭衣服，忽喇喇，就似呂梁洪倒下阪來，沙沙的溺了一砂盆。沙和尚卻也撒了半缸。依舊整衣端坐在上道：「小仙領聖水。」

那些道士，推開格子，磕頭禮拜謝恩，抬出缸去，將那瓶盆總歸一處，教：「徒弟，取個盅子來嘗嘗。」小道士即便拿了一個茶盅，遞與老道士。道士舀出一盅來，喝下口去，只情抹唇咂嘴。鹿力大仙道：「師兄好吃麼？」老道士努著嘴道：「不甚好吃，有些酣醰之味。」羊力大仙道：「等我嘗嘗。」也喝了一口，道：「有些豬溺臊氣。」行者坐在上面，聽見說出這話兒來，已此識破了，道：「我弄個手段，索性留個名罷。」大叫云：

> 「道號！道號！你好胡思！那個三清，肯降凡基？吾將真姓，說與你知。大唐僧眾，奉旨來西。良宵無事，下降宮闈。吃了供養，閒坐嬉嬉。蒙你叩拜，何以答之？那裡是甚麼聖水，你們吃的都是我一溺之尿！」

那道士聞得此言，攔住門，一齊動叉鈀、掃帚、瓦塊、石頭，沒頭沒臉，往裡面亂打。好行者，左手挾了沙僧，右手挾了八戒，闖出門，駕著祥光，徑轉智淵寺方丈。不敢驚動師父，三人又復睡下。早是五鼓三點。那國王設朝，聚集兩班文武，四百朝官，但見絳紗燈火光明，寶鼎香雲靉靆。此時唐三藏醒來，叫：「徒弟，徒弟，伏侍我倒換關文去來。」行者與沙僧、八戒急起身，穿了衣服，侍立左右道：「上告師父。這昏君信著那些道士，興道滅僧，恐言語差錯，不肯倒換關文；我等護持師父，都進朝去也。」

唐僧大喜，披了錦襴袈裟。行者帶了通關文牒，教悟淨捧著鉢盂，悟能拿了錫杖；將行囊、馬匹，交與智淵寺僧看守。徑到五鳳樓前，對黃門官作禮，報了姓名。言是東土大唐取經的和尚來此倒換關文，煩為轉奏。那閣門大使，進朝俯伏金階，奏曰：「外面有四個和尚，說是東土大唐取經的，欲來倒換關文，現在五鳳樓前候旨。」國王聞奏道：「這和尚沒處尋死，卻來這裡尋死！那巡捕官員，怎麼不拿他解來？」旁邊閃過當駕的太師，啟奏道：「東土大唐，乃南贍部洲，號曰中華大國。到此有萬里之遙，路多妖怪。這和尚一定有些法力，方敢西來。望陛下看中華之遠僧，且召來驗牒放行，庶不失善緣之意。」國王准奏，把唐僧等宣至金鑾殿下。師徒們排列階前，捧關文遞與國王。

國王展開方看，又見黃門官來奏：「三位國師來也。」慌得國王收了關文，急下龍座，著近侍的設了繡墩，躬身迎接。三藏等回頭觀看，見那大仙，搖搖擺擺，後帶著一雙丫髻蓬頭的小童兒，往裡直進。兩班官控背躬身，不敢仰視。他上了金鑾殿，對國王徑不行禮。那國王道：「國師，朕未曾奉請，今日如何肯降？」老道士云：「有一事奉告，故來也。那四個和尚是那國來的？」國王道：「是東土大唐差去西天取經的，來此倒換關文。」那三道士鼓掌大笑道：「我說他走了，原來還在這裡！」國王驚道：「國師有何話說？他才來報了姓名，正欲拿送國師使用，怎奈當駕太師所奏有理，朕因看遠來之意，不滅中華善緣，方才召入驗牒；不期國師有此問。想是他冒犯尊顏，有得罪處也？」道士笑云：「陛下不知。他昨日來的，在東門外打殺了我兩個徒弟，放了五百個囚僧，跳碎車輛，夜間闖進觀來，把三清聖像毀壞，偷吃了御賜供養。我等被他蒙蔽了，只道是天尊下降；求些聖水金丹，進與陛下，指望延壽長生；不期他遺些小便，哄瞞我等。我等各喝了一口，嘗出滋味，正欲下手擒拿，他卻走了。今日還在此間，正所謂『冤家路兒窄』也！」那國王聞言發怒，欲誅四眾。

孫大聖合掌開言，厲聲高叫道：「陛下暫息雷霆之怒，容僧等啟奏。」國王道：「你衝撞了國師，國師之言，豈有差謬！」行者道：「他說我昨日到城外打殺他兩個徒弟，是誰知證？我等且屈認了，著兩個和尚償命，還放兩個去取經。他又說我捽碎車輛，放了囚僧，此事亦無見證，料不該死，再著一個和尚領罪罷了。他說我毀了三清，鬧了觀宇，這又是栽害我也。」國王道：「怎見栽害？」行者道：「我僧乃東土之人，乍來此處，街道尚且不通，如何夜裡就知他觀中之事？既遺下小便，就該當時捉住，卻這早晚坐名害人。天下假名托姓的無限，怎麼就說是我？望陛下回嗔詳察。」那國王本來昏亂，被行者說了一遍，他就決斷不定。

正疑惑之間，又見黃門官來奏：「陛下，門外有許多鄉老聽宣。」國王道：「有何事幹？」即命宣來。宣至殿前，有三四十名鄉老，朝上磕頭道：「萬歲，今年一春無雨，但恐夏月乾荒，特來啟奏，請那位國師爺爺祈一場甘雨，普濟黎民。」國王道：「鄉老且退，就有雨來也。」鄉老謝恩而出。國王道：「唐朝僧眾，朕敬道滅僧為何？只為當年求雨，我朝僧人，更未嘗求得一點；幸天降國師，拯援塗炭。你今遠來，冒犯國師，本當即時問罪；姑且恕你，敢與我國師賭勝求雨麼？若祈得一場甘雨，濟度萬民，朕即饒你罪名，倒換關文，放你西去。若賭不過，無雨，就將汝等推赴殺場，典刑示眾。」行者笑道：「小和尚也曉得些兒求禱。」

國王見說，即命打掃壇場；一壁廂教：「擺駕，寡人親上五鳳樓觀看。」當時多官擺駕。須臾，上樓坐了。唐三藏隨著行者、沙僧、八戒，侍立樓下。那三道士陪國王坐在樓上。少時間，一員官飛馬來報：「壇場諸色皆備，請國師爺爺登壇。」

那虎力大仙，欠身拱手，辭了國王，徑下樓來。行者向前攔住道：「先生那裡去？」大仙道：「登壇祈雨。」行者道：「你也忒自重了，更不讓我遠鄉之僧。也罷，這正是『強龍不壓地頭蛇』。先生先去，必須對君前講開。」大仙道：「講甚麼？」行者道：「我與你都上壇祈雨，知雨是你的，是我的？不見是誰的功績了。」國王在上聽見，心中暗喜道：「那小和尚說話，倒有些筋節。」沙僧聽見，暗笑道：「不知一肚子筋節，還不曾拿出來哩！」大仙道：「不消講，陛下自然知之。」行者道：「雖然知之，奈我遠來之僧，未曾與你相會。那時彼此混賴，不成勾當。須講開方好行事。」大仙道：「這一上壇，只看我的令牌為號：一聲令牌響，風來；二聲響，雲起；三聲響，雷閃齊鳴；四聲響，雨至；五聲響，雲散雨收。」行者笑道：「妙啊！我僧是不曾見！請了！請了！」

大仙拽開步前進，三藏等隨後，徑到了壇門外。抬頭觀看，那裡有一座高台，約有三丈多高。台左右插著二十八宿旗號，頂上放一張桌子，桌上有一個香爐，爐中香煙靄靄。兩邊有兩隻燭台，台上風燭煌煌。爐邊靠著一個金牌，牌上鐫的是雷神名號。底下有五個大缸，都注著滿缸清水，水上浮著楊柳枝。楊柳枝上，托著一面鐵牌，牌上書的是雷霆都司的符字。左右有五個大樁，樁上寫著五方蠻雷使者的名錄。每一樁邊，立兩個道士，各執鐵錘，伺候著打樁。台後面有許多道士，在那裡寫作文書。正中間設一架紙爐，又有幾個像生的人物（用紙、布等紮成的人），都是那執符使者，土地贊教之神。

那大仙走進去，更不謙遜，直上高台立定。旁邊有個小道士，捧了幾張黃紙書就的符字，一口寶劍，遞與大仙。大仙執著寶劍，念聲咒語，將一道符在燭上燒了。那底下兩三個道士，拿過一個執符的像生，一道文書，亦點火焚之。那上面乒的一聲令牌響，只見那半空裡，悠悠的風色飄來。豬八戒口裡作念道：「不好了！不好了！這道士果然有本事！令牌響了一下，果然就刮風！」行者道：「兄弟悄悄的，你們再莫與我說話，只管護持師父，等我幹事去來。」

好大聖，拔下一根毫毛，吹口仙氣，叫「變！」就變作一個「假行者」，立在唐僧手下。他的真身，出了元神，趕到半空中。高叫：「那司風的是那個？」慌得那風婆婆捻住布袋，巽二郎紮住口繩，上前施禮。行者道：「我保護唐朝聖僧西天取經，路過車遲國，與那妖道賭勝祈雨，你怎麼不助老孫，反助那道士？我且饒你，把風收了。若有一些風兒，把那道士的鬍子吹得動動，各打二十鐵棒！」風婆婆道：「不敢！不敢！」遂而沒些風氣。八戒忍不住，亂嚷道：「那先生請退！令牌已響，怎麼不見一些風兒？你下來，讓我們上去！」

那道士又執令牌，燒了符檄，撲的又打了一下，只見那空中雲霧遮滿。孫大聖又當頭叫道：「布雲的是那個？」慌得那推雲童子、布霧郎君當面施禮。行者又將前事說了一遍。那雲童、霧子也收了雲霧，放出太陽星耀耀，一天萬里更無雲。八戒笑道：「這先兒只好哄這皇帝，搪塞黎民，全沒些真實本事！令牌響了兩下，如何又不見雲生？」

那道士心中焦躁，仗寶劍，解散了頭髮，念著咒，燒了符，再一令牌打將下去，只見那南天門裡，鄧天君領著雷公、電母到當空，迎著行者施禮。行者又將前項事說了一遍。道：「你們怎麼來的志誠！是何法旨！」天君道：「那道士五雷法是個真的。他發了文書，燒了文檄，驚動玉帝，玉帝擲下旨意，徑至『九天應元雷聲普化天尊』府下。我等奉旨前來，助雷電下雨。」行者道：「既如此，且都住了，同候老孫行事。」果然雷也不鳴，電也不灼（明亮）。

那道士愈加著忙，又添香、燒符、念咒、打下令牌。半空中，又有四海龍王，一齊擁至。行者當頭喝道：「敖廣！那裡去？」那敖廣、敖順、敖欽、敖閏上前施禮。行者又將前項事說了一遍。道：「向日有勞，未曾成功；今日之事，望為助力。」龍王道：「遵命！遵命！」行著又謝了敖順道：「前日虧令郎縛怪，搭救師父。」龍王道：「那廝還鎖在海中，未敢擅便，正欲請大聖發落。」行者道：「憑你怎麼處治了罷。如今且助我一功。那道士四聲令牌已畢，卻輪到老孫下去幹事了。但我不會發符、燒檄、打甚令牌，你列位卻要助我行行。」

鄧天君道：「大聖吩咐，誰敢不從！但只是得一個號令，方敢依令而行；不然，雷雨亂了，顯得大聖無款也。」行者道：「我將棍子為號罷。」那雷公大驚道：「爺爺呀！我們怎吃得這棍子？」行者道：「不是打你們，但看我這棍子往上一指，就要刮風。」那風婆婆、巽二郎沒口的答應道：「就放風！」——「棍子第二指，就要布雲。」那推雲童子、布霧郎君道：「就布雲！就布雲！」——「棍子第三指，就要雷電皆鳴。」那雷公、電母道：「奉承！奉承！」——「棍子第四指，就要下雨。」那龍王道：「遵命！遵命！」——「棍子第五指，就要大日晴天，卻莫違誤。」

吩咐已畢，遂按下雲頭，把毫毛一抖，收上身來。那些人肉眼凡胎，那裡曉得？行者遂在旁邊高叫道：「先生請了。四聲令牌俱已響畢，更沒有風雲雷雨，該讓我了。」那道士無奈，不敢久占，只得下了台讓他。努著嘴，徑往樓上見駕。行者道：「等我跟他去，看他說些甚的。」只聽得那國王問道：「寡人這裡洗耳誠聽，你那裡四聲令響，不見風雨，何也？」道士云：「今日龍神都不在家。」行者厲聲道：「陛下，龍神俱有家；只是這國師法不靈，請他不來。等和尚請來你看。」國王道：

「即去登壇，寡人還在此候雨。」

行者得旨，急抽身到壇所，扯著唐僧道：「師父請上台。」唐僧道：「徒弟，我卻不會祈雨。」八戒笑道：「他害你了。若還沒雨，拿上柴蓬，一把火了帳！」行者道：「你不會求雨，好的會念經。等我助你。」那長老才舉步登壇，到上面，端然坐下，定性歸神，默念那《密多心經》。正坐處，忽見一員官，飛馬來問：「那和尚，怎麼不打令牌，不燒符檄？」行者高聲答道：「不用！不用！我們是靜功祈禱。」那官去回奏不題。

行者聽得老師父經文念盡，卻去耳朵內取出鐵棒，迎風幌了一幌，就有丈二長短，碗來粗細。將棍望空一指，那風婆婆見了，急忙扯開皮袋，巽二郎解放口繩；只聽得呼呼風響，滿城中揭瓦翻磚，揚砂走石。看起來，真個好風，卻比那尋常之風不同也。但見：

折柳傷花，摧林倒樹。九重殿損壁崩牆，五鳳樓搖梁撼柱。天邊紅日無光，地下黃砂有翅。演武廳前武將驚，會文閣內文官懼。三宮粉黛亂青絲，六院嬪妃蓬寶髻。侯伯金冠落繡纓，宰相烏紗飄展翅。當駕有言不敢談，黃門執本無由遞。金魚玉帶不依班，象簡羅衫無品敘。彩閣翠屏盡損傷，綠窗朱戶皆狼狽。金鑾殿瓦走磚飛，錦雲堂門歪槅碎。這陣狂風果是凶，刮得那君王父子難相會；六街三市沒人蹤，萬戶千門皆緊閉！

正是那狂風大作，孫行者又顯神通，把金箍棒鑽一鑽，望空又一指。只見那：

推雲童子，布霧郎君。推雲童子顯神威，骨都都觸石遮天；布霧郎君施法力，濃漠漠飛煙蓋地。茫茫三市暗，冉冉六街昏。因風離海上，隨雨出昆侖。頃刻漫天地，須臾蔽世塵。宛然如混沌，不見鳳樓門。

此時昏霧朦朧，濃雲靉靆。孫行者又把金箍棒鑽一鑽。望空又一指。慌得那：

雷公奮怒，電母生嗔。雷公奮怒，倒騎火獸下天關；電母生嗔，亂掣金蛇離斗府。唿喇喇施霹靂，振碎了鐵叉山；淅瀝瀝閃紅綃，飛出了東洋海。呼呼隱隱滾車聲，燁燁煌煌飄稻米。萬萌萬物精神改，多少昆蟲蟄已開。君臣樓上心驚駭，商賈聞聲膽怯忙。

那沉雷護閃，乒乒乓乓，一似那地裂山崩之勢，唬得那滿城人，戶戶焚香，家家化紙。孫行者高呼：「老鄧！仔細替我看那貪贓壞法之官，忤逆不孝之子，多打死幾個示眾！」那雷越發振響起來。行者卻又把鐵棒望上一指。只見那：

龍施號令，雨漫乾坤。勢如銀漢傾天塹，疾似雲流過海門。樓頭聲滴滴，窗外響瀟瀟。天上銀河瀉，街前白浪滔。淙淙如甕撿，滾滾似盆澆。孤莊將漫屋，野岸欲平橋。真個桑田變滄海，霎時陸岸滾波濤。神龍借此來相助，抬起長江望下澆。

第四十五回

三清觀大聖留名　車遲國猴王顯法

這場雨，自辰時下起，只下到午時前後。下得那車遲城，裡裡外外，水漫了街衢。那國王傳旨道：「雨轂了！雨轂了！十分再多，又渰壞了禾苗，反為不美。」五鳳樓下聽事官策馬冒雨來報：「聖僧，雨轂了。」

行者聞言，將金箍棒往上又一指。只見霎時間，雷收風息，雨散雲收。國王滿心歡喜，文武盡皆稱贊道：「好和尚！這正是『強中更有強中手』！就是我國師求雨雖靈，若要晴，細雨兒還下半日，便不清爽；怎麼這和尚要晴就晴，頃刻間杲杲日出，萬里就無雲也？」

國王教回鑾，倒換關文，打發唐僧過去。正用御寶時，又被那三個道士上前阻住道：「陛下，這場雨全非和尚之功，還是我道門之力。」國王道：「你才說龍王不在家，不曾有雨；他走上去，以靜功祈禱，就雨下來，怎麼又與他爭功，何也？」虎力大仙道：「我上壇發了文書，燒了符檄，擊了令牌，那龍王誰敢不來？想是別方召請，風、雲、雷、雨五司俱不在，一聞我令，隨趕而來；適遇著我下他上，一時撞著這個機會，所以就雨。從根算來，還是我請的龍，下的雨，怎麼算作他的功果？」那國王昏亂，聽此言，卻又疑惑未定。

行者近前一步，合掌奏道：「陛下，這些旁門法術，也不成個功果，算不得我的他的；如今有四海龍王，現在空中，我僧未曾發放，他還不敢遽退。那國師若能叫得龍王現身，就算他的功勞。」國王大喜道：「寡人做了二十三年皇帝，更不曾看見活龍是怎麼模樣。你兩家各顯法力，不論僧道，但叫得來的，就是有功；叫不出的，有罪。」那道士怎麼有那樣本事？就叫，那龍王見大聖在此，也不敢出頭。道士云：「我輩不能，你是叫來。」

那大聖仰面朝空，厲聲高叫：「敖廣何在？弟兄們都現原身來看！」那龍王聽喚，即忙現了本身。四條龍，在半空中度霧穿雲，飛舞向金鑾殿上。但見：

飛騰變化，繞霧盤雲。玉爪垂鉤白，銀鱗舞鏡明。髯飄素練根根爽，角聳軒昂挺挺清。磕額崔巍，圓睛幌亮。隱顯莫能測，飛揚不可評。禱雨隨時布雨，求晴即便天晴。這才是有靈有聖真龍相，祥瑞繽紛繞殿庭。

那國王在殿上焚香，眾公卿在階前禮拜。國王道：「有勞貴體降臨，請回。寡人改日醮謝。」行者道：「列位眾神各自歸去，這國王改日醮謝哩。」那龍王徑自歸海，眾神各各回天。這正是：廣大無邊真妙法，至真了性劈旁門。畢竟不知怎麼除邪，且聽下回分解。

第四十六回

外道弄強欺正法　心猿顯聖滅諸邪

話說那國王見孫行者有呼龍使聖之法，即將關文用了寶印，便要遞與唐僧，放行西路。那三個道士，慌得拜倒在金鑾殿上啟奏。那皇帝即下龍位，御手忙攙道：「國師今日行此大禮，何也？」道士說：「陛下，我等至此，匡扶社稷，保國安民，苦歷二十年來，今日這和尚弄法力，抓了丟（占了先）去，敗了我們聲名，陛下以一場之雨，就恕殺人之罪，可不輕了我等也？望陛下且留住他的關文，讓我兄弟與他再賭一賭，看是何如。」

那國王著實昏亂，東說向東，西說向西，真個收了關文，道：「國師，你怎麼與他賭？」虎力大仙道：「我與他賭坐禪。」國王道：「國師差矣。那和尚乃禪教出身，必然先會禪機，才敢奉旨求經；你怎與他賭此？」大仙道：「我這坐禪，比常不同：有一異名，教做『雲梯顯聖』。」國王道：「何為『雲梯顯聖』？」大仙道：「要一百張桌子，五十張作一禪台，一張一張迭將起去，不許手攀而上，亦不用梯凳而登，各駕一朵雲頭，上台坐下，約定幾個時辰不動。」

國王見此有些難處，就便傳旨問道：「那和尚，我國師要與你賭『雲梯顯聖』坐禪，那個會麼？」行者聞言，沉吟不答。八戒道：「哥哥，怎麼不言語？」行者道：「兄弟，實不瞞你說。若是踢天弄井，攪海翻江，擔山趕月，換斗移星，諸般巧事，我都幹得；就是砍頭剁腦，剖腹剜心，異樣騰那，卻也不怕；但說坐禪，我就輸了。我那裡有這坐性？你就把我鎖在鐵柱子上，我也要上下爬踏，莫想坐得住。」三藏忽的開言道：「我會坐禪。」行者歡喜道：「卻好！卻好！可坐得多少時？」三藏道：「我幼年遇方上禪僧講道，那性命根本上，定性存神，在死生關裡，也坐二三個年頭。」行者道：「師父若坐二三年，我們就不取經罷；多也不上二三個時辰，就下來了。」三藏道：「徒弟呀，卻是不能上去。」行者道：「你上前答應，我送你上去。」那長老果然合掌當胸道：「貧僧會坐禪。」國王教傳旨，立禪台。國家有倒山之力，不消半個時辰，就設起兩座台，在金鑾殿左右。

那虎力大仙下殿，立於階心，將身一縱，踏一朵席雲，徑上西邊台上坐下。行者拔一根毫毛，變做假像，陪著八戒、沙僧，立於下面，他卻作五色祥雲，把唐僧撮起空中，徑至東邊台上坐下。他又斂祥光，變作一個蟭蟟蟲，飛在八戒耳朵邊道：「兄弟，仔細看著師父，再莫與老孫替身說話。」那呆子笑道：「理會得！理會得！」

卻說那鹿力大仙在繡墩上坐看多時，他兩個在高台上，不分勝負，這道士就助他師兄一功：將腦後短髮，拔了一根，捻著一團，彈將上去，徑至唐僧頭上，變作一個大臭蟲，咬住長老。那長老先前覺癢，然後覺疼。原來坐禪的不許動手，動手算輸。一時間疼痛難禁，他縮著頭，就著衣襟擦癢。八戒道：「不好了！師父羊兒風發了。」沙僧道：「不是，是頭風發了。」行者聽見道：「我師父乃志誠君子，他說會坐禪，斷然會坐；說不會，只是不會。君子家，豈有謬乎？你兩個休言，等我上去看看。」好行者，嚶的一聲，飛在唐僧頭上，只見有豆粒大小一個臭蟲叮他師父。慌忙用手捻下，替師父撓撓摸摸。那長老不痛不癢，端坐上面。行者暗想道：「和尚頭光，蝨子也安不得一個，如何有此臭蟲？……想是那道士弄的玄虛，害我師父。哈哈！枉自也不見輸贏，等老孫去弄他一弄！」這行者飛將去，金殿獸頭上落下，搖身一變，變作一條七寸長的蜈蚣，徑來道士鼻凹裡叮了一下。那道士坐不穩，一個筋斗，翻將下去，幾乎喪了性命；幸虧大小官員人多救起。國王大驚，即著當駕太師領他往文華殿裡梳洗去了。行者仍駕祥雲，將師父馱下階前，已是長老得勝。

那國王只教放行。鹿力大仙又奏道：「陛下，我師兄原有暗風疾，因到了高處，冒了天風，舊疾舉發，故令和尚得勝。且留下他，等我與他賭『隔板猜枚』。」國王道：「怎麼叫做『隔板猜枚』？」鹿力道：「貧道有隔板知物之法，看那和尚可能彀。他若猜得過我，讓他出去；猜不著，憑陛下問擬罪名，雪我昆仲之恨，不污了二十年保國之恩也。」

真個那國王十分昏亂，依此讒言。即傳旨，將一朱紅漆的櫃子，命內官抬到宮殿。教娘娘放上件寶貝。須臾抬出，放在白玉階前，教僧道：「你兩家各賭法力，猜那櫃中是何寶貝。」三藏道：「徒弟，櫃中之物，如何得知？」行者斂祥光，還變作蟭蟟蟲，釘在唐僧頭上道：「師父放心，等我去看看來。」好大聖，輕輕飛到櫃上，爬在那櫃腳之下，見有一條板縫兒。他鑽將進去，見一個紅漆丹盤，內放一套宮衣，乃是山河社稷襖，乾坤地理裙。用手拿起來，拌亂了，咬破舌尖上，一口血哨噴將去，叫聲「變！」即變作一件破爛流丟一口鐘；臨行又撒上一泡臊溺，卻還從板縫裡鑽出來，飛在唐僧耳朵上道：「師父，你只猜是破爛流丟一口鐘。」三藏道：「他教猜寶貝哩，流丟是件甚寶貝？」行者道：「莫管他，只猜著便是。」

唐僧進前一步，正要猜，那鹿力大仙道：「我先猜，那櫃裡是山河社稷襖，乾坤地理裙。」唐僧道：「不是，不是，櫃裡是件破爛流丟一口鐘。」國王道：「這和尚無禮！敢笑我國中無寶，猜甚麼流丟一口鐘！」教：「拿了！」那兩班校尉，就要動手，慌得唐僧合掌高呼：「陛下，且赦貧僧一時，待打開櫃看。端的是寶，貧僧領罪；如不是寶，卻不屈了貧僧也？」國王教打開看。當駕官即開了，捧出丹盤來看，果然是件破爛流丟一口鐘。國王大怒道：「是誰放上此物？」龍座後面，閃上三宮皇后道：「我主，是梓童親手放的山河社稷襖，乾坤地理裙，卻不知怎麼變成此物。」國王道：「御妻請退，寡人知之。宮中所用之物，無非是緞絹綾羅，那有此甚麼流丟？」教：「抬上櫃來，等朕親藏一寶貝，再試如何。」

那皇帝即轉後宮，把御花園裡仙桃樹上結得一個大桃子，有碗來大小，摘下放在櫃內，又抬下叫猜。唐僧道：「徒弟啊，又來猜了。」行者道：「放心，等我再去看看。」又嚶的一聲，飛將去，還從板縫兒鑽進去；見是一個桃子，正合他意，即現了原身，坐在櫃裡，將桃子一頓口啃得乾乾淨淨，連兩邊腮凹兒都啃淨了，將核兒安在裡面。仍變蟭蟟蟲，飛將出去，釘在唐僧耳朵上道：「師父，只猜是個桃核子。」長老道：「徒弟啊，休要弄我。先前不是口快，幾乎拿去典刑。這番須猜寶貝方好。桃核子是甚寶貝？」行者道：「休怕，只管贏他便了。」

三藏正要開言，聽得那羊力大仙道：「貧道先猜，是一顆仙桃。」三藏猜道：「不是桃，是個光桃核子。」那國王喝道：「是朕放的仙桃，如何是核？三國師猜著了。」三藏道：「陛下，打開來看就是。」當駕官又抬上去打開，捧出丹盤，果然是一個核子，皮肉俱無。國王見了，心驚道：「國師，休與他賭鬥了，讓他去罷。寡人親手藏的仙桃，如今只是一核子，是甚人吃了？想是有鬼神暗助他也。」八戒聽說，與沙僧微微冷笑道：「還不知他是會吃桃子的積年（老手）哩！」

正話間，只見那虎力大仙從文華殿梳洗了，走上殿道：「陛下，這和尚有搬運抵物之術，抬上櫃來，我破他術法，與他再猜。」國王道：「國師還要猜甚？」虎力道：「術法只抵得物件，卻抵不得人身。將這道童藏在裡面，管教他抵換不得。」這小童果藏在櫃裡，掩上櫃蓋，抬將下去，教：「那和尚再猜，這三番是甚寶貝。」三藏道：「又來了！」行者道：「等我再去看看。」嚶的又飛去，鑽入裡面，見是一個小童兒。好大聖，他卻有見識。果然是騰那天下少，似這伶俐世間稀！他就搖身一變，變作個老道士一般容貌。進櫃裡叫聲：「徒弟。」童兒道：「師父，你從那裡來的？」行者道：「我使遁法來的。」童兒道：「你來有麼教誨？」行者道：「那和尚看見你進櫃來了，他若猜個道童，卻不又輸了？是特來和你計較計較，剃了頭，我們猜和尚罷。」童兒道：「但憑師父處治，只要我們贏他便了。若是再輸與他，不但低了聲名，又恐朝廷不敬重了。」行者道：「說得是。我兒過來。贏了他，我重重賞你。」將金箍棒就變作一把剃頭刀，摟抱著那童兒，口裡叫道：「乖乖，忍著痛，莫放聲，等我與你剃頭。」須臾，剃下髮來，窩作一團，塞在那櫃腳紇絡（角落）裡。收了刀兒，摸著他的光頭道：「我兒，頭便像個和尚，只是衣裳不趁。脫下來，我與你變一變。」那道童穿的一領蔥白色雲頭花絹繡錦沿邊的鶴氅，真個脫下來，被行者吹一口仙氣，叫「變！」即變做一件土黃色的直裰兒，與他穿了。卻又拔下兩根毫毛，變作一個木魚兒，遞在他手裡道：「徒弟，須聽著。但叫道童，千萬莫出去；若叫和尚，你就與我頂開櫃蓋，敲著木魚，念一卷佛經鑽出來，方得成功也。」童兒道：「我只會念《三官經》、《北斗經》、《消災經》，不會念佛家經。」行者道：「你可會念佛？」童兒道：「阿彌陀佛，那個不會念？」行者道：「也罷，也罷，就念佛，省得我又教你。切記著，我去也。」還變蟭蟟蟲，鑽出去，飛在唐僧耳輪邊道：「師父，你只猜是個和尚。」三藏道：「這番他準贏了。」行者道：「你怎麼定得？」三藏道：「經上有云：『佛、法、僧三寶。』和尚卻也是一寶。」

正說處，只見那虎力大仙道：「陛下，第三番是個道童。」只管叫，他那裡肯出來。三藏合掌道：「是個和尚。」八戒盡力高叫道：「櫃裡是個和尚！」那童兒忽的頂開櫃蓋，敲著木魚，念著佛，鑽出來。喜得那兩班文武，齊聲喝采。唬得那三個道士，拑口無言。國王道：「這和尚是有鬼神輔佐！怎麼道士入櫃，就變做和尚？縱有待詔跟進去，也只剃得頭便了，如何衣服也能趁體，口裡又會念佛？——國師啊！讓他去罷！」

虎力大仙道：「陛下，左右是『棋逢對手，將遇良材。』貧道將鍾南山幼時學的武藝，索性與他賭一賭。」國王道：「有甚麼武藝？」虎力道：「弟兄三個，都有些神通。會砍下頭來，又能安上；剖腹剜心，還再長完；滾油鍋裡，又能洗澡。」國王大驚道：「此三事都是尋死之路！」虎力道：「我等有此法力，才敢出此朗言，斷要與他賭個才休。」那國王叫道：「東土的和尚，我國師不肯放你，還要與你賭砍頭剖腹，下滾油鍋洗澡哩。」

行者正變作蟭蟟蟲，往來報事。忽聽此言，即收了毫毛，現出本相，哈哈大笑道：「造化！造化！買賣上門了！」八戒道：「這三件都是喪性命的事，怎麼說買賣上門？」行者道：「你還不知我的本事。」八戒道：「哥哥，你只像這等變化騰那也彀了，怎麼還有這等本事？」行者道：「我啊：

砍下頭來能說話，剁了臂膊打得人。紮去腿腳會走路，剖腹還平妙絕倫。

就似人家包扁食，一捻一個就囫圇。油鍋洗澡更容易，只當溫湯滌垢塵。」

八戒、沙僧聞言，呵呵大笑。行者上前道：「陛下，小和尚會砍頭。」國王道：「你怎麼會砍頭？」行者道：「我當年在寺裡修行，曾遇著一個方上禪和子，教我一個砍頭法，不知好也不好，如今且試試新。」國王笑道：「那和尚年幼不知事。砍頭那裡好試新？頭乃六陽之首，砍下即便死矣。」虎力道：「陛下，正要他如此，方才出得我們之氣。」那昏君信他言語，即傳旨，教設殺場。一聲傳旨，即有御林軍三千，擺列朝門之外。國王教：「和尚先去砍頭。」行者欣然應道：「我先去！我先去！」拱著手，高呼道：「國師，恕大膽，占先了。」拽回頭，往外就走。唐僧一把扯住道：「徒弟呀，仔細些。那裡不是耍處。」行者道：「怕他怎的！撒了手，等我去來。」

那大聖徑至殺場裡面，被劊子手撾住了，捆做一團。按在那土墩高處，只聽喊一聲「開刀！」颼的把個頭砍將下來。又被劊子手一腳踢了去，好似滾西瓜一般，滾有三四十步遠近。行者腔子中更不出血。只聽得肚裡叫聲：「頭來！」慌得鹿力大仙見有這般手段，即念咒語，教本坊土地神祇：「將人頭扯住，待我贏了和尚，奏了國王，與你把小祠堂蓋作大廟宇，泥塑像改作正金身。」原來那些土地神祇因他有五雷法，也服他使喚，暗中真個把行者頭按住了。行者又叫聲：「頭來！」那頭一似生根，莫想得動。行者心焦，捻著拳，掙了一掙，將捆的繩子就皆掙斷，喝聲：「長！」颼的腔子內長出一個頭來。唬得那劊子手，個個心驚；御林軍，人人膽戰。那監斬官急走入朝奏道：「萬歲，那小和尚砍了頭，又長出一顆來了。」八戒冷笑道：「沙僧，那知哥哥還有這般手段。」沙僧道：「他有七十二般變化，就有七十二個頭哩。」

說不了，行者走來，叫聲：「師父。」三藏大喜道：「徒弟，辛苦麼？」行者道：「不辛苦，倒好耍子。」八戒道：「哥哥，可用刀瘡藥麼？」行者道：「你是摸摸看，可有刀痕？」那呆子伸手一摸，就笑得呆呆睜睜道：「妙哉！妙哉！卻也長得完全，截疤兒也沒些兒！」

兄弟們正都歡喜，又聽得國王叫領關文：「赦你無罪。快去！快去！」行者道：「關文雖領，必須國師也赴曹砍砍頭，也當試新去來。」國王道：「大國師，那和尚也不肯放你哩。你與他賭勝，且莫唬了寡人。」虎力也只得去，被幾個劊子手，也捆翻在地，幌一幌，把頭砍下，一腳也踢將去，滾了有三十餘步，他腔子裡也不出血，也叫一聲：「頭來！」行者即忙拔下一根毫毛，吹口仙氣，叫「變！」變作一條黃犬，跑入場中，把那道士頭，一口銜來，徑跑到御水河邊丟下不題。

卻說那道士連叫三聲，人頭不到，怎似行者的手段，長不出來，腔子中，骨都都紅光迸出。可憐空有喚雨呼風法，怎比長生果正仙？須臾，倒在塵埃。眾人觀看，乃是一隻無頭的黃毛虎。

那監斬官又來奏：「萬歲，大國師砍下頭來，不能長出，死在塵埃，是一隻無頭的黃毛虎。」國王聞奏，大驚失色。目不轉睛，看那兩個道士。鹿力起身道：「我師兄已是命到祿絕了，如何是隻黃虎！這都是那和尚懷懶，使的掩樣法兒，將我師兄變作畜類！我今定不饒他，定要與他賭那剖腹剜心！」

國王聽說，方才定性回神。又叫：「那和尚。二國師還要與你賭哩。」行者道：「小和尚久不吃煙火食，前日西來，忽遇齋公家勸飯，多吃了幾個饃饃；這幾日腹中作痛，想是生蟲，正欲借陛下之刀，剖開肚皮，拿出臟腑，洗淨脾胃，方好上西天見佛。」國王聽說，教：「拿他赴曹。」那許多人，攙的攙，扯的扯。行者展脫手道：「不用人攙，自家走去。但一件，不許縛手，我好用手洗刷臟腑。」國王傳旨，教：「莫綁他手。」

行者搖搖擺擺，徑至殺場。將身靠著大樁，解開衣帶，露出肚腹。那劊子手將一條繩套在他膊項上，一條繩扎住他腿足，把一口牛耳短刀，幌一幌，著肚皮下一割，搠個窟窿。這行者雙手爬開肚腹，拿出腸臟來，一條條理彀多時，依然安在裡面。照舊盤曲，捻著肚皮，吹口仙氣，叫「長！」依然長合。國王大驚，將他那關文捧在手中道：「聖僧莫誤西行，與你關文去罷。」行者笑道：「關文小可，也請二國師剖剖剜剜，何如？」國王對鹿力說：「這事不與寡人相干，是你要與他做對頭的。請去，請去。」鹿力道：「寬心，料我決不輸與他。」

你看他也像孫大聖，搖搖擺擺，徑入殺場，被劊子手套上繩，將牛耳短刀，嗖喇的一聲，割開肚腹，他也拿出肝腸，用手理弄。行者即拔一根毫毛，吹口仙氣，叫「變！」即變作一隻餓鷹，展開翅爪，颼的把他五臟心肝，盡情抓去，不知飛向何方受用。這道士弄做一個空腔破肚淋漓鬼，少臟無腸浪蕩魂。那劊子手蹬倒大樁，拖屍來看，呀！原來是一隻白毛角鹿！

慌得那監斬官又來奏道：「二國師晦氣，正剖腹時，被一隻餓鷹將臟腑肝腸都叼去了，死在那裡。原身是個白毛角鹿也。」國王害怕道：「怎麼是個角鹿？」那羊力大仙又奏道：「我師兄既死，如何得現獸形？這都是那和尚弄術法坐害我等。等我與師兄報仇者。」國王道：「你有甚麼法力贏他？」羊力道：「我與他賭下滾油鍋洗澡。」國王便教取一口大鍋，滿著香油，教他兩個賭去。行者道：「多承下顧。小和尚一向不曾洗澡，這兩日皮膚燥癢，好歹蕩蕩去。」

那當駕官果安下油鍋，架起乾柴，燃著烈火，將油燒滾，教和尚先下去。行者合掌道：「不知文洗，武洗？」國王道：「文洗如何？武洗如何？」行者道：「文洗不脫衣服，似這般叉著手，下去打個滾，就起來，不許污壞了衣服，若有一點油膩算輸。武洗要取一張衣架，一條手巾，脫了衣服，跳將下去，任意翻筋斗，豎蜻蜓，當耍子洗也。」國王對羊力說：「你要與他文洗，武洗？」羊力道：「文洗恐他衣服是藥煉過的，隔油。武洗罷。」行者又上前道：「恕大膽，屢次占先了。」你看他脫了布直裰，褪了虎皮裙，將身一縱，跳在鍋內，翻波鬥浪，就似負水一般頑耍。

八戒見了，咬著指頭，對沙僧道：「我們也錯看了這猴子了！平時間劖言訕語，鬥他耍子，怎知他有這般真實本事！」他兩個唧唧噥噥，誇獎不盡。行者望見，心疑道：「那呆子笑我哩！正是『巧者多勞拙者閒』。老孫這般舞弄，他倒自在。等我作成他捆一繩，看他可怕。」正洗浴，打個水花，淬在油鍋底上，變作個棗核釘兒，再也不起來了。

那監斬官近前又奏：「萬歲，小和尚被滾油烹死了。」國王大喜，教撈上骨骸來看。劊子手將一把鐵笊籬，在油鍋裡撈，原來那笊籬眼稀，行者變得釘小，往往來來，從眼孔漏下去了，那裡撈得著！又奏道：「和尚身微骨嫩，俱炸化了。」

國王教：「拿三個和尚下去！」兩邊校尉，見八戒面凶，先揪翻，把背心捆了。慌得三藏高叫：「陛下，赦貧僧一時。我那個徒弟，自從皈教，歷歷有功；今日衝撞國師，死在油鍋之內，奈何先死者為神，我貧僧怎敢貪生！正是天下官員也管著天下百姓。陛下若教臣死，臣豈敢不死。只望寬恩，賜我半盞涼漿水飯，三張紙馬，容到油鍋邊，燒此一陌紙，也表我師徒一念，那時再領罪也。」國王聞言道：「也是，那中華人多有義氣。」命取些漿飯、黃錢與他。果然取了，遞與唐僧。

唐僧教沙和尚同去。行至階下，有幾個校尉，把八戒揪著耳朵，拉在鍋邊，三藏對鍋祝曰：「徒弟孫悟空！

自從受戒拜禪林，護我西來恩愛深。指望同時成大道，何期今日你歸陰！
生前只為求經意，死後還存念佛心。萬里英魂須等候，幽冥做鬼上雷音！」

八戒聽見道：「師父，不是這般祝了。沙和尚，你替我奠漿飯，等我禱。」那呆子捆在地下，氣呼呼的道：

「闖禍的潑猴子，無知的弼馬溫！
該死的潑猴子，油烹的弼馬溫！
猴兒了帳，馬溫斷根！」

孫行者在油鍋底上，聽得那呆子亂罵，忍不住現了本相。赤淋淋的，站在油鍋底道：「饢糟的夯貨！你罵那個哩！」唐僧見了道：「徒弟，唬殺我也！」沙僧道：「大哥乾淨推佯死慣了！」慌得那兩班文武，上前來奏道：「萬歲，那和尚不曾死，又打油鍋裡鑽出來了。」監斬官恐怕虛誑朝廷，卻又奏道：「死是死了，只是日期犯凶，小和尚來顯魂哩。」

行者聞言大怒，跳出鍋來，揩了油膩，穿上衣服，掣出棒，撾過監斬官，著頭一下，打做了肉團，道：「我顯甚麼魂哩！」唬得多官連忙解了八戒，跪地哀告：「恕罪！恕罪！」國王走下龍座。行者上殿扯住道：「陛下不要走，且教你三國師也下下油鍋去。」那皇帝戰戰兢兢道：「三國師，你救朕之命，快下鍋去，莫教和尚打我。」

羊力下殿，照依行者脫了衣服，跳下油鍋，也那般支吾洗浴。

行者放了國王，近油鍋邊，叫燒火的添柴，卻伸手探了一把，——呀！——那滾油都冰冷，心中暗想道：「我洗時滾熱，他洗時卻冷。我曉得了，這不知是那個龍王，在此護持他哩。」急縱身跳在空中，念聲『唵』字咒語，把那北海龍王喚來：「我把你這個帶角的蚯蚓，有鱗的泥鰍！你怎麼助道士冷龍護住鍋底，教他顯聖贏我！」唬得那龍王喏喏連聲道：「敖順不敢相助。大聖原來不知。這個孽畜，苦修行了一場，脫得本殼，卻只是五雷法真受，其餘都屣了旁門，難歸仙道。這個是他在小茅山學來的『大開剝』。那兩個已是大聖破了他法，現了本相。這一個也是他自己煉的冷龍，只好哄瞞世俗之人耍子，怎瞞得大聖！小龍如今收了他冷龍，管教他骨碎皮焦，顯什麼手段。」行者道：「趁早收了，免打！」那龍王化一陣旋風，到油鍋邊，將冷龍捉下海去不題。

行者下來，與三藏、八戒、沙僧立在殿前，見那道士在滾油鍋裡打掙，爬不出來。滑了一跌，霎時間骨脫皮焦肉爛。

監斬官又來奏道：「萬歲，三國師煠化了也。」那國王滿眼垂淚，手撲著御案，放聲大哭道：

「人身難得果然難，不遇真傳莫煉丹。空有驅神咒水術，卻無延壽保生丸。
圓明混，怎涅槃？徒用心機命不安。早覺這般輕折挫，何如秘食穩居山！」

這正是：點金煉汞成何濟，喚雨呼風總是空！畢竟不知師徒們怎的維持，且聽下回分解。

第四十七回

聖僧夜阻通天水　金木垂慈救小童

卻說那國王倚著龍床，淚如泉湧，只哭到天晚不住。行者上前高呼道：「你怎麼這等昏亂！見放著那道士的屍骸，一個是虎，一個是鹿，那羊力是一個羚羊。不信時，撈上骨頭來看。那裡人有那樣骷髏？他本是成精的山獸，同心到此害你。因見氣數還旺，不敢下手。若再過二年，你氣數衰敗，他就害了你性命，把你江山一股兒盡屬他了。幸我等早來，除妖邪救了你命。你還哭甚！哭甚！急打發關文，送我出去。」國王聞此，方才省悟。那文武多官俱奏道：「死者果然是白鹿、黃虎；油鍋裡果是羊骨。聖僧之言，不可不聽。」國王道：「既是這等，感謝聖僧。今日天晚。」教：「太師，且請聖僧至智淵寺。明日早朝，大開東閣，教光祿寺安排素淨筵宴酬謝。」果送至寺裡安歇。

次日五更時候，國王設朝，聚集眾官，傳旨：「快出招僧榜文，四門各路張掛。」一壁廂大排筵宴，擺駕出朝，至智淵寺門外，請了三藏等，共入東閣赴宴，不在話下。

卻說那脫命的和尚聞有招僧榜，個個欣然，都入城來尋孫大聖，交納毫毛謝恩。這長老散了宴，那國王換了關文，同皇后嬪妃，兩班文武，送出朝門。只見那些和尚跪拜道旁，口稱：「齊天大聖爺爺！我等是沙灘上脫命僧人。聞知爺爺掃除妖孽，救拔我等，又蒙我王出榜招僧，特來交納毫毛，叩謝天恩。」行者笑道：「汝等來了幾何？」僧人道：「五百名，半個不少。」行者將身一抖，收了毫毛。對君臣僧俗人說道：「這些和尚，實是老孫放了。車輛是老孫運轉雙關，穿夾脊，捽碎了。那兩個妖道也是老孫打死了。今日滅了妖邪，方知是禪門有道。向後來，再不可胡為亂信。望你把三教歸一：也敬僧，也敬道，也養育人才。我保你江山永固。」國王依言，感謝不盡，遂送唐僧出城去訖。

這一去，只為殷勤經三藏，努力修持光一元。曉行夜住，渴飲飢餐，不覺的春盡夏殘，又是秋光天氣。一日，天色已晚。唐僧勒馬道：「徒弟，今宵何處安身也。」行者道：「師父，出家人莫說那在家人的話。」三藏道：「在家人怎麼？出家人怎麼？」行者道：「在家人，這時候溫床暖被，懷中抱子，腳後蹬妻，自自在在睡覺；我等出家人，那裡能夠！便是要帶月披星，餐風宿水，有路且行，無路方住。」八戒道：「哥哥，你只知其一，不知其二。如今路多險峻，我挑著重擔，著實難走，須要尋個去處，好眠一覺，養養精神，明日方好捱擔；不然，卻不累倒我也？」行者道：「趁月光再走一程，到有人家之所再住。」

師徒們沒奈何，只得相隨行者往前。又行不多時，只聽得滔滔浪響。八戒道：「罷了！來到盡頭路了！」沙僧道：「是一股水擋住也。」唐僧道：「卻怎生得渡？」八戒道：「等我試之，看深淺何如。」三藏道：「悟能，你休亂談。水之淺深，如何試得？」八戒道：「尋一個鵝卵石，拋在當中。若是濺起水泡來，是淺；若是骨都都沉下有聲，是深。」行者道：「你去試試看。」那呆子在路旁摸了一塊頑石，望水中拋去，只聽得骨都都泛起魚津（水泡兒），沉下水底。他道：「深！深！深！去不得！」唐僧道：「你雖試得深淺，卻不知有多少寬闊。」八戒道：「這個卻不知，不知。」行者道：

「等我看看。」好大聖，縱筋斗雲，跳在空中，定睛觀看，但見那：

洋洋光浸月，浩浩影浮天。
靈派吞華岳，長流貫百川。
千層洶浪滾，萬迭峻波顛。
岸口無漁火，沙頭有鷺眠。
茫然渾似海，一望更無邊。

急收雲頭，按落河邊道：「師父，寬哩！寬哩！去不得！老孫火眼金睛，白日裡常看千里，凶吉曉得是。夜裡也還看三五百里。如今通看不見邊岸，怎定得寬闊之數？」

三藏大驚，口不能言，聲音哽咽道：「徒弟啊，似這等怎了？」沙僧道：「師父莫哭。你看那水邊立的，可不是個人麼？」行者道：「想是扳罾的漁人，等我問他去來。」拿了鐵棒，兩三步，跑到面前看處，呀！不是人，是一面石碑。碑上有三個篆文大字，下邊兩行，有十個小字。三個大字，乃「通天河」。十個小字，乃「徑過八百里，亙古少人行。」行者叫：「師父，你來看看。」三藏看見，滴淚道：「徒弟呀，我當年別了長安，只說西天易走；那知道妖魔阻隔，山水迢遙！」

八戒道：「師父，你且聽，是那裡鼓鈸聲音？想是做齋的人家。我們且去趕些齋飯吃，問個渡口尋船，明日過去罷。」三藏馬上聽得，果然有鼓鈸之聲。「卻不是道家樂器，足是我僧家舉事。我等去來。」行者在前引馬，一行聞響而來。那裡有甚正路，沒高沒低，漫過沙灘，望見一簇人家住處，約摸有四五百家，卻也都住得好。但見：

倚山通路，傍岸臨溪。處處柴扉掩，家家竹院關。沙頭宿鷺夢魂清，柳外啼鵑喉舌冷。短笛無聲，寒砧不韻。紅蓼枝搖月，黃蘆葉鬥風。陌頭村犬吠疏籬，渡口老漁眠釣艇。燈火稀，人煙靜，半空皎月如懸鏡。忽聞一陣白蘋香，卻是西風隔岸送。

三藏下馬，只見那路頭上有一家兒，門外豎一首幢幡，內裡有燈燭熒煌，香煙馥郁。三藏道：「悟空，此處比那山凹河邊，卻是不同。在人間屋簷下，可以遮得冷露，放心穩睡。你都莫來，讓我先到那齋公門首告求。若肯留我，我就招呼汝等；假若不留，你卻休要撒潑。汝等臉嘴醜陋，只恐唬了人，闖出禍來，卻倒無住處矣。」行者道：「說得有理。請師父先去，我們在此守待。」

那長老才摘了斗笠，光著頭，抖抖褊衫，拖著錫杖，徑來到人家門外。見那門半開半掩，三藏不敢擅入。聊站片時，只見裡面走出一個老者，項下掛著數珠，口念阿彌陀佛，徑自來關門，慌得這長老合掌高叫：「老施主，貧僧問訊了。」那老者還禮道：「你這和尚，卻來遲了。」三藏道：「怎麼說？」老者道：「來遲無物了。早來啊，我捨下齋僧，盡飽吃飯，熟米三升，白布一段，銅錢十文。你怎麼這時才來？」三藏躬身道：「老施主，貧僧不是趕齋的。」老者道：「既不趕齋，來此何幹？」三藏道：「我是東土大唐欽差往西天取經者。今到貴處，天色已晚。聽得府上鼓鈸之聲，特來告借一宿，天明就行也。」那老者搖手道：「和尚，出家人休打誑語。東土大唐，到我這裡，有五萬四千里路。你這等單身，如何來得？」三藏道：「老施主見得最是。但我還有三個小徒，逢山開路，遇水迭橋，保護貧僧，方得到此。」老者道：「既有徒弟，何不同來？」教：「請，請，我舍下有處安歇。」三藏回頭，叫聲：「徒弟，這裡來。」

那行者本來性急，八戒生來粗魯，沙僧卻也莽撞，三個人聽得師父招呼，牽著馬，挑著擔，不問好歹，一陣風，闖將進去。那老者看見，唬得跌倒在地，口裡只說是：「妖怪來了！妖怪來了！」三藏攙起道：「施主莫怕。不是妖怪，是我徒弟。」老者戰兢兢道：「這般好俊師父，怎麼尋這樣醜徒弟！」三藏道：「雖然相貌不終卻倒會降龍伏虎，捉怪擒妖。」老者似信不信的，扶著唐僧慢走。

卻說那三個凶頑，闖入廳房上，拴了馬，丟下行李。那廳中原有幾個和尚念經。八戒掬（撅）著長嘴，喝道：「那和尚，念的是甚麼經？」那些和尚，聽見問了一聲，忽然抬頭：

觀看外來人，嘴長耳朵大，身粗背膊寬，聲響如雷咋。
行者與沙僧，容貌更醜陋。廳堂幾眾僧，無人不害怕。
闍黎還念經，班首教行罷。難顧磬和鈴，佛像且丟下。
一齊吹息燈，驚散光乍乍。跌跌與爬爬，門檻何曾跨！
你頭撞我頭，似倒葫蘆架。清清好道場，翻成大笑話。

這兄弟三人，見那些人跌跌爬爬，鼓著掌哈哈大笑。那些僧越加悚懼，磕頭撞腦，各顧性命，通跑淨了。三藏攙那老者，走上廳堂，燈火全無，三人嘻嘻哈哈的還笑。唐僧罵道：「這潑物，十分不善！我朝朝教誨，日日叮嚀。古人云『不教而善，非聖而何！教而後善，非賢而何！教亦不善，非愚而何！』汝等這般撒潑，誠為至下至愚之類！走進門不知高低，唬倒了老施主，驚散了念經僧，把人家好事都攪壞了，卻不是墮罪與我？」說得他們不敢回言。那老者方信是他徒弟，急回頭作禮道：「老爺，沒大事，沒大事，才然關了燈，散了花，佛事將收也。」八戒道：「既是了賬，擺出滿散的齋來，我們吃了睡覺。」老者叫：「掌燈來！掌燈來！」家裡人聽得，大驚小怪道：「廳上念經，有許多香燭，如何又教掌燈？」幾個僮僕出來看時，這個黑洞洞的，即便點火把燈籠，一擁而至。忽抬頭見八戒、沙僧，慌得丟了火把，忽抽身關了中門。往裡嚷道：「妖怪來了！妖怪來了！」

行者拿起火把，點上燈燭，扯過一張交椅，請唐僧坐在上面。他兄弟們坐在兩旁。那老者坐在前面。正敘坐間，只聽得裡面門開處，又走出一個老者，拄著拐杖，道：「是甚麼邪魔，黑夜裡來我善門之家？」前面坐的老者，急起身迎到屏門後道：「哥哥莫嚷，不是邪魔，乃東土大唐取經的羅漢。徒弟們相貌雖凶，果然是山惡人善。」那老者方才放下拄杖，與他四位行禮。禮畢，也坐了面前，叫：「看茶來。排齋。」一連叫數聲，幾個僮僕，戰戰兢兢，不敢攏賬。

八戒忍不住問道：「老者，你這盛價（對別人僕人的尊稱），兩邊走怎的？」老者道：「教他們捧齋來侍奉老爺。」八戒道：「幾個人伏侍？」老者道：「八個人。」八戒道：「這八個人伏侍那個？」老者道：「伏侍你四位。」八戒道：「那白面師父，只消一個人；毛臉雷公嘴的，只消兩個人；那晦氣臉的，要八個人；我得二十個人伏侍方彀。」老者道：「這等說，想是你的食腸大些。」八戒道：「也將就看得過。」老者道：「有人，有人。」七大八小，就叫出有三四十人出來。

那和尚與老者，一問一答的講話，眾人方才不怕。卻將上面排了一張桌，請唐僧上坐；兩邊擺了三張桌，請他三位坐；前面一張桌，坐了二位老者。先排上素果品菜蔬，然後是麵飯、米飯、閒食、粉湯，排得齊齊整整。唐長老舉起箸來，先念一卷《啟齋經》。那呆子一則有些急吞，二來有些餓了，那裡等唐僧經完，拿過紅漆木碗來，把一碗白米飯，撲的丟下口去，就了了。旁邊小的道：「這位老爺忒沒算計，不籠饅頭，怎的把飯籠了，卻不污了衣服？」八戒笑道：「不曾籠，吃了。」小的道：「你不曾舉口，怎麼就吃了？」八戒道：「兒子們便說謊！分明吃了；不信，再吃與你看。」那小的們，又端了碗，盛一碗遞與八戒。呆子幌一幌，又丟下口去就了了。眾僮僕見了道：「爺爺呀！你是『磨磚砌的喉嚨，著實又光又溜！』」那唐僧一卷經還未完，他已五六碗過手了。然後卻才同舉箸，一齊吃齋。呆子不論米飯麵飯，果品閒食，只情一撈亂嗹，口裡還嚷：「添飯！添飯！」漸漸不見來了！行者叫道：「賢弟，少吃些罷。也強似在山凹裡忍餓，將就彀得半飽也好了。」八戒道：「嘴臉！常言道：『齋僧不飽，不如活埋』哩。」行者教：「收了家伙，莫睬他！」二老者躬身道：「不瞞老爺說。白日裡倒也不怕，似這大肚子長老，也齋得起百十眾；只是晚了，收了殘齋，只蒸得一石麵飯、五斗米飯與幾桌素食，要請幾個親鄰與眾僧們散福；不期你列位來，唬得眾僧跑了，連親鄰也不曾敢請，盡數都供奉了列位。如不飽，再教蒸去。」八戒道：「再蒸去！再蒸去！」

話畢，收了家伙桌席。三藏拱身，謝了齋供。才問：「老施主，高姓？」老者道：「姓陳。」三藏合掌道：「這是我貧僧華宗（同姓）了。」老者道：「老爺也姓陳？」三藏道：「是，俗家也姓陳。請問適才做的甚麼齋事？」八戒笑道：「師父問他怎的！豈不知道？必然是『青苗齋』、『平安齋』、『了場齋』罷了。」老者道：「不是，不是。」三藏又問：「端的為何？」老者道：「是一場『預修亡齋』。」八戒笑得打跌道：「公公忒沒眼力！我們是扯謊架橋，哄人的大王，你怎麼把這謊話哄我！和尚家豈不知齋事？只有個『預修寄庫齋』、『預修填還齋』，那裡有個『預修亡齋』的？

你家人又不曾有死的，做甚亡齋？」

行者聞言，暗喜道：「這呆子乖了些也。老公公，你是錯說了。怎麼叫做『預修亡齋』？」那二位欠身道：「你等取經，怎麼不走正路，卻蹌到我這裡來？」行者道：「走的是正路，只見一股水擋住，不能得渡；因聞鼓鈸之聲，特來造（到）府借宿。」老者道：「你們到水邊，可曾見些甚麼？」行者道：「止見一面石碑，上書『通天河』三字，下書『徑過八百里，亙古少人行』十字，再無別物。」老者道：「再往上岸走走，好的離那碑記只有里許，有一座靈感大王廟，你不曾見？」行者道：「未見。請公公說說，何為靈感？」那兩個老者一齊垂淚道：「老爺啊！那大王：

感應一方興廟宇，威靈千里祐黎民。
年年莊上施甘露，歲歲村中落慶雲。」

行者道：「施甘雨，落慶雲，也是好意思，你卻這等傷情煩惱，何也？」那老者跌腳捶胸，哏了一聲道：「老爺啊！

雖則恩多還有怨，縱然慈惠卻傷人。
只因要吃童男女，不是昭彰正直神。」

行者道：「要吃童男女麼？」老者道：「正是。」行者道：「想必輪到你家了？」老者道：「今年正到舍下。我們這裡，有百家人家居住。此處屬車遲國元會縣所管，喚做陳家莊。這大王一年一次祭賽，要一個童男，一個童女，豬羊牲醴供獻他。他一頓吃了，保我們風調雨順；若不祭賽，就來降禍生災。」行者道：「你府上幾位令郎？」老者捶胸道：「可憐！可憐！說甚麼令郎，羞殺我等！這個是我舍弟，名喚陳清。老拙叫做陳澄。我今年六十三歲，他今年五十八歲，兒女上都艱難。我五十歲上還沒兒子，親友們勸我納了一妾，沒奈何，尋下一房，生得一女。今年才交八歲，取名喚做一秤金。」八戒道：「好貴名！怎麼叫做一秤金？」老者道：「我因兒女艱難，修橋補路，建寺立塔，布施齋僧，有一本賬目，那裡使三兩，那裡使五兩；到生女之年，卻好用過有三十斤黃金。三十斤為一秤，所以喚做一秤金。」

行者道：「那個的兒子麼？」老者道：「舍弟有個兒子，也是偏出（妾生的孩子），今年七歲了，取名喚做陳關保。」行者問：「何取此名？」老者道：「家下供養關聖爺爺，因在關爺之位下求得這個兒子，故名關保。我兄弟二人，年歲百二，止得這兩個人種，不期輪次到我家祭賽，所以不敢不獻。故此父子之情，難割難捨，先與孩兒做個超生道場。故曰『預修亡齋』者，此也。」

三藏聞言，止不住腮邊淚下道：「這正是古人云：『黃梅不落青梅落，老天偏害沒兒人』。」行者笑道：「等我再問他。老公公，你府上有多大家當？」二老道：「頗有些兒，水田有四五十頃，旱田有六七十頃，草場有八九十處；水黃牛有二三百頭，驢馬有三二十匹，豬羊雞鵝無數。舍下也有吃不著的陳糧，穿不了的衣服。家財產業，也盡得數。」行者道：「你這等家業，也虧你省將起來的。」老者道：「怎見我省？」行者道：「既有這家私，怎麼捨得親生兒女祭賽？拼了五十兩銀子，可買一個童男；拼了一百兩銀子，可買一個童女。連絞纏（指吃喝等費用）不過二百兩之數，可就留下自已兒女後代，卻不是好？」二老滴淚道：「老爺！你不知道。那大王甚是靈感，常來我們人家行走。」行者道：「他來行走，你們看見他是甚麼嘴臉？有幾多長短？」二老道：「不見其形，只聞得一陣香風，就知是大王爺爺來了，即忙滿斗焚香，老少望風下拜。他把我們這人家，匙大碗小之事，他都知道。老幼生時年月，他都記得。只要親生兒女，他方受用。不要說二三百兩沒處買，就是幾千萬兩，也沒處買這般一模一樣同年同月的兒女。」

行者道：「原來這等。也罷，也罷，你且抱你令郎出來，我看看。」那陳清急入裡面，將關保兒抱出廳上，放在燈前。小孩兒那知死活，籠著兩袖果子，跳跳舞舞的，吃著耍子。行者見了，默默念聲咒語，搖身一變，變作那關保兒一般模樣。兩個孩兒，攙著手，在燈前跳舞，唬得那老者謊忙跪著唐僧道：「老爺，不當人子！不當人子！這位老爺才然說話，怎麼就變作我兒一般模樣，叫他一聲，齊應齊走！卻折了我們年壽！請現本相！請現本相！」行者把臉抹了一把，現了本相。那老者跪在面前道：「老爺原來有這樣本事。」行者笑道：「可像你兒子麼？」老者道：「像！像！像！果然一般嘴臉，一般聲音，一般衣服，一般長短。」行者道：「你還沒細看哩。取秤來稱稱，可與他一般輕重。」老者道：「是，是，是；是一般重。」行者道：「似這等可祭賽得過麼？」老者道：「忒好！忒好！祭得過了！」

行者道：「我今替這個孩兒性命，留下你家香煙後代，我去祭賽那大王去也。」那陳清跪地磕頭道：「老爺果若慈悲替得，我送白銀一千兩，與唐老爺做盤纏往西天去。」行者道：「就不謝謝老孫？」老者道：「你已替祭，沒了你也。」行者道：「怎的得沒了？」老者道：「那大王吃了。」行者道：「他敢吃我？」老者道：「不吃你，好道嫌腥。」行者笑道：「任從天命。吃了我，是我的命短；不吃，是我的造化。我與你祭賽去。」

那陳清只管磕頭相謝，又允送銀五百兩；惟陳澄也不磕頭，也不說謝，只是倚著那屏門痛哭。行者知之，上前扯住道：「老大，你這不允我，不謝我，想是捨不得你女兒麼？」陳澄才跪下道：「是，捨不得。敢蒙老爺盛情，救替了我侄子也彀了。但只是老拙無兒，止此一女，就是我死之後，他也哭得痛切，怎麼捨得！」行者道：「你快去蒸上五斗米的飯，整治些好素菜，與我那長嘴師父吃。教他變作你的女兒，我兄弟同去祭賽。索性行個陰騭（陰德），救你兩個兒女性命，如何？」那八戒聽得此言，心中大驚，道：「哥哥，你要弄精神，不管我死活，就要攀扯我。」行者道：「賢弟，常言道：『雞兒不吃無工之食。』你我進門，感承盛齋，你還嚷吃不飽哩，怎麼就不與人家救些患難？」八戒道：「哥啊，你便會變化，我卻不會哩。」行者道：「你也有三十六般變化，怎麼不會？」唐僧叫：「悟能，你師兄說得最是，處得甚當。常言『救人一命，勝造七級浮屠。』一則感謝厚情，二來當積陰德。況涼夜無事，你兄弟耍耍去來。」八戒道：「你看師父說的話！我只會變山，變樹，變石頭，變癩象，變水牛，變大胖漢還可；若變小女兒，有幾分難哩。」行者道：「老大莫信他，抱出你令愛來看。」那陳澄急入裡邊，抱將一秤金孩兒，到了廳上。一家子，妻妾大小，不分老幼內外，都出來磕頭禮拜，只請救孩兒性命。那女兒頭上戴一個八寶垂珠的花翠箍；身上穿一件紅閃黃的紵絲襖，上套著一件官綠緞子棋盤領的披風；腰間繫一條大紅花絹裙；腳下踏一雙蝦蟆頭淺紅紵絲鞋；腿上繫兩隻綃金膝褲兒；也袖著果子吃哩。行者道：「八戒，這就是女孩兒。你快變的像他，我們祭賽去。」八戒道：「哥呀，似這般小巧俊秀，怎變？」行者叫：「快些！莫討打！」八戒謊了道：「哥哥不要打，等我變了看。」這呆子念動咒語，把頭搖了幾搖，叫「變！」真個變過頭來，就也像女孩兒面目，只是肚子胖大，狼犺不像。行者笑道：「再變變！」八戒道：「憑你打了罷！變不過來，奈何？」行者道：「莫成是丫頭的頭，和尚的身子？弄的這等不男不女，卻怎生是好？你可布起罡來。」他就吹他一口仙氣，果然即時把身子變過，與那孩兒一般。便教：「二位老者，帶你寶眷與令郎令愛進去，不要錯了。一會家，我兄弟躲懶討乖，走進去，轉難識認。你將好果子與他吃，不可教他哭叫；恐大王一時知覺，走了風訊（消息）。等我兩人耍子去也！」

好大聖，吩咐沙僧保護唐僧，他變做陳關保，八戒變作一秤金。二人俱停當（妥當）了，卻問：「怎麼供獻？還是捆了去，是綁了去？蒸熟了去，是剁碎了去？」八戒道：「哥哥，莫要弄我。我沒這個手段。」老者道：「不敢！不敢！只是用兩個紅漆丹盤，請二位坐在盤內，放在桌上，著兩個後生抬一張桌子，把你們抬上廟去。」行者道：「好！好！好！拿盤子出來，我們試試。」那老者即取出兩個丹盤。行者與八戒坐上，四個後生，抬起兩張桌子，往天井裡走走兒，又抬回放在堂上。行者歡喜道：「八戒，像這般子走走耍耍，我們也是上台盤（在正式、莊重場合露臉。這裡是雙關語）的和尚了。」八戒道：「若是抬了去，還抬回來，兩頭抬到天明，我也不怕；只是抬到廟裡，就要吃哩，這個卻不是耍子！」行者道：「你只看著我。剗著吃我時，你就走了罷。」八戒道：「知他怎麼吃哩？如先吃童男，我便好跑；如先吃童女，我卻如何？」老者道：「常年祭賽時，我這裡有膽大的，鑽在廟後，或在供桌底下，看見他先吃童男，後吃童女。」八戒道：「造化！造化！」

兄弟正然談論，只聽得外面鑼鼓喧天，燈火照耀，同莊眾人打開前門，叫：「抬出童男童女來！」這老者哭哭啼啼，那四個後生將他二人抬將出去。端的不知性命何如，且聽下回分解。

第四十八回
魔弄寒風飄大雪　僧思拜佛履層冰

話說陳家莊眾信人等，將豬羊牲醴與行者、八戒，喧喧嚷嚷，直抬至靈感廟裡排下。將童男女設在上首。行者回頭，看見那供桌上香花蠟燭，正面一個金字牌位，上寫「靈感大王之神」，更無別的神像。眾信擺列停當，一齊朝上叩頭道：「大王爺爺，今年、今月、今日、今時，陳家莊祭主陳澄等眾信，年甲不齊，謹遵年例，供獻童男一名陳關保，童女一名陳一秤金，豬羊牲醴如數，奉上大王享用。保昤風調雨順，五穀豐登。」祝罷，燒了紙馬，各回本宅不題。

那八戒見人散了，對行者道：「我們家去罷。」行者道：「你家在那裡？」八戒道：「往老陳家睡覺去。」行者道：「呆子又亂談了。既允了他，須與他了這願心才是哩。」八戒道：「你倒不是呆子，反說我是呆子！只哄他耍耍便罷，怎麼就與他祭賽，當起真來！」行者道：「莫胡說。為人為徹。一定等那大王來吃了，才是個全始全終；不然，又教他降災貽害，反為不美。」

正說間，只聽得呼呼風響。八戒道：「不好了！風響是那話兒來了！」行者只叫：「莫言語，等我答應。」頃刻間，廟門外來了一個妖邪。你看他怎生模樣：

金甲金盔燦爛新，腰纏寶帶繞紅雲。
眼如晚出明星皎，牙似重排鋸齒分。
足下煙霞飄蕩蕩，身邊霧靄暖熏熏。
行時陣陣陰風冷，立處層層煞氣溫。
卻似捲簾扶駕將，猶如鎮寺大門神。

那怪物攔住廟門問道：「今年祭祀的是那家？」行者笑吟吟的答道：「承下問，莊頭是陳澄、陳清家。」那怪聞答，心中疑似道：「這童男膽大，言談伶俐。常來供養受用的，問一聲不言語；再問聲，唬了魂；用手去捉，已是死人。怎麼今日這童男善能應對？」怪物不敢來拿，又問：「童男女叫甚名字？」行者笑道：「童男陳關保，童女一秤金。」怪物道：「這祭賽乃上年舊規，如今供獻我，當吃你。」行者道：「不敢抗拒，請自在受用。」怪物聽說，又不敢動手，攔住門喝道：「你莫頂嘴！我常年先吃童男，今年倒要先吃童女！」八戒慌了道：「大王還照舊罷，不要吃壞例子。」

那怪不容分說，放開手，就捉八戒。呆子撲的跳下來，現了本相，掣釘鈀，劈手一築，那怪物縮了手，往前就走，只聽得當的一聲響。八戒道：「築破甲了！」行者也現本相看處，原來是冰盤大小兩個魚鱗。喝聲「趕上！」二人跳到空中。那怪物因來赴會，不曾帶得兵器，空手在雲端裡問道：「你是那方和尚，到此欺人，破了我的香火，壞了我的名聲！」行者道：「這潑物原來不知。我等乃東土大唐聖僧三藏奉欽差西天取經之徒弟。昨因夜寓陳家，聞有邪魔，假號靈感，年年要童男女祭賽，是我等慈悲，拯救生靈，捉你這潑物！趁早實實供來！一年吃兩個童男女，你在這裡稱了幾年大王，吃了多少男女？一個個算還我，饒你死罪！」那怪聞言就走，被八戒又一釘鈀，未曾打著。他化一陣狂風，鑽入通天河內。

行者道：「不消趕他了。這怪想是河中之物。且待明日設法拿他，送我師父過河。」八戒依言，徑回廟裡，把那豬羊祭醴，連桌面一齊搬到陳家。此時唐長老、沙和尚，共陳家兄弟，正在廳中候信，忽見他二人將豬羊等物都丟在天井裡。三藏迎來問道：「悟空，祭賽之事何如？」行者將那稱名趕怪鑽入河中之事，說了一遍。二老十分歡喜，即命打掃廂房，安排床鋪，請他師徒就寢不題。

卻說那怪得命，回歸水內，坐在宮中，默默無言。水中大小眷族問道：「大王每年享祭，回來歡喜，怎麼今日煩惱？」那怪道：「常年享畢，還帶些餘物與汝等受用，今日連我也不曾吃得。造化低，撞著一個對頭，幾乎傷了性命。」眾水族問：「大王，是那個？」那怪道：「是一個東土大唐聖僧的徒弟，往西天拜佛求經者，假變男女，坐在廟裡。我被他現出本相，險些兒傷了性命。一向聞得人講，唐三藏乃十世修行好人，但得吃他一塊肉延壽長生。不期他手下有這般徒弟。我被他壞了名聲，破了香火，有心要捉唐僧，只怕不得能彀。」

那水族中，閃上一個斑衣鱖婆，對怪物跬跬拜拜，笑道：「大王，要捉唐僧，有何難處！但不知捉住他，可賞我些酒肉？」那怪道：「你若有謀，合同用力，捉了唐僧，與你拜為兄妹，共席享之。」鱖婆拜謝了道：「久知大王有呼風喚雨之神通，攪海翻江之勢力，不知可會降雪？」那怪道：「會降。」又道：「既會降雪，不知可會作冷結冰？」那怪道：「更會！」鱖婆鼓掌笑道：「如此，極易！極易！」那怪道：「你且將極易之功，講來我聽。」鱖婆道：「今夜有三更天氣，大王不必遲疑，趁早作法，起一陣寒風，下一陣大雪，把通天河盡皆凍結。著我等善變化者，變作幾個人形，在於路口，背包持傘，擔擔推車，不住的在冰上行走。那唐僧取經之心甚急，看見如此人行，斷然踏冰而渡。大王穩坐河心，待他腳蹤響處，迸裂寒冰，連他那徒弟們一齊墜落水中，一鼓可得也！」那怪聞言，滿心歡喜道：「甚妙！甚妙！」即出水府，踏長空興風作雪，結冷凝凍成冰不題。

卻說唐長老師徒四人，歇在陳家。將近天曉，師徒們衾寒枕冷。八戒咳歌打戰睡不得，叫道：「師兄，冷啊！」行者道：「你這呆子，忒不長俊！出家人寒暑不侵，怎麼怕冷？」三藏道：「徒弟，果然冷。你看，就是那：

重衾無暖氣，袖手似揣冰。此時敗葉垂霜蕊，蒼松掛凍鈴。地裂因寒甚，池平為水凝。漁舟不見叟，山寺怎逢僧。樵子愁柴少，王孫喜炭增。征人鬚似鐵，詩客筆如菱。皮襖猶嫌薄，貂裘尚恨輕。蒲團僵老衲，紙帳旅魂驚。繡被重茵褥，渾身戰抖鈴。」

師徒們都睡不得，爬起來穿了衣服。開門看處，呀！外面白茫茫的，原來下雪哩！行者道：「怪道你們害冷哩。卻是這般大雪！」四人眼同觀看，好雪！但見那：

彤雲密布，慘霧重浸。彤雲密布，朔風凜凜號空；慘霧重浸，大雪紛紛蓋地。真個是：六出花，片片飛瓊；千林樹，株株帶玉。須臾積粉，頃刻成鹽。白鸚歌失素，皓鶴羽毛同。平添吳楚千江水，壓倒東南幾樹梅。卻便似戰退玉龍三百萬，果然如敗鱗殘甲滿天飛。那裡得東郭履，袁安臥，孫康映讀；更不見子猷舟，王恭幣，蘇武餐氈。但只是幾家村舍如銀砌，萬里江山似玉團。好雪！柳絮漫橋，梨花蓋舍。柳絮漫橋，橋邊漁叟掛蓑衣；梨花蓋舍，舍下野翁煨榾柮。客子難沽酒，蒼頭苦覓梅。灑灑瀟瀟裁蝶翅，飄飄蕩蕩剪鵝衣。團團滾滾隨風勢，迭迭層層道路迷。陣陣寒威穿小幕，颼颼冷氣透幽幃。豐年祥瑞從天降，堪賀人間好事宜。

第四十八回

魔弄寒風飄大雪　僧思拜佛履層冰

那場雪，紛紛灑灑，果如剪玉飛綿。師徒們嘆玩多時，只見陳家老者，著兩個僮僕，掃開道路，又兩個送出熱湯洗面。須臾，又送滾茶乳餅，又抬出炭火；俱到廂房，師徒們敘坐。長老問道：「老施主，貴處時令，不知可分春夏秋冬？」陳老笑道：「此間雖是僻地，但只風俗人物，與上國不同，至於諸凡谷苗牲畜，都是同天共日，豈有不分四時之理？」三藏道：「既分四時，怎麼如今就有這般大雪，這般寒冷？」陳老道：「此時雖是七月，昨日已交白露，就是八月節了。我這裡常年八月間就有霜雪。」三藏道：「甚比我東土不同。我那裡交冬節方有之。」

正話間，又見僮僕來安桌子，請吃粥。粥罷之後，雪比早間又大，須臾，平地有二尺來深。三藏心焦垂淚。陳老道：「老爺放心，莫見雪深憂慮。我舍下頗有幾石糧食，供養得老爺們半生。」三藏道：「老施主不知貧僧之苦。我當年蒙聖恩賜了旨意，擺大駕親送出關，唐王御手擎杯奉餞，問道：『幾時可回？』貧僧不知有山川之險，順口回奏：『只消三年，可取經回國。』自別後，今已七八個年頭，還未見佛面，恐違了欽限；又怕的是妖魔凶狠，所以焦慮。今日有緣得寓潭府，昨夜愚徒們略施小惠報答，實指望求一船隻渡河；不期天降大雪，道路迷漫，不知幾時才得功成回故土也！」陳老道：「老爺放心，正是多的日子過了，那裡在這幾日。且待天晴，化了冰，老拙傾家費產，必處置送老爺過河。」

只見一僮又請進早齋。到廳上吃畢。敘不多時，又午齋相繼而進。三藏見品物豐盛，再四不安道：「既蒙見留，只可以家常相待。」陳老道：「老爺，感蒙替祭救命之恩，雖逐日設筵奉款，也難酬難謝。」

此後大雪方住，就有人行走。陳老見三藏不快，又打掃花園，大盆架火，請去雪洞裡閒耍散悶。八戒笑道：「那老兒忒沒算計！春二三月好賞花園；這等大雪，又冷，賞玩何物！」行者道：「呆子不在事！雪景自然幽靜。一則游賞，二來與師父寬懷。」陳老道：「正是，正是。」遂此邀請到園。但見：

景值三秋，風光如臘。蒼松結玉蕊，衰柳掛銀花。階下玉苔堆粉屑，窗前翠竹吐瓊芽。巧石山頭，養魚池內。巧石山頭，削削尖峰排玉筍；養魚池內，清清活水作冰盤。臨岸芙蓉妖色淺，傍崖木槿嫩枝垂。秋海棠，全然壓倒；臘梅樹，聊發新枝。牡丹亭、海榴亭、丹桂亭，亭亭盡鵝毛堆積；放懷處、款客處、道興處，處處皆蝶翅鋪漫。兩籬黃菊玉綃金，幾樹丹楓紅間白。無數閒庭冷難到，且觀雪洞冷如冰。那裡邊放一個獸面象足銅火盆，熱烘烘炭火才生；那上下有幾張虎皮搭苫漆交椅，軟溫溫紙窗鋪設。

四壁上掛幾軸名公古畫，卻是那：

七賢過關，寒江獨釣，迭嶂層巒團雪景；蘇武餐氈，折梅逢使，瓊林玉樹寫寒文。說不盡那：家近水亭魚易買，雪迷山徑酒難沽。真個可堪容膝處，算來何用訪蓬壺？

眾人觀玩良久，就於雪洞裡坐下，對鄰叟道取經之事。又捧香茶飲畢。陳老問：「列位老爺，可飲酒麼？」三藏道：「貧僧不飲，小徒略飲幾杯素酒。」陳老大喜，即命：「取素果品，燉暖酒，與列位盪寒。」那僮僕即抬桌圍爐，與兩個鄰叟，各飲了幾杯，收了家伙。

不覺天色將晚，又仍請到廳上晚齋。只聽得街上行人都說：「好冷天啊！把通天河凍住了！」三藏聞言道：「悟空，凍住河，我們怎生是好？」陳老道：「乍寒乍冷，想是近河邊淺水處凍結。」那行人道：「把八百里都凍的似鏡面一般，路口上有人走哩！」三藏聽說有人走，就要去看。陳老道：「老爺莫忙。今日晚了，明日去看。」遂此別卻鄰叟。又晚齋畢，依然歇在廂房。

及次日天曉，八戒起來道：「師兄，今夜更冷，想必河凍住也。」三藏迎著門，朝天禮拜道：「眾位護教大神，弟子一向西來，虔心拜佛，苦歷山川，更無一聲報怨；今至於此，感得皇天昣助，結凍河水，弟子空心權謝，待得經回，奏上唐皇，竭誠酬答。」禮拜畢，遂教悟淨背馬，趁冰過河。陳老又道：「莫忙，待幾日雪融冰解，老拙這裡辦船相送。」沙僧道：「就行也不是話，再住也不是話。口說無憑，耳聞不如眼見。我背了馬，且請師父親去看看。」陳老道：「言之有理。」教：「小的們，快去背我們六匹馬來！且莫背唐僧老爺馬。」

就有六個小價（僕人）跟隨。一行人徑往河邊來看，真個是：

雪積如山聳，雲收破曉晴。寒凝楚塞千峰瘦。冰結江湖一片平。朔風凜凜，滑凍棱棱。池魚偎密藻，野鳥戀枯槎。塞外征夫俱墜指，江頭梢子亂敲牙。裂蛇腹，斷鳥足，果然冰山千百尺。萬壑冷浮銀，一川寒浸玉。東方自信出僵蠶，北地果然有鼠窟。王祥臥，光武渡，一夜溪橋連底固。曲沼結棱層，深淵重迭沍。通天闊水更無波，皎潔冰漫如陸路。

三藏與一行人到了河邊，勒馬觀看。真個那路口上有人行走。三藏問道：「施主，那些人上冰往那裡去？」陳老道：「河那邊乃西粱女國。這起人都是做買賣的。我這邊百錢之物，到那邊可值萬錢；那邊百錢之物，到這邊亦可值萬錢。利重本輕，所以人不顧生死而去。常年家有五七人一船，或十數人一船，飄洋而過。見如今河道凍住，故捨命而步行也。」三藏道：「世間事惟名利最重。似他為利的，捨死忘生；我弟子奉旨全忠，也只是為名，與他能差幾何！」教：「悟空，快回施主家，收拾行囊，叩背馬匹，趁此層冰，早奔西方去也。」行者笑吟吟答應。

沙僧道：「師父啊，常言道：『千日吃了千升米。』今已托賴陳府上，且再住幾日，待天晴化凍，辦船而過。忙中恐有錯也。」三藏道：「悟淨，怎麼這等愚見！若是正二月，一日暖似一日，可以待得凍解。此時乃八月，一日冷似一日，如何可便望解凍！卻不又誤了半載行程？」

八戒跳下馬來：「你們且休講閒口，等老豬試看有多少厚薄。」行者道：「呆子，前夜試水，能去拋石；如今冰凍重漫，怎生試得？」八戒道：「師兄不知。等我舉釘鈀築他一下。假若築破，就是冰薄，且不敢行；若築不動，便是冰厚，如何不行？」三藏道：「正是，說得有理。」那呆子撩衣拽步，走上河邊，雙手舉鈀，盡力一築，只聽撲的一聲，築了九個白跡，手也振得生疼。呆子笑道：

第四十八回

魔弄寒風飄大雪　僧思拜佛履層冰

「去得！去得！連底都錮住了。」

三藏聞言，十分歡喜，與眾同回陳家。只教收拾走路。那兩個老者苦留不住，只得安排些乾糧烘炒，做些燒餅饃饃相送。一家子磕頭禮拜，又捧出一盤子散碎金銀，跪在面前道：「多蒙老爺活子之恩，聊表途中一飯之敬。」三藏擺手搖頭，只是不受道：「貧僧出家人，財帛何用？就途中也不敢取出。只是以化齋度日為正事。收了乾糧足矣。」二老又再三央求，行者用指尖兒捻了一小塊，約有四五錢重，遞與唐僧道：「師父，也只當些襯錢，莫教空負二老之意。」

遂此相向而別。徑至河邊冰上，那馬蹄滑了一滑，險些兒把三藏跌下馬來。沙僧道：「師父，難行！」八戒道：「且住！問陳老官討個稻草來我用。」行者道：「要稻草何用？」八戒道：「你那裡得知？要稻草包著馬蹄方才不滑，免教跌下師父來也。」陳老在岸上聽言，急命人家中取一束稻草，卻請唐僧上岸下馬。八戒將草包裹馬足，然後踏冰而行。

別陳老離河邊，行有三四里遠近，八戒把九環錫杖遞與唐僧道：「師父，你橫此在馬上。」行者道：「這呆子奸詐！錫杖原是你挑的，如何又叫師父拿著？」八戒道：「你不曾走過冰凌，不曉得；凡是冰凍之上，必有凌眼；倘或屣著凌眼，脫將下去，若沒橫擔之物，骨都的落水，就如一個大鍋蓋蓋住，如何鑽得上來！須是如此架住方可。」行者暗笑道：「這呆子倒是個積年走冰的！」果然都依了他。長老橫擔著錫杖，行者橫擔著鐵棒，沙僧橫擔著降妖寶杖，八戒肩挑著行李，腰橫著釘鈀，師徒們放心前進。這一直行到天晚，吃了些乾糧，卻又不敢久停，對著星月光華，映的冰凍上亮灼灼、白茫茫，只情奔走，果然是馬不停蹄。師徒們莫能合眼，走了一夜。天明又吃些乾糧，望西又進。正行時，只聽得冰底下撲喇喇一聲響亮，險些兒唬倒了白馬。三藏大驚道：「徒弟呀！怎麼這般響亮？」八戒道：「這河忒也凍得結實，地凌響了。或者這半中間連底通錮住了也。」三藏聞言，又驚又喜，策馬前進，趲行不題。

卻說那妖邪自從回歸水府，引眾精在於冰下。等候多時，只聽得馬蹄響處，他在底下弄個神通，滑喇的迸開冰凍，慌得孫大聖跳上空中。早把那白馬落於水內，三人盡皆脫下。

那妖邪將三藏捉住，引群精徑回水府。厲聲高叫：「鱖妹何在？」老鱖婆迎門施禮道：「大王，不敢！不敢！」妖邪道：「賢妹何出此言！『一言既出，駟馬難追。』原說聽從汝計，捉了唐僧，與你拜為兄妹。今日果成妙計，捉了唐僧，就好昧了前言？」教：「小的們，抬過案桌，磨快刀來，把這和尚剖腹剜心，剝皮剮肉；一壁廂響動樂器，與賢妹共而食之，延壽長生也。」鱖婆道：「大王，且休吃他，恐他徒弟們尋來吵鬧。且寧耐兩日，讓那廝不來尋，然後剖開，請大王上坐，眾眷族環列，吹彈歌舞，奉上大王，從容自在享用，卻不好也？」那怪依言，把唐僧藏於宮後，使一個六尺長的石匣，蓋在中間不題。

卻說八戒、沙僧，在水裡撈著行囊，放在白馬身上馱了。分開水路，湧浪翻波，負水而出。只見行者在半空中看見，問道：「師父何在？」八戒道：「師父姓『陳』，名『到底』了。如今沒處找尋，且上岸再作區處。」原來八戒本是天蓬元帥臨凡，他當年掌管天河八萬水兵大眾；沙和尚是流沙河內出身；白馬本是西海龍孫：故此能知水性。大聖在空中指引。須臾，回轉東崖，曬刷了馬匹，紾掠了衣裳，大聖雲頭按落，一同到於陳家莊上。早有人報與二老道：「四個取經的老爺，如今只剩了三個來也。」兄弟即忙接出門外，果見衣裳還濕，道：「老爺們，我等那般苦留，卻不肯住，只要這樣方休。──怎麼不見三藏老爺？」八戒道：「不叫做三藏了，改名叫做『陳到底』也。」二老垂淚道：「可憐！可憐！我說等雪融備船相送，堅執不從，致令喪了性命！」行者道：「老兒，莫替古人擔憂。我師父管他不死長命。老孫知道，決然是那靈感大王弄法算計去了。你且放心，與我們漿漿衣服，曬曬關文，取草料餵著白馬，等我弟兄尋著那廝，救出師父，索性剪草除根，替你一莊人除了後患，庶幾永永得安生也。」陳老聞言，滿心歡喜，即命安排齋供。

兄弟三人，飽餐一頓。將馬匹、行囊，交與陳家看守。各整兵器，徑赴道邊尋師擒怪。正是：誤踏層冰傷本性，大丹脫漏怎周全？畢竟不知怎麼救得唐僧，且聽下回分解。

第四十九回

三藏有災沉水宅　觀音救難現魚籃

卻說孫大聖與八戒、沙僧辭陳老來至河邊，道：「兄弟，你兩個議定，那一個先下水。」八戒道：「哥啊，我兩個手段不見怎的，還得你先下水。」行者道：「不瞞賢弟說，若是山裡妖精，全不用你們費力；水中之事，我去不得。就是下海行江，我需要捻著避水訣，或者變化甚麼魚蟹之形，才去得；若是那般捻訣，卻掄不得鐵棒，使不得神通，打不得妖怪，我久知你兩個乃慣水之人，所以要你兩個下去。」沙僧道：「哥啊，小弟雖是去得，但不知水底如何。我等大家都去。哥哥變作甚麼模樣；或是我馱著你，分開水道，尋著妖怪的巢穴，你先進去打聽打聽。若是師父不曾傷損，還在那裡，我們好努力征討；假若不是這怪弄法，或者渰殺師父，或者被妖吃了，我等不須苦求，早早的別尋道路何如？」行者道：「賢弟說得有理。你們那個馱我？」八戒暗喜道：「這猴子不知捉弄了我多少，今番原來不會水，等老豬馱他，也捉弄他捉弄！」呆子笑嘻嘻的叫道：「哥哥，我馱你。」行者就知有意，卻便將計就計道：「是，也好，你比悟淨還有些膂力。」八戒就背著他。

沙僧剖開水路，弟兄們同入通天河內。向水底下行有百十里遠近，那呆子要捉弄行者，行者隨即

第四十九回

三藏有災沉水宅　觀音救難現魚籃

拔下一根毫毛，變做假身，伏在八戒背上，真身變作一個豬蝨子，緊緊的貼在他耳朵裡。八戒正行，忽然打個躘踵，得故子把行者往前一摜，撲的跌了一跤。原來那個假身本是毫毛變的，卻就飄起去，無影無形。沙僧道：「二哥，你是怎麼說？不好生走路，就跌在泥裡，便也罷了，卻把大哥不知跌了那裡去了！」八戒道：「那猴子不禁跌，一跌就跌化了。兄弟，莫管他死活，我和你且去尋師父去。」沙僧道：「不好，還得他來。他雖不知水性，他比我們乖巧。若無他來，我不與你去。」行者在八戒耳朵裡，忍不住高叫道：「悟淨！老孫在這裡也。」沙僧聽得，笑道：「罷了！這呆子是死了！你怎麼就敢捉弄他！如今弄得聞聲不見面，卻怎是好？」八戒慌得跪在泥裡磕頭道：「哥哥，是我不是了。待救了師父，上岸陪禮。你在那裡做聲？就影殺（方言：感到恐怖）我也！你請現原身出來。我馱著你，再不敢衝撞你了。」行者道：「是你還馱著我哩。我不弄你，你快走！快走！」那呆子絮絮叨叨，只管念誦著陪禮，爬起來與沙僧又進。

行了又有百十里遠近，忽抬頭望見一座樓台，上有「水黿之第」四個大字。沙僧道：「這廂想是妖精住處，我兩個不知虛實，怎麼上門索戰。」行者道：「悟淨，那門裡外可有水麼？」沙僧道：「無水。」行者道：「既無水，你再藏隱在左右，待老孫去打聽打聽。」

好大聖，爬離了八戒耳朵裡，卻又搖身一變，變作個長腳蝦婆，兩三跳跳到門裡。睜眼看時，只見那怪坐在上面，眾水族擺列兩邊，有個斑衣鱖婆坐於側手，都商議要吃唐僧。行者留心，兩邊尋找不見，忽看見一個大肚蝦婆走將來，徑往西廊下立定。行者跳到面前，稱呼道：「姆姆，大王與眾商議要吃唐僧，唐僧卻在那裡？」蝦婆道：「唐僧被大王降雪結冰，昨日拿在宮後石匣中間，只等明日，他徒弟們不來吵鬧，就奏樂享用也。」

行者聞言，演了一會，徑直尋到宮後，看果有一個石匣，卻像人家槽房裡的豬槽，又似人間一口石棺材之樣，量量足有六尺長短；卻伏在上面，聽了一會，只聽得三藏在裡面嚶嚶的哭哩。行者不言語，側耳再聽，那師父挫得牙響，哏了一聲道：

「自恨江流命有愆，生時多少水災纏。出娘胎腹淘波浪，拜佛西天墮渺淵。前遇黑河身有難，今逢冰解命歸泉。不知徒弟能來否，可得真經返故園？」

行者忍不住叫道：「師父莫恨水災。《經》云：『土乃五行之母，水乃五行之源。無土不生，無水不長。』老孫來了！」三藏聞得道：「徒弟啊，救我耶！」行者道：「你且放心，待我們擒住妖精，管教你脫難。」三藏道：「快些兒下手！再停一日，足足悶殺我也！」行者道：「沒事！沒事！我去也！」急回頭，跳將出去，到門外現了原身，叫：「八戒！」那呆子與沙僧近道：「哥哥，如何？」行者道：「正是此怪騙了師父。師父未曾傷損，被怪物蓋在石匣之下。你兩個快早挑戰，讓老孫先出水面。你若擒得他就擒；擒不得，做個佯輸，引他出水，等我打他。」沙僧道：「哥哥放心先去，待小弟們鑑貌辨色。」這行者捻著避水訣，鑽出波中，停立岸邊等候不題。

你看那豬八戒行凶，闖至門前，厲聲高叫：「潑怪物！送我師父出來！」慌得那門裡小妖，急報：「大王，門外有人要師父哩！」妖邪道：「這定是那潑和尚來了。」教：「快取披掛兵器來！」眾小妖連忙取出。妖邪結束了，執兵器在手，即命開門，走將出來。八戒與沙僧對列左右，見妖邪怎生披掛。好怪物！你看他：

頭戴金盔晃且輝，身披金甲掣虹霓。腰圍寶帶團珠翠，足踏煙黃靴樣奇。
鼻準高隆如嶠聳，天庭廣闊若龍儀。眼光閃灼圓還暴，牙齒鋼鋒尖又齊。
短髮蓬鬆飄火焰，長鬚瀟灑挺金錐。口咬一枝青嫩藻，手拿九瓣赤銅錘。
一聲咿啞門開處，響似三春驚蟄雷。這等形容人世少，敢稱靈顯大王威。

妖邪出得門來，隨後有百十個小妖，一個人掄槍舞劍，擺開兩哨，對八戒道：「你是那寺裡和尚？為甚到此喧嚷？」八戒喝道：「我把你這打不死的潑物！你前夜與我頂嘴，今日如何推不知來問我？我本是東土大唐聖僧之徒弟，往西天拜佛求經者。你弄玄虛，假做甚麼靈感大王，專在陳家莊要吃童男童女，我本是陳清家一秤金，你不認得我麼？」那妖邪道：「你這和尚，甚沒道理！你變做一秤金，該一個冒名頂替之罪。我倒不曾吃你，反被你傷了我手背。已此讓了你，你怎麼又尋上我的門來？」八戒道：「你既讓我，卻怎麼又弄冷風，下大雪，凍結堅冰，害我師父？快早送我師父出來，萬事皆休！牙迸半個『不』字，你只看看手中鈀！決不饒你！」妖邪聞言，微微冷笑道：「這和尚賣此長舌，胡誇大口。果然是我作冷下雪凍河，攝你師父。你今嚷上門來，思量取討，只怕這一番不比那一番了。那時節，我因赴會，不曾帶得兵器，誤中你傷。你如今且休要走，我與你交敵三合。三合敵得我過，還你師父；敵不過，連你一發吃了。」

八戒道：「好乖兒子！正是這等說！仔細看鈀！」妖邪道：「你原來是半路上出家的和尚。」八戒道：「我的兒，你真個有些靈感，怎麼就曉得我是半路出家的？」妖邪道：「你會使鈀，想是雇在那裡種園，把他釘鈀拐將來也。」八戒道：「兒子，我這鈀，不是那築地之鈀。你看：

巨齒鑄就如龍爪，遜金裝來似蟒形。若逢對敵寒風灑，但遇相持火焰生。
能與聖僧除怪物，西方路上捉妖精。掄動煙雲遮日月，使開霞彩照分明。
築倒太山千虎怕，掀翻大海萬龍驚。饒你威靈有手段，一築須教九窟窿！」

那個妖邪，那裡肯信，舉銅錘劈頭就打。八戒使釘鈀架住道：「你這潑物，原來也是半路上成精的邪魔！」那怪道：「你怎麼認得我是半路上成精的？」八戒道：「你會使銅錘，想是雇在那個銀匠家扯爐，被你得了手，偷將出來的。」妖邪道：「這不是打銀之錘。你看：

九瓣攢成花骨朵，一竿虛孔萬年青。原來不比凡間物，出處還從仙苑名。
綠房紫菂瑤池老，素質清香碧沼生。因我用功摶煉過，堅如鋼銳徹通靈。
槍刀劍戟渾難賽，鉞斧戈矛莫敢經。縱讓你鈀能利刃，湯著吾錘進折釘！」

沙和尚見他兩個攀話，忍不住近前高叫道：「那怪物！休得浪言！古人云：『口說無憑，做出便見。』不要走！且吃我一杖！」妖邪使錘桿架住道：「你也是半路裡出家的和尚。」沙僧道：「你怎麼認得？」妖邪道：「你這個模樣，像一個磨博士出身。」沙僧道：「如何認得我像個磨博士？」妖邪道：「你不是磨博士，怎麼會使趕麵杖？」沙僧罵道：「你這孽障，是也不曾見！

這般兵器人間少，故此難知寶杖名。出自月宮無影處，梭羅仙木琢磨成。

外邊嵌寶霞光耀，內裡鑽金瑞氣凝。先日也曾陪御宴，今朝秉正保唐僧。
西方路上無知識，上界宮中有大名。喚做降妖真寶杖，管教一下碎天靈！」

那妖邪不容分說，三家變臉，這一場，在水底下好殺：

銅鎚寶杖與釘鈀，悟能悟淨戰妖邪。一個是天蓬臨世界，一個是上將降天涯。他兩個夾攻水怪施威武，這一個獨抵神僧勢可誇。有分有緣成大道，相生相克秉恆沙。土克水，水乾見底；水生木，木旺開花。禪法參修歸一體，還丹炮煉伏三家。土是母，發金芽，金生神水產嬰娃；水為本，潤木華，木有輝煌烈火霞。攢簇五行皆別異，故然變臉各爭差。看他那銅錘九瓣光明好，寶杖千絲彩繡佳。鈀按陰陽分九曜，不明解數亂如麻。捐軀棄命因僧難，捨死忘生為釋迦。至使銅錘忙不墜，左遮寶杖右遮鈀。

三人在水底下鬥經兩個時辰，不分勝敗。豬八戒料道不得贏他，對沙僧丟了個眼色，二人詐敗佯輸，各拖兵器，回頭就走。那怪物教：「小的們，紮住在此，等我趕上這廝，捉將來與汝等湊吃啞！」你看他如風吹敗葉，似雨打殘花，將他兩個趕出水面。

那孫大聖在東岸上，眼不轉睛，只望著河邊水勢。忽然見波浪翻騰，喊聲號吼，八戒先跳上岸道：「來了！來了！」沙僧也到岸邊道：「來了！來了！」那妖邪隨後叫：「那裡走！」才出頭，被行者喝道：「看棍！」那妖邪閃身躲過，使銅錘急架相還。一個在河邊湧浪，一個在岸上施威。搭上手未經三合，那妖遮架不住，打個花，又淬於水裡，遂此風平浪息。

行者回轉高崖道：「兄弟們，辛苦啊。」沙僧道：「哥啊，這妖精，他在岸上覺到不濟，在水底也盡利害哩！我與二哥左右齊攻，只戰得個兩平，卻怎麼處置，救師父也？」行者道：「不必疑遲，恐被他傷了師父。」八戒道：「哥哥，我這一去哄他出來，你莫做聲，但只在半空中等候。估著他鑽出頭來，卻使個搗蒜打，照他頂門上著著實實一下！縱然打不死他，好道也護疼發暈，卻等老豬趕上一鈀，管教他了帳！」行者道：「正是！正是！這叫做『裡迎外合』，方可濟事。」他兩個復入水中不題。

卻說那妖邪敗陣逃生，回歸本宅。眾妖接到宮中，鱖婆上前問道：「大王趕那兩個和尚到那方來？」妖邪道：「那和尚原來還有一個幫手。他兩個跳上岸去，那幫手掄一條鐵棒打我，我閃過與他相持。也不知他那棍子有多少斤重，我的銅錘莫想架得他住。戰未三合，我卻敗回來也。」鱖婆道：「大王，可記得那幫手是甚相貌？」妖邪道：「是一個毛臉雷公嘴，查耳朵，折鼻梁，火眼金睛和尚。」鱖婆聞說，打了一個寒噤道：「大王啊！虧了你識俊，逃了性命！若再三合，決然不得全生！那和尚我認得他。」妖邪道：「你認得他是誰？」鱖婆道：「我當年在東洋海內，曾聞得老龍王說他的名譽，乃是五百年前大鬧天宮，混元一氣上方太乙金仙美猴王齊天大聖。如今皈依佛教，保唐僧往西天取經，改名喚做孫悟空行者。他的神通廣大，變化多端。大王，你怎麼惹他！今後再莫與他戰了。」

說不了，只見門裡小妖來報：「大王，那兩個和尚又來門前索戰哩！」妖精道：「賢妹所見甚長，再不出去，看他怎麼。」急傳令，教：「小的們，把門關緊了。正是『任君門外叫，只是不開門。』讓他纏兩日，性攤了回去時，我們卻不自在受用唐僧也？」那小妖一齊都搬石頭，塞泥塊，把門閉殺。八戒與沙僧連叫不出，呆子心焦，就使釘鈀築門。那門已此緊閉牢關，莫想能彀；被他七八鈀，築破門扇，裡面卻都是泥土石塊，高迭千層。沙僧見了道：「二哥，這怪物懼怕之甚，閉門不出，我和你且回上河崖，再與大哥計較去來。」八戒依言，徑轉東岸。

那行者半雲半霧，提著鐵棒等哩。看見他兩個上來，不見妖怪，即按雲頭，迎至岸邊，問道：「兄弟，那話兒怎麼不上來？」沙僧道：「那怪物緊閉宅門，再不出來見面；被二哥打破門扇看時，那裡面都使些泥土石塊實實的迭住了。故此不能得戰，卻來與哥哥計較，再怎麼設法去救師父。」行者道：「似這般卻也無法可治。你兩個只在河岸上巡視著，不可放他往別處走了，待我去來。」八戒道：「哥哥，你往那裡去？」行者道：「我上普陀岩拜問菩薩，看這妖怪是那裡出身，姓甚名誰。尋著他的祖居，拿了他的家屬，捉了他的四鄰，卻來此擒怪救師。」八戒笑道：「哥啊，這等幹，只是忒費事，擔擱了時辰了。」行者道：「管你不費事，不擔擱！我去就來！」

好大聖，急縱祥光，躲離河口，徑赴南海。那裡消半個時辰，早望見落伽山不遠。低下雲頭，徑至普陀崖上。只見那二十四路諸天與守山大神、木吒行者、善財童子、捧珠龍女，一齊上前，迎著施禮道：「大聖何來？」行者道：「有事要見菩薩。」眾神道：「菩薩今早出洞，不許人隨，自入竹林裡觀玩。知大聖今日必來，吩咐我等在此候接大聖，不可就見。請在翠岩前聊坐片時，待菩薩出來，自有道理。」

行者依言，還未坐下，又見那善財童子上前施禮道：「孫大聖，前蒙盛意，幸菩薩不棄收留，早晚不離左右，專侍蓮台之下，甚得善慈。」行者知是紅孩兒，笑道：「你那時節魔業迷心，今朝得成正果，才知老孫是好人也。」

行者久等不見，心焦道：「列位與我傳報傳報，但遲了，恐傷吾師之命。」諸天道：「不敢報，菩薩吩咐，只等他自出來哩。」行者性急，那裡等得，急縱身往裡便走。噫！

這個美猴王，性急能鵲薄。諸天留不住，要往裡邊跞。
拽步入深林，睜眼偷覷著。遠觀救苦尊，盤坐襯殘箬。
懶散怕梳妝，容顏多綽約。散挽一窩絲，未曾戴纓絡。
不掛素藍袍，貼身小襖縛。漫腰束錦裙，赤了一雙腳。
披肩繡帶無，精光兩臂膊。玉手執鋼刀，正把竹皮削。

行者見了，忍不住厲聲高叫道：「菩薩，弟子孫悟空志心朝禮。」菩薩教：「外面俟候。」行者叩頭道：「菩薩，我師父有難，特來拜問通天河妖怪根源。」菩薩道：「你且出去，待我出來。」行者不敢強，只得走出竹林，對眾諸天道：「菩薩今日又重置家事哩。怎麼不坐蓮台，不妝飾，不喜歡，在林裡削蔑做甚？」諸天道：「我等卻不知。今早出洞，未曾妝束，就入林中去了。又教我等在此接候大聖，必然為大聖有事。」

行者沒奈何，只得等候。不多時，只見菩薩手提一個紫竹籃兒出林，道：「悟空，我與你救唐僧去來。」行者慌忙跪下道：「弟子不敢催促，且請菩薩著衣登座。」菩薩道：「不消著衣，就此去也。」那菩薩撇下諸天，縱祥雲騰空而去。孫大聖只得相隨。

第四十九回

三藏有災沉水宅　觀音救難現魚籃

頃刻間，到了通天河界，八戒與沙僧看見道：「師兄性急，不知在南海怎麼亂嚷亂叫，把一個未梳妝的菩薩逼將來也。」說不了，到於河岸。二人下拜道：「菩薩，我等擅幹，有罪！有罪！」菩薩即解下一根束襖的絲條，將籃兒拴定，提著絲條，半踏雲彩，拋在河中，往上溜頭扯著，口念頌子道：「死的去，活的住！死的去，活的住！」念了七遍，提起籃兒，但見那籃裡亮灼灼一尾金魚，還斬眼動鱗。菩薩叫：「悟空，快下水救你師父耶。」行者道：「未曾拿住妖邪，如何救得師父？」菩薩道：「這籃兒裡不是？」八戒與沙僧拜問道：「這魚兒怎生有那等手段？」菩薩道：「他本是我蓮花池裡養大的金魚。每日浮頭聽經，修成手段。那一柄九瓣銅錘，乃是一枝未開的菡萏，被他運煉成兵。不知是那一日，海潮泛漲，走到此間。我今早扶欄看花，卻不見這廝出拜。掐指巡紋（用手指推算），算著他在此成精，害你師父，故此未及梳妝，運神功，織個竹籃兒擒他。」

行者道：「菩薩，既然如此，且待片時，我等叫陳家莊眾信人等，看看菩薩的金面：一則留恩，二來說此收怪之事，好教凡人信心供養。」菩薩道：「也罷，你快去叫來。」那八戒與沙僧，一齊飛跑至莊前，高呼道：「都來看活觀音菩薩！都來看活觀音菩薩！」一莊老幼男女，都向河邊，也不顧泥水，都跪在裡面，磕頭禮拜。內中有善圖畫者，傳下影神，這才是魚籃觀音現身。當時菩薩就歸南海。

八戒與沙僧，分開水道，徑往那水黿之第，找尋師父。原來那裡邊水怪魚精，盡皆死爛。卻入後宮，揭開石匣，馱著唐僧，出離波津，與眾相見。那陳清兄弟，叩頭稱謝道：「老爺不依小人勸留，致今如此受苦。」行者道：「不消說了。你們這裡人家，下年再不用祭賽。那大王已此除根，永無傷害。陳老兒，如今才好累你，快尋一隻船兒，送我們過河去也。」那陳清道：「有！有！有！有！」就教解板打船。眾莊客聞得此言，無不喜捨。那個道，我買桅篷；這個道，我辦篙槳。有的說，我出繩索；有的說，我雇水手。

正都在河邊上吵鬧，忽聽得河中間高叫：「孫大聖不要打船，花費人家財物。我送你師徒們過去。」眾人聽說，個個心驚，膽小的走了回家，膽大的戰戰兢兢貪看。須臾，那水裡鑽出一個怪來，你道怎生模樣：

方頭神物非凡品，九助靈機號水仙。曳尾能延千紀壽，潛身靜隱百川淵。
翻波跳浪沖江岸，向日朝風臥海邊。養氣含靈真有道，多年粉蓋癩頭黿。

那老黿又叫：「大聖，不要打船，我送你師徒過去。」行者掄著鐵棒道：「我把你這個孽畜！若到邊前，這一棒就打死你！」老黿道：「我感大聖之恩，情願辦好心送你師徒，你怎麼反要打我？」行者道：「與你有甚恩惠？」老黿道：「大聖，你不知這底下水黿之第，乃是我的住宅。自歷代以來，祖上傳留到我。我因省悟本根，養成靈氣，在此處修行，被我將祖居翻蓋了一遍，立做一個水黿之第。那妖邪乃九年前海嘯波翻，他趕潮頭，來於此處，仗逞凶頑，與我爭鬥；被他傷了我許多兒女，奪了我許多眷族。我鬥他不過，將巢穴白白的被他占了。今蒙大聖至此搭救唐師父，請了觀音菩薩掃淨妖氛，收去怪物，將第宅還歸於我，我如今團圞老小，再不須挨土幫泥，得居舊舍。此恩重若丘山，深如大海。且不但我等蒙惠，只這一莊上人，免得年年祭賽，全了多少人家兒女，此誠所謂『一舉而兩得』之恩也！敢不報答？」

第四十九回

三藏有災沉水宅　觀音救難現魚籃

行者聞言，心中暗喜，收了鐵棒道：「你端的是真實之情麼？」老黿道：「因大聖恩德洪深，怎敢虛謬？」行者道：「既是真情，你朝天賭咒。」那老黿張著紅口，朝天發誓道：「我若真情不送唐僧過此通天河，將身化為血水！」行者笑道：「你上來，你上來。」老黿卻才負近岸邊，將身一縱，爬上河崖。眾人近前觀看，有四丈圍圓的一個大白蓋。行者道：「師父，我們上他身，渡過去也。」三藏道：「徒弟呀，那層冰厚凍，尚且迍邅（不順利），況此黿背；恐不穩便。」老黿道：「師父放心。我比那層冰厚凍，穩得緊哩。但歪一歪，不成功果！」行者道：「師父啊，凡諸眾生，會說人話，決不打誑語。」教：「兄弟們，快牽馬來。」

到了河邊，陳家莊老幼男女，一齊來拜送。行者教把馬牽在白黿蓋上，請唐僧站在馬的頸項左邊，沙僧站在右邊，八戒站在馬後，行者站在馬前；又恐那黿無禮，解下虎筋絛子，穿在老黿的鼻之內，扯起來，像一條韁繩；卻使一隻腳踏在蓋上，一隻腳登在頭上；一隻手執著鐵棒，一隻手扯著韁繩，叫道：「老黿，慢慢走啊。歪一歪兒，就照頭一下！」老黿道：「不敢！不敢！」他卻蹬開四足，踏水面如行平地。眾人都在岸上，焚香叩頭，都念：「南無阿彌陀佛。」這正是真羅漢臨凡，活菩薩出現。眾人只拜的望不見形影方回，不題。

卻說那師父駕著白黿，那消一日，行過了八百里通天河界，乾手乾腳的登岸。三藏上崖，合手稱謝道：「老黿累你，無物可贈，待我取經回謝你罷。」老黿道：「不勞師父賜謝。我聞得西天佛祖無滅無生，能知過去未來之事。我在此間，整修行了一千三百餘年；雖然延壽身輕，會說人語，只是難脫本殼。萬望老師父到西天與我問佛祖一聲，看我幾時得脫本殼，可得一個人身。」三藏響允道：「我問，我問。」那老黿才淬水中去了。行者遂伏侍唐僧上馬。八戒挑著行囊，沙僧跟隨左右。師徒們找大路，一直奔西。這的是：

聖僧奉旨拜彌陀，水遠山遙災難多。
意志心誠不懼死，白黿馱渡過天河。

畢竟不知此後還有多少路程，還有甚麼凶吉，且聽下回分解。

第五十回

情亂性從因愛欲　神昏心動遇魔頭

詩曰：

心地頻頻掃，塵情細細除，莫教坑塹陷毗盧。本體常清淨，方可論元初。

性燭須挑剔，曹溪任吸呼，勿令猿馬氣聲粗。晝夜綿綿息，方顯是功夫。

這一首詞，牌名《南柯子》，單道著唐僧脫卻通天河寒冰之災，踏白黿負登彼岸。四眾奔西，正遇嚴冬之景，但見那林光漠漠煙中淡，山骨棱棱水外清。師徒們正當行處，忽然又遇一山，阻住去道。路窄崖高，石多嶺峻，人馬難行。三藏在馬上兜住轡繩，叫聲：「徒弟。」一時有孫行者引八戒、沙僧近前侍立道：「師父，有何吩咐？」三藏道：「你看那前面山高，只恐有虎狼作怪，妖獸傷人，今番是必仔細！」行者道：「師父放心莫慮。我等兄弟三人，性和意合，歸正求真，使出蕩怪降妖之法，怕甚麼虎狼妖獸！」三藏聞言，只得放懷前進。到於谷口，促馬登崖，抬頭觀看，好山：

嵯峨矗矗，巒削巍巍。嵯峨矗矗沖霄漢，巒削巍巍礙碧空。怪石亂堆如坐虎，蒼松斜掛似飛龍。嶺上鳥啼嬌韻美，崖前梅放異香濃。澗水潺潺流出冷，巔雲黯淡過來凶。又見那飄飄雪，凜凜風，咆哮餓虎吼山中。寒鴉揀樹無棲處，野鹿尋窩沒定蹤。可嘆行人難進步，皺眉愁臉把頭蒙。

師徒四眾，冒雪衝寒，戰澌澌，行過那巔峰峻嶺，遠望見山凹中有樓台高聳，房舍清幽。唐僧馬上欣然道：「徒弟啊，這一日又飢又寒，幸得那山凹裡有樓台房舍，斷乎是莊戶人家，庵觀寺院；且去化些齋飯，吃了再走。」行者聞言，急睜睛看，只見那壁廂凶雲隱隱，惡氣紛紛，回首對唐僧道：「師父，那廂不是好處。」三藏道：「見有樓台亭宇，如何不是好處？」行者笑道：「師父啊，你那裡知道？西方路上多有妖怪邪魔，善能點化莊宅。不拘甚麼樓台房舍，館閣亭宇，俱能指化了哄人。你知道『龍生九種』，內有一種名『蜃』。蜃氣放出，就如樓閣淺池。若遇大江昏迷，蜃現此勢。倘有鳥鵲飛騰，定來歇翅。那怕你上萬論千，盡被他一氣吞之。此意害人最重。那壁廂氣色凶惡，斷不可入。」

三藏道：「既不可入，我卻著實飢了。」行者道：「師父果飢，且請下馬，就在這平處坐下，待我別處化些齋來你吃。」三藏依言下馬。八戒采定韁繩，沙僧放下行李，即去解開包裹，取出鉢盂，遞與行者。行者接鉢盂在手，吩咐沙僧道：「賢弟，卻不可前進。好生保護師父穩坐於此，待我化齋回來，再往西去。」沙僧領諾。行者又向三藏道：「師父，這去處少吉多凶，切莫要動身別往。老孫化齋去也。」唐僧道：「不必多言，但要你快去快來。我在這裡等你。」行者轉身欲行，卻又回來

第五十回

情亂性從因愛欲　神昏心動遇魔頭

道：「師父，我知你沒甚坐性，我與你個安身法兒。」即取金箍棒，幌了一幌，將那平地下周圍畫了一道圈子，請唐僧坐在中間；著八戒、沙僧侍立左右，把馬與行李都放在近身。對唐僧合掌道：「老孫畫的這圈，強似那銅牆鐵壁。憑他甚麼虎豹狼蟲，妖魔鬼怪，俱莫敢近。但只不許你們走出圈外，只在中間穩坐，保你無虞；但若出了圈兒，定遭毒手。千萬，千萬！至囑，至囑！」三藏依言，師徒俱端然坐下。

行者才起雲頭，尋莊化齋，一直南行，忽見那古樹參天，乃一村莊舍。按下雲頭，仔細觀看，但只見：

雪欺衰柳，冰結方塘。疏疏修竹搖青，鬱鬱喬松凝翠。幾間茅屋半裝銀，一座小橋斜砌粉。籬邊微吐水仙花，簷下長垂冰凍筋。颯颯寒風送異香，雪漫不見梅開處。

行者隨步觀看莊景，只聽得呀的一聲，柴扉響處，走出一個老者，手拖藜杖，頭頂羊裘（皮衣），身穿破衲，足踏蒲鞋，拄著杖，仰身朝天道：「西北風起，明日晴了。」說不了，後邊跑出一個哈巴狗兒來，望著行者，汪汪的亂吠。老者卻才轉過頭來，看見行者捧著缽盂，打個問訊道：「老施主，我和尚是東土大唐欽差上西天拜佛求經者。適路過寶方，我師父腹中飢餒，特造尊府募化一齋。」老者聞言，點頭頓杖道：「長老，你且休化齋，你走錯路了。」行者道：「不錯。」老者道：「往西天大路，在那直北下。此間到那裡有千里之遙，還不去找大路而行？」行者笑道：「正是直北下。我師父現在大路上端坐，等我化齋哩。」那老者道：「這和尚胡說了。你師父在大路上等你化齋，似這千里之遙，就會走路，也須得六七日；走回去又要六七日，卻不餓壞他也？」行者笑道：「不瞞老施主說。我才然離了師父，還不上一盞熱茶之時，卻就走到此處。如今化了齋，還要趁去作午齋哩。」老者見說，心中害怕道：「這和尚是鬼！是鬼！」急抽身往裡就走。行者一把扯住道：「施主那裡去？有齋快化些兒。」老者道：「不方便！不方便！別轉一家兒罷！」行者道：「你這施主，好不會事！你說我離此有千里之遙，若再轉一家，卻不又有千里？真是餓殺我師父也。」那老者道：「實不瞞你說。我家老小六七口，才淘了三升米下鍋，還未曾煮熟。你且到別處去轉轉再來。」行者道：「古人云：『走三家不如坐一家。』我貧僧在此等一等罷。」那老者見纏得緊，惱了，舉藜杖就打。行者公然不懼，被他照光頭上打了七八下，只當與他拂癢。那老者道：「這是個撞頭的和尚！」行者笑道：「老官兒，憑你怎麼打，只要記得杖數明白。一杖一升米，慢慢量來。」那老者聞言，急丟了藜杖，跑進去把門關了。只嚷：「有鬼！有鬼！」慌得那一家兒戰戰兢兢，把前後門俱關上。行者見他關了門，心中暗想：「這老賊才說淘米下鍋，不知是虛是實。常言道：『道化賢良釋化愚。』且等老孫進去看看。」好大聖，捻著訣，使個隱身遁法，徑走入廚中看處，果然那鍋裡氣騰騰的，煮了半鍋乾飯。就把缽盂往裡一揌，滿滿的揌了一缽盂，即駕雲回轉不題。

卻說唐僧坐在圈子裡，等待多時，不見行者回來，欠身悵望道：「這猴子往那裡化齋去了！」八戒在旁笑道：「知他往那裡耍子去來！化甚麼齋，卻教我們在此坐牢！」三藏道：「怎麼謂之坐牢？」八戒道：「師父，你原來不知。古人劃地為牢。他將棍子劃個圈兒，強似鐵壁銅牆，假如有虎狼妖獸來時，如何擋得他住？只好白白的送與他吃罷了。」三藏道：「悟能，憑你怎麼處治。」八戒道：「此間又不藏風，又不避冷，若依老豬，只該順著路，往西且行。師兄化了齋，駕了雲，必然來快，讓他趕來。如有齋，吃了再走。如今坐了這一會，老大腳冷！」

三藏聞此言，就是晦氣星進宮：遂依呆子，一齊出了圈外。沙僧牽了馬，八戒擔了擔，那長老順路步行前進。不一時，到了那樓閣之所，原來是坐北向南之家。門外八字粉牆，有一座倒垂蓮升斗門樓，都是五色裝的。那門兒半開半掩。八戒就把馬拴在門枕石鼓上。沙僧歇了擔子。三藏畏風，坐於門限之上。八戒道：「師父，這所在想是公侯之宅，相輔之家。前門外無人，想必都在裡面烘火。你們坐著，讓我進去看看。」唐僧道：「仔細耶！莫要衝撞了人家。」呆子道：「我曉得。自從歸正禪門，這一向也學了些禮數，不比那村莽之夫也。」

那呆子把釘鈀撒在腰裡，整一整青錦直裰，斯斯文文，走入門裡。只見是三間大廳，簾櫳高控，靜悄悄全無人跡，也無桌椅家伙。轉過屏門，往裡又走，乃是一座穿堂。堂後有一座大樓，樓上窗格半開，隱隱見一頂黃綾帳幔。呆子道：「想是有人怕冷，還睡吧。」他也不分內外，拽步走上樓來。用手掀開看時，把呆子唬了一個蹦踵。原來那帳裡，象牙床上，白媸媸的一堆骸骨，骷髏有巴斗大，腿挺骨有四五尺長。呆子定了性，止不住腮邊淚落，對骷髏點頭嘆云：「你不知是：

那代那朝元帥體，何邦何國大將軍。當時豪傑爭強勝，今日淒涼露骨筋。
不見妻兒來侍奉，那逢士卒把香焚？謾觀這等真堪嘆，可惜興王霸業人。」

八戒正才感嘆，只見那帳幔後有火光一幌。呆子道：「想是有侍奉香火之人在後面哩。」急轉步過帳觀看，卻是穿樓的窗扇透光。那壁廂有一張彩漆的桌子，桌子上亂搭著幾件錦繡綿衣。呆子提起來看時，卻是三件納錦背心兒。

他也不管好歹，拿下樓來，出廳房，徑到門外道：「師父，這裡全沒人煙，是一所亡靈之宅。老豬走進裡面，直至高樓之上，黃綾帳內，有一堆骸骨。串樓旁有三件納錦的背心，被我拿來了，也是我們一程兒造化。此時天氣寒冷，正當用處。師父，且脫了褊衫，把他且穿在底下，受用受用，免得吃冷。」三藏道：「不可！不可！律云：『公取竊取皆為盜。』倘或有人知覺，趕上我們，到了當官，斷然是一個竊盜之罪。還不送進去與他搭在原處！我們在此避風坐一坐，等悟空來時走路。出家人不要這等愛小。」八戒道：「四顧無人，雖雞犬亦不知之，但只我們知道，誰人告我？有何證見？就如拾到的一般，那裡論甚麼公取竊取也！」三藏道：「你胡做啊！雖是人不知之，天何蓋焉！玄帝垂訓云：『暗室虧心，神目如電。』趁早送去還他，莫愛非禮之物。」

那呆子莫想肯聽，對唐僧笑道：「師父啊，我自為人，也穿了幾件背心，不曾見這等納錦的。你不穿，且待老豬穿一穿，試試新，晤晤脊背。等師兄來，脫了還他走路。」沙僧道：「既如此說，我也穿一件兒。」兩個齊脫了上蓋直裰，將背心套上。才緊帶子，不知怎麼立站不穩，撲的一跌。原來這背心兒賽過綁縛手，霎時間，把他兩個背剪手貼心捆了。慌得個三藏跌足報怨，急忙上前來解，那裡便解得開？三個人在那裡吆喝之聲不絕，卻早驚動了魔頭也。

話說那座樓房果是妖精點化的，終日在此拿人。他在洞裡正坐，忽聞得怨恨之聲，急出門來看，果見捆住幾個人了。妖魔即喚小妖，同到那廂，收了樓台房屋之形，把唐僧攙住，牽了白馬，挑了行李，將八戒、沙僧一齊捉到洞裡。老妖魔登台高坐，眾小妖把唐僧推近台邊，跪伏於地。妖魔問道：「你是那方和尚？怎麼這般膽大，白日裡偷盜我的衣服？」三藏滴淚告曰：「貧僧是東土大唐欽差往

第五十回

情亂性從因愛欲　神昏心動遇魔頭

西方取經的。因腹中飢餒，著大徒弟去化齋未回，不曾依得他的言語，誤撞仙庭避風。不期我這兩個徒弟愛小，拿出這衣物。貧僧決不敢壞心，當教送還本處。他不聽語言，要穿此晤晤脊背，不料中了大王機會（圈套），把貧僧拿來。萬望慈憫，留我殘生，求取真經，永注大王恩情，回東土千古傳揚也！」那妖魔笑道：「我這裡常聽得人言：有人吃了唐僧一塊肉，髮白還黑，齒落更生。幸今日不請自來，還指望饒你哩！你那大徒弟叫做甚麼名字？往何方化齋？」八戒聞言，即開口稱揚道：「我師兄乃五百年前大鬧天宮齊天大聖孫悟空也。」

那妖魔聽說是齊天大聖孫悟空，老大有些悚懼，口內不言，心中暗想道：「久聞那廝神通廣大，如今不期而會。」教：「小的們，把唐僧捆了；將那兩個解下寶貝，換兩條繩子，也捆了。且抬在後邊，待我拿住他大徒弟，一發刷洗，卻好湊籠蒸吃。」眾小妖答應一聲，把三人一齊捆了，抬在後邊。將白馬拴在槽頭，行李挑在屋裡。眾妖都磨兵器，準備擒拿行者不題。

卻說孫行者自南莊人家攝了一鉢盂齋飯，駕雲回返舊路；徑至山坡平處，按下雲頭，早已不見唐僧，不知何往。棍劃的圈子還在，只是人馬都不見了。回看那樓台處所，亦俱無矣，惟見山根怪石。行者心驚道：「不消說了！他們定是遭那毒手也！」急依路看著馬蹄，向西而趕。

行有五六里，正在凄愴之際，只聞得北坡外有人言語。看時，乃一個老翁，氈衣苫體，暖帽蒙頭，足下踏一雙半新半舊的油靴，手持著一根龍頭拐棒，後邊跟一個年幼的僮僕，折一枝臘梅花，自坡前念歌而走。行者放下鉢盂，覿面道個問訊，叫：「老公公，貧僧問訊了。」那老翁即便回禮道：「長老那裡來的？」行者道：「我們東土來的，往西天拜佛求經。一行師徒四眾。我因師父飢了，特去化齋，教他三眾坐在那山坡平處相候。及回來不見，不知往那條路上去了。動問公公，可曾看見？」老者聞言，呵呵冷笑道：「你那三眾，可有一個長嘴大耳的麼？」行者道：「有！有！有！」「又有一個晦氣色臉的，牽著一匹白馬，領著一個白臉的胖和尚麼？」行者道：「是！是！是！」老翁道：「你們走錯路了。你休尋他，各人顧命去也。」行者道：「那白臉者是我師父，那怪樣者是我師弟。我與他共發虔心，要往西天取經，如何不尋他去！」老翁道：「我才然從此過時，看見他錯走了路徑，闖入妖魔口裡去了。」行者道：「煩公公指教指教，是個甚麼妖魔，居於何方，我好上門取索他等，往西天去也。」老翁道：「這座山，叫做金兜山。山前有個金兜洞。那洞中有個獨角兕大王。那大王神通廣大，威武高強。那三眾此回斷沒命了。你若去尋，只怕連你也難保，不如不去之為愈也。我也不敢阻你，也不敢留你，只憑你心中度量。」

行者再拜稱謝道：「多蒙公公指教。我豈有不尋之理！」把這齋飯倒與他，將這空鉢盂自家收拾。那老翁放下拐棒，接了鉢盂，遞與僮僕，現出本相，雙雙跪下，叩頭叫：「大聖，小神不敢隱瞞。我們兩個就是此山山神、土地，在此候接大聖。這齋飯連鉢盂，小神收下，讓大聖身輕好施法力。待救唐僧出難，將此齋還奉唐僧，方顯得大聖至恭至孝。」行者喝道：「你這毛鬼討打！既知我到，何不早迎？卻又這般藏頭露尾，是甚道理？」土地道：「大聖性急，小神不敢造次，恐犯威顏，故此隱相告知。」行者息怒道：「你且記打！好生與我收著鉢盂！待我拿那妖精去來！」土地、山神遵領。

這大聖卻才束一束虎筋條，拽起虎皮裙，執著金箍捧，徑奔山前，找尋妖洞。轉過山崖，只見那亂石嶙嶙，翠崖邊有兩扇石門，門外有許多小妖，在那裡掄槍舞劍。真個是：

第五十回

情亂性從因愛欲　神昏心動遇魔頭

煙雲凝瑞，苔蘚堆青。崚嶒怪石列，崎嶇曲道縈。猿嘯鳥啼風景麗，鸞飛鳳舞若蓬瀛。向陽幾樹梅初放，弄暖千竿竹自青。陡崖之下，深澗之中，陡崖之下雪堆粉，深澗之中水結冰。兩林松柏千年秀，幾簇山茶一樣紅。

這大聖觀看不盡，拽開步徑至門前，厲聲高叫道：「那小妖，你快進去與你那洞主說，我本是唐朝聖僧徒弟齊天大聖孫悟空。快教他送我師父出來，免教你等喪了性命！」

那伙小妖，急入洞裡報道：「大王，前面有一個毛臉勾嘴的和尚，稱是齊天大聖孫悟空，來要他師父哩。」那魔王聞得此言，滿心歡喜道：「正要他來哩！我自離了本宮，下降塵世，更不曾試試武藝。今日他來，必是個對手。」即命：「小的們取出兵器。」那洞中大小群魔，一個個精神抖擻，即忙抬出一根丈二長的點鋼槍，遞與老怪。老怪傳令，教：「小的們，各要整齊。進前者賞，退後者誅！」眾妖得令，隨著老怪，騰出門來。叫道：「那個是孫悟空？」行者在旁閃過，見那魔王生得好不凶醜：

獨角參差，雙眸幌亮。頂上粗皮突，耳根黑肉光。舌長時攪鼻，口闊版牙黃。毛皮青似靛，筋攣硬如鋼。比犀難照水（傳說點燃犀角可以使水中通明，照出事物真相），像牯不耕荒。全無喘月（這裡指牛。水牛怕熱，見月以為日，所以氣喘）犁雲用，倒有欺天振地強。兩隻焦筋藍靛手，雄威直挺點鋼槍。細看這等凶模樣，不枉名稱兕大王！

孫大聖上前道：「你孫外公在這裡也！快早還我師父，兩無毀傷！若道半個『不』字，我教你死無葬身之地！」那魔喝道：「我把你這個大膽潑猴精！你有些甚麼手段，敢出這般大言！」行者道：「你這潑物，是也不曾見我老孫的手段！」那妖魔道：「你師父偷盜我的衣服，實是我拿住了，如今待要蒸吃。你是個甚麼好漢，就敢上我的門來取討！」行者道：「我師父乃忠良正直之僧，豈有偷你甚麼妖物之理？」妖魔道：「我在山路邊點化一座仙莊，你師父潛入裡面，心愛情欲，將我三領納錦綿裝背心兒偷穿在身，見有贓證，故此我才拿他。你今果有手段，即與我比勢，假若三合敵得我，饒了你師之命；如敵不過我，教你一路歸陰！」

行者笑道：「潑物！不須講口！但說比勢，正合老孫之意。走上來，吃吾之棒！」那怪物那怕甚麼賭鬥，挺鋼槍劈面迎來。這一場好殺！你看那：

金箍棒舉，長桿槍迎。金箍棒舉，亮藿藿似電掣金蛇；長桿槍迎，明幌幌如龍離黑海。那門前小妖擂鼓，排開陣勢助威風；這壁廂大聖施功，使出縱橫逞本事。他那裡一桿槍，精神抖擻；我這裡一條棒，武藝高強。正是英雄相遇英雄漢，果然對手才逢對手人。那魔王口噴紫氣盤煙霧，這大聖眼放光華結繡雲。只為大唐僧有難，兩家無義苦爭掄。

他兩個戰經三十合，不分勝負。那魔王見孫悟空棍法齊整，一往一來，全無些破綻，喜得他連聲喝采道：「好猴兒！好猴兒！真個是那鬧天宮的本事！」這大聖也愛他槍法不亂，右遮左擋，甚有解數，也叫道：「好妖精！好妖精！果然是一個偷丹的魔頭！」二人又鬥了一二十合。

第五十回

情亂性從因愛欲　神昏心動遇魔頭

那魔王把槍尖點地，喝令小妖齊來。那些潑怪，一個個拿刀弄杖，執劍掄槍，把個孫大聖圍在中間。行者公然不懼，只叫：「來得好！來得好！正合吾意！」使一條金箍棒，前迎後架，東擋西除。那伙群妖，莫想肯退。行者忍不住焦躁，把金箍棒丟將起來，喝聲「變！」即變作千百條鐵棒，好便似飛蛇走蟒，盈空裡亂落下來。那伙妖精見了，一個個魄散魂飛，抱頭縮頸，盡往洞中逃命。老魔王唏唏冷笑道：「那猴不要無禮！看手段！」即忙袖中取出一個亮灼灼白森森的圈子來，望空拋起，叫聲「著！」唿喇一下，把金箍棒收做一條，套將去了。弄得孫大聖赤手空拳，翻筋斗逃了性命。那妖魔得勝回歸洞，行者朦朧失主張。這正是：

道高一尺魔高丈，性亂情昏錯認家。

可恨法身無坐位，當時行動念頭差。

畢竟不知這番怎麼結果，且聽下回分解。

第五十一回

心猿空用千般計　水火無功難煉魔

話說齊天大聖，空著手敗了陣，來坐於金兜山後，撲梭梭兩眼滴淚，叫道：「師父啊！指望和你：

佛恩有德有和融，同幼同生意莫窮。同住同修同解脫，同慈同念顯靈功。
同緣同相心真契，同見同知道轉通。豈料如今無主杖，空拳赤腳怎興隆！」

大聖淒慘多時，心中暗想道：「那妖精認得我。我記得他在陣上誇獎道：『真個是鬧天宮之類！』這等啊，決不是凡間怪物，定然是天上凶星。想因思凡下界。又不知是那裡降下來魔頭，且須上去查勘查勘。」

行者這才是以心問心，自張自主，急翻身，縱起祥雲，直至南天門外。忽抬頭見廣目天王，當面迎著長揖道：「大聖何往？」行者道：「有事要見玉帝。你在此何幹？」廣目道：「今日輪該巡視南

第五十一回

心猿空用千般計　水火無功難煉魔

天門。」說未了，又見那馬、趙、溫、關四大元帥作禮道：「大聖，失迎。請待茶。」行者道：「有事哩。」遂辭了廣目並四元帥，徑入南天門裡。直至靈霄殿外，果又見張道陵、葛仙翁、許旌陽、丘弘濟四天師並南斗六司、北斗七元都在殿前迎著行者，一齊起手道：「大聖如何到此？」又問：「保唐僧之功完否？」行者道：「早哩！早哩！路遙魔廣，才有一半之功。見如今阻住在金兜山金兜洞。有一個兕怪，把唐師父拿於洞裡，是老孫尋上門與他交戰一場，那廝的神通廣大，把老孫的金箍棒搶去了，因此難縛魔王。疑是上界那個凶星思凡下界，又不知是那裡降來的魔頭，老孫因此來尋尋玉帝，問他個鉗束不嚴。」許旌陽笑道：「這猴頭還是如此放刁！」行者道：「不是放刁，我老孫一生是這口兒緊些，才尋的著個頭兒。」張道陵道：「不消多說，只與他傳報便了。」行者道：「多謝！多謝！」

當時四天師傳奏靈霄，引見玉陛。行者朝上唱個大喏道：「老官兒，累你！累你！我老孫保護唐僧往西天取經，一路凶多吉少，也不消說。於今來在金兜山金兜洞，有一兕怪，把唐僧拿在洞裡，不知是要蒸，要煮，要曬。是老孫尋上他門，與他交戰，那怪卻就有些認得老孫，卓是神通廣大，把老孫的金箍棒搶去，因此難縛妖魔。疑是上天凶星，思凡下界，為此老孫特來啟奏。伏乞天尊垂慈洞鑑，降旨查勘凶星，發兵收剿妖魔，老孫不勝戰栗屏營之至！」卻又打個深躬道：「以聞。」旁有葛仙翁笑道：「猴子是何前倨後恭？」行者道：「不敢！不敢！不是甚前倨後恭，老孫於今是沒棒弄了。」

彼時玉皇天尊聞奏，即忙降旨可韓司知道：「既如悟空所奏，可隨查諸天星斗，各宿神王，有無思凡下界，隨即復奏施行，以聞。」可韓丈人真君領旨，當時即同大聖去查。先查了西天門門上神王官吏；次查了三微垣垣中大小群真；又查了雷霆官將陶、張、辛、鄧，苟、畢、龐、劉；最後才查三十三天，天天自在；又查二十八宿：東七宿，角、亢、氐、房、參、尾、箕；西七宿，斗、牛、女、虛、危、室、壁；南七宿，北七宿，宿宿安寧；又查了太陽、太陰、水、火、木、金、土七政；羅睺、計都、炁、孛四餘。滿天星斗，並無思凡下界。行者道：「既是如此，我老孫也不消上那靈霄寶殿。打攪玉皇大帝，深為不便。你自回旨去罷。我只在此等你回話便了。」那可韓丈人真君依命。孫行者等候良久，作詩紀興曰：

「風清雲霽樂升平，神靜星明顯瑞禎。
河漢安寧天地泰，五方八極偃戈旌。」

那可韓司丈人真君，歷歷查勘，回奏玉帝道：「滿天星宿不少，各方神將皆存，並無思凡下界者。」玉帝聞奏：「著孫悟空挑選幾員大將，下界擒魔去也。」

四大天師奉旨意，即出靈霄寶殿，對行者道：「大聖啊，玉帝寬恩，言天宮無神思凡，著你挑選幾員大將，擒魔去哩。」行者低頭暗想道：「天上將不如老孫者多，勝似老孫者少。想我鬧天宮時，玉帝遣十萬天兵，布天羅地網，更不曾有一將敢與我比手。向後來，調了小聖二郎，方是我的對手。如今那怪物手段又強似老孫，卻怎麼得能彀取勝？」許旌陽道：「此一時，彼一時，大不同也。常言道，『一物降一物』哩。你好違了旨意？但憑高見，選用天將，勿得遲疑誤事。」行者道：「既然如此，深感上恩。果是不好違旨。一則老孫又不可空走這遭，煩旌陽轉奏玉帝，只教托塔李天王與哪吒

第五十一回

心猿空用千般計　水火無功難煉魔

太子。他還有幾件降妖兵器，且下界與那怪見一仗，以看如何。果若能擒得他，是老孫之幸；若不能，那時再作區處。」

真個那天師啟奏了玉帝，玉帝即令李天王父子，率領眾部天兵，與行者助力。那天王即奉旨來會行者。行者又對天師道：「蒙玉帝遣差大王，謝謝不盡。還有一事，再煩轉達：但得兩個雷公使用，等天王戰鬥之時，教雷公在雲端裡下個雷揳，照頂門上錠死那妖魔，深為良計也。」天師笑道：「好！好！好！」天師又奏玉帝，傳旨教九天府下點（指定）鄧化、張蕃二雷公，與天王合力縛妖救難。遂與天王、孫大聖徑下南天門外。

頃刻而到。行者道：「此山便是金兜山。山中間乃是金兜洞。列位商議，卻教那個先去索戰？」天王停下雲頭，紮住天兵在於山南坡下，道：「大聖素知小兒哪吒，曾降九十六洞妖魔，善能變化，隨身有降妖兵器，須教他先去出陣。」行者道：「既如此，等老孫引太子去來。」

那太子抖擻雄威，與大聖跳在高山，徑至洞口，但見那洞門緊閉，崖下無精。行者上前高叫：「潑魔！快開門！還我師父來也！」那洞裡把門的小妖看見，急報道：「大王，孫行者領著一個小童男，在門前叫戰哩。」那魔王道：「這猴子鐵棒被我奪了，空手難爭，想是請得救兵來也。」叫：「取兵器！」魔王綽槍在手，走到門外觀看，那小童男，生得相貌清奇，十分精壯。真個是：

玉面嬌容如滿月，朱唇方口露銀牙。
眼光掣電睛珠暴，額闊凝霞發髻鬔。
繡帶舞風飛彩焰，錦袍映日放金花。

環條灼灼攀心鏡，寶甲輝輝襯戰靴。
身小聲洪多壯麗，三天護教惡哪吒。

魔王笑道：「你是李天王第三個孩兒，名喚做哪吒太子，卻如何到我這門前呼喝？」太子道：「因你這潑魔作亂，困害東土聖僧，奉玉帝金旨，特來拿你！」魔王大怒道：「你想是孫悟空請來的，我就是那聖僧的魔頭哩！量你這小兒曹有何武藝，敢出浪言！不要走！吃吾一槍！」這太子使斬妖劍，劈手相迎。他兩個搭上手，卻才賭鬥，那大聖急轉山坡，叫：「雷公何在？快早去，著妖魔下個雷捎，助太子降伏來也！」鄧、張二公，即踏雲光。正欲下手，只見那太子使出法來，將身一變，變作三頭六臂，手持六般兵器，望妖魔砍來；那魔王也變作三頭六臂，三柄長槍抵住。這太子又弄出降妖法力，將六般兵器拋將起去。是那六般兵器？卻是砍妖劍、斬妖刀、縛妖索、降魔杵、繡球、火輪兒。大叫一聲「變！」一變十，十變百，百變千，千變萬，都是一般兵器，如驟雨冰雹，紛紛密密，望妖魔打將去。那魔王公然不懼，一隻手取出那白森森的圈子來，望空拋起，叫聲「著！」唿喇的一下，把六般兵器套將下來，慌得那哪吒太子，赤手逃生。魔王得勝而回。

鄧、張二雷公，在空中暗笑道：「早是我先看頭勢，不曾放了雷捎。假若被他套將去，卻怎麼回見天尊？」二公按落雲頭，與太子來山南坡下，對李天王道：「妖魔果神通廣大！」悟空在旁笑道：「那廝神通也只如此，爭奈那個圈子利害。不知是甚麼寶貝，丟起來善套諸物。」哪吒恨道：「這大聖甚不成人！我等折兵敗陣，十分煩惱，都只為你；你反喜笑何也！」行者道：「你說煩惱，終然我老孫不煩惱？我如今沒計奈何，哭不得，所以只得笑也。」天王道：「似此怎生結果？」行者道：

第五十一回

心猿空用千般計　水火無功難煉魔

「憑你等再怎計較；只是圈子套不去的，就可拿住他了。」天王道：「套不去者，惟水火最利。常言道：『水火無情。』」行者聞言道：「說得有理！你且穩坐在此，待老孫再上天走走來。」鄧、張二公道：「又去做甚的？」行者道：「老孫這去，不消啟奏玉帝，只到南天門裡，上彤華宮，請熒惑火德星君來此放火，燒那怪物一場，或者連那圈子燒做灰燼，捉住妖魔。一則取兵器還汝等歸天，二則可解脫吾師之難。」太子聞言甚喜，道：「不必遲疑，請大聖早去早來。我等只在此拱候。」

行者縱起祥光，又至南天門外。那廣目與四將迎道：「大聖如何又來？」行者道：「李天王著太子出師，只一陣，被那魔王把六件兵器撈了去了。我如今要到彤華宮請火德星君助陣哩。」四將不敢久留，讓他進去。至彤華宮，只見那火部眾神，即入報道：「孫悟空欲見主公。」那南方三炁火德星君，整衣出門迎進道：「昨日可韓司查點小宮，更無一人思凡。」行者道：「已知。但李天王與太子敗陣，失了兵器，特來請你救援救援。」星君道：「那哪吒乃三壇海會大神，他出身時，曾降九十六洞妖魔，神通廣大；若他不能，小神又怎敢望也？」行者道：「因與李天王計議，天地間至利者，惟水火也。那怪物有一個圈子，善能套人的物件，不知是甚麼寶貝，故此說火能滅諸物，特請星君領火部到下方縱火燒那妖魔，救我師父一難。」

火德星君聞言，即點本部神兵，同行者到金兜山南坡下，與天王、雷公等相見了。天王道：「孫大聖，你還去叫那廝出來，等我與他交戰。待他拿動圈子，我卻閃過，教火德帥眾燒他。」行者笑道：「正是，我和你去來。」火德共太子、鄧、張二公立於高峰之上，與他挑戰。

這大聖到了金兜洞口，叫聲：「開門！快早還我師父！」那妖又急通報道：「孫悟空又來了！」那魔帥眾出洞，見了行者道：「你這潑猴，又請了甚麼兵來耶？」這壁廂轉上托塔天王，喝道：「潑魔頭！認得我麼？」魔王笑道：「李天王，想是要與你令郎報仇，欲討兵器麼？」天王道：「一則報仇要兵器，二來是拿你救唐僧！不要走！吃吾一刀！」那怪物側身躲過，挺長槍，隨手相迎。他這兩個在洞前，這場好殺！你看那：

天王刀砍，妖怪槍迎。刀砍霜光噴烈火，槍迎銳氣迸愁雲。一個是金兜山生成的惡怪，一個是靈霄殿差下的天神。那一個因欺禪性施威武，這一個為救師災展大倫。天王使法飛沙石，魔怪爭強播土塵。播土能教天地暗，飛沙善著海江渾。兩家努力爭功績，皆為唐僧拜世尊。

那孫大聖，見他兩個交戰，即轉身跳上高峰，對火德星君道：「三炁用心者！」你看那個妖魔與天王正鬥到好處，卻又取出圈子來。天王看見，即撥祥光，敗陣而走。這高峰上火德星君，忙傳號令，教眾部火神，一齊放火。這一場真個利害。好火：

經云：「南方者火之精也。」雖星星之火，能燒萬頃之田；乃三炁之威，能變百端之火。今有火槍、火刀、火弓、火箭，各部神祇，所用不一，但見那半空中，火鴉飛噪；滿山頭，火馬奔騰。雙雙赤鼠，對對火龍。雙雙赤鼠噴烈焰，萬里通紅；對對火龍吐濃煙，千方共黑。火車兒推出，火葫蘆撒開。火旗搖動一天霞，火棒攪行盈地燎。說甚麼寧戚鞭牛，勝強似周郎赤壁。這個是天火非凡真利害，烘烘焱焱（火勢很盛的樣子）火風紅！

那妖魔見火來時，全無恐懼。將圈子望空抛起，唿喇一聲，把這火龍、火馬、火鴉、火鼠、火槍、火刀、火弓、火箭，一圈子又套將下去，轉回本洞，得勝收兵。

這火德星君，手執著一桿空旗，招回眾將，會合天王等，坐於山南坡下，對行者道：「大聖啊，這個凶魔，真是罕見！我今折了火具，怎生是好？」行者笑道：「不須報怨。列位且請寬坐坐，待老孫再去去來。」天王道：「你又往那裡去？」行者道：「那怪物既不怕火，斷然怕水。常言道：『水能克火。』等老孫去北天門裡，請水德星君施布水勢，往他洞裡一灌，把魔王渰死，取物件還你們。」天王道：「此計雖妙，但恐連你師父都渰殺也。」行者道：「沒事；渰死我師，我自有個法兒教他活來。如今稽遲列位，甚是不當。」火德道：「既如此，且請行，請行。」

好大聖，又駕筋斗雲，徑到北天門外。忽抬頭，見多聞天王向前施禮道：「孫大聖何往？」行者道：「有一事要入烏浩宮見水德星君。你在此作甚？」多聞道：「今日輪該巡視。」正說處，又見那龐、劉、苟、畢四大天將，進禮邀茶。行者道：「不勞！不勞！我事急矣！」遂別卻諸神，直至烏浩宮，著水部眾神即時通報。眾神報道：「齊天大聖孫悟空來了。」水德星君聞言，即將查點四海五湖、八河四瀆、三江九派並各處龍王俱遣退。整冠束帶，接出宮門，迎進宮內道：「昨日可韓司查勘小宮，恐有本部之神，思凡作怪，正在此點查江海河瀆之神。尚未完也。」行者道：「那魔王不是江河之神，此乃廣大之精。先蒙玉帝差李天王父子並兩個雷公下界擒拿，被他弄個圈子，將六件神兵套去。老孫無奈，又上彤華宮請火德星君帥火部眾神放火，又將火龍、火馬等物，一圈子套去。我想此物既不怕火，必然怕水，特來告請星君，施水勢，與我捉那妖精，取兵器歸還天將。吾師之難，亦可救也。」

水德聞言，即令黃河水伯神王：「隨大聖去助功。」水伯自衣袖中取出一個白玉盂兒道：「我有此物盛水。」行者道：「看這盂兒能盛幾何？妖魔如何淹得？」水伯道：「不瞞大聖說。我這一盂，乃是黃河之水。半盂就是半河，一盂就是一河。」行者喜道：「只消半盂足矣。」遂辭別水德，與黃河神急離天闕。

那水伯將盂兒望黃河舀了半盂，跟大聖至金兜山，向南坡下見了天王、太子、雷公、火德，具言前事。行者道：「不必細講，且教水伯跟我去。待我叫開他門，不要等他出來，就將水往門裡一倒，那怪物一窩子可都淹死，我卻去撈師父的屍首，再救活不遲。」那水伯依命，緊隨行者，轉山坡，徑至洞口，叫聲「妖怪開門！」那把門的小妖，聽得是孫大聖的聲音，急又去報道：「孫悟空又來矣！」

那魔聞說，帶了寶貝，綽槍就走；響一聲，開了石門。這水伯將白玉盂向裡一傾，那妖見是水來，撒了長槍，即忙取出圈子，撐住二門。只見那股水骨都都的都往外泛將出來，慌得孫大聖急縱筋斗，與水伯跳在高峰。那天王同眾都駕雲停於高峰之前觀看，那水波濤泛漲，著實狂瀾。好水！真個是：

一勺之多，果然不測。蓋惟神功運化，利萬物而流漲百川。只聽得那潺潺聲振谷，又見那滔滔勢漫天。雄威響若雷奔走，猛湧波如雪捲顛。千丈波高漫路道，萬層濤激泛山岩。冷冷如漱玉，滾滾似鳴弦。觸石滄滄噴碎玉，回湍渺渺漩窩圓。低低凹凹隨流蕩，滿澗平溝上下連。

第五十一回

心猿空用千般計　水火無功難煉魔

行者見了心慌道：「不好啊！水漫四野，渰了民田，未曾灌在他的洞裡，曾奈之何？」喚水伯急忙收水。水伯道：「小神只會放水，卻不會收水。常言道：『潑水難收。』咦！那座山卻也高峻，這場水只奔低流。須臾間，四散而歸澗壑。

又只見那洞外跳出幾個小妖，在外邊吆吆喝喝，伸拳邏袖，弄棒拈槍，依舊喜喜歡歡耍子。天王道：「這水原來不曾灌入洞內，枉費一場之功也！」行者忍不住心中怒發，雙手掄拳，闖至妖魔門首，喝道：「那裡走！看打！」唬得那幾個小妖，丟了槍棒，跑入洞裡，戰兢兢的報道：「大王！打將來了！」魔王挺長槍，迎出門前道：「這潑猴老大憊懶！你幾番家敵不過我，縱水火亦不能近，怎麼又踵將來送命？」行者道：「這兒子反說了哩！不知是我送命，是你送命！走過來，吃老外公一拳！」那妖魔笑道：「這猴兒強勉纏帳！我倒使槍，他卻使拳。那般一個筋髑子拳頭，只好有個核桃兒大小，怎麼稱得個錘子起也？罷！罷！罷！我且把槍放下，與你走一路拳看看！」行者笑道：「說得是！走上來！」

那妖撩衣進步，丟了個架手，舉起兩個拳來，真似打油的鐵鎚模樣。這大聖展足挪身，擺開解數，在那洞門前，與那魔王遞走拳勢。這一場好打！咦！

拽開大四平，踢起雙飛腳。韜脅劈胸墩，剜心摘膽著。仙人指路，老子騎鶴。餓虎撲食最傷人，蛟龍戲水能凶惡。魔王使個蟒翻身，大聖卻施鹿解角。翹跟淬地龍，扭腕拿天橐。青獅張口來，鯉魚跌子躍。蓋頂撒花，繞腰貫索。迎風貼扇兒，急雨催花落。妖精便使觀音掌，行者就對羅漢腳。長拳開闊自然鬆，怎比短拳多緊削？兩個相持數十回，一般本事無強弱。

他兩個在那洞門前廝打，只見這高峰頭，喜得個李天王厲聲喝采，火德星鼓掌誇稱。那兩個雷公與哪吒太子，帥眾神跳到跟前，都要來相助；這壁廂群妖搖旗擂鼓，舞劍掄刀一齊護。孫大聖見事不諧，將毫毛拔下一把，望空撒起，叫「變！」即變做三五十個小猴，一擁上前，把那妖纏住，抱腿的抱腿，扯腰的扯腰，抓眼的抓眼，撏毛的撏毛。那怪物慌了，急把圈子拿將出來。大聖與天王等見他弄出圈套，撥轉雲頭，走上高峰逃奔。那妖把圈子往上拋起，唿喇的一聲，把那三五十個毫毛變的小猴，收為本相套入洞中，得了勝，領兵閉門，賀喜而去。

這太子道：「孫大聖還是個好漢！這一路拳，走得似錦上添花；使分身法，正是人前顯貴。」行者笑道：「列位在此遠觀，那怪的本事，比老孫如何？」李天王道：「他拳鬆腳慢，不如大聖的緊疾。他見我們去時，也就著忙；又見你使出分身法來，他就急了；所以大弄個圈套。」行者道：「魔王好治，只是圈子難降。」火德與水伯道：「若還取勝，除非得了他那寶貝，然後可擒。」行者道：「他那寶貝如何可得？只除是偷去來。」鄧、張二公笑道：「若要行偷禮，除大聖再無能者，想當年大鬧天宮時，偷御酒，偷蟠桃，偷龍肝、鳳髓及老君之丹，那是何等手段！今日正該拿此處用也。」行者道：「好說！好說！既如此，你們且坐，等老孫打聽去來。」

好大聖，跳下峰頭，私至洞口，搖身一變，變做個痲蒼蠅兒。真個秀溜！你看他：

翎翅薄如竹膜，身軀小似花心。手足比毛更奘，星星眼窟明明。善自聞香逐氣，飛時迅速乘風。稱來剛壓定盤星，可愛些些有用。

輕輕的飛在門上，爬到門縫邊，鑽進去，只見那大小群妖，舞的舞，唱的唱，排列兩旁；老魔王高坐台上，面前擺著些蛇肉、鹿脯、熊掌、駝峰、山蔬果品，有一把青磁酒壺，香噴噴的羊酪椰醪，大碗家寬懷暢飲。行者落於小妖叢裡，又變做一個獾頭精，慢慢的演近台邊，看彀多時，全不見寶貝放在何方。急抽身轉至台後，又見那後廳上高吊著火龍吟嘯，火馬號嘶。忽抬頭，見他的那金箍棒靠在東壁，喜得他心癢難撾，忘記了更容變相，走上前拿了鐵棒，現原身丟開解數，一路棒打將出去。慌得那群妖膽戰心驚，老魔王措手不及，卻被他推倒三個，放倒兩個，打開一條血路，徑自出了洞門。這才是：魔頭驕傲無防備，主杖還歸與本人。畢竟不知吉凶如何，且聽下回分解。

第五十一回

心猿空用千般計　水火無功難煉魔

第五十二回

悟空大鬧金兜洞　如來暗示主人公

話說孫大聖得了金箍棒，打出了門前，跳上高峰，對眾神滿心歡喜。李天王道：「你這場如何？」行者道：「老孫變化進他洞去，那怪物越發唱唱舞舞的，吃得勝酒哩，更不曾打聽得他的寶貝在那裡。我轉他後面，忽聽得馬叫龍吟，知是火部之物。東壁廂靠著我的金箍棒，是老孫拿在手中，一路打將出來也。」眾神道：「你的寶貝得了，我們的寶貝何時到手？」行者道：「不難！不難！我有了這根鐵棒，不管怎的，也要打倒他，取寶貝還你。」

正講處，只聽得那山坡下鑼鼓齊鳴，喊聲振地。原來是兕大王帥眾精靈來趕行者。行者見了，叫道：「好！好！好！正合吾意！列位請坐，待老孫再去捉他。」

好大聖，舉鐵棒劈面迎來，喝道：「潑魔那裡走！看棍！」那怪使槍支住，罵道：「賊猴頭！著實無禮！你怎麼白晝劫吾物件？」行者道：「我把你這個不知死的孽畜！你倒弄圈套白晝搶奪我物！那件兒是你的？不要走！吃老爺一棍！」那怪物掄槍隔架。這一場好戰：

第五十二回

悟空大鬧金兜洞　如來暗示主人公

大聖施威猛，妖魔不順柔。兩家齊鬥勇，那個肯干休！這一個鐵棒如龍尾，那一個長槍似蟒頭。這一個棒來解數如風響，那一個槍架雄威似水流。只見那彩霧朦朦山嶺暗，祥雲靉靆樹林愁。滿空飛鳥皆停翅，四野狼蟲盡縮頭。那陣上小妖吶喊，這壁廂行者抖擻。一條鐵棒無人敵，打遍西方萬里游。那桿長槍真對手，永鎮金兜稱上籌。相遇這場無好散，不見高低誓不休。

那魔王與孫大聖戰經三個時辰，不分勝敗，早又見天色將晚。妖魔支著長槍道：「悟空，你住了。天昏地暗，不是個賭鬥之時，且各歇息歇息，明朝再與你比迸。」行者罵道：「潑畜休言！老孫的興頭才來，管甚麼天晚！是必與你定個輸贏！」那怪物喝一聲，虛幌一槍，逃了性命，帥群妖收轉干戈，入洞中將門緊緊閉了。

這大聖拽棍方回，天神在岸頭賀喜，都道：「是有能有力的大齊天，無量無邊的真本事！」行者笑道：「承過獎！承過獎！」李天王近前道：「此言實非褒獎，真是一條好漢子！這一陣也不亞當時瞞地網罩天羅也！」行者道：「且休題夙話。那妖魔被老孫打了這一場，必然疲倦。我也說不得辛苦，你們都放懷坐坐，等我再進洞去打聽他的圈子，務要偷了他的，捉住那怪，尋取兵器，奉還汝等歸天。」太子道：「今已天晚，不若安眠一宿，明早去罷。」行者笑道：「這小郎不知世事！那見做賊的好白日裡下手？似這等掏摸的，必須夜去夜來，不知不覺，才是買賣哩。」火德與雷公道：「三太子休言。這件事我們不知。大聖是個慣家熟套，須教他趁此時候，一則魔頭困倦，二來夜黑無防，就請快去！快去！」

好大聖，笑嘻嘻的，將鐵棒藏了。跳下高峰，又至洞口。搖身一變，變作一個促織兒（小蟋蟀）。真個：

嘴硬鬚長皮黑，眼明爪腳丫叉。風清月明叫牆涯，夜靜如同人話。
泣露淒涼景色，聲音斷續堪誇。客窗旅思怕聞他，偏在空階床下。

蹬開大腿三五跳，跳到門邊，自門縫裡鑽將進去，蹲在那壁根下，迎著裡面燈光，仔細觀看。只見那大小群妖，一個個狼餐虎咽，正都吃東西哩。行者揲揲錘錘的叫了一遍。少時間，收了家伙，又都去安排窩鋪，各各安身。約摸有一更時分，行者才到他後邊房裡，只聽那老魔傳令，教：「各門上小的醒睡！恐孫悟空又變甚麼，私入家偷盜。」又有些該班坐夜的，滌滌托托，梆鈴齊響。這大聖越好行事。鑽入房門，見有一架石床，左右列幾個抹粉搽胭的山精樹鬼，展鋪蓋伏侍老魔，脫腳的脫腳，解衣的解衣。只見那魔王寬了衣服，左膊上，白森森的套著那個圈子，原來像一個連珠鐲頭模樣。你看他更不取下，轉往上抹了兩抹，緊緊的勒在胳膊上，方才睡下。行者見了，將身又變，變作一個黃皮虼蚤，跳上石床，鑽入被裡，爬在那怪的胳膊上，著實一口，叮的那怪翻身罵道：「這些少打的奴才！被也不抖，床也不拂，不知甚麼東西，咬了我這一下！」他卻把圈子又捋上兩捋，依然睡下。行者爬上那圈子，又咬一口。那怪睡不得，又翻過身來道：「刺鬧殺我也！」

行者見他關防得緊，寶貝又隨身，不肯除下，料偷他的不得。跳下床來，還變做促織兒，出了房門，徑至後面，又聽得龍吟馬嘶。原來那層門緊鎖，火龍、火馬，都吊在裡面。行者現了原身，走近

第五十二回

悟空大鬧金兜洞　如來暗示主人公

門前，使個解鎖法，念動咒語，用手一抹，喀嚓一聲，那鎖雙簧俱就脫落；推開門，闖將進去觀看，原來那裡面被火器照得明晃晃的，如白日一般。忽見東西兩邊斜靠著幾件兵器，都是太子的砍妖刀等物，並那火德的火弓、火箭等物。行者映火光，周圍看了一遍，又見那門背後一張石桌子上有一個箴絲盤兒，放著一把毫毛。大聖滿心歡喜，將毫毛拿起來，呵了兩口熱氣，叫聲「變！」即變作三五十個小猴；教他都拿了刀、劍、杵、索、球、輪及弓、箭、槍、車、葫蘆、火鴉、火鼠、火馬，一應套去之物，騎了火龍，縱起火勢，從裡邊往外燒來。只聽得烘烘哧哧，撲撲乒乒，好便似炸雷連炮之聲。慌得那些大小妖精，夢夢查查（迷迷糊糊）的，抱著被，蒙著頭，喊的喊，哭的哭，一個個走投無路，被這火燒死大半。美猴王得勝回來，只好有三更時候。

卻說那高峰上，李天王眾位，忽見火光幌亮，一擁前來。見行者騎著龍，喝喝呼呼，縱著小猴，徑上峰頭，厲聲高叫道：「來收兵器！來收兵器！」火德與哪吒答應一聲，這行者將身一抖，那把毫毛復上身來。哪吒太子收了他六件兵器，火德星君著眾火部收了火龍等物，都笑吟吟贊賀行者不題。

卻說那金兜洞裡火焰紛紛，唬得個兕大王魂不附體，急欠身開了房門，雙手拿著圈子，東推東火滅，西推西火消，滿空中冒煙突火，執著寶貝跑了一遍，四下裡煙火俱熄。急忙收救群妖，已此燒殺大半，男男女女，收不上百十餘丁；又查看藏兵之內，各件皆無；又去後面看處，見八戒、沙僧與長老還捆住未解，白龍馬還在槽上，行李擔亦在屋裡。

妖魔遂恨道：「不知是那個小妖不仔細，失了火，致令如此！」旁有近侍的告道：「大王，這火不干本家之事，多是個偷營劫寨之賊，放了那火部之物，盜了神兵去也。」老魔方然省悟道：「沒有別人，斷乎是孫悟空那賊！怪道我臨睡時不得安穩！想是那賊猴變化進來，在我這胳膊叮了兩口。一定是要偷我的寶貝，見我抹勒得緊，不能下手，故此盜了兵器，縱著火龍，放此狠毒之心，意欲燒殺我也。賊猴啊！你枉使機關，不知我的本事！我但帶了這件寶貝，就是入大海而不能溺，赴火池而不能焚哩！這番若拿住那賊，只把刮了點垛（點天燈），方趁我心！」

說著話，懊惱多時，不覺的雞鳴天曉。那高峰上太子得了六件兵器，對行者道：「大聖，天色已明，不須怠慢。我們趁那妖魔挫了銳氣，與火部等扶住你，再去力戰，庶幾這次可擒拿也。」行者笑道：「說得有理。我們齊了心，耍子兒去耶！」一個個抖擻威風，喜弄武藝，徑至洞口。行者叫道：「潑魔出來！與老孫打者！」原來那裡兩扇石門被火氣化成灰燼，門裡邊有幾個小妖，正然掃地撮灰。忽見眾聖齊來，慌得丟了掃帚，撇下灰耙，跑入裡面，又報道：「孫悟空領著許多天神，又在門外罵戰哩！」那兕怪聞報大驚。扢迸迸，鋼牙咬響；滴溜溜，環眼睜圓。挺著長槍，帶了寶貝，走出門來，潑口亂罵道：「我把你這個偷營放火的賊猴！你有多大手段，敢這等藐視我也？」行者笑臉兒罵道：「潑怪物！你要知我的手段，且上前來，我說與你聽：

自小生來手段強，乾坤萬里有名揚。當時穎悟修仙道，昔日傳來不老方。立志拜投方寸地，虔心參見聖人鄉。學成變化無量法，宇宙長空任我狂。閒在山前將虎伏，悶來海內把龍降。祖居花果稱王位，水簾洞裡逞剛強。幾番有意圖天界，數次無知奪上方。御賜齊天名大聖，敕封又贈美猴王。只因宴設蟠桃會，無簡相邀我性剛。暗闖瑤池偷玉液，私行寶閣飲瓊漿；龍肝鳳髓曾偷吃，百味珍饈我竊嘗；千載蟠桃隨受用，萬年丹藥任充腸；天宮異物般般取，聖府奇珍件件藏。玉帝訪我有手段，即發天兵擺戰場。九曜惡星遭我貶，五方凶宿被吾

第五十二回

悟空大鬧金兜洞　如來暗示主人公

傷。普天神將皆無敵，十萬雄師不敢當。威逼玉皇傳旨意，灌江小聖把兵揚。相持七十單二變，各弄精神個個強。南海觀音來助戰，淨瓶楊柳也相幫。老君又使金鋼套，把我擒拿到上方。綁見玉皇張大帝，曹官拷較罪該當。即差大力開刀斬，刀砍頭皮火焰光。百計千方弄不死，將吾押赴老君堂。六丁神火爐中煉，煉得渾身硬似鋼。七七數完開鼎看，我身跳出又凶張。諸神閉戶無遮擋，眾聖商量把佛央。其實如來多法力，果然智慧廣無量。手中賭賽翻筋斗，將山壓我不能強。玉皇才設『安天會』，西域方稱極樂場。壓困老孫五百載，一些茶飯不曾嘗。金蟬長老（指唐僧）臨凡世，東土差他拜佛鄉。欲取真經回上國，大唐帝主度先亡。觀音勸我皈依善，秉教迦持不放狂。解脫高山根下難，如今西去取經章。潑魔休弄獐狐智，還我唐僧拜法王（指佛祖釋迦牟尼）！」

那怪聞言，指著行者道：「你原來是個偷天的大賊！不要走！吃吾一槍！」這大聖使棒來迎。兩個正自相持，這壁廂哪吒太子生嗔，火德星君發狠，即將那六件神兵，火部等物，望妖魔身上拋來。孫大聖更加雄勢。一邊又雷公使，天王舉刀，不分上下，一擁齊來。那魔頭巍巍冷笑，袖子中暗暗將寶貝取出，撒手拋起空中，叫聲「著！」唿喇的一下，把六件神兵、火部等物、雷公楇、天王刀、行者棒，盡情又都擄去。眾神靈依然赤手，孫大聖仍是空拳。妖魔得勝回身，叫：「小的們，搬石砌門，動土修造，從新整理房廊。待齊備了，殺唐僧三眾來謝土，大家散福受用。」眾小妖領命維持不題。

卻說那李天王帥眾回上高峰，火德怨哪吒性急，雷公怪天王放刁，惟水伯在旁無語。行者見他們面不廝睹，心有縈思，沒奈何，懷恨強歡，對眾笑道：「列位不須煩惱。自古道：『勝敗兵家之常。』我和他論武藝，也只如此；但只是他多了這個圈子，所以為害，把我等兵器又套將去了。你且放心，待老孫再去查查他的腳色來也。」太子道：「你前啟奏玉帝，查堪滿天世界，更無一點蹤跡；如今卻又何處去查？」行者道：「我想起來，佛法無邊。如今且上西天問我佛如來，教他著慧眼觀看大地四部洲，看這怪是那方生長，何處鄉貫住居，圈子是件甚麼寶貝。不管怎的，一定要拿他，與列位出氣，還汝等歡喜歸天。」眾神道：「既有此意，不須久停，快去！快去！」

好行者，說聲去，就縱筋斗雲，早至靈山。落下祥光，四方觀看，好去處：

靈峰疏傑，迭嶂清佳，仙岳頂巔摩碧漢。西天瞻巨鎮，形勢壓中華。元氣流通天地遠，威風飛徹滿台花。時聞鐘磬音長，每聽經聲明朗。又見那青松之下優婆（梵文。意為善男信女）講，翠柏之間羅漢行。白鶴有情來鷲嶺，青鸞著意佇閒亭。玄猴對對擎仙果，壽鹿雙雙獻紫英。幽鳥聲頻如訴語，奇花色絢不知名。回巒盤繞重重顧，古道灣環處處平。正是清虛靈秀地，莊嚴大覺（佛的覺悟，泛指佛）佛家風。

那行者正然點看山景，忽聽得有人叫道：「孫悟空，從那裡來？往何處去？」急回頭看，原來是比丘尼尊者。大聖作禮道：「正有一事，欲見如來。」比丘尼道：「你這個頑皮！既然要見如來，怎麼不登寶剎，且在這裡看山？」行者道：「初來貴地，故此大膽。」比丘尼道：「你快跟我來也。」這行者緊隨至雷音寺山門下，又見那八大金剛，雄糾糾的，兩邊擋住。比丘尼道：「悟空，暫候片時，等我與你奏上去來。」行者只得住立門外。那比丘尼至佛前合掌道：「孫悟空有事，要見如來。」如來傳旨令入，金剛才閃路放行。

行者低頭禮拜畢，如來問道：「悟空，前聞得觀音尊者解脫汝身，皈依釋教，保唐僧來此求經，你怎麼獨自到此？有何事故？」行者頓首道：「上告我佛。弟子自秉迦持，與唐朝師父西來，行至金兜山金兜洞，遇著一個惡魔頭，名喚兕大王，神通廣大，把師父與師弟等攝入洞中。弟子向伊求取，沒好意，兩家比迸，被他將一個白森森的一個圈子，搶了我的鐵棒。我恐他是天將思凡，急上界查勘不出。蒙玉帝差遣李天王父子助援，又被他搶了太子的六般兵器。及請火德星君放火燒他，又被他將火具搶去。又請水德星君放水渰他，一毫又渰他不著。弟子費若干精神氣力，將那鐵棒等物偷出，復去索戰，又被他將前物依然套去，無法收降。因此特告我佛：望垂慈與弟子看看，果然是何物出身，我好去拿他家屬四鄰，擒此魔頭，救我師父，合拱虔誠，拜求正果。」如來聽說，將慧眼遙觀，早已知識。對行者道：「那怪物我雖知之，但不可與你說。你這猴兒口敞（嘴不嚴，不能保密），一傳道是我說他，他就不與你鬥，定要嚷上靈山，反遺禍於我也。我這裡著法力助你擒他去罷。」行者再拜稱謝道：「如來助我甚麼法力？」如來即令十八尊羅漢開寶庫取十八粒「金丹砂」與悟空助力。行者道：「金丹砂卻如何？」如來道：「你去洞外，叫那妖魔比試。演（騙誘）他出來，卻教羅漢放砂，陷住他，使他動不得身，拔不得腳，憑你揪打便了。」行者笑道：「妙！妙！妙！趁早去來！」

那羅漢不敢遲延，即取金丹砂出門。行者又謝了如來。一路查看，止有十六尊羅漢，行者嚷道：「這是那個去處，卻賣放人！」眾羅漢道：「那個賣放？」行者道：「原差十八尊，今怎麼只得十六尊？」說不了，裡邊走出降龍、伏虎二尊，上前道：「悟空，怎麼就這等放刁？我兩個在後聽如來吩咐話的。」行者道：「忒賣法！忒賣法！才自若嚷遲了些兒，你敢就不出來了。」眾羅漢笑呵呵駕起祥雲。

不多時，到了金兜山界。那李天王見了，帥眾相迎，備言前事。羅漢道：「不必絮繁，快去叫他出來。」這大聖捻著拳頭，來於洞口，罵道：「腯潑怪物，快出來與你孫外公見個上下！」那小妖又飛跑去報。魔王怒道：「這賊猴又不知請誰來猖獗也！」小妖道：「更無甚將，止他一人。」魔王道：「那根棒子已被我收來，怎麼卻又一人到此？敢是又要走拳？」隨帶了寶貝，綽槍在手，叫小妖搬開石塊，跳出門來，罵道：「賊猴！你幾番家不得便宜，就該回避，如何又來吆喝？」行者道：「這潑魔不識好歹！若要你外公不來，除非你服了降，陪了禮，送出我師父、師弟，我就饒你！」那怪道：「你那三個和尚已被我洗淨了，不久便要宰殺，你還不識起倒？去了罷！」

行者聽說「宰殺」二字，扢蹬蹬，腮邊火發，按不住心頭之怒，丟了架子，掄著拳，斜行勾步，望妖魔使個掛面。那怪展長槍，劈手相迎。行者左跳右跳，哄那妖魔。妖魔不知是計，趕離洞口南來。行者即招呼羅漢把金丹砂望妖魔一齊拋下，共顯神通，好砂！正是那：

似霧如煙初散漫，紛紛靄靄下天涯。白茫茫，到處迷人眼；昏漠漠，飛時找路差。打柴的樵子失了伴，採藥的仙童不見家。細細輕飄如麥麵，粗粗翻復似芝麻。世界朦朧山頂暗，長空迷沒太陽遮。不比囂塵隨駿馬，難言輕軟襯香車。此砂本是無情物，蓋地遮天把怪拿。只為妖魔侵正道，阿羅奉法逞豪華。手中就有明珠現，等時刮得眼生花。

第五十二回

悟空大鬧金兜洞　如來暗示主人公

那妖魔見飛砂迷目，把頭低了一低，足下就有三尺餘深；慌得他將身一縱，跳在浮上一層，未曾立得穩，須臾，又有二尺餘深。那怪急了，拔出腳來，即忙取圈子，往上一撇，叫聲「著！」唿喇的一下，把十八粒金丹砂又盡套去，拽回步，徑歸本洞。

那羅漢一個個空手停雲。行者近前問道：「眾羅漢，怎麼不下砂了？」羅漢道：「適才響了一聲，金丹砂就不見矣。」行者笑道：「又是那話兒套將去了。」天王等眾道：「這般難伏啊，卻怎麼捉得他，何日歸天，何顏見帝也！」旁有降龍、伏虎二羅漢，對行者道：「悟空，你曉得我兩個出門遲滯何也？」行者道：「老孫只怪你躲避不來，卻不知有甚話說。」羅漢道：「如來吩咐我兩個說：『那妖魔神通廣大，如失了金丹砂，就教孫悟空上離恨天兜率宮太上老君處尋他的蹤跡，庶幾可一鼓而擒也。』」行者聞言道：「可恨！可恨！如來卻也閃賺老孫！當時就該對我說了，卻不免教汝等遠涉？」李天王道：「既是如來有此明示，大聖就當早起。」

好行者，說聲去，就縱一道筋斗雲，直入南天門裡。時有四大元帥，擎拳拱手道：「擒怪事如何？」行者且行且答道：「未哩！未哩！如今有處尋根去也。」四將不敢留阻，讓他進了天門。不上靈霄殿，不入斗牛宮，徑至三十三天之外離恨天兜率宮前，見兩仙童侍立，他也不通姓名，一直徑走，慌得兩童扯住道：「你是何人？待往何處去？」行者才說：「我是齊天大聖，欲尋李老君哩。」仙童道：「你怎這樣粗魯？且住下，讓我們通報。」行者那容分說，喝了一聲，往裡徑走。忽見老君自內而出，撞個滿懷。行者躬身唱個喏道：「老官，一向少看。」老君笑道：「這猴兒不去取經，卻來我處何幹？」行者道：「取經取經，晝夜無停；有些阻礙，到此行行。」老君道：「西天路阻，與我何幹？」行者道：「西天西天，你且休言；尋著蹤跡，與你纏纏。」老君道：「我這裡乃是無上仙宮，有甚蹤跡可尋？」

行者入裡，眼不轉睛，東張西看。走過幾層廊宇，忽見那牛欄邊一個童兒盹睡，青牛不在欄中。行者道：「老官，走了牛也！走了牛也！」老君大驚道：「這孽畜幾時走了？」正嚷間，那童兒方醒，跪於當面道：「爺爺，弟子睡著了，不知是幾時走的。」老君罵道：「你這廝如何盹睡？」童兒叩頭道：「弟子在丹房裡拾得一粒丹，當時吃了，就在此睡著。」老君道：「想是前日煉的『七返火丹』，吊了一粒，被這廝拾吃了。那丹吃一粒，該睡七日哩。那孽畜因你睡著，無人看管，遂乘機走下界去，今亦是七日矣。」即查可曾偷甚寶貝。行者道：「無甚寶貝，只見他有一個圈子，甚是利害。」

老君急查看時，諸般俱在，止不見了「金鋼琢」。老君道：「是這孽畜偷了我『金鋼琢』去了！」行者道：「原來是這件寶貝！當時打著老孫的是他！如今在下界張狂，不知套了我等多少物件！」老君道：「這孽畜在甚地方？」行者道：「現住金兜山金兜洞。他捉了我唐僧進去，搶了我金箍棒。請天兵相助，又搶了太子的神兵。及請火德星君，又搶了他的火具。惟水伯雖不能渰死他，倒還不曾搶他物件。至請如來著羅漢下砂，又將金丹砂搶去。似你這老官，縱放怪物，搶奪傷人，該當何罪？」老君道：「我那『金鋼琢』，乃是我過函谷關化胡之器，自幼煉成之寶。憑你甚麼兵器、水火，俱莫能近他。若偷去我的『芭蕉扇兒』，連我也不能奈他何矣。」

大聖才歡歡喜喜，隨著老君。老君執了芭蕉扇，駕著祥雲同行，出了仙宮。南天門外，低下雲頭，徑至金兜山界。見了十八尊羅漢、雷公、水伯、火德、李天王父子，備言前事一遍。老君道：「孫悟空還去誘他出來，我好收他。」

這行者跳下峰頭，又高聲罵道：「賊潑孽畜！趁早出來受死！」那小妖又去報知。老魔道：「這

第五十二回

悟空大鬧金兜洞　如來暗示主人公

賊猴又不知請誰來也。」急綽槍帶寶，迎出門來。行者罵道：「你這潑魔，今番坐定是死了！不要走！吃吾一掌！」急縱身跳個滿懷，劈臉打了一個耳括子，回頭就跑。那魔掄槍就趕，只聽得高峰上叫道：「那牛兒還不歸家，更待何日？」那魔抬頭，看見是太上老君，就唬得心驚膽戰道：「這賊猴真個是個地裡鬼！卻怎麼就訪得我的主公來也？」

老君念個咒語，將扇子扇了一下，那怪將圈子丟來，被老君一把接住；又一扇，那怪物力軟筋痲，現了本相，原來是一隻青牛。老君將「金鋼琢」吹口仙氣，穿了那怪的鼻子，解下勒袍帶，繫於琢上，牽在手中。至今留下個拴牛鼻的拘兒，又名「賓郎」，職此之謂。老君辭了眾神，跨上青牛背上，駕彩雲，徑歸兜率宮；縛妖怪，高升離恨天。

孫大聖才同天王等眾打入洞裡，把那百十個小妖盡皆打死。各取兵器，謝了天王父子回天，雷公入府，火德歸宮，水伯回河，羅漢向西；然後才解放唐僧、八戒、沙僧，拿了鐵棒。他三人又謝了行者，收拾馬匹行裝，師徒們離洞，找大路方走。

正走間，只聽得路旁叫：「唐聖僧，吃了齋飯去。」那長老心驚。不知是甚麼人叫喚，且聽下回分解。

第五十三回

禪主吞餐懷鬼孕　黃婆運水解邪胎

德行要修八百，陰功須積三千。均平物我與親冤，始合西天本願。
魔兕刀兵不怯，空勞水火無愆。老君降伏卻朝天，笑把青牛牽轉。

話說那大路旁叫喚者誰？乃金兜山山神、土地，捧著紫金缽盂叫道：「聖僧啊，這缽盂飯是孫大聖向好處化來的。因你等不聽良言，誤入妖魔之手，致令大聖勞苦萬端，今日方救得出。且來吃了飯，再去走路。莫孤負孫大聖一片恭孝之心也。」三藏道：「徒弟，萬分虧你！言謝不盡！早知不出圈痕，那有此殺身之害。」行者道：「不瞞師父說。只因你不信我的圈子，卻教你受別人的圈子。多少苦楚，可嘆！可嘆！」八戒道：「怎麼又有個圈子？」行者道：「都是你這孽嘴孽舌的夯貨，弄師父遭此一場大難！著老孫翻天覆地，請天兵水火與佛祖丹砂，盡被他使一個白森森的圈子套去。如來暗示了羅漢，對老孫說出那妖的根源，才請老君來收伏，卻是個青牛作怪。」三藏聞言，感激不盡道：「賢徒，今番經此，下次定然聽你吩咐。」遂此四人分吃那飯。那飯熱氣騰騰的。行者道：「這飯多時了，卻怎麼還熱？」土地跪下道：「是小神知大聖功完，才自熱來伺候。」須臾飯畢。收拾了鉢盂，辭了土地、山神。

那師父才攀鞍上馬，過了高山。正是滌慮洗心皈正覺，餐風宿水向西行。行彀多時，又值早春天氣。聽了些：

紫燕呢喃，黃鸝睍睆（美好）。紫燕呢喃香嘴困，黃鸝瘖瘂巧音頻。滿地落紅如布錦，遍山發翠似堆茵。嶺上青梅結豆，崖前古柏留雲。野潤煙光淡，沙暄日色曛。幾處園林花放蕊，陽回大地柳芽新。

正行處，忽遇一道小河，澄澄清水，湛湛寒波。唐長老勒過馬觀看，遠見河那邊有柳陰垂碧，微露著茅屋幾椽。行者遙指那廂道：「那裡人家，一定是擺渡的。」三藏道：「我見那廂也似這般，卻不見船隻，未敢開言。」八戒旋下行李，厲聲高叫道：「擺渡的！撐船過來！」連叫幾遍，只見那柳陰裡面，咿咿啞啞的，撐出一隻船兒。不多時，相近這岸。師徒們仔細看了那船兒，真個是：

短棹分波，輕橈泛浪。橄堂油漆彩，艎板滿平倉。船頭上鐵纜盤窩，船後邊舵樓明亮。雖然是一葦之航，也不亞泛湖浮海。縱無錦纜牙檣，實有松樁桂楫。固不如萬里神舟，真可渡一河之隔。往來只在兩崖邊，出入不離古渡口。

那船兒須臾頂岸。有梢子叫云：「過河的，這裡去。」三藏縱馬近前看處，那梢子怎生模樣：

頭裹錦絨帕，足踏皂絲鞋。身穿百納綿襠襖，腰束千針裙布衫。手腕皮粗筋力硬，眼花眉皺面容衰。聲音嬌細如鶯囀，近觀乃是老裙釵。

行者近於船邊道：「你是擺渡的？」那婦人道：「是。」行者道：「梢公如何不在，卻著梢婆撐船？」婦人微笑不答，用手拖上跳板。沙和尚將行李挑上去，行者扶著師父上跳，然後順過船來，八戒牽上白馬，收了跳板。那婦人撐開船，搖動槳，頃刻間過了河。

身登西岸，長老教沙僧解開包，取幾文錢鈔與他。婦人更不爭多寡，將纜拴在傍水的樁上，笑嘻嘻徑入莊屋裡去了。三藏見那水清，一時口渴，便著八戒：「取缽盂，舀些水來我吃。」那呆子道：「我也正要些兒吃哩。」即取缽盂，舀了一缽，遞與師父。師父吃了有一少半，還剩了多半，呆子接來，一氣飲乾，卻伏侍三藏上馬。

師徒們找路西行，不上半個時辰，那長老在馬上呻吟道：「腹痛！」八戒隨後道：「我也有些腹痛。」沙僧道：「想是吃冷水了？」說未畢，師父聲喚道：「疼的緊！」八戒也道：「疼得緊！」他兩個疼痛難禁，漸漸肚子大了。用手摸時，似有血團肉塊，不住的骨冗骨冗亂動。三藏正不穩便，忽然見那路旁有一村舍，樹梢頭挑著兩個草把。行者道：「師父，好了。那廂是個賣酒的人家。我們且去化他些熱湯與你吃，就問可有賣藥的，討貼藥，與你治治腹痛。」

三藏聞言甚喜，卻打白馬。不一時，到了村舍門口下馬。但只見那門兒外有一個老婆婆，端坐在草墩上績麻。行者上前，打個問訊道：「婆婆，貧僧是東土大唐來的，我師父乃唐朝御弟。因為過河吃了河水，覺肚腹疼痛。」那婆婆喜哈哈的道：「你們在那邊河裡吃水來？」行者道：「是，在此東邊清水河吃的。」那婆婆欣欣的笑道：「好耍子！好耍子！你都進來，我與你說。」

行者即攙唐僧，沙僧即扶八戒。兩人聲聲喚喚，腆著肚子，一個個只疼得面黃眉皺，入草舍坐下。行者只叫：「婆婆，是必燒些熱湯與我師父。我們謝你。」那婆婆且不燒湯，笑唏唏跑走後邊，叫道：「你們來看！你們來看！」那裡面，蹼踋蹼踏的，又走出兩三個半老不老的婦人，都來望著唐僧灑笑。行者大怒，喝了一聲，把牙一嗟，唬得那一家子跌跌蹌蹌，往後就走。行者上前，扯住那老婆子道：「快早燒湯，我饒了你！」那婆子戰兢兢的道：「爺爺呀，我燒湯也不濟事，也治不得他兩個肚疼。你放了我，等我說。」行者放了他，他說：「我這裡乃是西梁女國。我們這一國盡是女人，更無男子，故此見了你們歡喜。你師父吃的那水不好了，那條河，喚做子母河。我那國王城外，還有一座迎陽館驛，驛門外有一個『照胎泉』。我這裡人，但得年登二十歲以上，方敢去吃那河裡水。吃水之後，便覺腹痛有胎。至三日之後，到那迎陽館照胎水邊照去。若照得有了雙影，便就降生孩兒。你師吃了子母河水，以此成了胎氣，也不日要生孩子。熱湯怎麼治得？」

三藏聞言，大驚失色道：「徒弟啊！似此怎了？」八戒扭腰撒胯的哼道：「爺爺呀！要生孩子，我們卻是男身！那裡開得產門？如何脫得出來？」行者笑道：「古人云：『瓜熟自落』。若到那個時節，一定從脅下裂個窟窿，鑽出來也。」

八戒見說，戰兢兢，忍不得疼痛道：「罷了，罷了！死了，死了！」沙僧笑道：「二哥，莫扭，莫扭！只怕錯了養兒腸，弄做個胎前病。」那呆子越發慌了，眼中噙淚，扯著行者道：「哥哥！你問這婆婆，看那裡有手輕的穩婆（接生婆），預先尋下幾個，這半會一陣陣的動蕩得緊，想是摧陣疼（分娩時的陣痛）。快了！快了！」沙僧又笑道：「二哥，既知催陣疼，不要扭動；只恐擠破漿泡耳。」

三藏哼著道：「婆婆啊，你這裡可有醫家？教我徒弟去買一貼墮胎藥吃了，打下胎來罷。」那婆子道：「就有藥也不濟事。只是我們這正南街上有一座解陽山，山中有一個破兒洞，洞裡有一眼『落胎泉』。須得那泉裡水吃一口，方才解了胎氣。卻如今取不得水了，向年來了一個道人，稱名如意真仙，把那破兒洞改作聚仙庵，護住落胎泉水，不肯善賜與人；但欲求水者，須要花紅表禮，羊酒果盤，志誠奉獻，只拜求得他一碗兒水哩。你們這行腳僧，怎麼得許多錢財買辦？但只可挨命，待時而生產罷了。」行者聞得此言，滿心歡喜道：「婆婆，你這裡到那解陽山有幾多路程？」婆婆道：「有三十里。」行者道：「好了！好了！師父放心，待老孫取些水來你吃。」

好大聖，吩咐沙僧道：「你好仔細看著師父。若這家子無禮，侵哄師父，你拿出舊時手段來，裝嚶虎唬他，等我取水去。」沙僧依命。只見那婆子端出一個大瓦缽來，遞與行者道：「拿這缽頭兒去，是必多取些來，與我們留著用急。」行者真個接了瓦缽，出草舍，縱雲而去。那婆子才望空禮拜道：「爺爺呀！這和尚會駕雲！」才進去叫出那幾個婦人來，對唐僧磕頭禮拜，都稱為羅漢菩薩。一壁廂（一邊）燒湯辦飯，供奉唐僧不題。

卻說那孫大聖筋斗雲起，少頃間見一座山頭，阻住雲角，即按雲光，睜睛看處，好山！但見那：

幽花擺錦，野草鋪藍。澗水相連落，溪雲一樣閒。重重谷壑藤蘿密，遠遠峰巒樹木蘩。鳥啼雁過，鹿飲猿攀。翠岱如屏嶂，青崖似髻鬟。塵埃滾滾真難到，泉石涓涓不厭看。每見仙童採藥去，常逢樵子負薪還。果然不亞天台景，勝似三峰西華山！

這大聖正然觀看那山不盡，又只見背陰處，有一所莊院，忽聞得犬吠之聲。大聖下山，徑至莊所，卻也好個去處。看那：

小橋通活水，茅舍倚青山。
村犬汪籬落，幽人自往還。

不時來至門首，見一個老道人，盤坐在綠茵之上。大聖放下瓦缽，近前道問訊。那道人欠身還禮道：「那方來者？至小庵有何勾當？」行者道：「貧僧乃東土大唐欽差西天取經者。因我師父誤飲了子母河之水，如今腹疼腫脹難禁。問及土人，說是結成胎氣，無方可治。訪得解陽山破兒洞有『落胎泉』可以消得胎氣，故此特來拜見如意真仙，求些泉水，搭救師父。累煩老道指引指引。」那道人笑道：「此間就是破兒洞，今改為聚仙庵了。我卻不是別人，即是如意真仙老爺的大徒弟。你叫做甚麼名字？待我好與你通報。」行者道：「我是唐三藏法師的大徒弟，賤名孫悟空。」那道人問曰：「你的花紅、酒禮，都在那裡？」行者道：「我是個過路的掛搭僧，不曾辦得來。」道人笑道：「你好痴呀！我老師父護住山泉，並不曾白送與人。你回去辦將禮來，我好通報。不然請回。莫想！莫想！」行者道：「人情大似聖旨。你去說我老孫的名字，他必然做個人情，或者連井都送我也。」

那道人聞此言，只得進去通報。卻見那真仙撫琴，只待他琴終，方才說道：「師父，外面有個和尚，口稱是唐三藏大徒弟孫悟空，欲求落胎泉水，救他師父。」那真仙不聽說便罷；一聽得說個悟空名字，卻就怒從心上起，惡向膽邊生；急起身，下了琴床，脫了素服，換上道衣，取一把如意鉤子，跳出庵門。叫道：「孫悟空何在？」行者轉頭，觀見那真仙打扮：

頭戴星冠飛彩豔，身穿金縷法衣紅。
足下雲鞋堆錦繡，腰間寶帶繞玲瓏。
一雙納錦凌波襪，半露裙襴閃繡絨。
手拿如意金鉤子，鐏利桿長若蟒龍。
鳳眼光明眉菂竪，鋼牙尖利口翻紅。
頷下髯飄如烈火，鬢邊赤髮短蓬鬆。
形容惡似溫元帥，爭奈衣冠不一同。

行者見了，合掌作禮道：「貧僧便是孫悟空。」那先生笑道：「你真個是孫悟空，卻是假名托姓者？」行者道：「你看先生說話。常言道：『君子行不更名，坐不改姓』。我便是悟空。豈有假托之理？」先生道：「你可認得我麼？」行者道：「我因皈正釋門，秉誠僧教，這一向登山涉水，把我那幼時的朋友也都疏失，未及拜訪，少識尊顏。適間問道子母河西鄉人家，言及先生乃如意真仙，故此知之。」那先生道：「你走你的路，我修我的真，你來訪我怎的？」行者道：「因我師父誤飲了子母河水，腹疼成胎，特來仙府，拜求一碗落胎泉水，救解師難也。」

那先生怒目道：「你師父可是唐三藏麼？」行者道：「正是，正是。」先生咬牙恨道：「你們可曾會著一個聖嬰大王麼？」行者道：「他是號山枯松澗火雲洞紅孩兒妖怪的綽號。真仙問他怎的？」

第五十三回

禪主吞餐懷鬼孕　黃婆運水解邪胎

先生道：「是我之舍侄。我乃牛魔王的兄弟。前者家兄處有信來報我，稱說唐三藏的大徒弟孫悟空憊懶，將他害了。我這裡正沒處尋你報仇，你倒來尋我，還要甚麼水哩！」行者陪笑道：「先生差了。你令兄也曾與我做朋友，幼年間也曾拜七弟兄。但只是不知先生尊府，有失拜望。如今令侄得了好處，現隨著觀音菩薩，做了善財童子，我等尚且不如，怎麼反怪我也？」

先生喝道：「這潑猢猻！還弄巧舌！我舍侄還是自在為王好，還是與人為奴好？不得無禮！吃我這一鉤！」大聖使鐵棒架住道：「先生莫說打的話，且與些泉水去也。」那先生罵道：「潑猢猻！不知死活！如若三合敵得我，與你水去；敵不過，只把你剁成肉醬，方與我侄子報仇。」大聖罵道：「我把你不識起倒的孽障！既要打，走上來看棍！」那先生如意鉤劈手相還。二人在聚仙庵好殺：

聖僧誤食成胎水，行者來尋如意仙。那曉真仙原是怪，倚強護住落胎泉。及至相逢講仇隙，爭持決不遂如然。言來語去成僝僽，意惡情凶要報冤。這一個因師傷命來求水，那一個為侄亡身不與泉。如意鉤強如蠍毒，金箍棒狠似龍巔。當胸亂刺施威猛，著腳斜鉤展妙玄。陰手棍丟傷處重，過肩鉤起近頭鞭。鎖腰一棍鷹持雀，壓頂三鉤螂捕蟬。往往來來爭勝敗，反反覆覆兩回還。鉤攣棒打無前後，不見輸贏在那邊。

那先生與大聖戰經十數合，敵不得大聖。這大聖越加猛烈，一條棒似滾滾流星，著頭亂打。先生敗了筋力，倒拖著如意鉤，往山上走了。

大聖不去趕他，卻來庵內尋水。那個道人早把庵門關了。大聖拿著瓦缽，趕至門前，盡力氣一腳，踢破庵門，闖將進去。見那道人伏在井欄上，被大聖喝了一聲，舉棒要打，那道人往後跑了。卻才尋出吊桶來，正自打水，又被那先生趕到前邊，使如意鉤子把大聖鉤著腳一跌，跌了個嘴啃地。大聖爬起來，使鐵棒就打。他卻閃在旁邊，執著鉤子道：「看你可取得我的水去！」大聖罵道：「你上來！你上來！我把你這個孽障，直打殺你！」那先生也不上前拒敵，只是禁住了，不許大聖打水。大聖見他不動，卻使左手掄著鐵棒，右手使吊桶，將索子才突魯魯的放下。他又來使鉤。大聖一隻手撐持不得，又被他一鉤鉤著腳，扯了個蹤踵，連井索通跌下井去了。大聖道：「這廝卻是無禮！」爬起來，又手掄棒，沒頭沒臉的打將上去。那先生依然走了，不敢迎敵，大聖又要去取水，奈何沒有吊桶，又恐怕來鉤扯，心中暗暗想道：「且去叫個幫手來！」好大聖，撥轉雲頭，徑至村舍門首，叫一聲：「沙和尚。」那裡邊三藏忍痛呻吟，豬八戒哼聲不絕。聽得叫喚，二人歡喜道：「沙僧啊，悟空來也。」沙僧連忙出門接著道：「大哥，取水來了？」大聖進門，對唐僧備言前事。三藏滴淚道：「徒弟啊，似此怎了？」大聖道：「我來叫沙兄弟與我同去。到那庵邊，等老孫和那廝敵鬥，教沙僧乘便取水來救你。」三藏道：「你兩個沒病的都去了，丟下我兩個有病的，教誰伏侍？」那個老婆婆在旁道：「老羅漢只管放心。不須要你徒弟，我家自然看顧伏侍你。你們早間到時，我等實有愛憐之意；卻才見這位菩薩雲來霧去，方知你是羅漢菩薩。我家決不敢復害你。」

行者咄的一聲道：「汝等女流之輩，敢傷那個？」老婆子笑道：「爺爺呀，還是你們有造化，來到我家！若到第二家，你們也不得囫圇了！」八戒哼哼的道：「不得囫圇，是怎麼的？」婆婆道：「我一家兒四五口，都是有幾歲年紀的，把那風月事盡皆休了，故此不肯傷你。若還到第二家，老小眾大，那年小之人，那個肯放過你去！就要與你交合。假如不從，就要害你性命，把你們身上肉，都

第五十三回

禪主吞餐懷鬼孕　黃婆運水解邪胎

割了去做香袋兒哩。」八戒道：「若這等，我決無傷。他們都是香噴噴的，好做香袋；我是個膿豬，就割了肉去，也是膿的，故此可以無傷。」行者笑道：「你不要說嘴；省些力氣，好生產也。」那婆婆道：「不必遲疑，快求水去。」行者道：「你家可有吊桶？借個使使。」那婆子即往後邊取出一個吊桶，又窩了一條索子，遞與沙僧。沙僧道：「帶兩條索子去。恐一時井深要用。」

沙僧接了桶索，即隨大聖出了村舍，一同駕雲而去。那消半個時辰，卻到解陽山界。按下雲頭，徑至庵外。大聖吩咐沙僧道：「你將桶索拿了，且在一邊躲著，等老孫出頭索戰。你待我兩人交戰正濃之時，你乘機進去，取水就走。」沙僧謹依言命。

孫大聖掣了鐵棒，近門高叫：「開門！開門！」那守門的看見，急入裡通報道：「師父，那孫悟空又來了也。」那先生心中大怒道：「這潑猴老大無狀！一向聞他有些手段，果然今日方知。他那條棒真是難敵。」道人道：「師父，他的手段雖高，你亦不亞與他，正是個對手。」先生道：「前面兩回，被他贏了。」道人道：「前兩回雖贏，不過是一猛之性；後面兩次打水之時，被師父鉤他兩跌，卻不是相比肩也？先既無奈而去，今又復來，必然是三藏胎成身重，埋怨得緊，不得已而來也。決有慢他師之心。管取我師決勝無疑。」

真仙聞言，喜孜孜滿懷春意，笑盈盈一陣威風，挺如意鉤子，走出門來喝道：「潑猢猻！你又來作甚？」大聖道：「我來只是取水。」真仙道：「泉水乃吾家之井，憑是帝王宰相，也須表禮羊酒來求，方才僅與些須；況你又是我的仇人，擅敢白手來取？」大聖道：「真個不與？」真仙道：「不與，不與！」大聖罵道：「潑孽障！既不與水，看棍！」丟一個架手，搶個滿懷，不容說，著頭便打。那真仙側身躲過，使鉤子急架相還。

這一場比前更勝。好殺：

金箍棒，如意鉤，二人奮怒各懷仇。飛砂走石乾坤暗，播土揚塵日月愁。大聖救師來取水，妖仙為侄不容求。兩家齊努力，一處賭安休。咬牙爭勝負，切齒定剛柔。添機見，越抖擻，噴雲曖霧鬼神愁。撲撲乒乒鉤棒響，喊聲哮吼振山丘。狂風滾滾催林木，殺氣紛紛過斗牛。大聖愈爭愈喜悅，真仙越打越綢繆。有心有意相爭戰，不定存亡不罷休。

他兩個在庵門外交手，跳跳舞舞的，鬥到山坡之下，艱苦相持不題。卻說那沙和尚提著吊桶，闖進門去，只見那道人在井邊擋住道：「你是甚人，敢來取水！」沙僧放下吊桶，取出降妖寶杖，不對話，著頭便打。那道人躲閃不及，把左臂膊打折，道人倒在地下掙命。沙僧罵道：「我要打殺你這孽畜，怎奈你是個人身！我還憐你，饒你去罷！讓我打水！」那道人叫天叫地的，爬到後面去了。沙僧卻才將吊桶向井中滿滿的打了一吊桶水，走出庵門，駕起雲霧，望著行者喊道：「大哥，我已取了水去也！饒他罷！饒他罷！」

大聖聽得，方才使鐵棒支住鉤子道：「你聽老孫說，我本待斬盡殺絕，爭奈你不曾犯法；二來看你令兄牛魔王的情上。先頭來，我被鉤了兩下，未得水去。才然來，我是個調虎離山計，哄你出來爭戰，卻著我師弟取水去了。老孫若肯拿出本事來打你，莫說你是一個甚麼如意真仙，就是再有幾個，也打死了。正是打死不如放生，且饒你教你活幾年耳。以後再有取水者，切不可勒掯他。」那妖仙不識好歹，演一演，就來鉤腳；被大聖閃過鉤頭，趕上前，喝聲：「休走！」那妖仙措手不及，推了一個蹼辣，掙扎不起。大聖奪過如意鉤來，折為兩段，總拿著又一抉，抉作四段，擲之於地道：「潑孽畜！再敢無禮麼？」那妖仙戰戰兢兢，忍辱無言。這大聖笑呵呵，駕雲而起。有詩為證。詩曰：

真鉛若煉須真水，真水調和真汞乾。真汞真鉛無母氣，靈砂靈藥是仙丹。
嬰兒枉結成胎象，土母施功不費難。推倒旁門宗正教，心君得意笑容還。

大聖縱著祥光，趕上沙僧。得了真水，喜喜歡歡，回於本處。按下雲頭，徑來村舍。只見豬八戒腆著肚子，倚在門枋上哼哩。行者悄悄上前道：「呆子，幾時占房的？」呆子慌了道：「哥哥莫取笑。可曾有水來麼？」行者還要耍他，沙僧隨後就到，笑道：「水來了！水來了！」三藏忍痛欠身道：「徒弟呀，累了你們也！」那婆婆卻也歡喜，幾口兒都出禮拜道：「菩薩呀，卻是難得！難得！」即忙取個花磁盞子，舀了半盞兒，遞與三藏道：「老師父，細細的吃；只消一口，就解了胎氣。」八戒道：「我不用盞子，連吊桶等我喝了罷。」那婆子道：「老爺爺，唬殺人罷了！若吃了這吊桶水，好道連腸子肚子都化盡了！」唬得呆子不敢胡為，也只吃了半盞。

那裡有頓飯之時，他兩個腹中絞痛，只聽轂轆轂轆三五陣腸鳴。腸鳴之後，那呆子忍不住，大小便齊流。唐僧也忍不住要往靜處解手。行者道：「師父啊，切莫出風地裡去。怕人子，一時冒了風，弄做個產後之疾。」那婆婆即取兩個淨桶來，教他兩個方便。須臾間，各行了幾遍，才覺住了疼痛，漸漸的銷了腫脹，化了那血團肉塊。那婆婆家又熬些白米粥與他補虛。八戒道：「婆婆，我的身子實落，不用補虛。且燒些湯水與我洗個澡，卻好吃粥。」沙僧道：「哥哥，洗不得澡。坐月子的人弄了水漿致病。」八戒道：「我又不曾大生，左右只是個小產，怕他怎的？洗洗兒乾淨。」真個那婆子燒些湯與他兩個淨了手腳。唐僧才吃兩盞兒粥湯，八戒就吃了十數碗，還只要添。行者笑道：「夯貨！少吃些！莫弄做個『沙包肚』，不像模樣。」八戒道：「沒事！沒事！我又不是母豬，怕他做甚？」那家子真個又去收拾煮飯。老婆婆對唐僧道：「老師父，把這水賜了我罷。」行者道：「呆子，不吃水了？」八戒道：「我的肚腹也不疼了，胎氣想是已行散了。灑然無事，又吃水何為？」行者道：「既是他兩個都好了，將水送你家罷。」那婆婆謝了行者，將餘剩之水，裝於瓦罐之中，埋在後邊地下，對眾老小道：「這罐水，彀我的棺材本也！」眾老小無不歡喜。整頓齋飯，調開桌凳，唐僧們吃了齋。消消停停，將息了一宿。

次日天明，師徒們謝了婆婆家，出離村舍。唐三藏攀鞍上馬，沙和尚挑著行囊，孫大聖前邊引路，豬八戒攏了轡繩。這裡才是：洗淨口孽身乾淨，銷化凡胎體自然。畢竟不知到國界中還有甚麼理會，且聽下回分解。

第五十四回

法性西來逢女國　心猿定計脫煙花

話說三藏師徒別了村舍人家，依路西進，不上三四十里，早到西梁國界。唐僧在馬上指道：「悟空，前面城池相近，市井上人語喧嘩，想是西梁女國。汝等須要仔細，謹慎規矩，切休放蕩情懷，紊亂法門教旨。」三人聞言，謹遵嚴命。

言未盡，卻至東關廂街口。那裡人都是長裙短襖，粉面油頭。不分老少，盡是婦女。正在兩街上做買做賣，忽見他四眾來時，一齊都鼓掌呵呵，整容歡笑道：「人種來了！人種來了！」慌得那三藏勒馬難行。須臾間就塞滿街道，惟聞笑語。八戒口裡亂嚷道：「我是個銷豬！我是個銷豬！」行者道：「呆子，莫胡談。拿出舊嘴臉便是。」八戒真個把頭搖上兩搖，豎起一雙蒲扇耳，扭動蓮蓬吊搭唇，發一聲喊，把那些婦女們唬得跌跌爬爬。有詩為證。詩曰：

聖僧拜佛到西梁，國內衡陰世少陽。農士工商皆女輩，漁樵耕牧盡紅妝。
嬌娥滿路呼人種，幼婦盈街接粉郎。不是悟能施醜相，煙花圍困苦難當！

遂此眾皆恐懼，不敢上前。一個個都捻手矬腰，搖頭咬指，戰戰兢兢，排塞街傍路下，都看唐僧。孫大聖卻也弄出醜相開路，沙僧也裝䴕虎維持。八戒採著馬，掬著嘴，擺著耳朵。一行前進，又見那市井上房屋齊整，鋪面軒昂，一般有賣鹽賣米，酒肆茶房；鼓角樓台通貨殖，旗亭候館掛簾櫳。師徒們轉灣抹角，忽見有一女官侍立街下，高聲叫道：「遠來的使客，不可擅入城門。請投館驛注名上簿，待下官執名奏駕，驗引放行。」三藏聞言下馬，觀看那衙門上有一匾，上書「迎陽驛」三字。長老道：「悟空，那村舍人家傳言是實，果有迎陽之驛。」沙僧笑道：「二哥，你卻去『照胎泉』邊照照，看可有雙影。」八戒道：「莫弄我！我自吃了那盞兒落胎泉水，已此打下胎來了，還照他怎的？」三藏回頭吩咐道：「悟能，謹言！謹言！」遂上前與那女官作禮。

女官引路，請他們都進驛內，正廳坐下，即喚看茶。又見那手下人盡是三綹梳頭，兩截穿衣之類。你看他拿茶的也笑。少頃茶罷。女官欠身問曰：「使客何來？」行者道：「我等乃東土大唐王駕下欽差上西天拜佛求經者。我師父便是唐王御弟，號曰唐三藏。我乃他大徒弟孫悟空。這兩個是我師弟：豬悟能、沙悟淨。一行連馬五口。隨身有通關文牒，乞為照驗放行。」那女官執筆寫罷，下來叩頭道：「老爺恕罪。下官乃迎陽驛驛丞，實不知上邦老爺，知當遠接。」拜畢起身，即令管事的安排飲饌。道：「爺爺們寬坐一時，待下官進城啟奏我王，倒換關文，打發領給，送老爺們西進。」三藏欣然而坐不題。

且說那驛丞整了衣冠，徑入城中五鳳樓前，對黃門官道：「我是迎陽館驛丞，有事見駕。」黃門即時啟奏。降旨傳宣至殿，問曰：「驛丞有何事來奏？」驛丞道：「微臣在驛，接得東土大唐王御弟唐三藏。有三個徒弟，名喚孫悟空、豬悟能、沙悟淨，連馬五口，欲上西天拜佛取經。特來啟奏主

第五十四回

法性西來逢女國　心猿定計脫煙花

公，可許他倒換關文放行？」女王聞奏，滿心歡喜，對眾文武道：「寡人夜來夢見金屏生彩豔，玉鏡展光明，乃是今日之喜兆也。」眾女官擁拜丹墀道：「主公，怎見得是今日之喜兆？」女王道：「東土男人，乃唐朝御弟。我國中自混沌開辟之時，累代帝王，更不曾見個男人至此。幸今唐王御弟下降，想是天賜來的。寡人以一國之富，願招御弟為王，我願為后，與他陰陽配合，生子生孫，永傳帝業，卻不是今日之喜兆也？」眾女官拜舞稱揚，無不歡悅。

驛丞又奏道：「主公之論，乃萬代傳家之好；但只是御弟三徒凶惡，不成相貌。」女王道：「卿見御弟怎生模樣？他徒弟怎生凶醜？」驛丞道：「御弟相貌堂堂，豐姿英俊，誠是天朝上國之男兒，南贍中華之人物。那三徒卻是形容獰惡，相貌如精。」女王道：「既如此，把他徒弟與他領給，倒換關文，打發他往西天，只留下御弟，有何不可？」眾官拜奏道：「主公之言極當，臣等欽此欽遵。但只是匹配之事，無媒不可。自古道：『姻緣配合憑紅葉，月老夫妻繫赤繩。』」女王道：「依卿所奏，就著當駕太師作媒，迎陽驛丞主婚，先去驛中與御弟求親。待他許可，寡人卻擺駕出城迎接。」那太師、驛丞，領旨出朝。

卻說三藏師徒們在驛廳上正享齋飯，只見外面人報：「當駕太師與我們本官老姆來了。」三藏道：「太師來卻是何意？」八戒道：「怕是女王請我們也。」行者道：「不是相請，就是說親。」三藏道：「悟空，假如不放，強逼成親，卻怎麼是好？」行者道：「師父只管允他，老孫自有處治。」

說不了，二女官早至，對長老下拜。長老一一還禮道：「貧僧出家人，有何德能，敢勞大人下拜？」那太師見長老相貌軒昂，心中暗喜道：「我國中實有造化，這個男子，卻也做得我王之夫。」二官拜畢起來，侍立左右道：「御弟爺爺，萬千之喜了！」三藏道：「我出家人，喜從何來？」太師躬身道：「此處乃西梁女國，國中自來沒個男子。今幸御弟爺爺降臨，臣奉我王旨意，特來求親。」三藏道：「善哉！善哉！我貧僧只身來到貴地，又無兒女相隨，止有頑徒三個，不知大人求的是那個親事？」驛丞道：「下官才進朝啟奏，我王十分歡喜道，夜來得一吉夢，夢見金屏生彩豔，玉鏡展光明。知御弟乃中華上國男兒，我王願以一國之富，招贅御弟爺爺為夫，坐南面稱孤，我王願為帝后。傳旨著太師作媒，下官主婚，故此特來求這親事也。」

三藏聞言，低頭不語。太師道：「大丈夫遇時，不可錯過。似此招贅之事，天下雖有；托國之富，世上實稀。請御弟速允，庶好回奏。」長老越加痴痖。

八戒在旁掬著碓挺嘴，叫道：「太師，你去上覆國王：我師父乃久修得道的羅漢，決不愛你托國之富，也不愛你傾國之容；快些兒倒換關文，打發他往西去，留我在此招贅，如何？」太師聞說，膽戰心驚，不敢回話。驛丞道：「你雖是個男身，但只形容醜陋，不中我王之意。」八戒笑道：「你甚不通變。常言道：『粗柳簸箕細柳斗，世上誰見男兒醜？』」行者道：「呆子，勿得胡談，任師父尊意。可行則行，可止則止。莫要耽擱了媒妁工夫。」

三藏道：「悟空，憑你怎麼說好。」行者道：「依老孫說，你在這裡也好。自古道，『千里姻緣似線牽』哩。那裡再有這般相應處？」三藏道：「徒弟，我們在這裡貪圖富貴，誰卻去西天取經？那不望壞了我大唐之帝主也？」太師道：「御弟在上，微臣不敢隱言。我王旨意，原只教求御弟為親，教你三位徒弟赴了會親筵宴，發付領給，倒換關文，往西天取經去哩。」行者道：「太師說得有理。我等不必作難，情願留下師父，與你主為夫。快換關文，打發我們西去。待取經回來，好到此拜爺娘，討盤纏，回大唐也。」

第五十四回

法性西來逢女國　心猿定計脫煙花

那太師與驛丞對行者作禮道：「多謝老師玉成之恩！」八戒道：「太師，切莫要『口裡擺菜碟兒』（說空話而沒有實惠）。既然我們許諾，且教你主先安排一席，與我們吃盅肯酒，如何？」太師道：「有，有，有，就教擺設筵宴來也。」那驛丞與太師，歡天喜地，回奏女主不題。

卻說唐長老一把扯住行者，罵道：「你這猴頭，弄殺我也！怎麼說出這般話來，教我在此招婚，你們西天拜佛，我就死也不敢如此！」行者道：「師父放心。老孫豈不知你性情，但只是到此地，遇此人，不得不將計就計。」三藏道：「怎麼叫做將計就計？」行者道：「你若使住法兒不允他，他便不肯倒換關文，不放我們走路。倘或意惡心毒，喝令多人，割了你肉，做甚麼香袋啊，我等豈有善報？一定要使出降魔蕩怪的神通。你知我們的手腳又重，器械又凶，但動動手兒，這一國的人，盡打殺了。他雖然阻擋我等，卻不是怪物妖精，還是一國人身；你又平素是個好善慈悲的人，在路上一靈（泛指有生命之物）不損；若打殺無限的平人，你心何忍！誠為不善了也。」

三藏聽說，道：「悟空，此論最善。但恐女主招我進去，要行夫婦之禮，我怎肯喪元陽，敗壞了佛家德行；走真精，墜落了本教人身。」

行者道：「今日允了親事，他一定以皇帝禮，擺駕出城接你；你更不要推辭，就坐他鳳輦龍車，登寶殿，面南坐下，問女王取出御寶印信來，宣我們兄弟進朝，把通關文牒用了印，再請女王寫個手字花押，僉押了交付與我們。一壁廂教擺筵宴，就當與女王會喜，就與我們送行。待筵宴已畢，再叫排駕，只說送我們三人出城，回來與女王配合。哄得他君臣歡悅，更無阻擋之心，亦不起毒惡之念，卻待送出城外，你下了龍車鳳輦，教沙僧伺候左右，伏侍你騎上白馬，老孫卻使個定身法兒，教他君臣人等皆不能動，我們順大路只管西行。行得一晝夜，我卻念個咒，解了術法，還教他君臣們蘇醒回城。一則不傷了他的性命，二來不損了你的元神。這叫做『假親脫網』之計。豈非一舉兩全之美也？」三藏聞言，如醉方醒，似夢初覺，樂以忘憂，稱謝不盡，道：「深感賢徒高見。」四眾同心合意，正自商量不題。

卻說那太師與驛丞，不等宣詔，直入朝門白玉階前，奏道：「主公佳夢最準，魚水之歡就矣。」女王聞奏，捲珠簾，下龍床，啟櫻唇，露銀齒，笑吟吟嬌聲問曰：「賢卿見御弟，怎麼說來？」太師道：「臣等到驛，拜見御弟畢，即備言求親之事。御弟還有推托之辭，幸虧他大徒弟慨然見允，願留他師父與我王為夫，面南稱帝，只教先倒換關文，打發他三人西去；取得經回，好到此拜認爺娘，討盤費回大唐也。」女王笑道：「御弟再有何說？」太師奏道：「御弟不言，願配我主；只是他那二徒弟，先要吃席肯酒。」

女王聞言，即傳旨，教光祿寺排宴。一壁廂排大駕，出城迎接夫君。眾女官即欽遵王命，打掃宮殿，鋪設庭台。一班兒擺宴的，火速安排；一班兒擺駕的，流星整備。你看那西梁國雖是婦女之邦，那鑾輿不亞中華之盛。但見：

六龍噴彩，雙鳳生祥。六龍噴彩扶車出，雙鳳生祥駕輦來。馥郁異香藹，氤氳瑞氣開。金魚玉佩多官擁，寶髻雲鬟眾女排。鴛鴦掌扇遮鑾駕，翡翠珠簾影鳳釵。笙歌音美，弦管聲諧。一片歡情沖碧漢，無邊喜氣出靈台。三簷羅蓋搖天宇，五色旌旗映御階。此地自來無合巹，女王今日配男才。

第五十四回

法性西來逢女國　心猿定計脫煙花

不多時，大駕出城，早到迎陽館驛。忽有人報三藏師徒道：「駕到了。」三藏聞言，即與三徒，整衣出廳迎駕。女王捲簾下輦道：「那一位是唐朝御弟？」太師指道：「那驛門外香案前穿襴衣者便是。」女王閃鳳目，簇蛾眉，仔細觀看，果然一表非凡。你看他：

豐姿英偉，相貌軒昂。齒白如銀砌，唇紅口四方。頂平額闊天倉滿，目秀眉清地閣長。兩耳有輪真傑士，一身不俗是才郎。好個妙齡聰俊風流子，堪配西梁窈窕娘。

女王看到那心歡意美之處，不覺淫情汲汲，愛欲恣恣，展放櫻桃小口，呼道：「大唐御弟，還不來占鳳乘鸞也？」三藏聞言，耳紅面赤，羞答答不敢抬頭。豬八戒在旁，掬著嘴，餳眼觀看那女王，卻也裊娜。真個：

眉如翠羽，肌似羊脂。臉襯桃花瓣，鬟堆金鳳絲。秋波湛湛妖嬈態，春筍纖纖妖媚姿。斜軃紅綃飄彩豔，高簪珠翠顯光輝。說甚麼昭君美貌，果然是賽過西施。柳腰微展鳴金珮，蓮步輕移動玉肢。月裡嫦娥難到此，九天仙子怎如斯。宮妝巧樣非凡類，誠然王母降瑤池。

那呆子看到好處，忍不住口嘴流涎，心頭撞鹿，一時間骨軟筋麻。好便似雪獅子向火，不覺的都化去也。只見那女王走近前來，一把扯住三藏，俏語嬌聲，叫道：「御弟哥哥，請上龍車，和我同上金鑾寶殿，匹配夫婦去來。」這長老戰兢兢立站不住，似醉如痴。行者在側教道：「師父不必太謙，請共師娘上輦。快快倒換關文，等我們取經去罷。」長老不敢回言，把行者抹了兩抹，止不住落下淚來。行者道：「師父切莫煩惱。這般富貴，不受用還待怎麼哩？」三藏沒及奈何，只得依從。揩了眼淚，強整歡容，移步近前，與女主：

同攜素手，共坐龍車。那女主喜孜孜欲配夫妻，這長老憂惶惶只思拜佛。一個要洞房花燭交鴛侶，一個要西宇靈山見世尊。女帝真情，聖僧假意。女帝真情，指望和諧同到老；聖僧假意，牢藏情意養元神。一個喜見男身，恨不得白晝並頭諧伉儷；一個怕逢女色，只思量即時脫網上雷音。二人和會同登輦，豈料唐僧各有心！

那些文武官，見主公與長老同登鳳輦，並肩而坐，一個個眉花眼笑，撥轉儀從，復入城中。孫大聖才教沙僧挑著行李，牽著白馬，隨大駕後邊同行。豬八戒往前亂跑，先到五鳳樓前，嚷道：「好自在，好現成呀！這個弄不成！這個弄不成！吃了喜酒進親才是！」唬得些執儀從引導的女官，一個個回至駕邊道：「主公，那一個長嘴大耳的，在五鳳樓前嚷道，要喜酒吃哩。」女主聞奏，與長老倚香肩，偎並桃腮，開檀口，俏聲叫道：「御弟哥哥，長嘴大耳的是你那個高徒？」三藏道：「是我第二個徒弟。他生得食腸寬大，一生要圖口肥，須是先安排些酒食與他吃了，方可行事。」女主急問：「光祿寺安排筵宴，完否？」女官奏道：「已完，設了葷素兩樣，在東閣上哩。」女王又問：「怎麼兩樣？」女官奏道：「臣恐唐朝御弟與高徒等平素吃齋，故有葷素兩樣。」女王卻又笑吟吟，偎著長老的香腮道：「御弟哥哥，你吃葷吃素？」三藏道：「貧僧吃素，但是未曾戒酒。須得幾杯素酒，與我二徒弟吃些。」

說未了，太師啟奏：「請赴東閣會宴。今宵吉日良辰，就可與御弟爺爺成親。明日天開黃道，請御弟爺爺登寶殿，面南，改年號即位。」女王大喜，即與長老攜手相攙，下了龍車，共入端門裡。但見那：

風飄仙樂下樓台，閶闔中間翠輦來。鳳闕大開光藹藹，皇宮不閉錦排排。
麒麟殿內爐煙裊，孔雀屏邊房影回。亭閣崢嶸如上國，玉堂金馬更奇哉。

既至東閣之下，又聞得一派笙歌聲韻美，又見兩行紅粉貌嬌嬈。正中堂排設兩般盛宴：左邊上首是素筵，右邊上首是葷筵。下兩路盡是單席。那女王斂袍袖，十指尖尖，奉著玉杯，便來安席。行者近前道：「我師徒都是吃素。先請師父坐了左手素席，轉下三席，分左右，我兄弟們好坐。」太師喜道：「正是，正是。師徒即父子也，不可並肩。」眾女官連忙調了席面。女王一一傳杯，安了他弟兄三位。行者又與唐僧丟個眼色，教師父回禮。三藏下來，卻也擎玉杯，與女王安席。那些文武官，朝上拜謝了皇恩，各依品從，分坐兩邊，才住了音樂請酒。

那八戒那管好歹，放開肚子，只情吃起。也不管甚麼玉屑米飯、蒸餅、糖糕、蘑菇、香蕈、筍芽、木耳、黃花菜、石花菜、紫菜、蔓菁、芋頭、蘿菔、山藥、黃精，一骨辣 了個罄盡。喝了五七杯酒，口裡嚷道：「看添換來！拿大觥來！再吃幾觥，各人幹事去。」沙僧問道：「好筵席不吃，還要幹甚事？」呆子笑道：「古人云：『造弓的造弓，造箭的造箭。』我們如今招的招，嫁的嫁，取經的還去取經，走路的還去走路，莫只管貪杯誤事。快早兒打發關文。正是『將軍不下馬，各自奔前程。』」女王聞說，即命取大杯來。近侍官連忙取幾個鸚鵡杯、鸕鷀杓、金叵羅、銀鑿落、玻璃盞、水晶盆、蓬萊碗、琥珀鐘，滿斟玉液，連注瓊漿。果然都各飲一巡。

三藏欠身而起，對女王合掌道：「陛下，多蒙盛設，酒已彀了。請登寶殿，倒換關文，趕天早，送他三人出城罷。」女王依言，攜著長老，散了筵宴，上金鑾寶殿，即讓長老即位。三藏道：「不可！不可！適太師言過，明日天開黃道，貧僧才敢即位稱孤。今日即印關文，打發他去也。」女王依言，仍坐了龍床，即取金交椅一張，放在龍床左手，請唐僧坐了，叫徒弟們拿上通關文牒來。大聖便教沙僧解開包袱，取出關文。大聖將關文雙手捧上。那女王細看一番，上有大唐皇帝寶印九顆，下有寶象國印，烏雞國印，車遲國印。女王看罷，嬌滴滴笑語道：「御弟哥哥又姓陳？」三藏道：「俗家姓陳，法名玄奘。因我唐王聖恩認為御弟，賜姓我為唐也。」女王道：「關文上如何沒有高徒之名？」三藏道：「三個頑徒，不是我唐朝人物。」女王道：「既不是你唐朝人物，為何肯隨你來？」三藏道：「大的個徒弟，祖貫東勝神洲傲來國人氏；第二個乃西牛賀洲烏斯莊人氏；第三個乃流沙河人氏：他三人都因罪犯天條，南海觀世音菩薩解脫他苦，秉善皈依，將功折罪，情願保護我上西天取經。皆是途中收得，故此未注法名在牒。」女王道：「我與你添注法名，好麼？」三藏道：「但憑陛下尊意。」女王即令取筆硯來，濃磨香翰，飽潤香毫，牒文之後，寫上孫悟空、豬悟能、沙悟淨三人名諱，卻才取出御印，端端正正印了；又畫個手字花押，傳將下去。孫大聖接了，教沙僧包裹停當。

那女王又賜出碎金碎銀一盤，下龍床遞與行者道：「你三人將此權為路費，早上西天；待汝等取經回來，寡人還有重謝。」行者道：「我們出家人，不受金銀，途中自有乞化之處。」女王見他不

第五十四回

法性西來逢女國　心猿定計脫煙花

受，又取出綾錦十匹，對行者道：「汝等行色匆匆，裁製不及，將此路上做件衣服遮寒。」行者道：「出家人穿不得綾錦，自有護體布衣。」女王見他不受，教：「取御米三升，在路權為一飯。」八戒聽說個「飯」字，便就接了，捎在包袱之間。行者道：「兄弟，行李見今沉重，且倒有氣力挑米？」八戒笑道：「你那裡知道，米好的是個日消貨。只消一頓飯，就了帳也。」遂此合拿謝恩。

三藏道：「敢煩陛下相同貧僧送他三人出城，待我囑咐他們幾句，教他好生西去，我卻回來，與陛下永受榮華。無掛無牽，方可會鸞交鳳友也。」女王不知是計，便傳旨擺駕，與三藏並倚香肩，同登鳳輦，出西城而去。滿城中都盞添淨水，爐降真香。一則看女王鸞駕，二來看御弟男身。沒老沒小，盡是粉容嬌面，綠鬢雲鬟之輩。不多時，大駕出城，到西關之外。

行者、八戒、沙僧，同心合意，結束整齊，徑迎著鑾輿，厲聲高叫道：「那女王不必遠送，我等就此拜別。」長老慢下龍車，對女王拱手道：「陛下請回，讓貧僧取經去也。」女王聞言，大驚失色，扯住唐僧道：「御弟哥哥，我願將一國之富，招你為夫，明日高登寶位，即位稱君，我願為君之後，喜筵通皆吃了，如何卻又變卦？」八戒聽說，發起個瘋來，把嘴亂扭，耳朵亂搖，闖至駕前，嚷道：「我們和尚家和你這粉骷髏做甚夫妻！放我師父走路！」那女王見他那等撒潑弄醜，唬得魂飛魄散，跌入輦駕之中。沙僧卻把三藏搶出人叢，伏侍上馬。只見那路旁閃出一個女子，喝道：「唐御弟，那裡走！我和你耍風月兒去來！」沙僧罵道：「賊輩無知！」掣寶杖劈頭就打。那女子弄陣旋風，嗚的一聲，把唐僧攝將去了，無影無蹤，不知下落何處。咦！正是：脫得煙花網，又遇風月魔。畢竟不知那女子是人是怪，老師父的性命得死得生，且聽下回分解。

第五十五回

色邪淫戲唐三藏　性正修持不壞身

卻說孫大聖與豬八戒正要使法定那些婦女，忽聞得風響處，沙僧嚷鬧，急回頭時，不見了唐僧。行者道：「是甚人來搶師父去了！」沙僧道：「是一個女子，弄陣旋風，把師父攝了去也。」行者聞言，唿哨跳在雲端裡，用手搭涼篷，四下裡觀看。只見一陣灰塵，風滾滾，往西北上去了。急回頭叫道：「兄弟們，快駕雲同我趕師父去來！」八戒與沙僧，即把行囊捎在馬上，響一聲，都跳在半空裡去。

慌得那西梁國君臣女輩，跪在塵埃，都道：「是白日飛升的羅漢，我主不必驚疑。唐御弟也是個有道的禪僧，我們都有眼無珠，錯認了中華男子，枉費了這場神思。請主公上輦回朝也。」女王自覺慚愧，多官都一齊回國不題。

卻說孫大聖兄弟三人騰空踏霧，望著那陣旋風，一直趕來，前至一座高山，只見灰塵息靜，風頭散了，更不知怪向何方。兄弟們按落雲霧，找路尋訪，忽見一壁廂，青石光明，卻似個屏風模樣。三人牽著馬轉過石屏，石屏後有兩扇石門，門上有六個大字，乃是「毒敵山琵琶洞」。八戒無知，上前

第五十五回
色邪淫戲唐三藏　性正修持不壞身

就使釘鈀築門。行者急止住道：「兄弟莫忙。我們隨旋風趕便趕到這裡，尋了這會，方遇此門，又不知深淺如何。倘不是這個門兒，卻不惹他見怪？你兩個且牽了馬，還轉石屏前立等片時，待老孫進去打聽打聽，察個有無虛實，卻好行事。」沙僧聽說，大喜道：「好！好！好！正是粗中有細，果然急處從寬。」他二人牽馬回來。孫大聖顯個神通，捻著訣，念個咒語，搖身一變，變作蜜蜂兒，真個輕巧！你看他：

翅薄隨風軟，腰輕映日纖。嘴甜曾覓蕊，尾利善降蟾。
釀蜜功何淺，投衙禮自謙。如今施巧計，飛舞入門簷。

行者自門瑕處鑽將進去，飛過二層門裡，只見正當中花亭子上端坐著一個女怪，左右列幾個彩衣繡服，丫髻兩揫的女童，都歡天喜地，正不知講論甚麼。這行者輕輕的飛上去，釘在那花亭格子上，側耳才聽，又見兩個總角蓬頭女子，捧兩盤熱騰騰的面食，上亭來道：「奶奶，一盤是人肉餡的葷饃饃，一盤是鄧沙餡的素饃饃。」那女怪笑道：「小的們，攙出唐御弟來。」幾個彩衣繡服的女童，走向後房，把唐僧扶出。那師父面黃唇白，眼紅淚滴。行者在暗中嗟嘆道：「師父中毒了！」

那怪走下亭，露春蔥十指纖纖，扯住長老道：「御弟寬心。我這裡雖不是西梁女國的宮殿，不比富貴奢華，其實卻也清閒自在，正好念佛看經。我與你做個道伴兒，真個是百歲和諧也。」三藏不語。那怪道：「且休煩惱。我知你在女國中赴宴之時，不曾進得飲食。這裡葷素麵飯兩盤，憑你受用些兒壓驚。」三藏沉思默想道：「我待不說話，不吃東西，此怪比那女王不同，女王還是人身，行動以禮；此怪乃是妖神，恐為加害，奈何？我三個徒弟，不知我困陷在於這裡，倘或加害，卻不枉丟性命？」以心問心，無計所奈，只得強打精神，開口道：「葷的何如？素的何如？」女怪道：「葷的是人肉餡饃饃，素的是鄧沙餡饃饃。」三藏道：「貧僧吃素。」那怪笑道：「女童，看熱茶來，與你家長爺爺吃素饃饃。」一女童，果捧著香茶一盞，放在長老面前。那怪將一個素饃饃劈破，遞與三藏。三藏將個葷饃饃囫圇遞與女怪。女怪笑道：「御弟，你怎麼不劈破與我？」三藏合掌道：「我出家人，不敢破葷。」那女怪道：「你出家人不敢破葷，怎麼前日在子母河邊吃水高（即水糕），今日又好吃鄧沙餡？」三藏道：「水高船去急，沙陷馬行遲。」

行者在格子眼聽著兩個言語相攀，恐怕師父亂了真性，忍不住，現了本相，掣鐵棒喝道：「孽畜無禮！」那女怪見了，口噴一道煙光，把花亭子罩住，教：「小的們，收了御弟！」他卻拿一柄三股鋼叉，跳出亭門，罵道：「潑猴憊懶！怎麼敢私入吾家，偷窺我容貌！不要走！吃老娘一叉！」這大聖使鐵棒架住，且戰且退。

二人打出洞外。那八戒、沙僧，正在石屏前等候，忽見他兩個爭持，慌得八戒將白馬牽過道：「沙僧，你只管看守行李、馬匹，等老豬去幫打幫打。」好呆子，雙手舉鈀，趕上前叫道：「師兄靠後，讓我打這潑賤！」那怪見八戒來，他又使個手段，呼了一聲，鼻中出火，口內生煙，把身子抖了一抖，三股叉飛舞衝迎。那女怪也不知有幾隻手，沒頭沒臉的滾將來。這行者與八戒，兩邊攻住。那怪道：「孫悟空，你好不識進退！我便認得你，你是不認得我。你那雷音寺裡佛如來，也還怕我哩。量你這兩個毛人，到得那裡！都上來，一個個仔細看打！」這一場怎見得好戰：

第五十五回
色邪淫戲唐三藏　性正修持不壞身

女怪威風長，猴王氣概興。天蓬元帥爭功績，亂舉釘鈀要顯能。那一個手多叉緊煙光繞，這兩個性急兵強霧氣騰。女怪只因求配偶，男僧怎肯洩元精！陰陽不對相持鬥，各逞雄才恨苦爭。陰靜養榮思動動，陽收息衛愛清清。致令兩處無和睦，叉鈀鐵棒賭輸贏。這個棒有力，鈀更能，女怪鋼叉丁對丁。毒敵山前三不讓，琵琶洞外兩無情。那一個喜得唐僧諧鳳侶，這兩個必隨長老取真經。驚天動地來相戰，只殺得日月無光星斗更！

三個鬥罷多時，不分勝負。那女怪將身一縱，使出個倒馬毒樁（蠍子用尾尖螫人），不覺的把大聖頭皮上扎了一下。行者叫聲：「苦啊！」忍耐不得，負痛敗陣而走。八戒見事不諧，拖著鈀徹身而退。那怪得了勝，收了鋼叉。

行者抱頭，皺眉苦面，叫聲：「利害！利害！」八戒到跟前問道：「哥哥，你怎麼正戰到好處，卻就叫苦連天的走了？」行者抱著頭，只叫：「疼！疼！疼！」沙僧道：「想是你頭風發了？」行者跳道：「不是！不是！不是！」八戒道：「哥哥，我不曾見你受傷，卻頭疼，何也？」行者哼哼的道：「了不得！了不得！我與他正然打處，他見我破了他的叉勢，他就把身子一縱，不知是件甚麼兵器，著我頭上扎了一下，就這般頭疼難禁；故此敗了陣來。」八戒笑道：「只這等靜處常誇口，說你的頭是修煉過的。卻怎麼就不禁這一下兒？」行者道：「正是。我這頭，自從修煉成真，盜食了蟠桃仙酒，老子金丹；大鬧天宮時，又被玉帝差大刀鬼王、二十八宿，押赴斗牛宮外處斬，那些神將使刀斧錘劍，雷打火燒；及老子把我安於八卦爐，鍛煉四十九日，俱未傷損。今日不知這婦人用的是甚麼兵器，把老孫頭弄傷也！」沙僧道：「你放了手，等我看看。莫破了！」行者道：「不破！不破！」八戒道：

「我去西梁國討個膏藥你貼貼。」行者道：「又不腫不破，怎麼貼得膏藥？」八戒笑道：「哥啊，我的胎前產後病倒不曾有，你倒弄了個腦門癰（皮膚化膿的炎症）了。」沙僧道：「二哥且休取笑。如今天色晚矣，大哥傷了頭，師父又不知死活，怎的是好！」

行者哼道：「師父沒事。我進去時，變作蜜蜂兒，飛入裡面，見那婦人坐在花亭子上。少頃，兩個丫鬟，捧兩盤饃饃：一盤是人肉餡，葷的；一盤是鄧沙餡，素的。又著兩個女童扶師父出來吃一個壓驚，又要與師父做甚麼道伴兒。師父始初不與那婦人答話，也不吃饃饃；後見他甜言美語，不知怎麼，就開口說話，卻說吃素的。那婦人就將一個素的劈開，遞與師父。師父將個囫圇葷的遞與那婦人。婦人道：『怎不劈破？』師父道：『出家人不敢破葷。』那婦人道：『既不破葷，前日怎麼在子母河邊飲水高，今日又好吃鄧沙餡？』師父不解其意，答他兩句道：『水高船去急，沙陷馬行遲。』我在格子上聽見，恐怕師父亂性，便就現了原身，掣棒就打。他也使神通，噴出煙霧，叫『收了御弟』，就掄鋼叉，與老孫打出洞來也。」沙僧聽說，咬指道：「這潑賤也不知從那裡就隨將我們來，把上項事都知道了！」

八戒道：「這等說，便我們安歇不成？莫管甚麼黃昏半夜，且去他門上索戰，嚷嚷鬧鬧，攪他個不睡，莫教他捉弄了我師父。」行者道：「頭疼，去不得！」沙僧道：「不須索戰。一則師兄頭痛；二來我師父是個真僧，決不以色空亂性。且就在山坡下，閉風處，坐這一夜，養養精神，待天明再作理會。」一遂此，三個弟兄，拴牢白馬，守護行囊，就在坡下安歇不題。

卻說那女怪放下凶惡之心，重整歡愉之色，叫：「小的們，把前後門都關緊了。」又使兩個支更（更夫），防守行者。但聽門響，即時通報。卻又教：「女童，將臥房收拾齊整，掌燭焚香，請唐御弟

第五十五回

色邪淫戲唐三藏　性正修持不壞身

來，我與他交歡。」遂把長老從後邊攙出。那女怪弄出十分嬌媚之態，攜定唐僧道：「常言『黃金未為貴，安樂值錢多。』且和你做會夫妻兒，耍子去也。」

這長老咬定牙關，聲也不透。欲待不去，恐他生心害命，只得戰兢兢，跟著他步入香房。卻如痴如啞，那裡抬頭舉目，更不曾看他房裡是甚床鋪幔帳，也不知有甚箱籠梳妝。那女怪說出的雨意雲情，亦漠然無聽。好和尚，真是那：

目不視惡色，耳不聽淫聲。他把這錦繡嬌容如糞土，金珠美貌若灰塵。一生只愛參禪，半步不離佛地。那裡會惜玉憐香，只曉得修真養性。那女怪，活潑潑，春意無邊；這長老，死丁丁，禪機有在。一個似軟玉溫香，一個如死灰槁木。那一個，展鴛衾，淫興濃濃；這一個，束褊衫，丹心耿耿。那個要貼胸交股和鸞鳳，這個要面壁歸山訪達摩。女怪解衣，賣弄他肌香膚膩；唐僧斂衽，緊藏了糙肉粗皮。女怪道：「我枕剩衾閒何不睡？」唐僧道：「我頭光服異怎相陪！」那個道：「我願作前朝柳翠翠。」這個道：「貧僧不是月闍黎。」女怪道：「我美若西施還裊娜。」唐僧道：「我越王因此久埋屍。」女怪道：「御弟，你記得『寧教花下死，做鬼也風流』？」唐僧道：「我的真陽為至寶，怎肯輕與你這粉骷髏。」

他兩個散言碎語的，直鬥到更深，唐長老全不動念。那女怪扯扯拉拉的不放，這師父只是老老成成的不肯。直纏到有半夜時候，把那怪弄得惱了，叫：「小的們，拿繩來！」可憐將一個心愛的人兒，一條繩，捆的像個猱獅模樣。又教拖在房廊下去，卻吹滅銀燈，各歸寢處。一夜無詞。

不覺的雞聲三唱。那山坡下孫大聖欠身道：「我這頭疼了一會，到如今也不疼不麻，只是有些作癢。」八戒笑道：「癢便再教他扎一下，何如？」行者啐了一口道：「放！放！放！」八戒又笑道：「放！放！放！我師父這一夜倒浪！浪！浪！」沙僧道：「且莫鬥口。天亮了，快趕早兒捉妖怪去。」行者道：「兄弟，你只管在此守馬，休得動身。豬八戒跟我去。」

那呆子抖擻精神，束一束皂錦直裰，相隨行者，各帶了兵器，跳上山崖，徑至石屏之下。行者道：「你且立住。只怕這怪物夜裡傷了師父，先等我進去打聽打聽。倘若被他哄了，喪了元陽，真個虧了德行，卻就大家散伙；若不亂性情，禪心未動，卻好努力相持，打死精怪，救師西去。」八戒道：「你好痴啞！常言道：『乾魚可好與貓兒作枕頭？』就不如此，就不如此，也要抓你幾把是！」行者道：「莫胡疑亂說，待我看去。」

好大聖，轉石屏，別了八戒。搖身還變個蜜蜂兒，飛入門裡。見那門裡有兩個丫鬟，頭枕著梆鈴，正然睡哩。卻到花亭子觀看，那妖精原來弄了半夜，都辛苦了，一個個都不知天曉，還睡著哩。行者飛來後面，隱隱的只聽見唐僧聲喚。忽抬頭，見那步廊下四馬攢蹄捆著師父。行者輕輕的釘在唐僧頭上，叫：「師父。」唐僧認得聲音，道：「悟空來了？快救我命！」行者道：「夜來好事如何？」三藏咬牙道：「我寧死也不肯如此！」行者道：「昨日我見他有相憐相愛之意，卻怎麼今日把你這般挫折？」三藏道：「他把我纏了半夜，我衣不解帶，身未沾床。他見我不肯相從，才捆我在此。你千萬救我取經去也！」

他師徒們正然問答，早驚醒了那個妖精。妖精雖是下狠，卻還有流連不捨之意。一覺翻身，只聽見「取經去也」一句，他就滾下床來，厲聲高叫道：「好夫妻不做，卻取甚麼經去？」

第五十五回

色邪淫戲唐三藏　性正修持不壞身

行者慌了，撇卻師父，急展翅，飛將出去，現了本相，叫聲：「八戒。」那呆子轉過石屏道：「那話兒成了否？」行者笑道：「不曾！不曾！老師父被他摩弄不從，惱了，捆在那裡。正與我訴說前情，那怪驚醒了，我慌得出來也。」八戒道：「師父曾說甚來？」行者道：「他只說衣不解帶，身未沾床。」八戒笑道：「好！好！好！還是個真和尚！我們救他去！」

呆子粗魯，不容分說，舉釘鈀，望他那石頭門上盡力氣一鈀，唿喇喇築做幾塊。唬得那幾個枕梆鈴睡的丫環，跑至二層門外，叫聲：「開門！前門被昨日那兩個醜男人打破了！」那女怪正出房門，只見四五個丫鬟跑進去報道：「奶奶，昨日那兩個醜男人又來把前門已打碎矣。」那怪聞言，即忙叫：「小的們！快燒湯洗面梳妝！」叫：「把御弟連繩抬在後房收了。等我打他去！」好妖精，走出來，舉著三股叉，罵道：「潑猴！野彘！老大無知！你怎敢打破我門！」八戒罵道：「濫淫賤貨！你倒困陷我師父，返敢硬嘴！我師父是你哄將來做老公的，快快送出饒你！敢再說半個『不』字，老豬一頓鈀，連山也築倒你的！」

那妖精那容分說，抖擻身軀，依前弄法，鼻口內噴煙冒火，舉鋼叉就刺八戒。八戒側身躲過，著鈀就築。孫大聖使鐵棒並力相幫。那怪又弄神通，也不知是幾隻手，左右遮攔。交鋒三五個回合，不知是甚兵器，把八戒嘴唇上，也又扎了一下。那呆子拖著鈀，捂著嘴，負痛逃生。行者卻也有些醋（怕）他，虛丟一棒，敗陣而走。那妖精得勝而回，叫小的們搬石塊壘迭了前門不題。

卻說那沙和尚正在坡前放馬，只聽得那裡豬哼。忽抬頭，見八戒捂著嘴，哼將來。沙僧道：「怎的說？」呆子哼道：「了不得了！了不得！——疼！疼！疼！」說不了，行者也到跟前，笑道：「好呆子啊！昨日咒我是腦門癰，今日卻也弄做個腫嘴瘟了！」八戒哼道：「難忍難忍！疼得緊！利害，利害！」

三人正然難處，只見一個老媽媽兒，左手提著一個青竹籃兒，自南山路上挑菜而來。沙僧道：「大哥，那媽媽來得近了，等我問他個信兒，看這個是甚妖精，是甚兵器，這般傷人。」行者道：「你且住，等老孫問他去來。」行者急睜睛看，只見頭直上有祥雲蓋頂，左右有香霧籠身。行者認得，即叫：「兄弟們，還不來叩頭！那媽媽是菩薩來也。」慌得豬八戒忍疼下拜，沙和尚牽馬躬身，孫大聖合掌跪下，叫聲：「南無大慈大悲救苦救難靈感觀世音菩薩。」

那菩薩見他們認得元光，即踏祥雲，起在半空，現了真相。原來是魚籃之相。行者趕到空中，拜告道：「菩薩，恕弟子失迎之罪！我等努力救師，不知菩薩下降；今遇魔難難收，萬望菩薩搭救！」菩薩道：「這妖精十分利害。他那三股叉是生成的兩隻鉗腳。扎人痛者，是尾上一個鉤子，喚做『倒馬毒』。本身是個蠍子精。他前者在雷音寺聽佛談經，如來見了，不合用手推他一把，他就轉過鉤子，把如來左手中拇指上扎了一下。如來也疼難禁，即著金剛拿他。他卻在這裡。若要救得唐僧，除是別告一位方好。我也是近他不得。」行者再拜道：「望菩薩指示指示，別告那位去好，弟子即去請他也。」菩薩道：「你去東天門裡光明宮告求昴（二十八宿之一）日星官，方能降伏。」言罷，遂化作一道金光，徑回南海。

孫大聖才按雲頭，對八戒、沙僧道：「兄弟放心，師父有救星了。」沙僧道：「是那裡救星？」行者道：「才然菩薩指示，教我告請昴日星官。老孫去來。」八戒捂著嘴哼道：「哥啊！就問星官討些止疼的藥餌來！」行者笑道：「不須用藥，只似昨日疼過夜就好了。」沙僧道：「不必煩敘，快早去罷。」好行者，急忙駕筋斗雲。須臾，到東天門外。忽見增長天王當面作禮道：「大聖何往？」行

第五十五回

色邪淫戲唐三藏　性正修持不壞身

者道：「因保唐僧西方取經，路遇魔障纏身，要到光明宮見昴日星官走走。」忽又見陶、張、辛、鄧四大元帥，也問何往。行者道：「要尋昴日星官去降妖救師。」四元帥道：「星官今日奉玉帝旨意，上觀星台巡札去了。」行者道：「可有這話？」辛天君道：「小將等與他同下斗牛宮，豈敢說假？」陶天君道：「今已許久，或將回矣。大聖還先去光明宮；如未回，再去觀星台可也。」大聖遂喜，即別他們，至光明宮門前，果是無人，復抽身就走，只見那壁廂有一行兵士擺列，後面星官來了。那星官還穿的是拜駕朝衣，一身金縷。但見他：

冠簪五岳金光彩，笏執山河玉色瓊。袍掛七星雲靉靆，腰圍八極寶環明。
叮噹珮響如敲韻，迅速風聲似擺鈴。翠羽扇開來昴宿，天香飄襲滿門庭。

前行的兵士，看見行者立於光明宮外，急轉身報道：「主公，孫大聖在這裡也。」那星官斂雲霧整束朝衣，停執事分開左右，上前作禮道：「大聖何來？」行者道：「專來拜煩救師父一難。」星官道：「何難？在何地方？」行者道：「在西梁國毒敵山琵琶洞。」星官道：「那山洞有甚妖怪，卻來呼喚小神？」行者道：「觀音菩薩適才顯化，說是一個蠍子精。特舉先生方能治得，因此來請。」星官道：「本欲回奏玉帝；奈大聖至此，又感菩薩舉薦，恐遲誤事，小神不敢請獻茶，且和你去降妖精，卻再來回旨罷。」

大聖聞言，即同出東天門，直至西梁國。望見毒敵山不遠，行者指道：「此山便是。」星官按下雲頭，同行者至石屏前山坡之下。沙僧見了道：「二哥起來，大哥請得星官來了。」那呆子還捂著嘴道：「恕罪！恕罪！有病在身，不能行禮。」星官道：「你是修行之人，何病之有？」八戒道：「早間與那妖精交戰，被他著我唇上扎了一下，至今還疼呀。」星官道：「你上來，我與你醫治醫治。」呆子才放了手，口裡哼哼嘰嘰道：「千萬治治！待好了謝你。」那星官用手把嘴唇上摸了一摸，吹一口氣，就不疼了。呆子歡喜下拜道：「妙啊！妙啊！」行者笑道：「煩星官也把我頭上摸摸。」星官道：「你未遭毒，摸他何為？」行者道：「昨日也曾遭過，只是過了夜，才不疼；如今還有些麻癢，只恐發天陰，也煩治治。」星官真個也把頭上摸了一摸，吹口氣，也就解了餘毒，不麻不癢了。八戒發狠道：「哥哥，去打那潑賊去！」星官道：「正是，正是。你兩個叫他出來，等我好降他。」

行者與八戒跳上山坡，又至石屏之後。呆子口裡亂罵，手似撈鉤，一頓釘鈀，把那洞門外壘迭的石塊爬開；闖至二層門，又一釘鈀，將二門築得粉碎。慌得那門裡小妖飛報：「奶奶！那兩個醜男人，又把二層門也打破了！」那怪正教解放唐僧，討素茶飯與他吃哩，聽見打破二門，即便跳出花亭子，掄叉來刺八戒。八戒使釘鈀迎架。行者在旁，又使鐵棒來打。那怪趕至身邊，要下毒手，他兩個識得方法，回頭就走。

那怪趕過石屏之後，行者叫聲：「昴宿何在？」只見那星官立於山坡上，現出本相，原來是一隻雙冠子大公雞，昂起頭來，約有六七尺高，對著妖精叫一聲，那怪即時就現了本相，是個琵琶來大小的蠍子精。星官再叫一聲，那怪渾身酥軟，死在坡前。有詩為證。詩曰：

花冠繡頸若團纓，爪硬距長目怒睛。踴躍雄威全五德，崢嶸壯勢羨三鳴。
豈如凡鳥啼茅屋，本是天星顯聖名。毒蠍枉修人道行，還原反本見真形。

第五十五回

色邪淫戲唐三藏　性正修持不壞身

八戒上前，一隻腳屣住那怪的胸背道：「孽畜！今番使不得倒馬毒了！」那怪動也不動，被呆子一頓釘鈀，搗作一團爛醬。那星官復聚金光，駕雲而去。

行者與八戒、沙僧朝天拱謝道：「有累！有累！改日赴宮拜酬。」三人謝畢。卻才收拾行李、馬匹，都進洞裡。見那大小丫環，兩邊跪下，拜道：「爺爺，我們不是妖邪，都是西梁國女人，前者被這妖精攝來的。你師父在後邊香房裡坐著哭哩。」

行者聞言，仔細觀看，果然不見妖氣，遂入後邊叫道：「師父！」那唐僧見眾齊來，十分歡喜道：「賢徒，累及你們了！那婦人何如也？」八戒道：「那廝原是個大母蠍子。幸得觀音菩薩指示，大哥去天宮裡請得那昴日星官下降，把那廝收伏。才被老豬築做個泥了，方敢深入於此，得見師父之面。」唐僧謝之不盡。又尋些素米、素麵，安排了飲食，吃了一頓。把那些攝將來的女子趕下山，指與回家之路。點上一把火，把幾間房宇，燒毀罄盡。請唐僧上馬，找尋大路西行。

正是：割斷塵緣離色相，推乾金海悟禪心。畢竟不知幾年上才得成真，且聽下回分解。

第五十六回

神狂誅草寇　道昧放心猿

詩曰：

靈台無物謂之清，寂寂全無一念生。猿馬牢收休放蕩，精神謹慎莫崢嶸。
除六賊，悟三乘，萬緣都罷自分明。色邪永滅超真界，坐享西方極樂城。

話說唐三藏咬釘嚼鐵，以死命留得一個不壞之身；感蒙行者等打死蠍子精，救出琵琶洞。一路無詞，又早是朱明（夏天）時節。但見那：

熏風時送野蘭香，濯雨才晴新竹涼。艾葉滿山無客采，蒲花盈澗自爭芳。
海榴嬌豔游蜂喜，溪柳陰濃黃雀狂。長路那能包角黍，龍舟應吊汨羅江。

第五十六回

神狂誅草寇　道昧放心猿

他師徒們行賞端陽之景，虛度中天之節，忽又見一座高山阻路。長老勒馬回頭叫道：「悟空，前面有山，恐又生妖怪！是必謹防。」行者等道：「師父放心。我等皈命投誠，怕甚妖怪！」長老聞言甚喜。加鞭催駿馬，放轡趲蛟龍。須臾，上了山崖，舉頭觀看，真個是：

頂巔松柏接雲青，石壁荊榛掛野藤。萬丈崔巍，千層懸削。萬丈崔巍峰嶺峻，千層懸削壑崖深。蒼苔碧蘚鋪陰石，古檜高槐結大林。林深處，聽幽禽，巧聲睍睆實堪吟。澗內水流如瀉玉，路旁花落似堆金。山勢惡，不堪行，十步全無半步平。狐狸麋鹿成雙遇，白鹿玄猿作對迎。忽聞虎嘯驚人膽，鶴鳴振耳透天庭。黃梅紅杏堪供食，野草閒花不識名。

四眾進山，緩行良久，過了山頭。下西坡，乃是一段平陽之地。豬八戒賣弄精神，教沙和尚挑著擔子，他雙手舉鈀，上前趕馬。那馬更不懼他，憑那呆子嗒笞笞的趕，只是緩行不緊。行者道：「兄弟，你趕他怎的？讓他慢慢走罷了。」八戒道：「天色將晚，自上山行了這一日，肚裡餓了，大家走動些，尋個人家化些齋吃。」行者聞言道：「既如此，我等教他快走。」把金箍棒晃一晃，喝了一聲，那馬溜了韁，如飛似箭，順平路往前去了。你說馬不怕八戒，只怕行者何也？行者五百年前曾受玉帝封在大羅天御馬監養馬，官名「弼馬溫」，故此傳留至今，是馬皆懼猴子。那長老挽不住韁口，只扳緊著鞍鞽，讓他放了一路轡頭，有二十里向開田地，方才緩步而行。

正走處，忽聽得一棒鑼聲，路兩邊閃出三十多人，一個個槍刀棍棒，攔住路口道：「和尚！那裡走！」唬得個唐僧戰兢兢，坐不穩，跌下馬來，蹲在路旁草科裡，只叫：「大王饒命！大王饒命！」

那為頭的兩個大漢道：「不打你，只是有盤纏留下。」長老方才省悟，知他是伙強人，卻欠身抬頭觀看。但見他：

一個青臉獠牙欺太歲，一個暴睛圜眼賽喪門。鬢邊紅髮如飄火，頜下黃鬚似插針。他兩個頭戴虎皮花磕腦，腰繫貂裘彩戰裙。一個手中執著狼牙棒，一個肩上橫擔扢撻藤。果然不亞巴山虎，真個猶如出水龍。

三藏見他這般凶惡，只得走起來，合掌當胸道：「大王，貧僧是東土唐王差往西天取經者。自別了長安，年深日久，就有些盤纏也使盡了。出家人專以乞化為由，那得個財帛！萬望大王方便方便，讓貧僧過去罷！」那兩個賊帥眾向前道：「我們在這裡起一片虎心，截住要路，專要些財帛，甚麼方便方便？你果無財帛，快早脫下衣服，留下白馬，放你過去！」三藏道：「阿彌陀佛！貧僧這件衣服，是東家化布，西家化針，零零碎碎化來的。你若剝去，可不害殺我也？只是這世裡做得好漢，那世裡變畜生哩！」

那賊聞言大怒，掣大棍，上前就打。這長老口內不言，心中暗想道：「可憐！你只說你的棍子，還不知我徒弟的棍子哩！」那賊那容分說，舉著棒，沒頭沒臉的打來。長老一生不會說謊，遇著這急難處，沒奈何，只得打個誑語道：「二位大王，且莫動手。我有個小徒弟，在後面就到。他身上有幾兩銀子，把與你罷。」那賊道：「這和尚是也吃不得虧，且捆起來。」一眾婁羅一齊下手，把一條繩捆了，高高吊在樹上。

第五十六回

神狂誅草寇　道昧放心猿

卻說三個撞禍精，隨後趕來。八戒呵呵大笑道：「師父去得好快，不知在那裡等我們哩。」忽見長老在樹上，他又說：「你看師父。等便罷了，卻又有這般心腸，爬上樹去，扯著藤兒打秋千耍子哩！」行者見了道：「呆子，莫亂談。師父吊在那裡不是？你兩個慢來，等我去看看。」好大聖，急登高坡細看，認得是伙強人。心中暗喜道：「造化！造化！買賣上門了！」即轉步，搖身一變，變做個乾乾淨淨的小和尚，穿一領緇衣，年紀只有二八，肩上背著一個藍布包袱。拽開步，來到前邊，叫道：「師父，這是怎麼說話？這都是些甚麼歹人？」三藏道：「徒弟呀，還不救我一救，還問甚的？」行者道：「是幹甚勾當的？」三藏道：「這一伙攔路的，把我攔住，要買路錢。因身邊無物，遂把我吊在這裡，只等你來計較計較。不然，把這匹馬送與他罷。」行者聞言笑道：「師父不濟。天下也有和尚，似你這樣皮鬆的卻少。唐太宗差你往西天見佛，誰教你把這龍馬送人？」三藏道：「徒弟呀，似這等吊起來，打著要，怎生是好？」行者道：「你怎麼與他說來？」三藏道：「他打的我急了，沒奈何，把你供出來也。」行者道：「師父，你好沒搭撒。你供我怎的？」三藏道：「我說你身邊有些盤纏，且教道莫打我，是一時救難的話兒。」行者道：「好！好！好！承你抬舉。正是這樣供。若肯一個月供得七八十遭，老孫越有買賣。」

那伙賊見行者與他師父講話，撒開勢，圍將上來道：「小和尚，你師父說你腰裡有盤纏，趁早拿出來，饒你們性命！若道半個『不』字，就都送了你的殘生！」行者放下包袱道：「列位長官，不要嚷。盤纏有些在此包袱，不多，只有馬蹄金二十來錠，粉面銀二三十錠，散碎的未曾見數。要時就連包兒拿去，切莫打我師父。古書云：『德者，本也；財者，末也。』此是末事。我等出家人，自有化處；若遇著個齋僧的長者，襯錢也有，衣服也有，能用幾何？只望放下我師父來，我就一並奉承。」

那伙賊聞言，都甚歡喜道：「這老和尚慳吝，這小和尚倒還慷慨。」教：「放下來。」那長老得了性命，跳上馬，顧不得行者，操著鞭，一直跑回舊路。

行者忙叫道：「走錯路了。」提著包袱，就要追去。那伙賊攔住道：「那裡走？將盤纏留下，免得動刑！」行者笑道：「說開，盤纏須三分分之。」那賊頭道：「這小和尚忒乖，就要瞞著他師父留起些兒。──也罷，拿出來看。若多時，也分些與你背地裡買果子吃。」行者道：「哥呀，不是這等說。我那裡有甚盤纏？說你兩個打劫別人的金銀，是必分些與我。」那賊聞言大怒，罵道：「這和尚不知死活！你倒不肯與我，反問我要！不要走！看打！」掄起一條扢撻藤棍，照行者光頭上打了七八下。行者只當不知，且滿面陪笑道：「哥呀，若是這等打，就打到來年打罷春（立春以後），也是不當真的。」那賊大驚道：「這和尚好硬頭！」行者笑道：「不敢，不敢，承過獎了。也將就看得過。」那賊那容分說，兩三個一齊亂打。行者道：「列位息怒，等我拿出來。」好大聖，耳中摸一摸，拔出一個繡花針兒道：「列位，我出家人，果然不曾帶得盤纏，只這個針兒送你罷。」那賊道：「晦氣呀！把一個富貴和尚放了，卻拿住這個窮禿驢！你好道會做裁縫？我要針做甚的？」行者聽說不要，就拈在手中，晃了一晃，變成碗來粗細的一條棍子。那賊害怕道：「這和尚生得小，倒會弄術法兒。」行者將棍子插在地下道：「列位拿得動，就送你罷。」兩個賊上前搶奪，可憐就如蜻蜓撼石柱，莫想弄動半分毫。這條棍本是如意金箍棒，天秤稱的，一萬三千五百斤重，那伙賊怎麼知得。大聖走上前，輕輕的拿起，丟一個蟒翻身拗步勢，指著強人道：「你都造化低，遇著我老孫了！」那賊上前來，又打了五六十下。行者笑道：「你也打得手困了，且讓老孫打一棒兒，卻休當真。」你看他展開棍子，晃一晃，有井欄粗細，七八丈長短；蕩的一棍，把一個打倒在地，嘴唇揞土，再不做聲。

第五十六回
神狂誅草寇　道昧放心猿

那一個開言罵道：「這禿廝老大無禮！盤纏沒有，轉傷我一個人！」行者笑道：「且消停，且消停！待我一個個打來，一發教你斷了根罷！」蕩的又一棍，把第二個又打死了，唬得那眾嘍羅撇槍棄棍，四路逃生而走。

卻說唐僧騎著馬，往東正跑，八戒、沙僧攔住道：「師父往那裡去？錯走路了。」長老兜馬道：「徒弟啊，趁早去與你師兄說，教他棍下留情，莫要打殺那些強盜。」八戒道：「師父住下，等我去來。」呆子一路跑到前邊，厲聲高叫道：「哥哥，師父教你莫打人哩。」行者道：「兄弟，那曾打人？」八戒道：「那強盜往那裡去了？」行者道：「別個都散了，只是兩個頭兒在這裡睡覺哩。」八戒笑道：「你兩個遭瘟的，好道是熬了夜，這般辛苦，不往別處睡，卻睡在此處！」呆子行到身邊，看看道：「倒與我是一起的，乾淨張著口睡，淌出些粘涎來了。」行者道：「是老孫一棍子打出豆腐來了。」八戒道：「人頭上又有豆腐？」行者道：「打出腦子來了！」

八戒聽說打出腦子來，慌忙跑轉去，對唐僧道：「散了伙也！」三藏道：「善哉！善哉！往那條路上去了？」八戒道：「打也打得直了腳，又會往那裡去走哩！」三藏道：「你怎麼說散伙？」八戒道：「打殺了，不是散伙是甚的？」三藏問：「打的怎麼模樣？」八戒道：「頭上打了兩個大窟窿。」三藏教：「解開包，取幾文襯錢，快去那裡討兩個膏藥與他兩個貼貼。」八戒笑道：「師父好沒正經。膏藥只好貼得活人的瘡腫，那裡好貼得死人的窟窿？」三藏道：「真打死了？」就惱起來，口裡不住的絮絮叨叨，猢猻長，猴子短，兜轉馬，與沙僧、八戒至死人前，見那血淋淋的，倒臥山坡之下。

這長老甚不忍見，即著八戒：「快使釘鈀，築個坑子埋了，我與他念卷《倒頭經》。」八戒道：

「師父左使了人也。行者打殺人，還該教他去燒埋，怎麼教老豬做土工？」行者被師父罵惱了，喝著八戒道：「潑懶夯貨！趁早兒去埋！遲了些兒，就是一棍！」呆子慌了，往山坡下築了有三尺深，下面都是石腳石根，搁住鈀齒；呆子丟了鈀，便把嘴拱；拱到軟處，一嘴有二尺五，兩嘴有五尺深，把兩個賊屍埋了，盤作一個墳堆。三藏叫：「悟空，取香燭來，待我禱祝，好念經。」行者努著嘴道：「好不知趣！這半山之中，前不巴村，後不著店，那討香燭？就有錢也無處去買。」三藏恨恨的道：「猴頭過去！等我撮土焚香禱告。」這是三藏離鞍悲野冢，聖僧善念祝荒墳。祝雲：

「拜惟好漢，聽禱原因：念我弟子，東土唐人。奉太宗皇帝旨意，上西方求取經文。適來此地，逢爾多人，不知是何府、何州、何縣，都在此山內結黨成群。我以好話，哀告殷勤。爾等不聽，返善生嗔。卻遭行者，棍下傷身。切念屍骸暴露，吾隨掩土盤墳。折青竹為香燭，無光彩，有心勤；取頑石作施食，無滋味，有誠真。你到森羅殿下興詞，倒樹尋根，他姓孫，我姓陳，各居異姓。冤有頭，債有主，切莫告我取經僧人。」

八戒笑道：「師父推了乾淨。他打時卻也沒有我們兩個。」三藏真個又撮土禱告道：「好漢告狀，只告行者，也不干八戒、沙僧之事。」大聖聞言，忍不住笑道：「師父，你老人家忒沒情義。為你取經，我費了多少殷勤勞苦，如今打死這兩個毛賊，你倒教他去告老孫。雖是我動手打，卻也只是為你。你不往西天取經，我不與你做徒弟，怎麼會來這裡，會打殺人！索性等我祝他一祝。」攥著鐵棒，望那墳上搗了三下，道：「遭瘟的強盜，你聽著！我被你前七八棍，後七八棍，打得我不疼不癢的，觸惱了性子，一差二誤，將你打死了，盡你到那裡去告，我老孫實是不怕：玉帝認得我，天王隨得我；二十八宿懼我，九曜星官怕我；府縣城隍跪我，東岳天齊怖我；十代閻君曾與我為僕從，五路猖神曾與我當後生；不論三界五司，十方諸宰，都與我情深面熟，隨你那裡去告！」三藏見說出這般惡話，卻又心驚道：「徒弟呀，我這禱祝是教你體好生之德，為良善之人；你怎麼就認真起來？」行者道：「師父，這不是好耍子的勾當。且和你趕早尋宿去。」那長老只得懷嗔上馬。

孫大聖有不睦之心，八戒、沙僧亦有嫉妒之意，師徒都面是背非。依大路向西正走，忽見路北下有一座莊院。三藏用鞭指定道：「我們到那裡借宿去。」八戒道：「正是。」遂行至莊舍邊下馬。看時，卻也好個住場。但見：

野花盈徑，雜樹遮扉。遠岸流山水，平畦種麥葵。蒹葭露潤輕鷗宿，楊柳風微倦鳥棲。
青柏間松爭翠碧，紅蓬映蓼鬥芳菲。村犬吠，晚雞啼，牛羊食飽牧童歸。爨（燒火做飯）煙結霧黃粱熟，正是山家入暮時。

長老向前，忽見那村舍門裡走出一個老者，即與相見，道了問訊。那老者問道：「僧家從那裡來？」三藏道：「貧僧乃東土大唐欽差往西天求經者。適路過寶方，天色將晚，特來檀府告宿一宵。」老者笑道：「你貴處到我這裡，程途迢遞，怎麼涉水登山，獨自到此？」三藏道：「貧僧還有三個徒弟同來。」老者問：「高徒何在？」三藏用手指道：「那大路旁立的便是。」老者猛抬頭，看見他們面貌醜陋，急回身往裡就走；被三藏扯住道：「老施主，千萬慈悲，告借一宿！」老者戰兢兢鉗口難言，搖著頭，擺著手道：「不，不，不，不像人模樣！是，是，是幾個妖精！」三藏陪笑道：「施主切休恐懼。我徒弟生得是這等相貌，不是妖精。」老者道：「爺爺呀，一個夜叉，一個馬面，一個雷公！」行者聞言，厲聲高叫道：「雷公是我孫子，夜叉是我重孫，馬面是我玄孫哩！」那老者聽見，魄散魂飛，面容失色，只要進去。三藏攙住他，同到草堂，陪笑道：「老施主，不要怕他。他都是這等粗魯，不會說話。」

正勸解處，只見後面走出一個婆婆，攜著五六歲的一個小孩兒，道：「爺爺，為何這般驚恐？」老者才叫：「媽媽，看茶來。」那婆婆真個丟了孩兒，入裡面捧出二盅茶來。茶罷，三藏卻轉下來，對婆婆作禮道：「貧僧是東土大唐差往西天取經的。才到貴處，拜求尊府借宿，因是我三個徒弟貌醜，老家長見了虛驚也。」婆婆道：「見貌醜的就這等虛驚，若見了老虎豺狼，卻怎麼好？」老者道：「媽媽呀，人面醜陋還可，只是言語一發嚇人。我說他像夜叉、馬面、雷公，他吆喝道：『雷公是他孫子，夜叉是他重孫，馬面是他玄孫。』我聽此言，故然悚懼。」唐僧道：「不是，不是。像雷公的，是我大徒孫悟空。像馬面的，是我二徒豬悟能。像夜叉的，是我三徒沙悟淨。他們雖是醜陋，卻也秉教沙門，皈依善果，不是甚麼惡魔毒怪，怕他怎麼！」

公婆兩個，聞說他名號，皈正沙門之言，卻才定性回驚，教：「請來，請來。」長老出門叫來。又吩咐道：「適才這老者甚惡你等。今進去相見，切勿抗禮，各要尊重些。」八戒道：「我俊秀，我斯文，不比師兄撒潑。」行者笑道：「不是嘴長、耳大、臉醜，便也是一個好男子。」沙僧道：「莫爭講，這裡不是那抓乖弄俏之處。且進去！且進去！」

遂此把行囊、馬匹，都到草堂上，齊同唱了個喏，坐定。那媽媽兒賢慧，即便攜轉小兒，吩咐煮飯，安排一頓素齋，他師徒吃了。漸漸晚了，又拿起燈來，都在草堂上閒敘。長老才問：「施主高姓？」老者道：「姓楊。」又問年紀。老者道：「七十四歲。」又問：「幾位令郎？」老者道：「止得一個。適才媽媽攜的是小孫。」長老：「請令郎相見拜揖。」老者道：「那廝不中拜。老拙命苦，養不著他，如今不在家了。」三藏道：「何方生理（指謀生）？」老者點頭而嘆：「可憐！可憐！若肯何方生理，是吾之幸也！那廝專生惡念，不務本等，專好打家截道，殺人放火！相交的都是些狐群狗黨！自五日之前出去，至今未回。」三藏聞說，不敢言喘，心中暗想道：「或者悟空打殺的就是他」長老神思不安，欠身道：「善哉！善哉！如此賢父母，何生惡逆兒！」行者近前道：「老官兒，似這等不良不肖，奸盜邪淫之子，連累父母，要他何用！等我替你尋他來打殺了罷。」老者道：「我待也要送了他，奈何再無以次人丁，縱是不才，一定還留他與老漢掩土（下葬。指給老人送終）。」沙僧與八戒笑道：「師兄，莫管閒事，你我不是官府。他家不肖，與我何干！且告施主，見賜一束草兒，在那廂打鋪睡覺，天明走路。」老者即起身，著沙僧到後園裡拿兩個稻草，教他們在園中草團瓢內安歇。行者牽了馬，八戒挑了行李，同長老俱到草團瓢內安歇不題。

卻說那伙賊內果有老楊的兒子。自天早在山前被行者打死兩個賊首，他們都四散逃生。約摸到四更時候，又結坐一伙，在門前打門。老者聽得門響，即披衣道：「媽媽，那廝們來也。」媽媽道：「既來，你去開門，放他來家。」老者方才開門，只見那一伙賊都嚷道：「餓了！餓了！」這老楊的兒子忙入裡面，叫起他妻來，打米煮飯；卻廚下無柴，往後園裡拿柴到廚房裡，問妻道：「後園裡白馬是那裡的？」其妻道：「是東土取經的和尚，昨晚至此借宿，公公婆婆管待他一頓晚齋，教他在草團瓢內睡哩。」

那廝聞言，走出草堂，拍手打掌笑道：「兄弟們，造化！造化！冤家在我家裡也！」眾賊道：「那個冤家？」那廝道：「卻是打死我們頭兒的和尚，來我家借宿，現睡在草團瓢裡。」眾賊道：「卻好！卻好！拿住這些禿驢，一個個剁成肉醬，一則得那行囊、白馬，二來與我們頭兒報仇！」那廝道：「且莫忙。你們且去磨刀。等我煮飯熟了，大家吃飽些，一齊下手。」真個那些賊磨刀的磨刀，磨槍的磨槍。

那老兒聽得此言，悄悄的走到後園，叫起唐僧四位道：「那廝領眾來了。知得汝等在此，意欲圖害。我老拙念你遠來，不忍傷害。快早收拾行李，我送你往後門出去罷！」三藏聽說，戰戰兢兢的叩頭謝了老者，即喚八戒牽馬，沙僧挑擔，行者拿了九環錫杖。老者開後門，放他去了，依舊悄悄的來前睡下。

卻說那廝們磨快了刀槍，吃飽了飯食，時已五更天氣，一齊來到園中看處，卻不見了。即忙點著火。尋覓多時，四無蹤跡，但見後門開著。都道：「從後門走了！走了！」發一聲喊，「趕將上拿來。」

一個個如飛似箭，直趕到東方日出，卻才望見唐僧。那長老忽聽得喊聲，回頭觀看，後面有二三十人，槍刀簇簇而來。便叫：「徒弟啊，賊兵追至，怎生奈何！」行者道：「放心！放心！老孫了他去來！」三藏勒馬道：「悟空，切莫傷人，只嚇退他便罷。」行者那肯聽信，急掣棒回首相迎道：「列位那裡去？」眾賊罵道：「禿廝無禮！還我大王的命來！」那廝們圈子陣把行者圍在中間，舉槍刀亂砍亂搠（扎）。這大聖把金箍棒晃一晃，碗來粗細，把那伙賊打得星落雲散，蹚（擋，撞）著的就死，挽著的就亡；磕著的骨折，擦著的皮傷；乖些的跑脫幾個，痴些的都見閻王！

三藏在馬上，見打倒許多人，慌的放馬奔西。豬八戒與沙和尚，緊隨鞭鐙而去。行者問那不死帶傷的賊人道：「那個是那楊老兒的兒子？」那賊哼哼的告道：「爺爺，那穿黃的是！」行者上前，奪過刀來，把個穿黃的割下頭來，血淋淋提在手中，收了鐵棒，拽開雲步，趕到唐僧馬前，提著頭道：「師父，這是楊老兒的逆子，被老孫取將首級來也。」三藏見了，大驚失色，慌得跌下馬來，罵道：「這潑猢猻唬殺我也！快拿過！快拿過！」八戒上前，將人頭一腳踢下路旁，使釘鈀築些土蓋了。

沙僧放下擔子，攙著唐僧道：「師父請起。」那長老在地下正了性，口中念起《緊箍兒咒》來，把個行者勒得耳紅面赤，眼脹頭昏，在地下打滾，只教：「莫念！莫念！」那長老念彀有十餘遍，還不住口。行者翻筋斗，豎蜻蜓，疼痛難禁，只叫：「師父饒我罪罷！有話便說。莫念！莫念！」三藏卻才住口道：「沒話說，我不要你跟了，你回去罷！」行者忍疼磕頭道：「師父，怎的就趕我去耶？」三藏道：「你這潑猴，凶惡太甚，不是個取經之人。昨日在山坡下，打死那兩個賊頭，我已怪你不仁。及晚了到老者之家，蒙他賜齋借宿；又蒙他開後門放我等逃了性命；雖然他的兒子不肖，與我無干，也不該就梟他首；況又殺死多人，壞了多少生命，傷了天地多少和氣。屢次勸你，更無一毫善念，要你何為！快走！快走！免得又念真言！」行者害怕，只教：「莫念，莫念！我去也！」說聲去，一路筋斗雲，無影無蹤，遂不見了。

咦！這正是：心有凶狂丹不熟，神無定位道難成。畢竟不知那大聖投向何方，且聽下回分解。

第五十七回

真行者落伽山訴苦　假猴王水簾洞謄文

卻說孫大聖惱惱悶悶，起在空中，欲待回花果山水簾洞，恐本洞小妖見笑，笑我出乎爾反乎爾（指言行反覆無常），不是個大丈夫之器；欲待要投奔天宮，又恐天宮內不容久住；欲待要投海島，卻又羞見那三島諸仙；欲待要奔龍宮，又不伏氣求告龍王；真個是無依無倚，苦自忖量道：「罷！罷！罷！我還去見我師父，還是正果。」

遂按下雲頭，徑至三藏馬前侍立道：「師父，恕弟子這遭！向後再不敢行凶。一一受師父教誨。千萬還得我保你西天去也。」唐僧見了，更不答應，兜住馬，即念《緊箍兒咒》。顛來倒去，又念有二十餘遍，把大聖咒倒在地，箍兒陷在肉裡有一寸來深淺，方才住口道：「你不回去，又來纏我怎的？」行者只教：「莫念！莫念！我是有處過日子的，只怕你無我去不得西天。」三藏發怒道：「你這猢猻殺生害命，連累了我多少，如今實不要你了！我去得去不得，不干你事！快走，快走！遲了些兒，我又念真言。這番決不住口，把你腦漿都勒出來哩！」大聖疼痛難忍，見師父更不回心，沒奈何，只得又駕筋斗雲，起在空中。忽然省悟道：「這和尚負了我心，我且向普陀崖告訴觀音菩薩去來。」

好大聖，撥回筋斗，那消一個時辰，早至南洋大海。住下祥光，直至落伽山上，撞入紫竹林中，忽見木吒行者迎面作禮道：「大聖何往？」行者道：「要見菩薩。」木吒即引行者至潮音洞口，又見善財童子作禮道：「大聖何來？」行者道：「有事要告菩薩。」善財聽見一個「告」字，笑道：「好刁嘴猴兒！還像當時我拿住唐僧被你欺哩！我菩薩是個大慈大悲，大願大乘，救苦救難，無邊無量的聖善菩薩，有甚不是處，你要告他？」行者滿懷悶氣，一聞此言，心中怒發，咄的一聲，把善財童子喝了個倒退，道：「這個背義忘恩的小畜生，著實愚魯！你那時節作怪成精，我請菩薩收了你，皈正迦持，如今得這等極樂長生，自在逍遙，與天同壽，還不拜謝老孫，轉倒這般侮慢！我是有事來告求菩薩，卻怎麼說我刁嘴要告菩薩？」善財陪笑道：「還是個急猴子。我與你作笑耍子，你怎麼就變臉了？」

正講處，只見白鸚哥飛來飛去，知是菩薩呼喚，木吒與善財，遂向前引導，至寶蓮台下。行者望見菩薩，倒身下拜，止不住淚如泉湧，放聲大哭。菩薩教木吒與善財扶起道：「悟空，有甚傷感之事，明明說來。莫哭，莫哭，我與你救苦消災也。」行者垂淚再拜道：「當年弟子為人，曾受那個氣來？自蒙菩薩解脫天災，秉教沙門，保護唐僧往西天拜佛求經，我弟子捨身拚命，救解他的魔障，就如老虎口裡奪脆骨，蛟龍背上揭生鱗。只指望歸真正果，洗業除邪，怎知那長老背義忘恩，直迷了一片善緣，更不察皂白之苦！」菩薩道：「且說那皂白原因來我聽。」行者即將那打殺草寇前後始終，細陳了一遍。卻說唐僧因他打死多人，心生怨恨，不分皂白，遂念《緊箍兒咒》，趕他幾次。上天無路，入地無門，特來告訴菩薩。菩薩道：「唐三藏奉旨投西，一心要秉善為僧，決不輕傷性命。似你有無量神通，何苦打死許多草寇！草寇雖是不良，到底是個人身，不該打死。比那妖禽怪獸、鬼魅精魔不同。那個打死，是你的功績；這人身打死，還是你的不仁。但祛退散，自然救了你師父。據我公論，還是你的不善。」

行者噙淚叩頭道：「縱是弟子不善，也當將功折罪，不該這般逐我。萬望菩薩，捨大慈悲，將《鬆箍兒咒》念念，褪下金箍，交還與你，放我仍往水簾洞逃生去罷！」菩薩笑道：「《緊箍兒咒》，本是如來傳我的。當年差我上東土尋取經人，賜我三件寶貝，乃是錦襴袈裟、九環錫杖、金緊禁三個箍兒。秘授與咒語三篇，卻無甚麼《鬆箍兒咒》。」行者道：「既如此，我告辭菩薩去也。」菩薩道：「你辭我往那裡去？」行者道：「我上西天，拜告如來，求念《鬆箍兒咒》去也。」菩薩道：「你且住，我與你看看祥晦（吉凶，禍福）如何。」行者道：「不消看，只這樣不祥也彀了。」菩薩道：「我不看你，看唐僧的祥晦。」

好菩薩，端坐蓮台，運心三界，慧眼遙觀，遍周宇宙，霎時間開口道：「悟空，你那師父頃刻之際，就有傷身之難，不久便來尋你。你只在此處，待我與唐僧說，教他還同你去取經，了成正果。」孫大聖只得皈依，不敢造次，侍立於寶蓮台下不題。

卻說唐長老自趕回行者，教八戒引馬，沙僧挑擔，連馬四口，奔西走不上五十里遠近，三藏勒馬道：「徒弟，自五更時出了村舍，又被那弼馬溫著了氣惱，這半日飢又飢，渴又渴，那個去化些齋來我吃？」八戒道：「師父且請下馬，等我看可有鄰近的莊村，化齋去也。」三藏聞言，滾下馬來。呆子縱起雲頭，半空中仔細觀看，一望盡是山嶺，莫想有個人家。八戒按下雲來，對三藏道：「卻是沒處化齋。一望之間，全無莊舍。」三藏道：「既無化齋之處，且得些水來解渴也可。」八戒道：「等我去南山澗下取些水來。」沙僧即取缽盂，遞與八戒。八戒托著缽盂，駕起雲霧而去。那長老坐在路旁，等彀多時，不見回來，可憐口乾舌苦難熬。有詩為證。詩曰：

保神養氣謂之精，情性原來一稟形。心亂神昏諸病作，形衰精敗道元傾。
三花不就空勞碌，四大蕭條枉費爭。土木無功金水絕，法身疏懶幾時成！

沙僧在旁，見三藏飢渴難忍，八戒又取水不來，只得穩了行囊，拴牢了白馬道：「師父，你自在著，等我去催水來。」長老含淚無言，但點頭相答。沙僧急駕雲光，也向南山而去。

那師父獨煉自熬，困苦太甚。正在愴惶之際，忽聽得一聲響亮，唬得長老欠身看處，原來是孫行者跪在路旁，雙手捧著一個磁杯道：「師父，沒有老孫，你連水也不能彀哩。這一杯好涼水，你且吃口水解渴，待我再去化齋。」長老道：「我不吃你的水！立地渴死，我當任命！不要你了！你去罷！」行者道：「無我你去不得西天也。」三藏道：「去得去不得，不干你事！潑猢猻！只管來纏我做甚！」那行者變了臉，發怒生嗔，喝罵長老道：「你這個狠心的潑禿，十分賤我！」掄鐵棒，丟了磁杯，望長老脊背上砑了一下。那長老昏暈在地，不能言語，被他把兩個青氈包袱，提在手中，駕筋斗雲，不知去向。

卻說八戒托著缽盂，只奔山南坡下，忽見山凹之間，有一座草舍人家。原來在先看時，被山高遮住，未曾見得；今來到邊前，方知是個人家。呆子暗想道：「我若是這等醜嘴臉，決然怕我，枉勞神思，斷然化不得齋飯。須是變好！須是變好！」

好呆子，捻著訣，念個咒，把身搖了七八搖，變作一個食癆病黃胖和尚，口裡哼哼嘰嘰的，挨近門前，叫道：「施主，廚中有剩飯，路上有飢人。貧僧是東土來，往西天取經的。我師父在路飢渴了，家中有鍋巴冷飯，千萬化些兒救口。」原來那家子男人不在，都去插秧種穀去了；只有兩個女人在家，正才煮了午飯，盛起兩盆，卻收拾送下田，鍋裡還有些飯與鍋巴，未曾盛了。那女人見他這等病容，卻又說東土往西天去的話，只恐他是病昏了胡說；又怕跌倒，死在門首。只得哄哄翕翕，將些剩飯鍋巴，滿滿的與了一鉢。呆子拿轉來，現了本相，徑回舊路。

正走間，聽得有人叫：「八戒。」八戒抬頭看時，卻是沙僧站在山崖上喊道：「這裡來！這裡來！」及下崖，迎至面前道：「這澗裡好清水不舀，你往那裡去的？」八戒笑道：「我到這裡，見山凹子有個人家，我去化了一這鉢乾飯來了。」沙僧道：「飯也用著，只是師父渴得緊了，怎得水去？」八戒道：「要水也容易；你將衣襟來兜著這飯，等我使鉢盂去舀水。」

二人歡歡喜喜，回至路上，只見三藏面磕地，倒在塵埃；白馬撒轡，在路旁長嘶跑跳；行李擔不見蹤影。慌得八戒跌腳捶胸，大呼小叫道：「不消講！不消講！這還是孫行者趕走的餘黨，來此打殺師父，搶了行李去了！」沙僧道：「且去把馬拴住！」只叫：「怎麼好！怎麼好！這誠所謂半途而廢，中道而止也！」叫一聲：「師父！」滿眼拋珠，傷心痛哭。八戒道：「兄弟，且休哭。如今事已到此，取經之事，且莫說了。你看著師父的屍靈，等我把馬騎到那個府州縣鄉村店集賣幾兩銀子，買口棺木，把師父埋了，我兩個各尋道路散伙。」

沙僧實不忍捨，將唐僧扳轉身體，以臉溫臉，哭一聲：「苦命的師父！」只見那長老口鼻中吐出熱氣，胸前溫暖。連叫：「八戒，你來！師父未傷命哩！」那呆子才近前扶起。長老蘇醒，呻吟一會，罵道：「好潑猢猻，打殺我也！」沙僧、八戒問道：「是那個猢猻？」長老不言，只是嘆息。卻討水吃了幾口，才說：「徒弟，你們剛去，那悟空更來纏我。是我堅執不收，他遂將我打了一棒，青氈包袱都搶去了。」八戒聽說，咬響口中牙，發起心頭火道：「叵耐這潑猴子，怎敢這般無禮！」教沙僧道：「你伏侍師父，等我到他家討包袱去！」沙僧道：「你且休發怒。我們扶師父到那山凹人家化些熱茶湯，將先化的飯熱熱，調理師父，再去尋他。」

八戒依言，把師父扶上馬，拿著缽盂，兜著冷飯，直至那家門首。只見那家止有個老婆子在家，忽見他們，慌忙躲過。沙僧合掌道：「老母親，我等是東土唐朝差往西天去者。師父有些不快，特拜府上，化口熱茶湯，與他吃飯。」那媽媽道：「適才有個食痨病和尚，說是東土差來的，已化齋去了，又有個甚麼東土的。我沒人在家，請別轉轉。」長老聞言，扶著八戒，下馬躬身道：「老婆婆，我弟子有三個徒弟，合意同心，保護我上天竺國大雷音拜佛求經。只因我大徒弟喚孫悟空一生凶惡，不遵善道，是我逐回。不期他暗暗走來，著我背上打了一棒，將我行囊衣缽搶去。如今要著一個徒弟尋他取討，因在那空路上不是坐處，特來老婆婆府上權安息一時。待討將行李來就行，決不敢久住。」那媽媽道：「剛才一個食痨病黃胖和尚，他化齋去了，也說是東土往西天去的，怎麼又有一起？」八戒忍不住笑道：「就是我。因我生得嘴長耳大，恐你家害怕，不肯與齋，故變作那等模樣。你不信，我兄弟衣兜裡不是你家鍋巴飯？」

那媽媽認得果是他與的飯，遂不拒他，留他們坐了。卻燒了一罐熱茶，遞與沙僧泡飯。沙僧即將冷飯泡了，遞與師父。師父吃了幾口，定性多時道：「那個去討行李？」八戒道：「我前年因師父趕他回去，我曾尋他一次，認得他花果山水簾洞。等我去！等我去！」長老道：「你去不得。那猢猻原與你不和，你又說話粗魯，或一言兩句之間，有些差池，他就要打你。著悟淨去罷。」沙僧應承道：「我去，我去。」長老又吩咐沙僧道：「你到那裡，須看個頭勢。他若肯與你包袱，你就假謝謝拿來；若不肯，切莫與他爭競，徑至南海菩薩處，將此情告訴，請菩薩去問他要。」沙僧一一聽從。向八戒道：「我今尋他去，你千萬莫僝僽，好生供養師父。這人家亦不可撒潑，恐他不肯供飯。我去就回。」八戒點頭道：「我理會得。但你去，討得討不得，次早回來，不要弄做『尖擔擔柴兩頭脫（比喻想得到的沒得到，反而又損失了原有的）』也。」

沙僧遂捻了訣，駕起雲光，直奔東勝神洲而去。真個是：

身在神飛不守舍，有爐無火怎燒丹。黃婆別主求金老，木母延師奈病顏。
此去不知何日返，這回難量幾時還。五行生克情無順，只待心猿復進關。

那沙僧在半空裡，行經三晝夜，方到了東洋大海。忽聞波浪之聲，低頭觀看，真個是黑霧漲天陰氣盛，滄溟銜日曉光寒。他也無心觀玩，望仙山渡過瀛洲，向東方直抵花果山界。乘海風，踏水勢，又多時，卻望見高峰排戟，峻壁懸屏。即至峰頭，按雲找路下山，尋水簾洞。步近前，只聽得一派喧聲，見那山中無數猴精，滔滔亂嚷。沙僧又近前仔細再看，原來是孫行者高坐石台之上，雙手扯著一張紙，朗朗的念道：

「東土大唐王皇帝李，駕前敕命御弟聖僧陳玄奘法師，上西方天竺國娑婆靈山大雷音寺

第五十七回
真行者落伽山訴苦　假猴王水簾洞謄文

專拜如來佛祖求經。朕因促病侵身，魂游地府，幸有陽數臻長，感冥君放送回生，廣陳善會，修建度亡道場。盛蒙救苦救難觀世音菩薩金身出現，指示西方有佛有經，可度幽亡超脫，特著法師玄奘，遠歷千山，詢求經偈。倘過西邦諸國，不滅善緣，照牒施行。

大唐貞觀一十三年秋吉日御前文牒。自別大國以來，經度諸邦，中途收得大徒弟孫悟空行者，二徒弟豬悟能八戒，三徒弟沙悟淨和尚。」

念了從頭又念。沙僧聽得是通關文牒，止不住近前厲聲高叫：「師兄，師父的關文你念他怎的？」那行者聞言，急抬頭，不認得是沙僧，叫：「拿來！拿來！」眾猴一齊圍繞，把沙僧拖拖扯扯，拿近前來，喝道：「你是何人，擅敢近吾仙洞？」沙僧見他變了臉，不肯相認，只得朝上行禮道：「上告師兄。前者實是師父性暴，錯怪了師兄，把師兄咒了幾遍，逐趕回家。一則弟等未曾勸解，二來又為師父飢渴去尋水化齋。不意師兄好意復來，又怪師父執法不留，遂把師父打倒，昏暈在地，將行李搶去。後救轉師父，特來拜兄。若不恨師父，還念昔日解脫之恩，同小弟將行李回見師父，共上西天，了此正果。倘怨恨之深，不肯同去，千萬把包袱賜弟，兄在深山，樂桑榆晚景（指晚年的生活），亦誠兩全其美也。」

行者聞言，呵呵冷笑道：「賢弟，此論甚不合我意。我打唐僧，搶行李，不因我不上西方，亦不因我愛居此地；我今熟讀了牒文，我自己上西方拜佛求經，送上東土，我獨成功，教那南贍部洲人立我為祖，萬代傳名也。」沙僧笑道：「師兄言之欠當。自來沒個『孫行者取經』之說。我佛如來造下三藏真經，原著觀音菩薩向東土尋取經人求經，要我們苦歷千山，詢求諸國，保護那取經人。菩薩曾言：取經人乃如來門生，號曰金蟬長老。只因他不聽佛祖談經，貶下靈山，轉生東土，教他果正西方，復修大道。遇路上該有這般魔障，解脫我等三人，與他做護法。兄若不得唐僧去，那個佛祖肯傳經與你！卻不是空勞一場神思也？」那行者道：「賢弟，你原來懵懂，但知其一，不知其二。諒你說你有唐僧，同我保護，我就沒有唐僧？我這裡另選個有道的真僧在此，老孫獨力扶持，有何不可！已選明日大走（遠行）起身去矣。你不信，待我請來你看。」叫：「小的們，快請老師父出來。」果跑進去，牽出一匹白馬，請出一個唐三藏，跟著一個八戒，挑著行李；一個沙僧，拿著錫杖。

這沙僧見了大怒道：「我老沙行不更名，坐不改姓，那裡又有一個沙和尚！不要無禮！吃我一杖！」好沙僧，雙手舉降妖杖，把一個「假沙僧」劈頭一下打死，原來這是一個猴精。那行者惱了，掄金箍棒，帥眾猴，把沙僧圍了。沙僧東衝西撞，打出路口，縱雲霧逃生道：「這潑猴如此憊懶，我告菩薩去來！」那行者見沙僧打死一個猴精，把沙和尚逼得走了，他也不來追趕。回洞教小的們把打死的妖屍拖在一邊，剝了皮，取肉煎炒，將椰子酒、葡萄酒，同眾猴都吃了。另選一個會變化的妖猴，還變一個沙和尚，從新教道，要上西方不題。

沙僧一駕雲離了東海，行徑一晝夜，到了南海。正行時，早見落伽山不遠，急至前，低停雲霧觀看。好去處！果然是：

包乾之奧，括坤之區。會百川而浴日滔星，歸眾流而生風漾月。潮發騰凌大鯤化，波翻浩蕩巨鰲游。水通西北海，浪合正東洋。四海相連同地脈，仙方洲島各仙宮。休言滿地蓬萊，且看普陀雲洞。好景致！山頭霞彩壯元精，岩下祥風漾月晶。紫竹林中飛孔雀，綠楊枝

第五十七回

真行者落伽山訴苦　假猴王水簾洞謄文

上語靈鸚。琪花瑤草年年秀，寶樹金蓮歲歲生。白鶴幾番朝頂上，素鸞數次到山亭。游魚也解修真性，躍浪穿波聽講經。

沙僧徐步落伽山，玩看仙境。只見木吒行者當面相迎道：「沙悟淨，你不保唐僧取經，卻來此何幹？」沙僧作禮畢，道：「有一事特來朝見菩薩，煩為引見引見。」木吒情知是尋行者，更不題起，即先進去對菩薩道：「外有唐僧的小徒弟沙悟淨朝拜。」孫行者在台下聽見，笑道：「這定是唐僧有難，沙僧來請菩薩的。」菩薩即命木吒門外叫進。這沙僧倒身下拜。拜罷，抬頭正欲告訴前事，忽見孫行者站在旁邊，等不得說話，就掣降妖杖望行者劈臉便打。這行者更不回手，徹身躲過。沙僧口裡亂罵道：「我把你個犯十惡造反的潑猴！你又來影瞞菩薩哩！」菩薩喝道：「悟淨不要動手。有甚事先與我說。」

沙僧收了寶杖，再拜台下，氣沖沖的對菩薩道：「這猴一路行凶，不可數計。前日在山坡下打殺兩個剪路的強人，師父怪他；不期晚間就宿在賊窩主家裡，又把一伙賊人盡情打死，又血淋淋提一個人頭來與師父看。師父唬得跌下馬來，罵了他幾句，趕他回來。分別之後，師父飢渴太甚，教八戒去尋水。久等不來，又教我去尋他。不期孫行者見我二人不在，復回來把師父打一鐵棍，將兩個青氈包袱搶去。我等回來，將師父救醒，特來他水簾洞尋他討包袱，不想他變了臉，不肯認我，將師父關文念了又念。我問他念了做甚，他說不保唐僧，他要自上西天取經，送上東土，算他的功果，立他為祖，萬古傳揚。我又說：『沒唐僧，那肯傳經與你？』他說他選了一個有道的真僧。及請出，果是一匹白馬，一個唐僧，後跟著八戒、沙僧。我道：『我便是沙和尚，那裡又有個沙和尚？』是我趕上前，打了他一寶杖，原來是個猴精。他就帥眾拿我，是我特來告請菩薩。不知他會使筋斗雲，預先到此處；又不知他將甚巧語花言，隱瞞菩薩也。」

菩薩道：「悟淨，不要賴人。悟空到此，今已四日。我更不曾放他回去，他那裡有另請唐僧，自去取經之意？」沙僧道：「見如今水簾洞有一個孫行者，怎敢欺誑？」菩薩道：「既如此，你休發急，教悟空與你同去花果山看看。是真難滅，是假易除。到那裡自見分曉。」這大聖聞言，即與沙僧辭了菩薩。這一去，到那：花果山前分皂白，水簾洞口辨真邪。畢竟不知如何分辨，且聽下回分解。

第五十八回

二心攪亂大乾坤　一體難修真寂滅

這行者與沙僧拜辭了菩薩，縱起兩道祥光，離了南海。原來行者筋斗雲快，沙和尚仙雲覺遲，行者就要先行。沙僧扯住道：「大哥不必這等藏頭露尾，先去安根。待小弟與你一同走。」大聖本是良心，沙僧卻有疑意。真個二人同駕雲而去。不多時，果見花果山。按下雲頭，二人洞外細看，果見一個行者，高坐石台之上，與群猴飲酒作樂。模樣與大聖無異：也是黃髮金箍，金睛火眼；身穿也是綿布直裰，腰繫虎皮裙；手中也拿一條兒金箍鐵棒；足下也踏一雙麂皮靴；也是這等毛臉雷公嘴，朔腮別土星，查耳額顱闊，獠牙向外生。

這大聖怒發，一撒手，撇了沙和尚，掣鐵棒上前罵道：「你是何等妖邪，敢變我的相貌，敢占我的兒孫，擅居吾仙洞，擅作這威福！」那行者見了，公然不答，也使鐵棒來迎。二行者在一處，果是不分真假。好打呀：

兩條棒，二猴精，這場相敵實非輕。都要護持唐御弟，各施功績立英名。真猴實受沙門教，假怪虛稱佛子情。蓋為神通多變化，無真無假兩相平。一個是混元一氣齊天聖，一個是久煉千靈縮地精。這個是如意金箍棒，那個是隨心鐵桿兵。隔架遮攔無勝敗，撐持抵敵沒輸贏。先前交手在洞外，少頃爭持起半空。

他兩個各踏雲光，跳鬥上九霄雲內。沙僧在旁，不敢下手，見他們戰此一場，誠然難認真假；欲待拔刀相助，又恐傷了真的。忍耐良久，且縱身跳下山崖，使降妖寶杖，打近水簾洞外，驚散群妖，掀翻石凳，把飲酒食肉的器皿，盡情打碎；尋他的青氈包袱，四下裡全然不見。原來他水簾洞本是一股瀑布飛泉，遮掛洞門，遠看似一條白布簾兒，近看乃是一股水脈，故曰水簾洞。沙僧不知進步來歷，故此難尋。即便縱雲，趕到九霄雲裡，掄著寶杖，又不好下手。

大聖道：「沙僧，你既助不得力，且回覆師父，說我等這般這般，等老孫與此妖打上南海落伽山菩薩前辨個真假。」道罷，那行者也如此說。沙僧見兩個相貌、聲音，更無一毫差別，皂白難分，只得依言，撥轉雲頭，回覆唐僧不題。

你看那兩個行者，且行且鬥，直嚷到南海，徑至落伽山，打打罵罵，喊聲不絕。早驚動護法諸天，即報入潮音洞裡道：「菩薩，果然兩個孫悟空打將來也。」那菩薩與木吒行者、善財童子、龍女降蓮台出門喝道：「那孽畜那裡走！」這兩個遞相揪住道：「菩薩，這廝果然像弟子模樣。才自水簾洞打起，戰鬥多時，不分勝負。沙悟淨肉眼愚蒙，不能分識，有力難助，是弟子教他回西路去回覆師父，我與這廝打到寶山，借菩薩慧眼，與弟子認個真假，辨明邪正。」道罷，那行者也如此說一遍。眾諸天與菩薩都看良久，莫想能認。

第五十八回

二心攪亂大乾坤　一體難修真寂滅

菩薩道：「且放了手，兩邊站下，等我再看。」果然撒手，兩邊站定。這邊說：「我是真的！」那邊說：「他是假的！」

菩薩喚木吒與善財上前，悄悄吩咐：「你一個幫住一個，等我暗念《緊箍兒咒》，看那個害疼的便是真，不疼的便是假。」他二人果各幫一個。菩薩暗念真言，兩個一齊喊疼，都抱著頭，地下打滾，只叫：「莫念！莫念！」菩薩不念，他兩個又一齊揪住，照舊嚷鬥。菩薩無計奈何，即令諸天、木吒，上前助力。眾神恐傷真的，亦不敢下手。菩薩叫聲：「孫悟空」，兩個一齊答應。菩薩道：「你當年官拜『弼馬溫』，大鬧天宮時，神將皆認得你；你且上界去分辨回話。」這大聖謝恩，那行者也謝恩。

二人扯扯拉拉，口裡不住的嚷鬥，徑至南天門外，慌得那廣目天王帥馬、趙、溫、關四大天將，及把門大小眾神，各使兵器擋住道：「那裡走！此間可是爭鬥之處？」

大聖道：「我因保護唐僧往西天取經，在路上打殺賊徒，那三藏趕我回去，我徑到普陀崖見觀音菩薩訴告，不想這妖精，幾時就變作我的模樣，打倒唐僧，搶去包袱。有沙僧至花果山尋討，只見這妖精占了我的巢穴。後到普陀崖告請菩薩，又見我侍立台下，沙僧誑說是我駕筋斗雲，又先在菩薩處遮飾。菩薩卻是個證明，不聽沙僧之言，命我同他到花果山看驗。原來這妖精果像老孫模樣。才自水簾洞打到普陀山見菩薩，菩薩也難識認，故打至此間，煩諸天眼力，與我認個真假。」道罷，那行者也似這般這般說了一遍。眾天神看彀多時，也不能辨。他兩個吆喝道：「你們既不能認，讓開路，等我們去見玉帝！」

眾神搪抵不住，放開天門，直至靈霄寶殿。馬元帥同張、葛、許、丘四天師奏道：「下界有一般兩個孫悟空，打進天門，口稱見王。」說不了，兩個直嚷將進來，唬得那玉帝即降立寶殿，問曰：「你兩個因甚事擅鬧天宮，嚷至朕前尋死！」大聖口稱：「萬歲！萬歲！臣今皈命，秉教沙門，再不敢欺心誑上；只因這個妖精變作臣的模樣。」如此如彼，把前情備陳了一遍。「指望與臣辨個真假！」那行者也如此陳了一遍。玉帝即傳旨宣托塔李天王，教：「把『照妖鏡』來照這廝誰真誰假，教他假滅真存。」天王即取鏡照住，請玉帝同眾神觀看。鏡中乃是兩個孫悟空的影子；金箍、衣服，毫髮不差。玉帝亦辨不出，趕出殿外。

這大聖呵呵冷笑，那行者也哈哈歡喜，揪頭抹頸，復打出天門，墜落西方路上道：「我和你見師父去！我和你見師父去！」

卻說那沙僧自花果山辭他兩個，又行了三晝夜，回至本莊，把前事對唐僧說了一遍。唐僧自家悔恨道：「當時只說是孫悟空打我一棍，搶去包袱，豈知卻是妖精假變的行者！」沙僧又告道：「這妖又假變一個長老，一匹白馬；又有一個八戒挑著我們包袱，又有一個變作是我。我忍不住惱怒，一杖打死，原是一個猴精。因此驚散，又到菩薩處訴告。菩薩著我與師兄又同去識認，那妖果與師兄一般模樣。我難助力，故先來回覆師父。」三藏聞言，大驚失色。八戒哈哈大笑道：「好！好！好！應了這施主家婆婆之言了！他說有幾起取經的，這卻不又是一起？」

那家子老老小小的，都來問沙僧：「你這幾日往何處討盤纏去的？」沙僧笑道：「我往東勝神洲花果山尋大師兄取討行李，又到南海普陀山拜見觀世音菩薩，卻又到花果山，方才轉回至此。」那老者又問：「往返有多少路程？」沙僧道：「約有二十餘萬里。」老者道：「爺爺呀，似這幾日，就走了這許多路，只除是駕雲，方能彀得到！」八戒道：「不是駕雲，如何過海？」沙僧道：「我們那算得走路，若是我大師兄，只消一二日，可往回也。」那家子聽言，都說是神仙。八戒道：「我們雖不是神仙，——神仙還是我們的晚輩哩！」

正說間，只聽半空中喧嘩人嚷。慌得都出來看，卻是兩個行者打將來。八戒見了，忍不住手癢道：「等我去認識看。」好呆子，急縱身跳起，望空高叫道：「師兄莫嚷，我老豬來也！」那兩個一齊應道：「兄弟，來打妖精！來打妖精！」那家子又驚又喜道：「是幾位騰雲駕霧的羅漢歇在我家！就是發願齋僧的，也齋不著這等好人！」更不計較茶飯，愈加供養。又說：「這兩個行者只怕鬥出不好來，地覆天翻，作禍在那裡！」

三藏見那老者當面是喜，背後是憂，即開言道：「老施主放心，莫生憂嘆。貧僧收伏了徒弟，去惡歸善，自然謝你。」那老者滿口回答道：「不敢！不敢！」沙僧道：「施主休講，師父可坐在這裡，等我和二哥去，一家扯一個來到你面前，你就念念那話兒，看那個害疼的就是真的，不疼的就是假的。」三藏道：「言之極當。」

沙僧果起在半空道：「二位住了手，我同你到師父面前辨個真假去。」這大聖放了手，那行者也放了手。沙僧攙住一個，叫道：「二哥，你也攙住一個。」果然攙住，落下雲頭，徑至草舍門外。三藏見了，就念《緊箍兒咒》。二人一齊叫苦道：「我們這等苦鬥，你還咒我怎的？莫念！莫念！」那長老本心慈善，遂住了口不念，卻也不認得真假。他兩個掙脫手，依然又打。這大聖道：「兄弟們，保著師父，等我與他打到閻王前折辨去也！」那行者也如此說。二人抓抓掗掗，須臾，又不見了。

八戒道：「沙僧，你既到水簾洞，看見『假八戒』挑著行李，怎麼不搶將來？」沙僧道：「那妖精見我使寶杖打他『假沙僧』，他就亂圍上來要拿，是我顧性命走了。及告菩薩，與行者復至洞口，他兩個打在空中，是我去掀翻他的石凳，打散他的小妖，只見一股瀑布泉水流，竟不知洞門開在何處，尋不著行李，所以空手回覆師命也。」八戒道：「你原來不曉得。我前年請他去時，先在洞門外相見；後被我說泛了他，他就跳下，去洞裡換衣來時，我看見他將身往水裡一鑽。那一股瀑布水流，就是洞門。想必那怪將我們包袱收在那裡面也。」三藏道：「你既知此門，你可趁他都不在家，可先到他洞裡取出包袱，我們往西天去罷。他就來，我也不用他了！」八戒道：「我去。」沙僧說：「二哥，他那洞前有千數小猴，你一人恐弄他不過，反為不美。」八戒道：「不怕！不怕！」急出門，縱著雲霧，徑上花果山尋取行李不題。

卻說那兩個行者又打嚷到陰山背後，唬得那滿山鬼戰戰兢兢，藏藏躲躲。有先跑的，撞入陰司門裡，報上森羅寶殿道：「大王，背陰山上，有兩個齊天大聖打得來也！」慌得那第一殿秦廣王傳報與二殿楚江王、三殿宋帝王、四忤官王、五殿閻羅王、六殿平等王、七殿泰山王、八殿都市王、九殿卞城王、十殿轉輪王。一殿轉一殿，霎時間，十王會齊，又著人飛報與地藏王。盡在森羅殿上，點聚陰兵，等擒真假。只聽得那強風滾滾，慘霧漫漫，二行者一翻一滾的，打至森羅殿下。

陰君（指閻王）近前擋住道：「大聖有何事，鬧我幽冥？」這大聖道：「我因保唐僧西天取經，路過西梁國，至一山，有強賊截劫我師，是老孫打死幾個，師父怪我，把我逐回。我隨到南海菩薩處訴告，不知那妖精怎麼就綽著口氣，假變作我的模樣，在半路上打倒師父，搶奪了行李。師弟沙僧，向我本山取討包袱，這妖假立師名，要往西天取經。沙僧逃遁至南海見菩薩，我正在側。他備說原因，菩薩又命我同他至花果山觀看，果被這廝占了我巢穴。我與他爭辨到菩薩處，其實相貌、言語等俱一般，菩薩也難辨真假。又與這廝打上天堂，眾神亦果難辨，因見我師。我師念《緊箍兒》試驗，與我一般疼痛。故此鬧至幽冥，望陰君與我查看生死簿，看『假行者』是何出身，快早追他魂魄，免教二心沌亂。」

那怪亦如此說一遍。陰君聞言，即喚管簿判官一一從頭查勘，更無個『假行者』之名。再看毛蟲之簿，那猴子一百三十條已是孫大聖幼年得道之時，大鬧陰司，消死名一筆勾之，自後來凡是猴屬，盡無名號。查勘畢，當殿回報。陰君各執笏，對行者道：「大聖，幽冥處既無名號可查，你還到陽間去折辨。」

正說處，只聽得地藏王菩薩道：「且住！且住！等我著諦聽與你聽個真假。」

原來那諦聽是地藏菩薩經案下伏的一個獸名。他若伏在地下，一霎時，將四大部洲山川社稷，洞天福地之間，蠃蟲、鱗蟲、毛蟲、羽蟲、昆蟲、天仙、地仙、神仙、人仙、鬼仙可以照鑑善惡，察聽賢愚。那獸奉地藏鈞旨，就於森羅庭院之中，俯伏在地。須臾，抬起頭來，對地藏道：「怪名雖有，但不可當面說破，又不能助力擒他。」地藏道：「當面說出便怎麼？」諦聽道：「當面說出，恐妖精惡發，搔擾寶殿，致令陰府不安。」又問：「何為不能助力擒拿？」諦聽道：「妖精神通，與孫大聖無二。幽冥之神，能有多少法力，故此不能擒拿。」地藏道：「似這般怎生祛除？」諦聽言：「佛法無邊。」

地藏早已省悟。即對行者道：「你兩個形容如一，神通無二，若要辨明，須到雷音寺釋迦如來那裡，方得明白。」兩個一齊嚷道：「說的是！說的是！我和你西天佛祖之前折辨去！」那十殿陰君送出，謝了地藏，回上翠雲宮，著鬼使閉了幽冥關隘不題。

看那兩個行者，飛雲奔霧，打上西天。有詩為證。詩曰：

人有二心生禍災，天涯海角致疑猜。欲思寶馬三公位，又憶金鑾一品台。
北討南征空擾攘，東馳西逐未定哉。禪門須學無心訣，靜養嬰兒結聖胎。

他兩個在那半空裡，扯扯拉拉，抓抓掗掗，且行且鬥。直嚷至大西天靈鷲仙山雷音寶剎之外。早見那四大菩薩、八大金剛、五百阿羅、三千揭諦、比丘尼、比丘僧、優婆塞、優婆夷諸大聖眾，都到七寶蓮台之下，各聽如來說法。那如來正講到這：

不有中有，不無中無。不色中色，不空中空。非有為有，非無為無。
非色為色，非空為空。空即是空，色即是色。色無定色，色即是空。
空無定空，空即是色。知空不空，知色不色。名為照了，始達妙音。

概眾稽首皈依。流通誦讀之際，如來降天花普散繽紛，即離寶座，對大眾道：「汝等俱是一心，且看二心競鬥而來也。」

大眾舉目看之，果是兩個行者，吆天喝地，打至雷音勝境。慌得那八大金剛，上前擋住道：「汝等欲往那裡去？」這大聖道：「妖精變作我的模樣，欲至寶蓮台下，煩如來為我辨個虛實也。」眾金剛抵擋不住，直嚷至台下，跪於佛祖之前，拜告道：「弟子保護唐僧，來造寶山，求取真經，一路上煉魔縛怪，不知費了多少精神。前至中途，偶遇強徒劫擄，委是弟子二次打傷幾人。師父怪我趕回，不容同拜如來金身。弟子無奈，只得投奔南海，見觀音訴苦。不期這個妖精，假變弟子聲音、相貌，

第五十八回

二心攪亂大乾坤　一體難修真寂滅

將師父打倒，把李行搶去。師弟悟淨尋至我山，被這妖假捏巧言，說有真僧取經之故。悟淨脫身至南海，備說詳細。觀音知之，遂令弟子同悟淨再至我山。因此，兩人比並真假，打至南海，又打到天宮，又曾打見唐僧，打見冥府，俱莫能辨認。故此大膽輕造，千乞大開方便之門，廣垂慈憫之念，與弟子辨明邪正，庶好保護唐僧親拜金身，取經回東土，永揚大教。」

大眾聽他兩張口一樣聲俱說一遍，眾亦莫辨；惟如來則通知之。正欲道破，忽見南下彩雲之間，來了觀音，參拜我佛。

我佛合掌道：「觀音尊者，你看那兩個行者，誰是真假？」菩薩道：「前日在弟子荒境，委不能辨。他又至天宮、地府，亦俱難認。特來拜告如來，千萬與他辨明辨明。」如來笑道：「汝等法力廣大，只能普閱周天之事，不能遍識周天之物，亦不能廣會周天之種類也。」菩薩又請示周天種類。如來才道：「周天之內有五仙：乃天、地、神、人、鬼。有五蟲：乃蠃、鱗、毛、羽、昆。這廝非天、非地、非神、非人、非鬼；亦非蠃、非鱗、非毛、非羽、非昆。又有四猴混世，不入十類之種。」菩薩道：「敢問是那四猴？」

如來道：「第一是靈明石猴，通變化，識天時，知地利，移星換斗。第二是赤尻馬猴，曉陰陽，會人事，善出入，避死延生。第三是通臂猿猴，拿日月，縮千山，辨休咎（吉凶），乾坤摩弄。第四是六耳獼猴，善聆音，能察理，知前後，萬物皆明。此四猴者，不入十類之種，不達兩間（天地之間）之名。我觀『假悟空』乃六耳獼猴也。此猴若立一處，能知千里外之事；凡人說話，亦能知之；故此善聆音，能察理，知前後，萬物皆明。——與真悟空同相同音者，六耳獼猴也。」

那獼猴聞得如來說出他的本相，膽戰心驚，急縱身，跳起來就走。如來見他走時，即令大眾下手。早有四菩薩、八金剛、五百阿羅，三千揭諦、比丘僧、比丘尼、優婆塞、優婆夷、觀音、木吒，一齊圍繞。孫大聖也要上前。

如來說：「悟空休動手，待我與你擒他。」那獼猴毛骨悚然，料著難脫，即忙搖身一變，變作個蜜蜂兒，往上便飛。如來將金缽盂撇起去，正蓋著那蜂兒，落下來。大眾不知，以為走了。如來笑云：「大眾休言。妖精未走，見在我這缽盂之下。」大眾一發上前，把缽盂揭起，果然見了本相，是一個六耳獼猴。孫大聖忍不住，掄起鐵棒，劈頭一下打死，至今絕此一種。如來不忍，道聲：「善哉！善哉！」大聖道：「如來不該慈憫他。他打傷我師父，搶奪我包袱，依律問他個得財傷人，白晝搶奪，也該個斬罪哩！」如來道：「你自快去保護唐僧來此求經罷。」大聖叩頭謝道：「上告如來得知。那師父定是不要我；我此去，若不收留，卻不又勞一番神思！望如來方便，把《鬆箍兒咒》念一念，褪下這個金箍，交還如來，放我還俗去罷。」如來道：「你休亂想，切莫放刁。我教觀音送你去，不怕他不收。好生保護他去，那時功成歸極樂，汝亦坐蓮台。」

那觀音在旁聽說，即合掌謝了聖恩。領悟空，輒駕雲而去。隨後木吒行者、白鸚哥，一同趕上。不多時，到了中途草舍人家。沙和尚看見，急請師父拜門迎接。菩薩道：「唐僧，前日打你的，乃『假行者』六耳獼猴也。幸如來知識，已被悟空打死。你今須是收留悟空。一路上魔障未消，必得他保護你，才得到靈山，見佛取經。再休嗔怪。」三藏叩頭道：「謹遵教旨。」

正拜謝時，只聽得正東上狂風滾滾，眾目視之，乃豬八戒背著兩個包袱，駕風而至。呆子見了菩薩，倒身下拜道：「弟子前日別了師父至花果山水簾洞尋得包袱，果見一個『假唐僧』、『假八戒』，都被弟子打死，原是兩個猴身。卻入裡，方尋著包袱。當時查點，一物不少。卻駕風轉此。更不知兩行者下落如何。」

菩薩把如來識怪之事，說了一遍。那呆子十分歡喜，稱謝不盡。師徒們拜謝了，菩薩回海，卻都照舊合意同心，洗冤解怒。又謝了那村舍人家，整束行囊、馬匹，找大路而西。正是：

中道分離亂五行，降妖聚會合元明。
神歸心捨禪方定，六識袪降丹自成。

畢竟這去，不知三藏幾時得面佛求經，且聽下回分解。

第五十九回

唐三藏路阻火焰山　孫行者一調芭蕉扇

若干種性本來同，海納無窮。千思萬慮終成妄，般般色色和融。有日功完行滿，圓明法性高隆。休教差別走西東，緊鎖牢籠。收來安放丹爐內，煉得金烏（太陽）一樣紅。朗朗輝輝嬌豔，任教出入乘龍。

話表三藏遵菩薩教旨，收了行者，與八戒、沙僧剪斷二心，鎖籠猿馬（收回凡心。猿馬：心猿意馬，即意志不專一），同心戮力，趕奔西天。說不盡光陰似箭，日月如梭。歷過了夏月炎天，卻又值三秋霜景。但見那：

薄雲斷絕西風緊，鶴鳴遠岫霜林錦。光景正蒼涼，山長水更長。征鴻（鴻雁）來北塞，玄鳥（燕子）歸南陌。客路怯孤單，衲衣容易寒。

第五十九回

唐三藏路阻火焰山　孫行者一調芭蕉扇

師徒四眾，進前行處，漸覺熱氣蒸人。三藏勒馬道：「如今正是秋天，卻怎返有熱氣？」八戒道：「原來不知。西方路上有個斯哈哩國，乃日落之處，俗呼為『天盡頭』。若到申酉時，國王差人上城，擂鼓吹角，混雜海沸之聲。日乃太陽真火，落於西海之間，如火淬水，接聲滾沸；若無鼓角之聲混耳，即振殺城中小兒。此地熱氣蒸人，想必到日落之處也。」大聖聽說，忍不住笑道：「呆子莫亂談！若論斯哈哩國，正好早哩。似師父朝三暮二的，這等擔擱，就從小至老，老了又小，老小三生，也還不到。」八戒道：「哥啊，據你說，不是日落之處，為何這等酷熱？」沙僧道：「想是天時不正，秋行夏令（秋天卻是夏天的氣候）故也。」他三個正都爭講，只見那路旁有座莊院，乃是紅瓦蓋的房舍，紅磚砌的垣牆，紅油門扇，紅漆板榻，一片都是紅的。三藏下馬道：「悟空，你去那人家問個消息，看那炎熱之故何也。」

大聖收了金箍棒，整肅衣裳，扭捏作個斯文氣象，綽下大路，徑至門前觀看。那門裡忽然走出一個老者，但見他：

穿一領黃不黃，紅不紅的葛布深衣；戴一頂青不青、皂不皂的篾絲涼帽。手中拄一根不彎、直不直、暴節竹杖；足下踏一雙新不新、舊不舊、搫靸翰鞋（長筒皮靴）。面似紅銅，鬚如白練。兩道壽眉遮碧眼，一張哈口（嘴角含笑）露金牙。

那老者猛抬頭，看見行者，吃了一驚，拄著竹杖，喝道：「你是那裡來的怪人？在我這門首何幹？」行老答禮道：「老施主，休怕我。我不是甚麼怪人。貧僧是東土大唐欽差上西方求經者。師徒四人，適至寶方，見天氣蒸熱，一則不解其故，二來不知地名，特拜問指教一二。」那老者卻才放心，笑云：「長老勿罪。我老漢一時眼花，不識尊顏。」行者道：「不敢。」老者又問：「令師在那條路上？」行者道：「那南首大路上立的不是！」老者教：「請來，請來。」行者歡喜，把手一招，三藏即同八戒、沙僧，牽白馬，挑行李近前，都對老者作禮。

老者見三藏豐姿標致，八戒、沙僧相貌奇稀，又驚又喜：只得請入裡坐，教小的們看茶，一壁廂辦飯。三藏聞言，起身稱謝道：「敢問公公：貴處遇秋，何返炎熱？」老者道：「敝地喚做火焰山。無春無秋，四季皆熱。」三藏道：「火焰山卻在那邊？可阻西去之路？」老者道：「西方卻去不得。那山離此有六十里遠，正是西方必由之路，卻有八百里火焰，四周圍寸草不生。若過得山，就是銅腦蓋，鐵身軀，也要化成汁哩。」三藏聞言，大驚失色，不敢再問。

只見門外一個少年男子，推一輛紅車兒，住在門旁，叫聲：「賣糕！」大聖拔根毫毛，變個銅錢，問那人買糕。那人接了錢，不論好歹，揭開車兒上衣裹，熱氣騰騰，拿出一塊糕遞與行者。行者托在手中，好似火盆裡的灼炭，煤爐內的紅釘。你看他左手倒在右手，右手換在左手，只道：「熱，熱，熱！難吃，難吃！」那男子笑道：「怕熱，莫來這裡。這裡是這等熱。」行者道：「你這漢子，好不明理。常言道：『不冷不熱，五穀不結。』他這等熱得很，你這糕粉，自何而來？」那人道：「若知糕粉米，敬求鐵扇仙。」行者道：「鐵扇仙怎的？」那人道：「鐵扇仙有柄『芭蕉扇』。求得來，一扇息火，二扇生風，三扇下雨，我們就布種，及時收割，故得五穀養生；不然，誠寸草不能生也。」

行者聞言，急抽身走入裡面，將糕遞與三藏道：「師父放心，且莫隔年焦著，吃了糕，我與你說。」長老接糕在手，向本宅老者道：「公公請糕。」老者道：「我家的茶飯未奉，敢吃你糕？」行者笑道：「老人家，茶飯倒不必賜。我問你：鐵扇仙在那裡住？」老者道：「你問他怎的？」行者道：「適才那賣糕人說，此仙有柄『芭蕉扇』。求將來，一扇息火，二扇生風，三扇下雨，你這方布種收割，才得五穀養生。我欲尋他討來扇息火焰山過去，且使這方依時收種，得安生也。」老者道：「固有此說；你們卻無禮物，恐那聖賢不肯來也。」三藏道：「他要甚禮物？」老者道：「我這裡人家，十年拜求一度。四豬四羊，花紅表裡，異香時果，雞鵝美酒，沐浴虔誠，拜到那仙山，請他出洞，至此施為。」行者道：「那山坐落何處？喚甚地名？有幾多里數：等我問他要扇子去。」老者道：「那山在西南方，名喚翠雲山。山中有一仙洞，名喚芭蕉洞。我這裡眾信人等去拜仙山，往回要走一月，計有一千四百五六十里。」行者笑道：「不打緊，就去就來。」那老者道：「且住，吃些茶飯，辦些乾糧，須得兩人做伴。那路上沒有人家，又多狼虎，非一日可到。莫當耍子。」行者笑道：「不用，不用！我去也！」說一聲，忽然不見。那老者慌張道：「爺爺呀！原來是騰雲駕霧的神人也！」

且不說這家子供奉唐僧加倍。卻說那行者霎時徑到翠雲山，按住祥光，正自找尋洞口，忽然聞得丁丁之聲，乃是山林內一個樵夫伐木。行者即趨步至前，又聞得他道：

「雲際依依認舊林，斷崖荒草路難尋。
西山望見朝來雨，南澗歸時渡處深。」

行者近前作禮道：「樵哥，問訊了。」那樵子撇了柯斧，答禮道：「長老何往？」行者道：「敢問樵哥，這可是翠雲山？」樵子道：「正是。」行者道：「有個鐵扇仙的芭蕉洞，在何處？」樵子笑道：「這芭蕉洞雖有，卻無個鐵扇仙，只有個鐵扇公主，又名羅剎女。」行者道：「人言他有一柄芭蕉扇，能熄得火焰山，敢是他麼？」樵子道：「正是，正是。這聖賢有這件寶貝，善能熄火，保護那方人家，故此稱為鐵扇仙。我這裡人家用不著他，只知他叫做羅剎女，乃大力牛魔王妻也。」

行者聞言，大驚失色。心中暗想道：「又是冤家了！當年伏了紅孩兒，說是這廝養的。前在那解陽山破兒洞遇他叔子，尚且不肯與水，要作報仇之意；今又遇他父母，怎生借得這扇子耶？」樵子見行者沉思默慮，嗟嘆不已，便笑道：「長老，你出家人，有何憂疑？這條小路兒向東去，不上五六里，就是芭蕉洞。休得心焦。」行者道：「不瞞樵哥說，我是東土唐朝差往西天求經的唐僧大徒弟。前年在火雲洞，曾與羅剎之子紅孩兒有些言語（這裡指舊怨、嫌隙），但恐羅剎懷仇不與，故生憂疑。」樵子道：「大丈夫鑑貌辨色，只以求扇為名，莫認往時之溲話，管情借得。」行者聞言，深深唱個大喏道：「謝樵哥教誨。我去也。」

遂別了樵夫，徑至芭蕉洞口。但見那兩扇門緊閉牢關，洞外風光秀麗。好去處！正是那：

山以石為骨，石作土之精。煙霞含宿潤，苔蘚助新青。嵯峨勢聳欺蓬島，幽靜花香若海瀛。幾樹喬松棲野鶴，數株衰柳語山鶯。誠然是千年古跡，萬載仙蹤。碧梧鳴彩鳳，活水隱蒼龍。曲徑葷蘿垂掛，石梯藤葛攀籠。猿嘯翠岩忻月上，鳥啼高樹喜晴空。兩林竹蔭涼如雨，一徑花濃沒繡絨。時見白雲來遠岫，略無定體漫隨風。

行者上前叫：「牛大哥，開門，開門！」呀的一聲，洞門開了，裡邊走出一個毛兒女，手中提著花籃，肩上擔著鋤子，真個是一身襤褸無妝飾，滿面精神有道心。行者上前迎著，合掌道：「女童，累你轉報公主一聲。我本是取經的和尚，在西方路上，難過火焰山，特來拜借芭蕉扇一用。」那毛女道：「你是那寺裡和尚？叫甚名字？我好與你通報。」行者道：「我是東土來的，叫做孫悟空和尚。」

那毛女即便回身，轉於洞內，對羅剎跪下道：「奶奶，洞門外有個東土來的孫悟空和尚，要見奶奶，拜求芭蕉扇，過火焰山一用。」那羅剎聽見「孫悟空」三字，便似撮鹽入火，火上澆油；骨都都紅生臉上；惡狠狠怒發心頭。口中罵道：「這潑猴！今日來了！」叫：「丫環，取披掛，拿兵器來！」隨即取了披掛，拿兩口青鋒寶劍，整束出來。行者在洞外閃過，偷看怎生打扮。只見他：

頭裹團花手帕，身穿納錦雲袍。腰間雙束虎筋絛，微露繡裙偏綃。
鳳嘴弓鞋三寸，龍鬚膝褲金銷。手提寶劍怒聲高，凶比月婆容貌。

那羅剎出門，高叫道：「孫悟空何在？」行者上前，躬身施禮道：「嫂嫂，老孫在此奉揖。」羅剎咄的一聲道：「誰是你的嫂嫂！那個要你奉揖！」行者道：「尊府牛魔王，當初曾與老孫結義，乃七兄弟之親。今聞公主是牛大哥令正（正指妻子，令是敬辭），安得不以嫂嫂稱之！」羅剎道：「你這潑猴！既有兄弟之親，如何坑陷我子？」行者佯問道：「令郎是誰？」羅剎道：「我兒是號山枯松澗火雲洞聖嬰大王紅孩兒，被你傾（陷害）了。我們正沒處尋你報仇，你今上門納命（送命），我肯饒你！」

行者滿臉陪笑道：「嫂嫂原來不察理，錯怪了老孫。你令郎因是捉了師父，要蒸要煮，幸虧了觀音菩薩收他去，救出我師。他如今現在菩薩處做善財童子，實受了菩薩正果，不生不滅，不垢不淨，與天地同壽，日月同庚。你倒不謝老孫保命之恩，反怪老孫，是何道理！」羅剎道：「你這個巧嘴的潑猴！我那兒雖不傷命，再怎生得到我的跟前，幾時能見一面？」行者笑道：「嫂嫂要見令郎，有何難處？你且把扇子借我，扇息了火，送我師父過去，我就到南海菩薩處請他來見你，就送扇子還你，有何不可！那時節，你看他可曾損傷一毫。如有些須之傷，你也怪得有理；如比舊時標致，還當謝我。」羅剎道：「潑猴！少要饒舌！伸過頭來，等我砍上幾劍！若受得疼痛，就借扇子與你；若忍耐不得，教你早見閻君！」行者叉手向前，笑道：「嫂嫂切莫多言。老孫伸著光頭，任尊意砍上多少，但沒氣力便罷。是必借扇子用用。」那羅剎不容分說，雙手掄劍，照行者頭上乒乒乓乓，砍有十數下，這行者全不認真。羅剎害怕，回頭要走。行者道：「嫂嫂，那裡去？快借我使使！」那羅剎道：「我的寶貝原不輕借。」行者道：「既不肯借，吃你老叔一棒！」好猴王，一隻手扯住，一隻手去耳內掣出棒來，幌一幌，有碗來粗細。那羅剎掙脫手，舉劍來迎。行者隨又掄棒便打。兩個在翠雲山前，不論親情，卻只講仇隙。這一場好殺：

裙釵本是修成怪，為子懷仇恨潑猴。行者雖然生狠怒，因師路阻讓娥流。先言拜借芭蕉扇，不展驍雄耐性柔。羅剎無知掄劍砍，猴王有意說親由。女流怎與男兒鬥，到底男剛壓女流。這個金箍鐵棒多凶猛，那個霜刃青鋒甚緊稠。劈面打，照頭丟，恨苦相持不罷休。左擋右遮施武藝，前迎後架騁奇謀。卻才鬥到沉酣處，不覺西方墜日頭。羅剎忙將真扇子，一扇揮動鬼神愁！

那羅剎女與行者相持到晚，見行者棒重，卻又解數周密，料鬥他不過，即便取出芭蕉扇，幌一幌，一扇陰風，把行者扇得無影無蹤，莫想收留得住。這羅剎得勝回歸。

那大聖飄飄蕩蕩，左沉不能落地，右墜不得存身。就如旋風翻敗葉，流水淌殘花。滾了一夜，直至天明，方才落在一座山上，雙手抱住一塊峰石，定性良久，仔細觀看，卻才認得是小須彌山。大聖長嘆一聲道：「好利害婦人！怎麼就把老孫送到這裡來了？我當年曾記得在此處告求靈吉菩薩降黃風怪救我師父。那黃風嶺至此直南上有三千餘里，今在西路轉來，乃東南方隅，不知有幾萬里。等我下去問靈吉菩薩一個消息，好回舊路。」

正躊躇間，又聽得鐘聲響亮，急下山坡，徑至禪院。那門前道人認得行者的形容，即入裡面報道：「前年來請菩薩去降黃風怪的那個毛臉大聖又來了。」菩薩知是悟空，連忙下寶座相迎，入內施禮道：「恭喜！取經來耶？」悟空答道：「正好未到！早哩，早哩！」靈吉道：「既未曾得到雷音，何以回顧荒山？」行者道：「自上年蒙盛情降了黃風怪，一路上，不知歷過多少苦楚。今到火焰山，不能前進，詢問土人，說有個鐵扇仙芭蕉扇，扇得火滅，老孫特去尋訪。原來那仙是牛魔王的妻，紅孩兒的母。他說我把他兒子做了觀音菩薩的童子，不得常見，跟我為仇，不肯借扇，與我爭鬥。他見我的棒重難撐，遂將扇子把我一扇，扇得我悠悠蕩蕩，直至於此，方才落住。故此輕造禪院，問個歸路。此處到火焰山，不知有多少里數？」靈吉笑道：「那婦人喚名羅剎女，又叫做鐵扇公主。他的那芭蕉扇本是昆侖山後，自混沌開闢以來，天地產成的一個靈寶，乃太陰之精葉，故能滅火氣。假若扇著人，要飄八萬四千里，方息陰風。我這山到火焰山，只有五萬餘里。此還是大聖有留雲之能，故止住了。若是凡人，正好不得住也。」行者道：「利害！利害！我師父卻怎生得度那方？」靈吉道：「大聖放心。此一來，也是唐僧的緣法，合教大聖成功。」行者道：「怎見成功？」靈吉道：「我當年受如來教旨，賜我一粒『定風丹』，一柄『飛龍杖』。飛龍杖已降了風魔。這定風丹尚未曾見用，如今送了大聖，管教那廝扇你不動，你卻要了扇子，扇息火，卻不就立此功也！」行者低頭作禮，感謝不盡。那菩薩即於衣袖中取出一個錦袋兒，將那一粒定風丹與行者安在衣領裡邊，將針線緊緊縫了。送行者出門道：「不及留款。往西北上去，就是羅剎的山場也。」

行者辭了靈吉，駕筋斗雲，徑返翠雲山，頃刻而至。使鐵棒打著洞門叫道：「開門！開門！老孫來借扇子使使哩！」慌得那門裡女童即忙來報：「奶奶，借扇子的又來了！」羅剎聞言，心中悚懼道：「這潑猴真有本事！我的寶貝，扇著人，要去八萬四千里，方能停止；他怎麼才吹去就回來也？這番等我一連扇他兩三扇，教他找不著歸路！」急縱身，結束整齊，雙手提劍，走出門來道：「孫行者！你不怕我，又來尋死！」行者笑道：「嫂嫂勿得慳吝，是必借我使使。保得唐僧過山，就送還你。我是個志誠有餘的君子，不是那借物不還的小人。」

羅剎又罵道：「潑猢猻！好沒道理，沒分曉！奪子之仇，尚未報得；借扇之意，豈得如心！你不要走！吃我老娘一劍！」大聖公然不懼，使鐵棒劈手相迎。他兩個往往來來，戰經五七回合，羅剎女手軟難掄，孫行者身強善敵。他見事勢不諧，即取扇子，望行者扇了一扇，行者巍然不動。行者收了鐵棒，笑吟吟的道：「這番不比那番！任你怎麼扇來，老孫若動一動，就不算漢子！」那羅剎又扇兩扇，果然不動。羅剎慌了，急收寶貝，轉回走入洞裡，將門緊緊關上。

第五十九回

唐三藏路阻火焰山　孫行者一調芭蕉扇

行者見他閉了門，卻就弄個手段，拆開衣領，把定風丹噙在口中，搖身一變，變作一個蟭蟟蟲兒，從他門隙處鑽進。只見羅刹叫道：「渴了！渴了！快拿茶來！」近侍女童，即將香茶一壺，沙沙的滿斟一碗，沖起茶沫漕漕。行者見了歡喜，嚶的一翅，飛在茶沫之下。那羅刹渴極，接過茶，兩三氣都喝了。行者已到他肚腹之內，現原身厲聲高叫道：「嫂嫂，借扇子我使使！」羅刹大驚失色，叫：「小的們，關了前門否？」俱說：「關了。」他又說：「既關了門，孫行者如何在家裡叫喚？」女童道：「在你身上叫哩。」羅刹道：「孫行者，你在那裡弄術哩？」行者道：「老孫一生不會弄術，都是些真手段，實本事，已在尊嫂嫂腹之內耍子，已見其肺肝矣。我知你也飢渴了，我先送你個坐碗兒解渴！」卻就把腳往下一登。那羅刹小腹之中，疼痛難禁，坐於地下叫苦。行者道：「嫂嫂休得推辭，我再送你個點心充飢！」又把頭往上一頂。那羅刹心痛難禁，只在地上打滾，疼得他面黃唇白，只叫：「孫叔叔饒命！」

行者卻才收了手腳道：「你才認得叔叔麼？我看牛大哥情上，且饒你性命。快將扇子拿來我使使。」羅刹道：「叔叔，有扇！有扇！你出來拿了去！」行者道：「拿扇子我看了出來。」羅刹即叫女童拿一柄芭蕉扇，執在旁邊。行者探到喉嚨之上見了道：「嫂嫂，我既饒你性命，不在腰肋之下搠個窟窿出來，還自口出。你把口張三張兒。」那羅刹果張開口。行者還作個蟭蟟蟲，先飛出來，丁在芭蕉扇上。那羅刹不知，連張三次，叫：「叔叔出來罷。」行者化原身，拿了扇子，叫道：「我在此間不是？謝借了！謝借了！」拽開步，往前便走。小的們連忙開了門，放他出洞。

這大聖撥轉雲頭，徑回東路。霎時按落雲頭，立在紅磚壁下。八戒見了歡喜道：「師兄，師兄來了！來了！」三藏即與本莊老者同沙僧出門接著，同至舍內。把芭蕉扇靠在旁邊道：「老官兒，可是這個扇子？」老者道：「正是！正是！」唐僧喜道：「賢徒有莫大之功。求此寶貝，甚勞苦了。」行者道：「勞苦倒也不說。那鐵扇仙，你道是誰？那廝原來是牛魔王的妻，紅孩兒的母，名喚羅剎女，又喚鐵扇公主。我尋到洞外借扇，他就與我講起仇隙，把我砍了幾劍。是我使棒唬他，他就把扇子扇了我一下，飄飄蕩蕩，直刮到小須彌山。幸見靈吉菩薩，送了我一粒定風丹，指與歸路，復至翠雲山。又見羅剎女，羅剎女又使扇子，扇我不動，他就回洞。是老孫變作一個蟭蟟蟲，飛入洞去。那廝正討茶吃，是我又鑽在茶沫之下，到他肚裡，做起手腳。他疼痛難禁，不住口的叫我做叔叔饒命，情願將扇借與我，我卻饒了他，拿將扇來。待過了火焰山，仍送還他。」三藏聞言，感謝不盡。師徒們俱拜辭老者。

一路西來，約行有四十里遠近，漸漸酷熱蒸人。沙僧只叫：「腳底烙得慌！」八戒又道：「爪子燙得痛！」馬比尋常又快。只因地熱難停，十分難進。行者道：「師父且請下馬。兄弟們莫走。等我扇息了火，待風雨之後，地土冷些，再過山去。」行者果舉扇，徑至火邊，盡力一扇，那山上火光烘烘騰起；再一扇，更著百倍；又一扇，那火足有千丈之高，漸漸燒著身體。行者急回，已將兩股毫毛燒淨，徑跑至唐僧面前叫：「快回去！快回去！火來了，火來了！」

那師父爬上馬，與八戒、沙僧，復東來有二十餘里，方才歇下，道：「悟空，如何了呀！」行者丟下扇子道：「不停當！不停當！被那廝哄了！」三藏聽說，愁促眉尖，悶添心上，止不住兩淚交流，只道：「怎生是好！」八戒道：「哥哥，你急急忙忙叫回去是怎麼說？」行者道：「我將扇子扇了一下，火光烘烘；第二扇，火氣愈盛；第三扇，火頭飛有千丈之高。若是跑得不快，把毫毛都燒盡矣！」八戒笑道：「你常說雷打不傷，火燒不損，如今何又怕火？」行者道：「你這呆子，全不知

第五十九回

唐三藏路阻火焰山　孫行者一調芭蕉扇

事！那時節用心防備，故此不傷；今日只為扇息火光，不曾捻避火訣，又未使護身法，所以把兩股毫毛燒了。」沙僧道：「似這般火盛，無路通西，怎生是好？」八戒道：「只揀無火處走便罷。」三藏道：「那方無火？」八戒道：「東方、南方、北方，俱無火。」又問：「那方有經？」八戒道：「西方有經。」三藏道：「我只欲往有經處去哩！」沙僧道：「有經處有火，無火處無經，誠是進退兩難！」

師徒們正自胡談亂講，只聽得有人叫道：「大聖不須煩惱，且來吃些齋飯再議。」四眾回看時，見一老人，身披飄風氅，頭頂偃月冠，手持龍頭杖，足踏鐵靿靴，後帶著一個雕嘴魚腮鬼，鬼頭上頂著一個銅盆，盆內有些蒸餅糕糜，黃糧米飯，在於西路下躬身道：「我本是火焰山土地。知大聖保護聖僧，不能前進，特獻一齋。」行者道：「吃齋小可，這火光幾時滅得，讓我師父過去？」土地道：「要滅火光，須求羅剎女借芭蕉扇。」行者去路旁拾起扇子道：「這不是！那火光越扇越著，何也？」土地看了，笑道：「此扇不是真的，被他哄了。」行者道：「如何方得真的？」那土地又控背躬身，微微笑道：「若還要借真蕉扇，須是尋求大力王。」

畢竟不知大力王有甚緣故，且聽下回分解。

第六十回

牛魔王罷戰赴華筵　孫行者二調芭蕉扇

土地說：「大力王即牛魔王也。」行者道：「這山本是牛魔王放的火，假名火焰山？」土地道：「不是，不是。大聖若肯赦小神之罪，方敢直言。」行者道：「你有何罪？直說無防。」土地道：「這火原是大聖放的。」行者怒道：「我在那裡，你這等亂談！我可是放火之輩？」土地道：「是你也認不得我了。此間原無這座山；因大聖五百年前，大鬧天宮時，被顯聖擒了，壓赴老君，將大聖安於八卦爐內，鍛煉之後開鼎，被你蹬倒丹爐，落了幾個磚來，內有餘火，到此處化為火焰山。我本是兜率宮守爐的道人。當被老君怪我失守，降下此間，就做了火焰山土地也。」豬八戒聞言，恨道：「怪道你這等打扮！原來是道士變的土地！」

行者半信不信道：「你且說，早尋大力王何故？」土地道：「大力王乃羅剎女丈夫。他這向撇了羅剎，現在積雷山摩雲洞。有個萬歲狐王。那狐王死了，遺下一個女兒，叫做玉面公主。那公主有百萬家私，無人掌管；二年前，訪著牛魔王神通廣大，情願倒陪家私，招贅為夫。那牛王棄了羅剎，久不回顧。若大聖尋著牛王，拜求來此，方借得真扇。一則扇息火焰，可保師父前進；二來永除火患，可保此地生靈；三者赦我歸天，回繳老君法旨。」行者道：「積雷山坐落何處？到彼有多少程途？」土地道：「在正南方。此間到彼，有三千餘里。」行者聞言，即吩咐沙僧、八戒保護師父。又教土地，陪伴勿回。隨即忽的一聲，渺然不見。

那裡消半個時辰，早見一座高山凌漢。按落雲頭，停立巔峰之上觀看，真是好山：

高不高，頂摩碧漢；大不大，根紮黃泉。山前日暖，嶺後風寒。山前日暖，有三冬草木無知；嶺後風寒，見九夏冰霜不化。龍潭接澗水長流，虎穴依崖花放早。水流千派似飛瓊，花放一心如布錦。灣環嶺上灣環樹，扢杈石外扢杈松。真個是，高的山，峻的嶺，陡的崖，深的澗，香的花，美的果，紅的藤，紫的竹，青的松，翠的柳。八節四時顏不改，千年萬古色如龍。

大聖看彀多時，步下尖峰，入深山，找尋路徑。正自沒個消息，忽見松蔭下，有一女子，手折了一枝香蘭，裊裊娜娜而來。大聖閃在怪石之旁，定眼觀看，那女子怎生模樣：

嬌嬌傾國色，緩緩步移蓮。貌若王嬙，顏如楚女。如花解語，似玉生香。高髻堆青軃碧鴉，雙睛蘸綠橫秋水。湘裙半露弓鞋小，翠袖微舒粉腕長。說甚麼暮雨朝雲，真個是朱唇皓齒。錦江滑膩蛾眉秀，賽過文君與薛濤。

那女子漸漸走近石邊，大聖躬身施禮，緩緩而言曰：「女菩薩何往？」那女子未曾觀看，聽得叫問，卻自抬頭；忽見大聖的相貌醜陋，老大心驚，欲退難退，欲行難行，只得戰兢兢，勉強答道：「你是何方來者？敢在此間問誰？」大聖沉思道：「我若說出取經求扇之事，恐這廝與牛王有親，且只以假親托意，來請魔王之言而答方可。……」那女子見他不語，變了顏色，怒聲喝道：「你是何人，敢來問我！」大聖躬身陪笑道：「我是翠雲山來的，初到貴處，不知路徑。敢問菩薩，此間可是積雷山？」那女子道：「正是。」大聖道：「有個摩雲洞，坐落何處？」那女子道：「你尋那洞做甚？」大聖道：「我是翠雲山芭蕉洞鐵扇公主央來請牛魔王的。」

那女子一聽鐵扇公主請牛魔王之言，心中大怒，徹耳根子通紅，潑口罵道：「這賤婢，著實無知！牛王自到我家，未及二載，也不知送了他多少珠翠金銀，綾羅緞匹；年供柴，月供米，自自在在受用，還不識羞，又來請他怎的！」大聖聞言，情知是玉面公主，故意子掣出鐵棒大喝一聲道：「你這潑賤，將家私買住牛王，誠然是陪錢嫁漢！你倒不羞，卻敢罵誰！」那女子見了，唬得魄散魂飛，沒好步亂屣金蓮；戰兢兢回頭便走。這大聖吆吆喝喝，隨後相跟。原來穿過松蔭，就是摩雲洞口。女子跑進去，撲的把門關了。大聖卻收了鐵棒，咳咳停步看時，好所在：

樹林森密，崖削崚嶒。薜蘿蔭冉冉，蘭蕙味馨馨。流泉漱玉穿修竹，巧石知機帶落英。煙霞籠遠岫，日月照雲屏。龍吟虎嘯，鶴唳鶯鳴。一片清幽真可愛，琪花瑤草景常明。不亞天台仙洞，勝如海上蓬瀛。

且不言行者這裡觀看景致。卻說那女子跑得粉汗淋淋，唬得蘭心吸吸，徑入書房裡面。原來牛魔王正在那裡靜玩丹書。這女子沒好氣倒在懷裡，抓耳撓腮，放聲大哭。牛王滿面陪笑道：「美人，休得煩惱。有甚話說？」那女子跳天索地，口中罵道：「潑魔害殺我也！」牛王笑道：「你為甚事罵我？」女子道：「我因父母無依，招你護身養命。江湖中說你是條好漢，你原來是個懼內的庸夫！」牛王聞說，將女子抱住道：「美人，我有那些不是處，你且慢慢說來，我與你陪禮。」女子道：「適才我在洞外閒步花陰，折蘭採蕙，忽有一個毛臉雷公嘴的和尚，猛地前來施禮，把我嚇了個呆掙。及定性問是何人，他說是鐵扇公主央他來請牛魔王的。被我說了兩句，他倒罵了我一場，將一根棍子，趕著我打。若不是走得快些，幾乎被他打死！這不是招你為禍？害殺我也！」牛王聞言，卻與他整容陪禮。溫存良久，女子方才息氣。魔王卻發狠道：「美人在上，不敢相瞞。那芭蕉洞雖是僻靜，卻清幽自在。我山妻自幼修持，也是個得道的女仙，卻是家門嚴謹，內無一尺之童，焉得有雷公嘴的男子央來，這想是那裡來的怪妖，或者假綽名聲，至此訪我。等我出去看看。」

好魔王，拽開步，出了書房；上大廳取了披掛，結束了。拿了一條混鐵棍，出門高叫道：「是誰人在我這裡無狀？」行者在旁，見他那模樣，與五百年前又大不同。只見：

頭上戴一頂水磨銀亮熟鐵盔；身上貫一副絨穿錦繡黃金甲；足下踏一雙捲尖粉底麂皮靴；腰間束一條攢絲三股獅蠻帶。一雙眼光如明鏡，兩道眉豔似紅霓。口若血盆，齒排銅板。吼聲響震山神怕，行動威風惡鬼慌。四海有名稱混世，西方大力號魔王。

這大聖整衣上前，深深的唱個大喏道：「長兄，還認得小弟麼？」牛王答禮道：「你是齊天大聖孫悟空麼？」大聖道：「正是，正是，一向久別未拜。適才到此問一女子，方得見兄。豐采果勝常，真可賀也！」牛王喝道：「且休巧舌！我聞你鬧了天宮，被佛祖降壓在五行山下，近解脫天災，保護唐僧西天見佛求經，怎麼在號山枯松澗火雲洞把我小兒牛聖嬰害了？正在這裡惱你，你卻怎麼又來尋我？」大聖作禮道：「長兄勿得誤怪小弟。當時令郎捉住吾師，要食其肉，小弟近他不得，幸觀音菩薩欲救我師，勸他歸正。現今做了善財童子，比兄長還高，享極樂之門堂，受逍遙之永壽，有何不可，反怪我耶？」牛王罵道：「這個乖嘴的猢猻！害子之情，被你說過；你才欺我愛妾，打上我門何也？」大聖笑道：「我因拜謁長兄不見，向那女子拜問，不知就是二嫂嫂；因他罵了我幾句，是小弟一時粗鹵，驚了嫂嫂。望長兄寬恕寬恕！」牛王道：「既如此說，我看故舊之情，饒你去罷。」

大聖道：「既蒙寬恩，感謝不盡；但尚有一事奉瀆（等於說打擾、麻煩），萬望周濟周濟。」牛王罵道：「這猢猻不識起倒！饒了你，倒還不走，反來纏我！甚麼周濟周濟！」大聖道：「實不瞞長兄。小弟因保唐僧西進，路阻火焰山，不能前進。詢問土人，知尊嫂羅剎女有一柄芭蕉扇，欲求一用。昨到舊府，奉拜嫂嫂，嫂嫂堅執不借，是以特求長兄。望兄長開天地之心，同小弟到大嫂處一行，千萬借扇扇滅火焰，保得唐僧過山，即時完璧。」

牛王聞言，心如火發。咬響鋼牙罵道：「你說你不無禮，你原來是借扇之故！一定先欺我山妻，山妻想是不肯，故來尋我！且又趕我愛妾！常言道：『朋友妻，不可欺；朋友妾，不可滅。』你既欺我妻，又滅我妾，多大無禮？上來吃我一棍！」大聖道：「哥要說打，弟也不懼。但求寶貝，是我真心。萬乞借我使使！」牛王道：「你若三合敵得我，我著山妻借你；如敵不過，打死你，與我雪恨！」大聖道：「哥說得是。小弟這一向疏懶，不曾與兄相會，不知這幾年武藝比昔日如何，我兄弟們請演演棍看。」這牛王那容分說，掣混鐵棍，劈頭就打。這大聖持金箍棒，隨手相迎。兩個這場好鬥：

金箍棒，混鐵棍，變臉不以朋友論。那個說：「正怪你這猢猻害子情！」這個說：「你令郎已得道休嗔恨！」那個說：「你無知怎敢上我門？」這個說：「我有因特地來相問。」一個要求扇子保唐僧，一個不借芭蕉忒鄙吝。語去言來失舊情，舉家無義皆生忿。牛王棍起賽蛟龍，大聖棒迎神鬼遁。初時爭鬥在山前，後來齊駕祥雲進。半空之內顯神通，五彩光中施妙運。兩條棍響振天關，不見輸贏皆傍寸。

這大聖與那牛王鬥經百十回合，不分勝負。正在難解難分之際，只聽得山峰上有人叫道：「牛爺爺，我大王多多拜上，幸賜早臨，好安座也。」牛王聞說，使混鐵棍支住金箍棒，叫道：「猢猻，你且住了，等我去一個朋友家赴會來者！」言畢，按下雲頭，徑至洞裡。對玉面公主道：「美人，才那雷公嘴的男子乃孫悟空猢猻，被我一頓棍打走了，再不敢來。你放心耍子。我到一個朋友處吃酒去也。」他才卸了盔甲，穿一領鴉青剪絨襖子，走出門，跨上「辟水金睛獸」，著小的們看守門庭，半雲半霧，一直向西北方而去。

大聖在高峰上看著，心中暗想道：「這老牛不知又結識了甚麼朋友，往那裡去赴會。等老孫跟他走走。」好行者，將身幌一幌，變作一陣清風趕上，隨著同走。不多時，到了一座山中，那牛王寂然不見。大聖聚了原身，入山尋看，那山中有一面清水深潭，潭邊有一座石碣，碣上有六個大字，乃「亂石山碧波潭」。大聖暗想道：「老牛斷然下水去了。水底之精，若不是蛟精，必是龍精、魚精，或是龜鱉黿鼉之精。等老孫也下去看看。」

好大聖，捻著訣，念個咒語，搖身一變，變作一個螃蟹，不大不小的，有三十六斤重。撲的跳在水中，徑沉潭底。忽見一座玲瓏剔透的牌樓，樓下拴著那個辟水金睛獸。進牌樓裡面，卻就沒水。大聖爬進去，仔細看時，只見那壁廂一派音樂之聲，但見：

朱宮貝闕，與世不殊。黃金為屋瓦，白玉作門樞。展開玳瑁甲，檻砌珊瑚珠。祥雲瑞藹輝蓮座，上接三光下八衢。非是天宮並海藏，果然此處賽蓬壺。高堂設宴羅賓主，大小官員冠冕珠。忙呼玉女捧牙槃，催喚仙娥調律呂。長鯨鳴，巨蟹舞，鱉吹笙，鼉擊鼓，驪頷之珠照樽俎。鳥篆之文列翠屏，蝦鬚之簾掛廊廡。八音迭奏雜仙韶，宮商響徹遏雲霄。青頭鱸妓撫瑤瑟，紅眼馬郎品玉簫。鱖婆頂獻香獐脯，龍女頭簪金鳳翹。吃的是，天廚八寶珍饈味；飲的是，紫府瓊漿熟醞醪。

那上面坐的是牛魔王，左右有三四個蛟精，前面坐著一個老龍精，兩邊乃龍子、龍孫、龍婆、龍女。正在那裡觥籌交錯之際，孫大聖一直走將上去，被老龍看見，即命：「拿下那個野蟹來！」龍子、龍孫一擁上前，把大聖拿住。大聖忽作人言，只叫：「饒命！饒命！」老龍道：「你是那裡來的野蟹？怎麼敢上廳堂，在尊客之前，橫行亂走？快早供來，免汝死罪！」好大聖，假捏虛言，對眾供道：

「生自湖中為活，傍崖作窟權居。蓋因日久得身舒，官受橫行介士。踏草拖泥落索（孤單，冷清），從來未習行儀。不知法度冒王威，伏望尊慈恕罪！」

座上眾精聞言，都拱身對老龍作禮道：「蟹介士初入瑤宮，不知王禮，望尊公饒他去罷。」老龍稱謝了。眾精即教：「放了那廝，且記打，外面伺候。」大聖應了一聲，往外逃命，徑至牌樓之下。心中暗想道：「這牛王在此貪杯，那裡等得他散？就是散了，也不肯借扇與我。不如偷了他的金睛獸，變做牛魔王，去哄那羅剎女，騙他扇子，送我師父過山為妙。」

好大聖，即現本相，將金睛獸解了轡繩，撲一把跨上雕鞍，徑直騎出水底。到於潭外，將身變作牛王模樣。打著獸，縱著雲，不多時，已至翠雲山芭蕉洞口。叫聲：「開門！」那洞門裡有兩個女童，聞得聲音開了門，看見是牛魔王嘴臉，即入報：「奶奶，爺爺來家了。」那羅剎聽言，忙整雲鬟，急移蓮步，出門迎接。這大聖下雕鞍，牽進金睛獸；弄大膽，誆騙女佳人。羅剎女肉眼，認他不出，即攜手而入。著丫鬟設座看茶，一家子見是主公，無不敬謹。

須臾間，敘及寒溫。「牛王」道：「夫人久闊。」羅剎道：「大王萬福。」又云：「大王寵幸新婚，拋撇奴家，今日是那陣風兒吹你來的？」大聖笑道：「非敢拋撇，只因玉面公主招後，家事繁冗，朋友多顧，是以稽留在外；卻也又治得一個家當了。」又道：「近聞悟空那廝，保唐僧，將近火焰山界，恐他來向你借扇子。我恨那廝害子之仇未報，但來時，可差人報我，等我拿他，分屍萬段，以雪我夫妻之狠。」

羅剎聞言，滴淚告道：「大王，常言說：『男兒無婦財無主，女子無夫身無主。』我的性命，險些兒不著這猢猻害了！」大聖聽得，故意發怒罵道：「那潑猴幾時過去了？」羅剎道：「還未去。昨日到我這裡借扇子，我因他害孩兒之故，披掛了，掄寶劍出門，就砍那猢猻。他忍著疼，叫我做嫂嫂，說大王曾與他結義。」大聖道：「是，五百年前曾拜為七兄弟。」羅剎道：「被我罵也不敢回言，砍也不敢動手，後被我一扇子扇去；不知在那裡尋得個定風法兒，今早又在門外叫喚。是我又使扇扇，莫想得動。急掄劍砍時，他就不讓我了。我怕他棒重，就走入洞裡，緊關上門。不知他又從何處，鑽在我肚腹之內，險被他害了性命！是我叫他幾聲叔叔，將扇與他去也。」大聖又假意捶胸道：「可惜！可惜！夫人錯了，怎麼就把這寶貝與那猢猻？惱殺我也！」

羅剎笑道：「大王息怒。與他的是假扇，但哄他去了。」大聖問：「真扇在於何處？」羅剎道：「放心！放心！我收著哩。」叫丫鬟整酒接風賀喜。遂擎杯奉上道：「大王，燕爾新婚，千萬莫忘結發，且吃一杯鄉中之水。」大聖不敢不接，只得笑吟吟，舉觴在手道：「夫人先飲。我因圖治外產，久別夫人，早晚蒙護守家門，權為酬謝。」羅剎復接杯斟起，遞與大王道：「自古道：『妻者，齊也。』夫乃養身之父，講甚麼謝。」兩人謙謙講講，方才坐下巡酒。大聖不敢破葷，只吃幾個果子，與他言言語語。

酒至數巡，羅剎覺有半酣，色情微動，就和孫大聖挨挨擦擦，搭搭拈拈；攜著手，俏語溫存；並著肩，低聲俯就。將一杯酒，你喝一口，我喝一口，卻又哺果。大聖假意虛情，相陪相笑；沒奈何，也與他相倚相偎。果然是：

釣詩鉤，掃愁帚，破除萬事無過酒。男兒立節放襟懷，女子忘情開笑口。面赤似天桃，身搖如嫩柳。絮絮叨叨話語多，捻捻掐掐風情有。時見掠雲鬢，又見掄尖手。幾番常把腳兒蹺，數次每將衣袖抖。粉項自然低，蠻腰漸覺扭。合歡言語不曾丟，酥胸半露鬆金鈕。醉來真個玉山頹，餳眼摩娑幾弄醜。

大聖見他這等酣然，暗自留心，挑鬥道：「夫人，真扇子你收在那裡？早晚仔細。但恐孫行者變化多端，卻又來騙去。」羅剎笑嘻嘻的，口中吐出，只有一個杏葉兒大小，遞與大聖道：「這個不是寶貝？」大聖接在手中，卻又不信，暗想著：「這些些兒，怎生扇得火滅？怕又是假的。」羅剎見他看著寶貝沉思，忍不住上前，將粉面搵在行者臉上，叫道：「親親，你收了寶貝吃酒罷。只管出神想甚麼哩？」大聖就趁腳兒蹺，問他一句道：「這般小小之物，如何扇得八百里火焰？」羅剎酒陶真性，無忌憚，就說出方法道：「大王，與你別了二載，你想是晝夜貪歡，被那玉面公主弄傷了神思；怎麼自家的寶貝事情，也都忘了？——只將左手大指頭捻著那柄兒上第七縷紅絲，念一聲『洄嘘呵吸嘻吹呼』，即長一丈二尺長短。這寶貝變化無窮！那怕他八萬里火焰，可一扇而消也。」

大聖聞言，切切記在心上。卻把扇兒也噙在口裡，把臉抹一抹，現了本相。厲聲高叫道：「羅剎女！你看看我可是你親老公！就把我纏了這許多醜勾當！不羞！不羞！」那女子一見是孫行者，慌得推倒桌椅，跌落塵埃，羞愧無比，只叫：「氣殺我也！氣殺我也！」

這大聖，不管他死活，捽脫手，拽大步，徑出了芭蕉洞。正是無心貪美色，得意笑顏回。將身一縱，踏祥雲，跳上高山，將扇子吐出來，演演方法。將左手大指頭捻著那柄上第七縷紅絲，念了一聲

「洄噓呵吸嘻吹呼」，果然長了有一丈二尺長短。拿在手中，仔細看了又看，比前番假的果是不同，只見祥光幌幌，瑞氣紛紛，上有三十六縷紅絲，穿經度絡，表裡相聯。原來行者只討了個長的方法，不曾討他個小的口訣，左右只是那等長短。沒奈何，只得搴在肩上，找舊路而回，不題。

卻說那牛魔王在碧波潭底與眾精散了筵席，出得門來，不見了辟水金睛獸。老龍王聚眾精問道：「是誰偷放牛爺的金睛獸也？」眾精跪下道：「沒人敢偷。我等俱在筵前供酒捧盤，供唱奏樂，更無一人在前。」老龍道：「家樂兒斷乎不敢，可曾有甚生人進來？」龍子、龍孫道：「適才安座之時，有個蟹精到此。那個便是生人。」牛王聞說，頓然省悟道：「不消講了！早間賢友著人邀我時，有個孫悟空保唐僧取經，路遇火焰山難過，曾向我求借芭蕉扇。我不曾與他，他和我賭鬥一場，未分勝負，我卻丟了他，徑赴盛會。那猴子千般伶俐，萬樣機關（計謀），斷乎是那廝變作蟹精，來此打探消息，偷了我獸，去山妻處騙了那一把芭蕉扇兒也！」

眾精見說，一個個膽戰心驚，問道：「可是那大鬧天宮的孫悟空麼？」牛王道：「正是。列公若在西天路上，有不是處，切要躲避他些兒。」老龍道：「似這般說，大王的駿騎，卻如之何？」牛王笑道：「不妨，不妨。列公各散，等我趕他去來。」

遂而分開水路，跳出潭底，駕黃雲，徑至翠雲山芭蕉洞。只聽得羅剎女跌腳捶胸，大呼叫小。推開門，又見辟水金睛獸拴在下邊，牛王高叫：「夫人，孫悟空那廂去了？」眾女童看見牛魔，一齊跪下道：「爺爺來了！」

羅剎女扯住牛王，磕頭撞腦，口裡罵道：「潑老天殺的！怎樣這般不謹慎，著那猢猻偷了金睛獸，變作你的模樣，到此騙我！」牛王切齒道：「猢猻那廂去了？」羅剎捶著臉膛罵道：「那潑猴賺了我的寶貝，現出原身走了！氣殺我也！」牛王道：「夫人保重，忽得心焦。等我趕上猢猻，奪了寶貝，剝了他皮，銼碎他骨，擺出他的心肝，與你出氣！」叫：「拿兵器來！」女童道：「爺爺的兵器，不在這裡。」牛王道：「拿你奶奶的兵器來罷！」侍婢將兩把青鋒寶劍捧出。牛王脫了那赴宴的鴉青絨襖，束一束貼身的小衣，雙手綽（抓取）劍，走出芭蕉洞，徑奔火焰山上趕來。

正是那：忘恩漢，騙了痴心婦；烈性魔，來近木叉人。畢竟不知此去吉凶如何，且聽下回分解。

第六十一回

豬八戒助力敗魔王　孫行者三調芭蕉扇

話表牛魔王趕上孫大聖，只見他肩膊上掮著那柄芭蕉扇，怡顏悅色而行。魔王大驚道：「猢猻原來把運用的方法兒也叨餂（誆騙）得來了。我若當面問他索取，他定然不與。倘若扇我一扇，要去十萬八千里遠，卻不遂了他意？我聞得唐僧在那大路上等候。他二徒弟豬精，三徒弟沙流精，我當年做奴怪時，也曾會他。且變作豬精的模樣，反騙他一場。料猢猻以得意為喜，必不詳細提防。」好魔王，他也有七十二變，武藝也與大聖一般，只是身子狼犺（笨拙）些，欠鑽疾，不活達些；把寶劍藏了，念個咒語，搖身一變，即變作八戒一般嘴臉，抄下路，當面迎著大聖，叫道：「師兄，我來也！」

這大聖果然歡喜。古人云：「得勝的貓兒歡似虎。」也，只倚著強能，更不察來人的意思。見是個八戒的模樣，便就叫道：「兄弟，你往那裡去？」牛魔王綽著經兒道：「師父見你許久不回，恐牛魔王手段大，你鬥他不過，難得他的寶貝，教我來迎你的。」行者笑道：「不必費心，我已得了手了。」牛王又問道：「你怎麼得的？」行者道：「那老牛與我戰經百十合，不分勝負。他就撇了我，去那亂石山碧波潭底，與一伙蛟精、龍精飲酒。是我暗跟他去，變作個螃蟹，偷了他所騎的辟水金睛獸，變了老牛的模樣，徑至芭蕉洞哄那羅剎女。那女子與老孫結了一場乾夫妻，是老孫設法騙將來的。」牛王道：「卻是生受了。哥哥勞碌太甚，可把扇子我拿。」孫大聖那知真假，也慮不及此，遂將扇子遞與他。

原來那牛王，他知那扇子收放的根本；接過手，不知捻個甚麼訣兒，依然小似一片杏葉，現出本相。開言罵道：「潑猢猻！認得我麼？」行者見了，心中自悔道：「是我的不是了！」恨了一聲，跌足高呼道：「咦！逐年家打雁，今卻被小雁兒鵮了眼睛（比喻家行家裡手反被欺騙）。」狠得他暴躁如雷，掣鐵棒，劈頭便打，那魔王就使扇子扇他一下；不知那大聖先前變蟭蟟蟲入羅剎女腹中之時，將定風丹噙在口裡，不覺的咽下肚裡，所以五臟皆牢，皮骨皆固；憑他怎麼扇，再也扇他不動。牛王慌了，把寶貝丟入口中，雙手掄劍就砍。那兩個在半空中這一場好殺：

齊天孫大聖，混世潑牛王，只為芭蕉扇，相逢各騁強。粗心大聖將人騙，大膽牛王把扇誆。這一個，金箍棒起無情義；那一個，雙刃青鋒有智量。大聖施威噴彩霧，牛王放潑吐毫光。齊鬥勇，兩不良，咬牙銼齒氣昂昂。播土揚塵天地暗，飛砂走石鬼神藏。這個說：「你敢無知返騙我！」那個說：「我妻許你共相將！」言村語潑（語言粗魚粗魯低俗），性烈情剛。那個說：「你哄人妻女真該死！告到官司有罪殃！」伶俐的齊天聖，凶頑的大力王，一心只要殺，更不待商量。棒打劍迎齊努力，有些鬆慢見閻王。

且不說他兩個相鬥難分。卻表唐僧坐在途中，一則火氣蒸人，二來心焦口渴，對火焰山土地道：

「敢問尊神，那牛魔王法力如何？」土地道：「那牛王神通不小，法力無邊，正是孫大聖的敵手。」三藏道：「悟空是個會走路的，往常家二千里路，一霎時便回，怎麼如今去了一日？斷是與那牛王賭鬥。」叫：「悟能，悟淨！你兩個，那一個去迎你師兄一迎？倘或遇敵，就當用力相助，求得扇子來，解我煩躁，早早過山，趕路去也。」八戒道：「今日天晚，我想著要去接他，但只是不認得積雷山路。」土地道：「小神認得。且教捲簾將軍與你師父做伴，我與你去來。」三藏大喜道：「有勞尊神，功成再謝。」

那八戒抖擻精神，束一束皂錦直裰，搴著鈀，即與土地縱起雲霧，徑回東方而去。正行時，忽聽得喊殺聲高，狂風滾滾。八戒按住雲頭看時，原來孫行者與牛王廝殺哩。土地道：「天蓬還不上前怎的？」呆子掣釘鈀，厲聲高叫道：「師兄，我來也！」行者恨道：「你這夯貨，誤了我多少大事！」八戒道：「師父教我來迎你，因認不得山路，商議良久，教土地引我，故此來遲；如何誤了大事？」行者道：「不是怪你來遲。這潑牛十分無禮！我向羅剎處弄得扇子來，卻被這廝變作你的模樣，口稱迎我，我一時歡悅，轉把扇子遞在他手，他卻現了本相，與老孫在此比並（爭勝負），所以誤了大事也。」八戒聞言大怒。舉釘鈀，當面罵道：「我把你這血皮脹的遭瘟！你怎敢變作你祖宗的模樣，騙我師兄，使我兄弟不睦！」你看他沒頭沒臉的使釘鈀亂築。那牛王，一則是與行者鬥了一日，力倦神疲；二則是見八戒的釘鈀凶猛，遮架不住，敗陣就走。只見那火焰山土地，帥領陰兵，當面擋住道：「大力王，且住手。唐三藏西天取經，無神不保，無天不佑，三界通知，十方擁護。快將芭蕉扇來扇息火焰，教他無災無障，早過山去；不然，上天責你罪愆，定遭誅也。」牛王道：「你這土地，全不察理！那潑猴奪我子，欺我妾，騙我妻，番番無道，我恨不得囫圇吞他下肚，化作大便餵狗，怎麼肯將寶貝借他！」

說不了，八戒趕上罵道：「我把你個結心癀！快拿出扇來，饒你性命！」那牛王只得回頭，使寶劍又戰八戒。孫大聖舉棒相幫。這一場在那裡好殺：

成精豕，作怪牛，兼上偷天得道猴。禪性自來能戰煉，必當用土合元由。釘鈀九齒尖還利，寶劍雙鋒快更柔。鐵棒捲舒為主仗，土神助力結丹頭。三家刑克相爭競，各展雄才要運籌。捉牛耕地金錢長，喚豕歸爐木氣收。心不在焉何作道，神常守舍要拴猴。胡亂嚷，苦相求，三般兵刃響搜搜。鈀築劍傷無好意，金箍棒起有因由。只殺得星不光兮月不皎，一天寒霧黑悠悠！

那魔王奮勇爭強，且行且鬥，鬥了一夜，不分上下，早又天明。前面是他的積雷山摩雲洞口，他三個與土地、陰兵，又喧嘩振耳，驚動那玉面公主，喚丫鬟看是那裡人嚷。只見守門小妖來報：「是我家爺爺與昨日那雷公嘴漢子並一個長嘴大耳的和尚同火焰山土地等眾廝殺哩！」玉面公主聽言，即命外護的大小頭目，各執槍刀助力。前後點起七長八短，有百十餘口。一個個賣弄精神，拈槍弄棒，齊告：「大王爺爺，我等奉奶奶內旨，特來助力也！」牛王大喜道：「來得好！來得好！」眾妖一齊上前亂砍。八戒措手不及，倒拽著鈀，敗陣而走。大聖縱筋斗雲，跳出重圍。眾陰兵亦四散奔走。老牛得勝，聚眾妖歸洞，緊閉了洞門不題。

行者道：「這廝驍勇！自昨日申時前後，與老孫戰起，直到今夜，未定輸贏，卻得你兩個來接力。如此苦鬥半日一夜，他更不見勞困。才這一伙小妖，卻又莽壯。他將洞門緊閉不出，如之奈何？」八戒道：「哥哥，你昨日巳時離了師父，怎麼到申時才與他鬥起？你那兩三個時辰，在那裡的？」行者道：「別你後，頃刻就到這座山上，見一個女子，問訊，原來就是他愛妾玉面公主。被我使鐵棒唬他一唬，他就跑進洞，叫出那牛王來。與老孫劖言劖語，嚷了一會，又與他交手，鬥了有一個時辰。正打處，有人請他赴宴去了。是我跟他到那亂石山碧波潭底，變作一個螃蟹，探了消息，偷了他辟水金睛獸，假變牛王模樣，復至翠雲山芭蕉洞，騙了羅剎女，哄得他扇子。出門試演試演方法，把扇子弄長了，只是不會收小。正掮了走處，被他假變做你的嘴臉，返騙了去。故此耽擱兩三個時辰也。」

八戒道：「這正是俗語云：『大海裡翻了豆腐船，湯裡來，水裡去。』如今難得他扇子，如何保得師父過山？且回去，轉路走他娘罷！」土地道：「大聖休焦惱，天蓬莫懈怠。但說轉路，就是入了傍門，不成個修行之類，古語云：『行不由徑』，豈可轉走？你那師父，在正路上坐著，眼巴巴只望你們成功哩！」行者發狠道：「正是，正是！呆子莫要胡談！土地說得有理。我們正要與他：

賭輸贏，弄手段，等我施為地煞變。自到西方無對頭，牛王本是心猿變。今番正好會源流，斷要相持借寶扇。趁清涼，息火焰，打破頑空參佛面。行滿超升極樂天，大家同赴龍華宴！」

那八戒聽言，便生努力。殷勤道：

「是，是，是！去，去，去！管甚牛王會不會，木生在亥配為豬，牽轉牛兒歸土類。申下生金本是猴，無刑無克多和氣。用芭蕉，為水意，焰火消除成既濟。晝夜休離苦盡功，功完趕赴盂蘭會。」

他兩個領著土地、陰兵一齊上前，使釘鈀，掄鐵棒，乒乒乓乓，把一座摩雲洞的前門，打得粉碎。唬得那外護頭目，戰戰兢兢，闖入裡邊報道：「大王！孫悟空率眾打破前門也！」那牛王正與玉面公主備言其事，懊恨孫行者哩。聽說打破前門，十分發怒，急披掛，拿了鐵棍，從裡邊罵出來道：「潑猢猻！你是多大個人兒，敢這等上門撒潑，打破我門扇？」八戒近前亂罵道：「潑老剝皮！你是個甚樣人物，敢量那個大小！不要走！看鈀！」牛王喝道：「你這個囔糟食的夯貨，不見怎的！快叫那猴兒上來！」行者道：「不知好歹的餇草（罵人話：吃草的畜生）！我昨日還與你論兄弟，今日就是仇人了！仔細吃吾一棒！」那牛王奮勇而迎。這場比前番更勝。三個英雄，廝混在一處。好殺：

釘鈀鐵棒逞神威，同帥陰兵戰老犠（指牛王）。犠牲獨展凶強性，遍滿同天法力恢。使鈀築，著棍擂，鐵棒英雄又出奇。三般兵器叮噹響，隔架遮攔誰讓誰？他道他為首，我道我奪魁。土兵為證難分解，木土相煎上下隨。這兩個說：「你如何不借芭蕉扇！」那一個道：「你焉敢欺心騙我妻！趕妾害兒仇未報，敲門打戶又驚疑！」這個說：「你仔細提防如意棒，擦著些兒就破皮！」那個說：「好生躲避鈀頭齒，一傷九孔血淋漓！」牛魔不怕施威猛，鐵棍高擎有見機。翻雲覆雨隨來往，吐霧噴風任發揮。恨苦這場都拚命，各懷惡念喜相持。丟架手，讓高低，前迎後擋總無虧。兄弟二人齊努力，單身一棍獨施為。卯時戰到辰時後，戰罷牛魔束手回。

他三個捨死忘生，又鬥有百十餘合。八戒發起呆性，仗著行者神通，舉鈀亂築。牛王遮架不住，敗陣回頭，就奔洞門。卻被土地、陰兵攔住洞口，喝道：「大力王，那裡走！吾等在此！」那老牛不得進洞，急抽身，又見八戒、行者趕來，慌得卸了盔甲，丟了鐵棍，搖身一變，變做一隻天鵝，望空飛走。

行者看見，笑道：「八戒！老牛去了。」那呆子漠然不知，土地亦不能曉，一個個東張西覷，只在積雷山前後亂找。行者指道：「那空中飛的不是？」八戒道：「那是一隻天鵝。」行者道：「正是老牛變的。」土地道：「既如此，卻怎生麼？」行者道：「你兩個打進此門，把群妖盡情剿除，拆了他的窩巢，絕了他的歸路，等老孫與他賭變化去。」那八戒與土地，依言攻破洞門不題。

這大聖收了金箍棒，捻訣念咒，搖身一變，變作一個海東青，颼的一翅，鑽在雲眼裡，倒飛下來，落在天鵝身上，抱住頸項嗛眼。那牛王也知是孫行者變化，急忙抖抖翅，變作一隻黃鷹，返來嗛海東青。行者又變作一個烏鳳，專一趕黃鷹。牛王識得，又變作一隻白鶴，長唳一聲，向南飛去。行者立定，抖抖翎毛，又變作一隻丹鳳，高鳴一聲。那白鶴見鳳是鳥王，諸禽不敢妄動，刷的一翅，淬下山崖，將身一變，變作一隻香獐，乜乜些些，在崖前吃草。行者認得，也就落下翅來，變作一隻餓虎，剪尾跑蹄，要來趕獐作食。魔王慌了手腳，又變作一隻金錢花斑的大豹，要傷餓虎。行者見了，迎著風，把頭一幌，又變作一隻金眼狻猊，聲如霹靂，鐵額銅頭，復轉身要食大豹。牛王著了急，又變作一個人熊，放開腳，就來擒那狻猊。行者打個滾，就變作一隻賴象，鼻似長蛇，牙如竹筍，撒開鼻子，要去捲那人熊。

牛王嘻嘻的笑了一笑，現出原身——一隻大白牛。頭如峻嶺，眼若閃光。兩隻角，似兩座鐵塔。牙排利刃。連頭至尾，有千餘丈長短；自蹄至背，有八百丈高下。對行者高叫道：「潑猢猻！你如今將奈我何？」

行者也就現了原身，抽出金箍棒來，把腰一躬，喝聲叫「長！」長得身高萬丈，頭如泰山，眼如日月，口似血池，牙似門扇，手執一條鐵棒，著頭就打。那牛王硬著頭，使角來觸。這一場，真個是撼嶺搖山，驚天動地！有詩為證。詩曰：

道高一尺魔千丈，奇巧心猿用力降。若得火山無烈焰，必須寶扇有清涼。
黃婆矢志扶元老，木母留情掃蕩妖。和睦五行歸正果，煉魔滌垢上西方。

他兩個大展神通，在半山中賭鬥，驚得那過往虛空，一切神眾與金頭揭諦、六甲六丁、一十八位護教伽藍都來圍困魔王。那魔王公然不懼，你看他東一頭，西一頭，直挺挺，光耀耀的兩隻鐵角，往來抵觸；南一撞，北一撞，毛森森，筋暴暴的一條硬尾，左右敲搖。孫大聖當面迎，眾多神四面打，牛王急了，就地一滾，復本相，便投芭蕉洞去。行者也收了法相，與眾多神隨後追襲。那魔王闖入洞裡，閉門不出。概眾把一座翠雲山圍得水洩不通。

正都上門攻打，忽聽得八戒與土地、陰兵嚷嚷而至。行者見了，問曰：「那摩雲洞事體如何？」

八戒笑道：「那老牛的娘子，被我一鈀築死，剝開衣看，原來是個玉面狸精。那伙群妖，俱是些驢、騾、犢、特、獾、狐、貉、獐、羊、虎、麋、鹿等類。已此盡皆剿戮，又將他洞府房廊放火燒了。土地說他還有一處家小，住居此山，故又來這裡掃蕩也。」行者道：「賢弟有功。可喜！可喜！老孫空與那老牛賭變化，未曾得勝。他變做無大不大的白牛，我變了法天象地的身量。正和他抵觸之間，幸蒙諸神下降。圍困多時，他卻復原身，走進洞去矣。」八戒道：「那可是芭蕉洞麼？」行者道：「正是！正是！羅剎女正在此間。」八戒發狠道：「既是這般，怎麼不打進去，剿除那廝，問他要扇子，倒讓他停留長智，兩口兒敘情！」

那呆子，抖擻威風，舉鈀照門一築，忽辣的一聲，將那石崖連門築倒了一邊。慌得那女童忙報：「爺爺！不知甚人把前門都打壞了！」牛王方跑進去，喘噓噓的，正告訴羅剎女與孫行者奪扇子賭鬥之事，聞報，心中大怒。就口中吐出扇子，遞與羅剎女。羅剎女接扇在手，滿眼垂淚道：「大王！把這扇子送與那猢猻，教他退兵去罷。」牛王道：「夫人啊，物雖小而恨則深。你且坐著，等我再和他比並去來。」

那魔重整披掛，又選兩口寶劍，走出門來。正遇著八戒使鈀築門，老牛更不打話，掣劍劈臉便砍。八戒舉鈀迎著，向後倒退了幾步，出門來，早有大聖掄棒當頭。那牛魔即駕狂風，跳離洞府，又都在那翠雲山上相持。眾多神四面圍繞，土地兵左右攻擊。這一場，又好殺哩：

雲迷世界，霧罩乾坤。颯颯陰風砂石滾，巍巍怒氣海波渾。重磨劍二口，復掛甲全身。結冤深似海，懷恨越生嗔。你看齊天大聖因功績，不講當年老故人。八戒施威求扇子，眾神護法捉牛君。牛王雙手無停息，左遮右擋弄精神。只殺得那過鳥難飛皆斂翅，游魚不躍盡潛鱗；鬼泣神嚎天地暗，龍愁虎怕日光昏！

那牛王拼命捐軀，鬥經五十餘合，抵敵不住，敗了陣，往北就走。早有五台山秘魔岩神通廣大潑法金剛阻住，道：「牛魔，你往那裡去！我等乃釋迦牟尼佛祖差來，布列天羅地網，至此擒汝也！」正說間，隨後有大聖、八戒、眾神趕來。那魔王慌轉身向南走；又撞著峨眉山清涼洞法力無量勝至金剛擋住，喝道：「吾奉佛旨在此，正要拿住你也！」

牛王心慌腳軟，急抽身往東便走；卻逢著須彌山摩耳崖毗盧沙門大力金剛迎住道：「你老牛何往！我蒙如來密令，教來捕獲你也！」牛王又悚然而退，向西就走；又遇著昆侖山金霞嶺不壞尊王永住金剛敵住，喝道：「這廝又將安走！我領西天大雷音寺佛老親言，在此把截，誰放你也！」那老牛心驚膽戰，悔之不及。見那四面八方都是佛兵天將，真個似羅網高張，不能脫命。正在倉惶之際，又聞得行者帥眾趕來，他就駕雲頭，望上便走。

卻好有托塔李天王並哪吒太子，領魚肚藥叉、巨靈神將，幔住空中，叫道：「慢來！慢來！吾奉玉帝旨意，特來此剿除你也！」牛王急了，依前搖身一變，還變做一隻大白牛，使兩隻鐵角去觸天王。天王使刀來砍。隨後孫行者又到。哪吒太子厲聲高叫：「大聖，衣甲在身，不能為禮。愚父子昨日見佛如來，發檄奏聞玉帝，言唐僧路阻火焰山，孫大聖難伏牛魔王，玉帝傳旨，特差我父王領眾助力。」行者道：「這廝神通不小！又變作這等身軀，卻怎奈何？」太子笑道：「大聖勿疑，你看我擒他。」

這太子即喝一聲「變！」變得三頭六臂，飛身跳在牛王背上，使斬妖劍望頸項上一揮，不覺得把個牛頭斬下。天王收刀，卻才與行者相見。那牛王腔子裡又鑽出一個頭來，口吐黑氣，眼放金光。被哪吒又砍一劍，頭落處，又鑽出一個頭來。一連砍了十數劍，隨即長出十數個頭。哪吒取出火輪兒掛在那老牛的角上，便吹真火，焰焰烘烘，把牛王燒得張狂哮吼，搖頭擺尾。才要變化脫身，又被托塔天王將照妖鏡照住本相，騰那不動，無計逃生，只叫「莫傷我命！情願歸順佛家也！」哪吒道：「既惜身命，快拿扇子出來！」牛王道：「扇子在我山妻處收著哩。」

哪吒見說，將縛妖索子解下，跨在他那頸項上，一把拿住鼻頭，將索穿在鼻孔裡，用手牽來。孫行者卻會聚了四大金剛、六丁六甲、護教伽藍、托塔天王、巨靈神將並八戒、土地、陰兵，簇擁著白牛，回至芭蕉洞口。老牛叫道：「夫人，將扇子出來，救我性命！」羅剎聽叫，急卸了釵環，脫了色服，挽青絲如道姑，穿縞素似比丘，雙手捧那柄丈二長短的芭蕉扇子，走出門；又見有金剛眾聖與天王父子，慌忙跪在地下，磕頭禮拜道：「望菩薩饒我夫妻之命，願將此扇奉承孫叔叔成功去也！」行者近前接了扇，同大眾共駕祥雲，徑回東路。

卻說那三藏與沙僧，立一會，坐一會，盼望行者，許久不回，何等憂慮！忽見祥雲滿空，瑞光滿地，飄飄搖搖，蓋眾神行將近，這長老害怕道：「悟淨！那壁廂是誰神兵來也？」沙僧認得道：「師父啊，那是四大金剛、金頭揭諦、六甲六丁、護教伽藍與過往眾神。牽牛的是哪吒三太子。拿鏡的是托塔李天王。大師兄執著芭蕉扇，二師兄並土地隨後，其餘的都是護衛神兵。」三藏聽說，換了毗盧帽，穿了袈裟，與悟淨拜迎眾聖，稱謝道：「我弟子有何德能，敢勞列位尊聖臨凡也！」四大金剛道：「聖僧喜了，十分功行將完！吾等奉佛旨差來助汝，汝當竭力修持，勿得須臾怠惰。」三藏叩齒叩頭，受身受命。

孫大聖執著扇子，行近山邊，盡氣力揮了一扇，那火焰山平平息焰，寂寂除光；行者喜喜歡歡，又扇一扇，只聞得習習瀟瀟，清風微動；第三扇，滿天雲漠漠，細雨落霏霏。有詩為證。詩曰：

火焰山遙八百程，火光大地有聲名。火煎五漏丹難熟，火燎三關道不清。
時借芭蕉施雨露，幸蒙天將助神兵。牽牛歸佛休顛劣，水火相聯性自平。

此時三藏解燥除煩，清心了意。四眾皈依，謝了金剛，各轉寶山。六丁六甲，升空保護。過往神祇四散。天王、太子，牽牛徑歸佛地回繳。止有本山土地，押著羅剎女，在旁伺候。

行者道：「那羅剎，你不走路，還立在此等甚？」羅剎跪道：「萬望大聖垂慈，將扇子還了我罷。」八戒喝道：「潑賤人，不知高低！饒了你的性命，就彀了，還要討甚麼扇子，我們拿過山去，不會賣錢買點心吃？費了這許多精神力氣，又肯與你！雨濛濛的，還不回去哩！」羅剎再拜道：「大聖原說扇息了火還我。今此一場，誠悔之晚矣。只因不倜儻，致令勞師動眾。我等也修成人道，只是未歸正果。見今真身現相歸西，我再不敢妄作。願賜本扇，從立自新，修身養命去也。」土地道：「大聖！趁此女深知息火之法，斷絕火根，還他扇子，小神居此苟安，拯救這方生民，求些血食，誠為恩便。」行者道：「我當時問著鄉人說：『這山扇息火，只收得一年五穀，便又火發。』如何治得除根？」羅剎道：「要是斷絕火根，只消連扇四十九扇，永遠再不發了。」

行者聞言，執扇子，使盡筋力，望山頭連扇四十九扇，那山上大雨淙淙。果然是寶貝：有火處下雨，無火處天晴。他師徒們立在這無火處，不遭雨濕。坐了一夜，次早才收拾馬匹、行李，把扇子還了羅剎。又道：「老孫若不與你，恐人說我言而無信。你將扇子回山，再休生事。看你得了人身，饒你去罷。」那羅剎接了扇子，念個咒語，捏做個杏葉兒，噙在口裡。拜謝了眾聖，隱姓修行。後來也得了正果，經藏中萬古流名。羅剎、土地，俱感激謝恩，隨後相送。行者、八戒、沙僧，保著三藏遂此前進，真個是身體清涼，足下滋潤。誠所謂：坎離既濟（《易經》的三個卦名。坎代表水，離代表火，既濟卦的符號是坎、離兩卦符號的組成。此卦有成功、解決之義）真元合，水火均平大道成。

畢竟不知幾年才回東土，且聽下回分解。

第六十二回
滌垢洗心惟掃塔　縛魔歸正乃修身

十二時中忘不得，行功百刻全收。五年十萬八千周，休教神水涸，莫縱火光愁。
水火調停無損處，五行聯絡如鉤。陰陽和合上雲樓，乘鸞登紫府，跨鶴赴瀛洲。

這一篇詞，牌名《臨江仙》。單道唐三藏師徒四眾，水火既濟，本性清涼。借得純陰寶扇，扇息燥火遙山。不一日行過了八百之程。師徒們散誕逍遙，向西而去。正值秋末冬初時序，見了些：

野菊殘英落，新梅嫩蕊生。村村納禾稼，處處食香羹。平林木落遠山現，曲澗霜濃幽壑清。應鍾氣，閉蟄營，純陰陽，月帝玄溟，盛水德，舜日憐晴。地氣下降，天氣上升。虹藏不見影，池沼漸生冰。懸崖掛索藤花敗，松竹凝寒色更青。

四眾行彀多時，前又遇城池相近。唐僧勒住馬叫徒弟：「悟空，你看那廂樓閣崢嶸，是個甚麼去處？」行者抬頭觀看，乃是一座城池。真個是：

龍蟠形勢，虎踞金城。四垂華蓋近，百轉紫墟平。玉石橋欄排巧獸，黃金台座列賢明。真個是神洲都會，天府瑤京。萬里邦畿固，千年帝業隆。蠻夷拱服君恩遠，海岳朝元聖會盈。御階潔淨，輦路清寧。酒肆歌聲鬧，花樓喜氣生。未央宮外長春樹，應許朝陽彩鳳鳴。

行者道：「師父，那座城池，是一國帝王之所。」八戒笑道：「天下府有府城，縣有縣城，怎麼就見是帝王之所？」行者道：「你不知帝王之居，與府縣自是不同。你看他四面有十數座門，周圍有百十餘里，樓台高聳，雲霧繽紛。非帝京邦國，何以有此壯麗？」沙僧道：「哥哥眼明，雖識得是帝王之處，卻喚做甚麼名色？」行者道：「又無牌匾旌號，何以知之？須到城中詢問，方可知也。」

長老策馬，須臾到門。下馬過橋，進門觀看。只見六街三市，貨殖通財；又見衣冠隆盛，人物豪華。正行時，忽見有十數個和尚，一個個披枷戴鎖，沿門乞化，著實的襤褸不堪。三藏嘆曰：「兔死狐悲，物傷其類。」叫：「悟空，你上前去問他一聲，為何這等遭罪？」行者依言，即叫：「那和尚，你是那寺裡的？為甚事披枷戴鎖？」眾僧跪倒道：「爺爺，我等是金光寺負屈的和尚。」行者道：「金光寺坐落何方？」眾僧道：「轉過隅頭就是。」行者將他帶在唐僧前，問道：「怎生負屈，你說我聽。」眾僧道：「爺爺，不知你們是那方來的，我等似有些面善。此問不敢在此奉告，請到荒山，具說苦楚。」長老道：「也是。我們且到他那寺中去，仔細詢問緣由。」同至山門，門上橫寫七個金字，「敕建護國金光寺」。師徒們進得門來觀看，但見那：

第六十二回

滌垢洗心惟掃塔　縛魔歸正乃修身

古殿香燈冷，虛廊葉掃風。凌雲千尺塔，養性幾株松。滿地落花無客過，簷前蛛網任攀籠。空架鼓，枉懸鐘，繪壁塵多彩像朦。講座幽然僧不見，禪堂靜矣鳥常逢。淒涼堪嘆息，寂寞苦無窮。佛前雖有香爐設，灰冷花殘事事空。

三藏心酸，止不住眼中出淚。眾僧們頂著枷鎖，將正殿推開，請長老上殿拜佛。長老進殿，奉上心香，叩齒三匝。卻轉於後面，見那方丈簷柱上又鎖著六七個小和尚，三藏甚不忍見。及到方丈，眾僧俱來叩頭，問道：「列位老爺相貌不一，可是東土大唐來的麼？」行者笑道：「這和尚有甚未卜先知之法？我們正是。你怎麼認得？」眾僧道：「爺爺，我等有甚未卜先知之法，只是痛負了屈苦，無處分明，日逐家只是叫天叫地。想是驚動天神，昨日夜間，各人都得一夢：說有個東土大唐來的聖僧，救得我等性命，庶此冤苦可伸。今日果見老爺這般異相，故認得也。」

三藏聞言大喜道：「你這裡是何地方？有何冤屈？」眾僧跪告：「爺爺，此城名喚祭賽國，乃西邦大去處。當年有四夷朝貢：南，月陀國；北，高昌國；東，西梁國；西，本缽國。年年進貢美玉明珠，嬌妃駿馬。我這裡不動干戈，不去征討，他那裡自然拜為上邦。」三藏道：「既拜為上邦，想是你這國王有道，文武賢良。」眾僧道：「爺爺，文也不賢，武也不良，國君也不是有道。我這金光寺，自來寶塔上祥雲籠罩，瑞靄高升；夜放霞光，萬里有人曾見；晝噴彩氣，四國無不同瞻。故此以為天府神京，四夷朝貢。只是三年之前，孟秋朔日，夜半子時，下了一場血雨。天明時，家家害怕，戶戶生悲。眾公卿奏上國王，不知天公甚事見責。當時延請道士打醮，和尚看經，答天謝地。誰曉得我這寺裡黃金寶塔污了，這兩年外國不來朝貢。我王欲要征伐，眾臣諫道：我寺裡僧人偷了塔上寶貝，所以無祥雲瑞靄，外國不朝。昏君更不察理。那些贓官，將我僧眾拿了去，千般拷打，萬樣追求。當時我這裡有三輩和尚：前兩輩已被拷打不過，死了；如今又捉我輩，問罪枷鎖。老爺在上，我等怎敢欺心，盜取塔中之寶！萬望爺爺憐念，方以類聚，物以群分，捨大慈大悲，廣施法力，拯救我等性命！」

三藏聞言，點頭嘆道：「這樁事暗昧難明。一則是朝廷失政，二來是汝等有災。既然天降血雨，污了寶塔，那時節何不啟本奏君，致令受苦？」眾僧道：「爺爺，我等凡人，怎知天意，況前輩俱未辨得，我等如何處之！」三藏道：「悟空，今日甚時分了？」行者道：「有申時前後。」三藏道：「我欲面君倒換關文，奈何這眾僧之事，不得明白，難以對君奏言。我當時離了長安，在法門寺裡立願：上西方逢廟燒香，遇寺拜佛，見塔掃塔。今日到此，遇有受屈僧人，乃因寶塔之累。你與我辦一把新笤帚，待我沐浴了，上去掃掃，即看這污穢之事何如，不放光之故何如，訪著端的，方好面君奏言，解救他們這苦難也。」

這些枷鎖的和尚聽說，連忙去廚房取把廚刀，遞與八戒道：「爺爺，你將此刀打開那柱子上鎖的小和尚鐵鎖，放他去安排齋飯香湯，伏侍老爺進齋沐浴。我等且上街化把新笤帚來與老爺掃塔。」八戒笑道：「開鎖有何難哉？不用刀斧，教我那一位毛臉老爺，他是開鎖的積年。」行者真個近前，使個解鎖法，用手一抹，幾把鎖俱退落下。那小和尚俱跑到廚中，淨刷鍋灶，安排茶飯。三藏師徒們吃了齋，漸漸天昏。只見那枷鎖的和尚，拿了兩把笤帚進來，三藏甚喜。正說處，一個小和尚點了燈，來請洗澡。此時滿天星月光輝，譙樓上更鼓齊發。正是那：

四壁寒風起，萬家燈火明。六街關戶牖，三市閉門庭。
釣艇歸深樹，耕犁罷短繩。樵夫柯斧歇，學子誦書聲。

三藏沐浴畢，穿了小袖褊衫，束了環絛，足下換一雙軟公鞋，手裡拿一把新笤帚，對眾僧道：「你等安寢，待我掃塔去來。」行者道：「塔上既被血雨所污，又況日久無光，恐生惡物；一則夜靜風寒，又沒個伴侶：自去恐有差池。老孫與你同上如何？」三藏道：「甚好！甚好！」兩人各持一把，先到大殿上，點起琉璃燈，燒了香，佛前拜道：「弟子陳玄奘奉東土大唐差往靈山參見我佛如來取經，今至祭賽國金光寺，遇本僧言寶塔被污，國王疑僧盜寶，銜冤取罪，上下難明。弟子竭誠掃塔，望我佛威靈，早示污塔之原因，莫致凡夫之冤屈。」祝罷，與行者開了塔門，自下層望上而掃。只見這塔，真是：

崢嶸倚漢，突兀凌空。正喚做五色琉璃塔，千金舍利峰。梯轉如穿窟，門開似出籠。寶瓶影射天邊月，金鐸聲傳海上風。但見那虛簷拱斗，絕頂留雲。虛簷拱斗，作成巧石穿花鳳；絕頂留雲，造就浮屠繞霧龍。遠眺可觀千里外，高登似在九霄中。層層門上琉璃燈，有塵無火；步步簷前白玉欄，積垢飛蟲。塔心裡，佛座上，香煙盡絕；窗櫺外，神面前，蛛網牽蒙。爐中多鼠糞，盞內少油熔。只因暗失中間寶，苦殺僧人命落空。三藏發心將塔掃，管教重見舊時容。

唐僧用帚子掃了一層，又上一層。如此掃至第七層上，卻早二更時分。那長老漸覺困倦，行者道：「困了，你且坐下，等老孫替你掃罷。」三藏道：「這塔是多少層數？」行者道：「怕不有十三層哩。」長老耽著勞倦道：「是必掃了，方趁本願。」又掃了三層，腰酸腿痛，就於十層上坐倒道：「悟空，你替我把那三層掃淨下來罷。」行者抖擻精神，登上第十一層，霎時又上到第十二層。正掃處，只聽得塔頂上有人言語。行者道：「怪哉！怪哉！這早晚有三更時分，怎麼得有人在這頂上言語？斷乎是邪物也！且看看去。」

好猴王，輕輕的挾著笤帚，撒起衣服，鑽出前門，踏著雲頭觀看。只見第十三層塔心裡坐著兩個妖精，面前放一盤下飯，一隻碗，一把壺，在那裡猜拳吃酒哩。行者使個神通，丟了笤帚，掣出金箍棒，攔住塔門喝道：「好怪物！偷塔上寶貝的原來是你！」兩個怪物慌了，急起身，拿壺拿碗亂攢，被行者橫鐵棒攔住道：「我若打死你，沒人供狀。」只把棒逼將去。那怪貼在壁上，莫想掙扎得動。口裡只叫：「饒命！饒命！不干我事！自有偷寶貝的在那裡也。」行者使個拿法，一隻手抓將過來，徑拿下第十層塔中。報道：「師父，拿住偷寶貝之賊了！」三藏正自盹睡，忽聞此言，又驚又喜道：「是那裡拿來的？」行者把怪物揪到面前跪下道：「他在塔頂上猜拳吃酒耍子，是老孫聽得喧嘩，一縱雲，跳到頂上攔住，未曾著力。但恐一棒打死，沒人供狀，故此輕輕捉來。師父可取他個口詞，看他是那裡妖精，偷的寶貝在於何處。」

那怪物戰戰兢兢，口叫「饒命！」遂從實供道：「我兩個是亂石山碧波潭萬聖龍王差來巡塔的。他叫做奔波兒灞，我叫做灞波兒奔。他是鯰魚怪，我是黑魚精。因我萬聖老龍生了一個女兒，就喚做萬聖公主。那公主花容月貌，有二十分人才。招得一個駙馬，喚做九頭駙馬，神通廣大。前年與龍王來此，顯大法力，下了一陣血雨，污了寶塔，偷了塔中的舍利子佛寶。公主又去大羅天上，靈霄殿前，偷了王母娘娘的九葉靈芝草，養在那潭底下，金光霞彩，晝夜光明。近日聞得有個孫悟空往西天取經，說他神通廣大，沿路上專一尋人的不是，所以這些時常差我等來此巡攔。若還有那孫悟空到時，好準備也。」行者聞言，嘻嘻冷笑道：「那孽畜等這等無禮！怪道前日請牛魔王在那裡赴會！原來他結交這伙潑魔，專幹不良之事！」

說未了，只見八戒與兩三個小和尚，自塔下提著兩個燈籠，走上來道：「師父，掃了塔不去睡覺，在這裡講甚麼哩？」行者道：「師弟，你來正好。塔上的寶貝，乃是萬聖老龍偷了去。今著這兩個小妖巡塔，探聽我等來的消息，卻才被我拿住也。」八戒道：「叫做甚麼名字，甚麼妖精？」行者道：「才然供了口詞，一個叫做奔波兒灞，一個叫做灞波兒奔；一個是鯰魚怪，一個是黑魚精。」八戒掣鈀就打，道：「既是妖精，取了口詞，不打死何待？」行者道：「你不知。且留著活的，好去見皇帝講話，又好做鑿眼（眼線，向導）去尋賊追寶。」好呆子，真個收了鈀，一家一個，都抓下塔來。那怪只叫：「饒命！」八戒道：「正要你鯰魚、黑魚做些鮮湯，與那負冤屈的和尚吃哩！」

兩三個小和尚，喜喜歡歡，提著燈籠，引長老下了塔。一個先跑報眾僧道：「好了！好了！我們得見青天了！偷寶貝的妖怪，已是爺爺們捉將來矣！」行者教：「拿鐵索來，穿了琵琶骨，鎖在這裡。汝等看守，我們睡覺去，明日再做理會。」那些和尚都緊緊的守著，讓三藏們安寢。

不覺的天曉。長老道：「我與悟空入朝，倒換關文去來。」長老即穿了錦襴袈裟，戴了毗盧帽，整束威儀，拽步前進。行者也束一束虎皮裙，整一整綿布直裰，取了關文同去。八戒道：「怎麼不帶這兩個妖賊？」行者道：「待我們奏過了，自有駕帖著人來提他。」遂行至朝門外。看不盡那朱雀黃龍，清都絳闕。三藏到東華門，對閣門大使作禮道：「煩大人轉奏，貧僧是東土大唐差去西天取經者，意欲面君，倒換關文。」那黃門官果與通報，至階前奏道：「外面有兩個異容異服僧人，稱言南贍部洲東土唐朝差往西方拜佛求經，欲朝我王，倒換關文。」

國王聞言，傳旨教宣。長老即引行者入朝。文武百官，見了行者，無不驚怕。有的說是猴和尚，有的說是雷公嘴和尚。個個悚然，不敢久視。長老在階前舞蹈山呼的行拜，大聖叉著手，斜立在旁，公然不動。長老啟奏道：「臣僧乃南贍部洲東土大唐國差來拜西方天竺國大雷音寺佛，求取真經者。路經寶方，不敢擅過。有隨身關文，乞倒驗方行。」那國王聞言大喜。傳旨教宣唐朝聖僧上金鑾殿，安繡墩賜坐。長老獨自上殿，先將關文捧上，然後謝恩敢坐。

那國王將關文看了一遍，心中喜悅道：「似你大唐王有疾，能選高僧，不避路途遙遠，拜我佛取經；寡人這裡和尚，專心只是做賊，敗國傾君！」三藏聞言，合掌道：「怎見得敗國傾君？」國王道：「寡人這國，乃是西域上邦，常有四夷朝貢，皆因國內有個金光寺，寺內有座黃金寶塔，塔上有光彩沖天。近被本寺賊僧，暗竊了其中之寶，三年無有光彩，外國這二年也不來朝，寡人心痛恨之。」三藏合掌笑道：「萬歲，『差之毫釐，失之千里』矣。貧僧昨晚到於天府，一進城門，就見十數個枷杻之僧。問及何罪，他道是金光寺負冤屈者。因到寺細審，更不干本寺僧人之事：貧僧入夜掃塔，已獲那偷寶之妖賊矣。」國王大喜道：「妖賊安在？」三藏道：「現被小徒鎖在金光寺裡。」

那國王急降金牌：「著錦衣衛快到金光寺取妖賊來，寡人親審。」三藏又奏道：「萬歲，雖有錦衣衛，還得小徒去方可。」國王道：「高徒在那裡？」三藏用手指道：「那玉階旁立者便是。」國王見了，大驚道：「聖僧如此豐姿，高徒怎麼這等相貌？」孫大聖聽見了，厲聲高叫道：「陛下，『人

第六十二回

滌垢洗心惟掃塔　縛魔歸正乃修身

不可貌相，海水不可斗量。』若愛豐姿者，如何捉得妖賊也？」國王聞言，回驚作喜道：「聖僧說的是。朕這裡不選人材，只要獲賊得寶歸塔為上。」再著當駕官看車蓋，教錦衣衛好生伏侍聖僧去取妖賊來。那當駕官即備大轎一乘，黃傘一柄，錦衣衛點起校尉，將行者八抬八綽，大四聲喝路，徑至金光寺。自此驚動滿城百姓，無處無一人不來看聖僧及那妖賊。

八戒、沙僧聽得喝道，只說是國王差官，急出迎接，原來是行者坐在轎上。呆子當面笑道：「哥哥，你得了本身也！」行者下了轎，攙著八戒道：「我怎麼得了本身？」八戒道：「你打著黃傘，抬著八人轎，卻不是猴王之職分？故說你得了本身。」行者道：「且莫取笑。」遂解下兩個妖物，押見國王。沙僧道：「哥哥，也帶挈小弟帶挈。」行者道：「你只在此看守行李、馬匹。」那枷鎖之僧道：「爺爺們都去承受皇恩，等我們在此看守。」行者道：「既如此，等我去奏過國王，卻來放你。」八戒揪著一個妖賊，沙僧揪著一個妖賊，孫大聖依舊坐了轎，擺開頭搭，將兩個妖怪押赴當朝。

須臾，至白玉階。對國王道：「那妖賊已取來了。」國王遂降龍床，與唐僧及文武多官，同目視之。那怪一個是暴腮烏甲，尖嘴利牙；一個是滑皮大肚，巨口長鬚。雖然是有足能行，大抵是變成的人相。國王問曰：「你是何方賊怪，那處妖精，幾年侵吾國土，何年盜我寶貝，一盤共有多少賊徒，都喚做甚麼名字，從實一一供來！」二怪朝上跪下，頸內血淋淋的，更不知疼痛。供道：

「三載之外，七月初一，有個萬聖龍王，帥領許多親戚，住居在本國東南，離此處路有百十。潭號碧波，山名亂石。生女多嬌，妖嬈美色。招贅一個九頭駙馬，神通無敵。他知你塔上珍奇，與龍王合盤做賊，先下血雨一場，後把舍利偷訖。見如今照耀龍宮，縱黑夜明如白日。公主施能，寂寂密密，又偷了王母靈芝，在潭中溫養寶物。我兩個不是賊頭，乃龍王差來小卒。今夜被擒，所供是實。」

國王道：「既取了供，如何不供自家名字？」那怪道：「我喚做奔波兒灞，他喚做灞波兒奔。奔波兒灞是個鯰魚怪，灞波兒奔是個黑魚精。」國王教錦衣衛好生收監。傳旨：「赦了金光寺眾僧的枷鎖，快教光祿寺排宴，就於麒麟殿上謝聖僧獲賊之功，議請聖僧捕擒賊首。」

光祿寺即時備了葷素兩樣筵席。國王請唐僧四眾上麒麟殿敘坐。問道：「聖僧尊號？」唐僧合掌道：「貧僧俗家姓陳，法名玄奘。蒙君賜姓唐，賤號三藏。」國王又問：「聖僧高徒何號？」三藏道：「小徒俱無號。第一個名孫悟空，第二個名豬悟能，第三個名沙悟淨：此乃南海觀世音菩薩起的名字。因拜貧僧為師，貧僧又將悟空叫做行者；悟能叫做八戒；悟淨叫做和尚。」國王聽畢，請三藏坐了上席；孫行者坐了側首左席；豬八戒、沙和尚坐了側首右席。俱是素果、素菜、素茶、素飯。前面一席葷的，坐了國王；下首有百十席葷的，坐了文武多官。眾臣謝了君恩，徒告了師罪，坐定。國王把盞，三藏不敢飲酒，他三個各受了安席酒。下邊只聽得管弦齊奏，乃是教坊司動樂。你看八戒放開食嗓，真個是虎咽狼吞，將一席果菜之類，吃得罄盡。少頃間，添換湯飯又來，又吃得一毫不剩。巡酒的來，又杯杯不辭。這場筵席，直樂到午後方散。

三藏謝了盛宴。國王又留住道：「這一席聊表聖僧獲怪之功。」教光祿寺：「快翻席到建章宮裡，再請聖僧定捕賊首，取寶歸塔之計。」三藏道：「既要捕賊取寶，不勞再宴。貧僧等就此辭王，

第六十二回

滌垢洗心惟掃塔　縛魔歸正乃修身

就擒捉妖怪去也。」國王不肯，一定請到建章宮，又吃了一席。國王舉酒道：「那位聖僧帥眾出師，降妖捕賊？」三藏道：「教大徒弟孫悟空去。」大聖拱手應承。國王道：「孫長老既去，用多少人馬？幾時出城？」八戒忍不住高聲叫道：「那裡用甚麼人馬！又那裡管甚麼時辰！趁如今酒醉飯飽，我共師兄去，手到擒來！」三藏甚喜道：「八戒這一向勤緊啊！」行者道：「既如此，著沙僧弟保護師父，我兩個去來。」那國王道：「二位長老既不用人馬，可用兵器？」八戒笑道：「你家的兵器，我們用不得。我弟兄自有隨身器械。」國王聞說，即取大觥來，與二位長老送行。孫大聖道：「酒不吃了，只教錦衣衛把兩個小妖拿來，我們帶了他去做鑿眼。」國王傳旨，即時提出。二人挾著兩個小妖，駕風頭，使個攝法，徑上東南去了。

噫！他那：君臣一見騰風霧，才識師徒是聖僧。畢竟不知此去如何擒獲，且聽下回分解。

第六十三回

二僧蕩怪鬧龍宮　群聖除邪獲寶貝

卻說祭賽國王與大小公卿，見孫大聖與八戒騰風駕霧，提著兩個小妖，飄然而去。一個個朝天禮拜道：「話不虛傳！今日方知有此輩神仙活佛！」又見他遠去無蹤，卻拜謝三藏、沙僧道：「寡人肉眼凡胎，只知高徒有力量，拿住妖賊便了；豈知乃騰雲駕霧之上仙也。」三藏道：「貧僧無些法力，一路上多虧這三個小徒。」沙僧道：「不瞞陛下說。我大師兄乃齊天大聖皈依。他曾大鬧天宮，使一條金箍棒，十萬天兵，無一個對手。只鬧得太上老君害怕，玉皇大帝心驚。我二師兄乃天蓬元帥果正。他也曾掌管天河八萬水兵大眾。惟我弟子無法力，乃捲簾大將受戒。愚弟兄若幹別事無能，若說擒妖縛怪，拿賊捕亡，伏虎降龍，踢天弄井，以至攪海翻江之類，略通一二。這騰雲駕霧，喚雨呼風，與那換斗移星，擔山趕月，特餘事耳，何足道哉！」國王聞說，愈十分加敬。請唐僧上坐，口口稱為「老佛」，將沙僧等皆稱為「菩薩」。滿朝文武欣然，一國黎民頂禮不題。

卻說孫大聖與八戒駕著狂風，把兩個小妖攝到亂石山碧波潭，住定雲頭。將金箍捧吹了一口仙氣，叫「變！」變作一把戒刀，將一個黑魚怪割了耳朵，鯰魚精割了下唇，撇在水裡，喝道：「快早去對那萬聖龍王報知，說我齊天大聖孫爺爺在此，著他即送祭賽國金光寺塔上的寶貝出來，免他一家性命！若迸半個『不』字，我將這潭水攪淨，教他一門兒老幼遭誅！」

那兩個小妖，得了命，負痛逃生，拖著鎖索，淬入水內，唬得那些黿鼉龜鱉，蝦蟹魚精，都來圍住問道：「你兩個為何拖繩帶索？」一個掩著耳，搖頭擺尾；一個捂著嘴，跌腳捶胸；都嚷嚷鬧鬧，徑上龍王宮殿報：「大王，禍事了！」那萬聖龍王正與九頭駙馬飲酒，忽見他兩個來，即停杯問何禍事。那兩個即告道：「昨夜巡攔，被唐僧、孫行者掃塔捉獲，用鐵索拴鎖。今早見國王，又被那行者與豬八戒抓著我兩個，一個割了耳朵，一個割了嘴唇，拋在水中，著我來報，要索那塔頂寶貝。」遂將前後事，細說了一遍。

那老龍聽說是孫行者齊天大聖，唬得魂不附體，魄散九霄。戰兢兢對駙馬道：「賢婿啊，別個來還好計較，若果是他，卻不善也！」駙馬笑道：「太岳放心。愚婿自幼學了些武藝，四海之內，也曾會過幾個豪傑，怕他做甚！等我出去與他交戰三合，管取那廝縮首歸降，不敢仰視。」

好妖怪，急縱身披掛了，使一般兵器，叫做月牙鏟，步出宮，分開水道，在水面上叫道：「是甚麼齊天大聖！快上來納命！」行者與八戒，立在岸邊，觀看那妖精怎生打扮：

戴一頂爛銀盔，光欺白雪；貫一副兜鍪甲，亮敵秋霜。上罩著錦征袍，真個是彩雲籠玉；腰束著犀紋帶，果然象花蟒纏金。手執著月牙鏟，霞飛電掣；腳穿著豬皮靴，水利波分。遠看時一頭一面，近睹處四面皆人。前有眼，後有眼，八方通見；左也口，右也口，九口言論。一聲吆喝長空振，似鶴飛鳴貫九宸。

他見無人對答，又叫一聲：「那個是齊天大聖？」行者按一按金箍，理一理鐵棒道：「老孫便是。」那怪道：「你家居何處？身出何方？怎生得到祭賽國，與那國王守塔，卻大膽獲我頭目，又敢行凶，上吾寶山索戰？」行者罵道：「你這賊怪，原來不識你孫爺爺哩！你上前，聽我道：

老孫祖住花果山，大海之間水簾洞。自幼修成不壞身，玉皇封我齊天聖。
只因大鬧斗牛宮，天上諸神難取勝。當請如來展妙高，無邊智慧非凡用。
為翻筋斗賭神通，手化為山壓我重。整到如今五百年，觀音勸解方逃命。
大唐三藏上西天，遠拜靈山求佛頌。解脫吾身保護他，煉魔淨怪從修行。
路逢西域祭賽城，屈害僧人三代命。我等慈悲問舊情，乃因塔上無光映。
吾師掃塔探分明，夜至三更天籟靜。捉住魚精取實供，他言汝等偷寶珍。
合盤為盜有龍王，公主連名稱萬聖。血雨澆淋塔上光，將他寶貝偷來用。
殿前供狀更無虛，我奉君言馳此境。所以相尋索戰爭，不須再問孫爺姓。
快將寶貝獻還他，免汝老少全家命。敢若無知騁勝強，教你水涸山頹都蹭蹬！」

那駙馬聞言，微微冷笑道：「你原來是取經的和尚，沒要緊羅織管事！我偷他的寶貝，你取佛的經文，與你何干，卻來廝鬥！」行者道：「這賊怪甚不達理！我雖不受國王的恩惠，不食他的水米，不該與他出力；但是你偷他的寶貝，污他的寶塔，屢年屈苦金光寺僧人，他是我一門同氣，我怎麼不與他出力，辨明冤枉？」駙馬道：「你既如此，想是要行賭賽。常言道：『武不善作。』但只怕起手處，不得留情，一時間傷了你的性命，誤了你去取經！」

行者大怒，罵道：「這潑賊怪，有甚強能，敢開大口！走上來，吃老爺一棒！」那駙馬更不心慌，把月牙鏟架住鐵棒，就在那亂石山頭，這一場真個好殺：

妖魔盜寶塔無光，行者擒妖報國王。小怪逃生回水內，老龍破膽各商量。九頭駙馬施威武，披掛前來展素強。怒發齊天孫大聖，金箍棒起十分剛。那怪物，九個頭顱十八眼，前前後後放毫光；這行者，一雙鐵臂千斤力，藹藹紛紛並瑞祥。鏟似一陽初現月，棒如萬里遍飛霜。他說：「你無干休把不平報！」我道：「你有意偷寶真不良！那潑賊，少輕狂，他還寶貝得安康！」棒迎鏟架爭高下，不見輸贏練戰場。

他兩個往往來來，鬥經三十餘合，不分勝負。豬八戒立在山前，見他們戰到酣美之處，舉著釘鈀，從妖精背後一築。原來那怪九個頭，轉轉都是眼睛，看得明白。見八戒在背後來時，即使鏟鐏架著釘鈀，鏟頭抵著鐵棒。又耐戰五七合，擋不得前後齊掄，他卻打個滾，騰空跳起，現了本相，乃是一個九頭蟲，觀其形象十分惡，見此身模怕殺人！他生得：

毛羽鋪錦，團身結絮。方圓有丈二規模，長短似黿鼉樣致。兩隻腳尖利如鉤，九個頭攢環一處。展開翅極善飛揚，縱大鵬無他力氣；發起聲遠振天涯，比仙鶴還能高唳。眼多閃灼幌金光，氣傲不同凡鳥類。

豬八戒看見心驚道：「哥啊！我自為人，也不曾見這等個惡物！是甚血氣生此禽獸也？」行者道：「真個罕有！真個罕有！等我趕上打去！」好大聖，急縱祥雲，跳在空中，使鐵棒照頭便打。那怪物大顯身，展翅斜飛，颼的打個轉身，掠到山前，半腰裡又伸出一個頭來，張開口如血盆相似，把八戒一口咬著鬃，半施半扯，捉下碧波潭水內而去。及至龍宮外，還變作前番模樣，將八戒擲之於地，叫：「小的們何在？」那裡面鯖、魚白、鯉、鱖之魚精，龜、鱉、黿、鼉之介怪，一擁齊來，道聲：「有！」駙馬道：「把這個和尚，綁在那裡，與我巡攔的小卒報仇！」眾精推推嚷嚷，抬進八戒去時，那老龍王歡喜，迎出道：「賢婿有功，怎生捉他來也？」那駙馬把上項原故，說了一遍。龍王即命排酒賀功不題。

卻說孫行者見妖精擒了八戒，心中懼道：「這廝恁般利害！我待回朝見師，恐那國王笑我。待要開言罵戰，曾奈我又單身？況水面之事不慣。且等我變化了進去，看那怪把呆子怎生擺布。若得便，且偷他出來幹事。」好大聖，捻著訣，搖身一變，還變做一個螃蟹，淬於水內，徑至牌樓之前。原來這條路是他前番襲牛魔王盜金睛獸走熟了的。直至那宮闕之下，橫爬過去。又見那老龍王與九頭蟲合家兒歡喜飲酒。行者不敢相近，爬過東廊之下，見幾個蝦精蟹精，紛紛紜紜耍子。行者聽了一會言談，卻就學語學話，問道：「駙馬爺爺拿來的那長嘴和尚，這會死了不曾？」眾精道：「不曾死。縛在那西廊下哼的不是？」

行者聽說，又輕輕的爬過西廊。真個那呆子綁在柱上哼哩。行者近前道：「八戒，認得我麼？」八戒聽得聲音，知是行者，道：「哥哥，怎麼了！反被這廝捉住我也！」行者四顧無人，將鉗咬斷索子叫走。那呆子脫了手道：「哥哥，我的兵器，被他收了，又奈何？」行者道：「你可知道收在那裡？」八戒道：「當被那怪拿上宮殿去了。」行者道：「你先去牌樓下等我。」八戒逃生，悄悄的溜出。行者復身爬上宮殿，觀看左首下有光彩森森，乃是八戒的釘鈀放光，使個隱身法，將鈀偷出。到牌樓下，叫聲「八戒！接兵器！」呆子得了鈀，便道：「哥哥，你先走，等老豬打進宮殿。若得勝，就捉住他一家子；若不勝，敗出來，你在這潭岸上救應。」行者大喜，只教仔細。八戒道：「不怕他！水裡本事，我略有些兒。」行者丟了他，負出水面不題。

這八戒束了皂直裰，雙手纏鈀，一聲喊，打將進去。慌得那大小水族，奔奔波波，跑上宮殿，吆喝道：「不好了！長嘴和尚掙斷繩返打進來了！」那老龍與九頭蟲並一家子俱措手不及，跳起來，藏藏躲躲。這呆子不顧死活！闖上宮殿，一路鈀，築破門扇，打破桌椅，把些吃酒的家伙之類，盡皆打碎。有詩為證。詩曰：

木母遭逢水怪擒，心猿不捨苦相尋。暗施巧計偷開鎖，大顯神威怒恨深。
駙馬忙攜公主躲，龍王戰栗絕聲音。水宮絳闕門窗損，龍子龍孫盡沒魂。

這一場，被八戒把玳瑁屏打得粉碎，珊瑚樹摜得雕零。那九頭蟲將公主安藏在內，急取月牙鏟，趕至前宮，喝道：「潑夯豕彘！怎敢欺心驚吾眷族！」八戒罵道：「這賊怪，你焉敢將我捉來！這場不干我事，是你請我來家打的！快拿寶貝還我，回見國王了事；不然，決不饒你一家命也！」那怪那肯容情，咬定牙齒，與八戒交鋒。那老龍才定了神思，領龍子、龍孫，各執槍刀，齊來攻取。八戒見事體不諧，虛幌一鈀，撤身便走。那老龍帥眾追來。須臾，攛出水中，都到潭面上翻騰。

卻說孫行者立於潭岸等候，忽見他們追趕八戒，出離水中，就半踏雲霧，掣鐵棒，喝聲：「休走！」只一下，把個老龍頭打得稀爛。可憐血濺潭中紅水泛，屍飄浪上敗鱗浮！唬得那龍子、龍孫各各逃命；九頭駙馬收龍屍，轉宮而去。

行者與八戒且不追襲，回上岸，備言前事。八戒道：「這廝銳氣挫了！被我那一路鈀，打進去時，打得落花流水，魂散魄飛！正與那駙馬廝鬥，卻被老龍王趕著，卻虧了你打死。那廝們回去，一定停喪掛孝，決不肯出來。今又天色晚了，卻怎奈何？」行者道：「管甚麼天晚！乘此機會，你還下去攻戰。務必取出寶貝，方可回朝。」那呆子意懶情疏，徉徉推托。行者催逼道：「兄弟不必多疑，還像剛才引出來，等我打他。」

兩人正自商量，只聽得狂風滾滾，慘霧陰陰，忽從東方徑往南去。行者仔細觀看，乃二郎顯聖，領梅山六兄弟，架著鷹犬，挑著狐兔，抬著獐鹿，一個個腰挎彎弓，手持利刃，縱風霧踴躍而來。行者道：「八戒，那是我七聖兄弟，倒好留請他們，與我助戰。若得成功，倒是一場大機會也。」八戒道：「既是兄弟，極該留請。」行者道：「但內有顯聖大哥，我曾受他降伏，不好見他。你去攔住雲頭，叫道：『真君，且略住住。齊天大聖在此進拜。』他若聽見是我，斷然住了。待他安下，我卻好見。」

那呆子急縱雲頭，上山攔住，厲聲高叫道：「真君，且慢車駕。有齊天大聖請見哩。」那爺爺見說，即傳令，就停住六兄弟，與八戒相見畢。問：「齊天大聖何在？」八戒道：「現在山下聽呼喚。」二郎道：「兄弟們，快去請來。」六兄弟乃是康、張、姚、李、郭、直，各各出營叫道：「孫悟空哥哥，大哥有請。」行者上前，對眾作禮，遂同上山。二郎爺爺迎見，攜手相攙，一同相見道：

第六十三回
二僧蕩怪鬧龍宮　群聖除邪獲寶貝

「大聖，你去脫大難，受戒沙門，刻日功完，高登蓮座，可賀！可賀！」行者道：「不敢。向蒙莫大之恩，未展斯須之報。雖然脫難西行，未知功行何如。今因路遇祭賽國，搭救僧災，在此擒妖索寶。偶見兄長車駕，大膽請留一助。未審兄長自何而來，肯見愛否。」二郎笑道：「我因閒暇無事，同眾兄弟採獵而回。幸蒙大聖不棄留會，只感故舊之情。若命挾力降妖，敢不如命；卻不知此地是何怪賊？」六聖道：「大哥忘了？此間是亂石山，山下乃碧波潭，萬聖之龍宮也。」二郎驚訝道：「萬聖老龍卻不生事，怎麼敢偷塔寶？」行者道：「他近日招了一個駙馬，乃是九頭蟲成精。他郎丈兩個做賊，將祭賽國下了一場血雨，把金光寺塔頂舍利佛寶偷來。那國王不解其意，苦拿著僧人拷打。是我師父慈悲，夜來掃塔，當被我在塔上拿住兩個小妖，是他差來巡探的。今早押赴朝中，實實供招了。那國王就請我師收降，師命我等到此。先一場戰，被九頭蟲腰裡伸出一個頭來，把八戒銜了去，我卻又變化下水，解了八戒。才然大戰一場，是我把老龍打死，那廝們收屍掛孝去了。我兩個正議索戰，卻見兄長儀仗降臨，故此輕瀆也。」二郎道：「既傷了老龍，正好與他攻擊，使那廝不能措手，卻不連窩巢都滅絕了？」八戒道：「雖是如此，奈天晚何。」二郎道：「兵家云：『征不待時，』何怕天晚！」

康、姚、郭、直道：「大哥莫忙。那廝家眷在此，料無處去。孫二哥也是貴客，豬剛鬣又歸了正果，我們營內，有隨帶的酒肴。教小的們取火，就此鋪設：一則與二位賀喜，二來也當敘情。且歡會這一夜，待天明索戰何遲？」二郎大喜道：「賢弟說得極當。」卻命小校安排。行者道：「列位盛情，不敢固卻。但自做和尚，都是齋戒，恐葷素不便。」二郎道：「有素果品。酒也是素的。」眾兄弟在星月光前，幕天席地，舉杯敘舊。

正是寂寞更長，歡娛夜短。早不覺東方發白。那八戒幾盅酒吃得興抖抖的道：「天將明了，等老豬下水去索戰也。」二郎道：「元帥仔細。只要引他出來，我兄弟們好下手。」八戒笑道：「我曉得！我曉得！」你看他斂衣纏鈀，使分水法，跳將下去，徑至那牌樓下。發聲喊，打入殿內。

此時那龍子披了麻，看著龍屍哭；龍孫與那駙馬，在後面收拾棺材哩。這八戒罵上前，手起處，鈀頭著重，把個龍子夾腦連頭，一鈀築了九個窟窿。唬得那龍婆與眾往裡亂跑，哭道：「長嘴和尚又把我兒打死了！」那駙馬聞言，即使月牙鏟，帶龍孫往外殺來。這八戒舉鈀迎敵，且戰且退，跳出水中。這岸上齊天大聖與七兄弟一擁上前，槍刀亂扎，把個龍孫剁成幾斷肉餅。那駙馬見不停當，在山前打個滾，又現了本相，展開翅，旋繞飛騰。二郎即取金弓，安上銀彈，扯滿弓，往上就打。那怪急鎩翅，掠到邊前，要咬二郎；半腰裡才伸出一個頭來，被那頭細犬，攛上去，汪的一口，把頭血淋淋的咬將下來。那怪物負痛逃生，徑投北海而去。八戒便要趕去。行者止住道：「且莫趕他。正是『窮寇勿追』。他被細犬咬了頭，必定是多死少生。等我變做他的模樣，你分開水路，趕我進去，尋那宮主，詐他寶貝來也。」二郎與六聖道：「不趕他，倒也罷了；只是遺這種類在世，必為後人之害。」至今有個九頭蟲滴血，是遺種也。

那八戒依言，分開水路。行者變作怪相前走，八戒吆吆喝喝後追。漸漸追至龍宮，只見那萬聖公主道：「駙馬，怎麼這等慌張？」行者道：「那八戒得勝，把我趕將進來，覺道不能敵他。你快把寶貝好生藏了！」那公主急忙難識真假，即於後殿裡取出一個渾金匣子來，遞與行者道：「這是佛寶。」又取出一個白玉匣子，也遞與行者道：「這是九葉靈芝。你拿這寶貝藏去，等我與豬八戒鬥上兩三合，擋住他。你將寶貝收好了，再出來與他合戰。」行者將兩個匣兒收在身邊，把臉一抹，現了本相道：「公主，你看我可是駙馬麼？」公主慌了，便要搶奪匣子，被八戒跑上去，著背一鈀，築倒在地。

還有一個老龍婆撤身就走，被八戒扯住，舉鈀才築，行者道：「且住！莫打死他。留個活的，好去國內見功。」遂將龍婆提出水面。行者隨後捧著兩個匣子上岸，對二郎道：「感兄長威力，得了寶貝，掃淨妖賊也。」二郎道：「一則是那國王洪福齊天，二則是賢昆玉神通無量，我何功之有！」兄弟們俱道：「孫二哥既已功成，我們就此告別。」行者感謝不盡，欲留同見國王。諸公不肯，遂帥眾回灌口去訖。

行者捧著匣子，八戒拖著龍婆，半雲半霧，頃刻間到了國內。原來那金光寺解脫的和尚，都在城外迎接。忽見他兩個雲霧定時，近前磕頭禮拜，接入城中。那國王與唐僧正在殿上講論。這裡有先走的和尚，仗著膽，入朝門奏道：「萬歲，孫、豬二老爺擒賊獲寶而來也。」那國王聽說，連忙下殿，共唐僧、沙僧，迎著稱謝神功不盡，隨命排筵謝恩。三藏道：「且不須賜飲，著小徒歸了塔中之寶，方可飲宴。」三藏又問行者道：「汝等昨日離國，怎麼今日才來？」行者把那戰駙馬，打龍王，逢真君，敗妖怪，及變化詐寶貝之事，細說了一遍。三藏與國王，大小文武，俱喜之不勝。

國王又問：「龍婆能人言語否？」八戒道：「乃是龍王之妻，生了許多龍子、龍孫，豈不知人言？」國王道：「既知人言，快早說前後做賊之事。」龍婆道：「偷佛寶，我全不知，都是我那夫君龍鬼與那駙馬九頭蟲，知你塔上之光乃是佛家舍利子，三年前下了血雨，乘機盜去。」又問：「靈芝草是怎麼偷的？」龍婆道：「只是我小女萬聖公主私入大羅天上，靈霄殿前，偷的王母娘娘九葉靈芝草。那舍利子得這草的仙氣溫養著，千年不壞，萬載生光，去地下，或田中，掃一掃，即有萬道霞光，千條瑞氣。如今被你奪來，弄得我夫死子絕，婿喪女亡，千萬饒了我的命罷！」八戒道：「正不饒你哩！」行者道：「家無全犯。我便饒你，只便要你長遠替我看塔。」龍婆道：「好死不如惡活。但留我命，憑你教做甚麼。」行者叫取鐵索來。當駕官即取鐵索一條，把龍婆琵琶骨穿了。教沙僧：「請國王來看我們安塔去。」

那國王即忙排駕，遂同三藏攜手出朝，並文武多官，隨至金光寺上塔。將舍利子安在第十三層塔頂寶瓶中間，把龍婆鎖在塔心柱上。念動真言，喚出本國土地、城隍與本寺伽藍，每三日送飲食一餐，與這龍婆度口；少有差訛，即行處斬。眾神暗中領護。行者卻將芝草把十三層塔層層掃過，安在瓶內，溫養舍利子。這才是整舊如新，霞光萬道，瑞氣千條，依然八方共睹，四國同瞻。下了塔門，國王就謝道：「不是老佛與三位菩薩到此，怎生得明此事也！」

行者道：「陛下，『金光』二字不好，不是久住之物：金乃流動之物，光乃閃灼之氣。貧僧為你勞碌這場，將此寺改作伏龍寺，教你永遠常存。」那國王即命換了字號，懸上新匾，乃是「敕建護國伏龍寺」。一壁廂安排御宴，一壁廂召丹青寫下四眾生形，五鳳樓注了名號。國王擺鑾駕，送唐僧師徒，賜金玉酬答，師徒們堅辭，一毫不受。這真個是：邪妖剪滅諸天樂，寶塔回光大地明。畢竟不知此去前路如何，且聽下回分解。

第六十四回
荊棘嶺悟能努力　木仙庵三藏談詩

話表祭賽國王謝了唐三藏師徒獲寶擒怪之恩。所贈金玉，分毫不受。卻命當駕官照依四位常穿的衣服，各做兩套，鞋襪各做兩雙，絛環各做兩條，外備乾糧烘炒，倒換了通關文牒（公文），大排鑾駕，並文武多官，滿城百姓，伏龍寺僧人，大吹大打，送四眾出城。約有二十里，先辭了國王。眾人又送二十里辭回。伏龍寺僧人，送有五六十里不回。有的要同上西天，有的要修行伏侍。行者見都不肯回去，遂弄個手段，把毫毛拔了三四十根，吹口仙氣，叫「變！」都變作斑斕猛虎，攔住前路，哮吼踴躍。眾僧方懼，不敢前進。大聖才引師父策馬而去。少時間，去得遠了。眾僧人放聲大哭，都喊：「有恩有義的老爺！我等無緣，不肯度我們也！」

且不說眾僧啼哭。卻說師徒四眾，走上大路，卻才收回毫毛，一直西去。正是時序易遷，又早冬殘春至，不暖不寒，正好逍遙行路。忽見一條長嶺，嶺頂上是路。三藏勒馬觀看，那嶺上荊棘丫叉，薜蘿牽繞。雖是有道路的痕跡，左右卻都是荊刺棘針。唐僧叫：「徒弟，這路怎生走得？」行者道：「怎麼走不得？」又道：「徒弟啊，路痕在下，荊棘在上，只除是蛇蟲伏地而游，方可去了；若你們走，腰也難伸，教我如何乘馬？」八戒道：「不打緊，等我使出鈀柴手來，把釘鈀分開荊棘，莫說乘馬，就抬轎也包你過去。」三藏道：「你雖有力，長遠難熬。卻不知有多少遠近，怎生費得這許多精神！」行者道：「不須商量，等我去看看。」將身一縱，跳在半空看時，一望無際。真個是：

匝地遠天，凝煙帶雨。夾道柔茵亂，漫山翠蓋張。密密搓搓初發葉，攀攀扯扯正芬芳。遙望不知何所盡，近觀一似綠雲茫。濛濛茸茸（蓬鬆的樣子），鬱鬱蒼蒼。風聲飄索索，日影映煌煌。那中間有松有柏還有竹，多梅多柳更多桑。薜蘿纏古樹，藤葛繞垂楊。盤團似架，聯絡如床。有處花開真布錦，無端卉發遠生香。為人誰不遭荊棘，那見西方荊棘長！

行者看罷多時，將雲頭按下道：「師父，這去處遠哩！」三藏問：「有多少遠？」行者道：「一望無際，似有千里之遙。」三藏大驚道：「怎生是好？」沙僧笑道：「師父莫愁，我們也學燒荒的，放上一把火，燒絕了荊棘過去。」八戒道：「莫亂談！燒荒的須在十來月，草衰木枯，方好引火。如今正是蕃盛之時，怎麼燒得！」行者道：「就是燒得，也怕人子。」三藏道：「這般怎生得度？」八戒笑道：「要得度，還依我。」

好呆子，捻個訣，念個咒語，把腰躬一躬，叫「長！」就長了有二十丈高下的身軀；把釘鈀幌一幌，教「變！」就變了有三十丈長短的鈀柄；拽開步，雙手使鈀，將荊棘左右摟開：「請師父跟我來也！」三藏見了甚喜，即策馬緊隨。後面沙僧挑著行李，行者也使鐵棒撥開。這一日未曾住手；行有百十里，將次天晚，見有一塊空闊之處。當路上有一通石碣，上有三個大字，乃「荊棘嶺」；下有兩行十四個小字，乃「荊棘蓬攀八百里，古來有路少人行。」八戒見了，笑道：「等我老豬與他添上兩句：『自今八戒能開破，直透西方路盡平！』」三藏欣然下馬道：「徒弟啊，累了你也！我們就在此住過了今宵，待明日天光再走。」八戒道：「師父莫住，趁此天色晴明，我等有興，連夜摟開路走他娘！」那長老只得相從。

八戒上前努力。師徒們，人不住手，馬不停蹄，又行了一日一夜，卻又天色晚矣。那前面蓬蓬結結，又聞得風敲竹韻，颯颯松聲。卻好又有一段空地，中間乃是一座古廟。廟門之外，有松柏凝青，桃梅鬥麗。三藏下馬，與三個徒弟同看。只見：

岩前古廟枕寒流，落日荒煙鎖廢丘。白鶴叢中深歲月，綠蕪台下自春秋。
竹搖青珮疑聞語，鳥弄餘音似訴愁。雞犬不通人跡少，閒花野蔓繞牆頭。

行者看了道：「此地少吉多凶，不宜久坐。」沙僧道：「師兄差疑了。似這杳無人煙之處，又無個怪獸妖禽，怕他怎的？」說不了，忽見一陣陰風，廟門後，轉出一個老者，頭戴角巾，身穿淡服，手持拐杖，足踏芒鞋，後跟著一個青臉獠牙，紅鬚赤身鬼使，頭頂著一盤面餅，跪下道：「大聖，小神乃荊棘嶺土地。知大聖到此，無以接待，特備蒸餅一盤，奉上老師父，各請一餐。此地八百里，更無人家，聊吃些兒充飢。」八戒歡喜，上前舒手，就欲取餅。不知行者端詳已久，喝一聲「且住！這廝不是好人！休得無禮！你是甚麼土地，來誑老孫！看棍！」那老者見他打來，將身一轉，化作一陣陰風，呼的一聲，把個長老攝將起去，飄飄蕩蕩，不知攝去何所。慌得那大聖沒跟尋處；八戒、沙僧俱相顧失色；白馬亦自驚。三兄弟連馬四口，恍恍忽忽，遠望高張，並無一毫下落，前後找尋不題。

卻說那老者同鬼使，把長老抬到一座煙霞石屋之前，輕輕放下。與他攜手相攙道：「聖僧休怕。我等不是歹人，乃荊棘嶺十八公是也。因風清月霽之宵，特請你來會友談詩，消遣情懷故耳。」那長老卻才定性，睜眼仔細觀看。真個是：

漠漠煙雲去所，清清仙境人家。正好潔身修煉，堪宜種竹栽花。每見翠岩來鶴，時聞青沼鳴蛙。更賽天台丹灶，仍期華岳明霞。說甚耕雲釣月，此間隱逸堪誇。坐久幽懷如海，朦朧月上窗紗。

三藏正自點看，漸覺月明星朗，只聽得人語相談。都道：「十八公請得聖僧來也。」長老抬頭觀看，乃是三個老者：前一個霜姿豐采，第二個綠鬢婆娑，第三個虛心黛色。各各面貌、衣服俱不相同，都來與三藏作禮。長老還了禮，道：「弟子有何德行，敢勞列位仙翁下愛？」十八公笑道：「一向聞知聖僧有道，等待多時，今幸一遇。如果不吝珠玉，寬坐敘懷，足見禪機真派。」三藏躬身道：「敢問仙翁尊號？」十八公道：「霜姿者號孤直公，綠鬢者號凌空子，虛心者號拂雲叟。老拙號曰勁節。」三藏道：「四翁尊壽幾何？」孤直公道：

「我歲今經千歲古，撐天葉茂四時春。香枝鬱鬱龍蛇狀，碎影重重霜雪身。自幼堅剛能耐老，從今正直喜修真。烏棲鳳宿非凡輩，落落森森遠俗塵。」

第六十四回

荊棘嶺悟能努力　木仙庵三藏談詩

凌空子笑道：

「吾年千載傲風霜，高幹靈枝力自剛。夜靜有聲如雨滴，秋晴蔭影似雲張。
盤根已得長生訣，受命尤宜不老方。留鶴化龍非俗輩，蒼蒼爽爽近仙鄉。」

拂雲叟笑道：

「歲寒虛度有千秋，老景瀟然清更幽。不雜囂塵終冷淡，飽經霜雪自風流。
七賢作侶同談道，六逸為朋共唱酬。戛玉敲金非瑣瑣，天然情性與仙游。」

勁節十八公笑道：

「我亦千年約有餘，蒼然貞秀自如如。堪憐雨露生成力，借得乾坤造化機。
萬壑風煙惟我盛，四時瀟落讓吾疏。蓋張翠影留仙客，博弈調琴講道書。」

三藏稱謝道：「四位仙翁，俱享高壽，但勁節翁又千歲餘矣。高年得道，豐采清奇，得非漢時之『四皓』（即「商山四皓」，漢初的四位隱士。東園公用裡先生、綺裡季、夏黃公四人，避亂隱居商山，年過八十不做官，所以叫商山四皓）乎？」四老道：「承過獎！承過獎！吾等非四皓，乃深山之『四操』也。敢問聖僧，妙齡幾何？」三藏合掌躬身答曰：

「四十年前出母胎，未產之時命已災。逃生落水隨波滾，幸遇金山脫本骸。養性看經無懈怠，誠心拜佛敢俄捱？今蒙皇上差西去，路遇仙翁下愛來。」

四老俱稱道：「聖僧自出娘胎，即從佛教，果然是從小修行，真中正有道之上僧也。我等幸接台顏，敢求大教。望以禪法指教一二，足慰生平。」長老聞言，慨然不懼，即對眾言曰：

「禪者，靜也；法者，度也。靜中之度，非悟不成。悟者，洗心滌慮，脫俗離塵是也。夫人身難得，中土難生，正法難遇：全此三者，幸莫大焉。至德妙道，渺漠希夷，六根六識，遂可掃除。菩提者，不死不生，無餘無欠，空色包羅，聖凡俱遣。訪真了元始鉗鍾，悟實了牟尼手段。發揮象罔，踏碎涅槃。必須覺中覺了悟中悟，一點靈光全保護。放開烈焰照婆娑，法界縱橫獨顯露。至幽微，更守固，玄關口說誰人度？我本元修大覺禪，有緣有志方記悟。」

四老側耳受了，無邊喜悅。一個個稽首皈依，躬身拜謝道：「聖僧乃禪機之悟本也！」拂雲叟道：「禪雖靜，法雖度，須要性定心誠。縱為大覺真仙，終坐無生之道。我等之玄，又大不同也。」三藏云：「道乃非常，體用合一，如何不同？」拂雲叟笑云：

「我等生來堅實，體用比爾不同。感天地以生身，蒙雨露而滋色。笑傲風霜，消磨日月。一葉不雕，千枝節操。似這話不叩沖虛。你執持梵語。道也者，本安中國，反來求證西方。空費了草鞋，不知尋個甚麼？石獅子剜了心肝，野狐涎灌徹骨髓。忘本參禪，妄求佛果，都似我荊棘嶺葛藤謎語，羅蓏渾言（糾纏不清的道理）。此般君子，怎生接引？這等規模，如何印授？必須要檢點見前面目，靜中自有生涯。沒底竹籃汲水，無根鐵樹生花。靈寶峰頭牢著腳，歸來雅會上龍華（一種佛教廟會）。」

三藏聞言，叩頭拜謝。十八公用手攙扶。孤直公將身扯起。凌空子打個哈哈道：「拂雲之言，分明漏洩。聖僧請起，不可盡信。我等趁此月明，原不為講論修持，且自吟哦逍遙，放蕩襟懷也。」拂雲叟笑指石屋道：「若要吟哦，且入小庵一茶，何如？」

長老真個欠身，向石屋前觀看。門上有三個大字，乃「木仙庵」。遂此同入，又敘了坐次。忽見那赤身鬼使，捧一盤茯苓膏，將五盞香湯奉上。四老請唐僧先吃，三藏驚疑，不敢便吃。那四老一齊享用，三藏卻才吃了兩塊。各飲香湯收去。三藏留心偷看，只見那裡玲瓏光彩，如月下一般：

水自石邊流出，香從花裡飄來。
滿座清虛雅致，全無半點塵埃。

那長老見此仙境，以為得意，情樂懷開，十分歡喜。忍不住念了一句道：

「禪心似月迥無塵。」

勁節老笑而即聯道：

「詩興如天青更新。」

孤直公道：

「好句漫裁摶錦繡。」

凌空子道：

「佳文不點唾奇珍。」

拂雲叟道：

「六朝一洗繁華盡，四始重刪雅頌分。」

三藏道：「弟子一時失口，胡談幾字，誠所謂『班門弄斧』。適聞列仙之言，清新飄逸，真詩翁也。」勁節老道：「聖僧不必閒敘。出家人全始全終。既有起句，何無結句？望卒成之。」三藏道：「弟子不能，煩十八公結而成篇為妙。」勁節道：「你好心腸！你起的句，如何不肯結果？慳吝珠璣，非道理也。」三藏只得續後二句云：

「半枕松風茶未熟，吟懷瀟灑滿腔春。」

十八公道：「好個『吟懷瀟灑滿腔春！』」孤直公道：「勁節，你深知詩味，所以只管咀嚼。何不再起一篇？」十八公亦慨然不辭道：「我卻是頂針（頂真、修辭、對聯手法）字起：

春不榮華冬不枯，雲來霧往只如無。」

凌空子道：「我亦體前頂針二句：

無風搖拽婆娑影，有客欣憐福壽圖。」

拂雲叟亦頂針道：

「圖似西山堅節老，清如南國沒心夫。」

孤直公亦頂針道：

「夫因側葉稱梁棟，台為橫柯作憲烏。」

長老聽了，贊嘆不已道：「真是陽春白雪，浩氣沖霄！弟子不才，敢再起兩句。」孤直公道：「聖僧乃有道之士，大養之人也。不必再相聯句，請賜教全篇，庶我等亦好勉強而和。」三藏無已，只得笑吟一律曰：

「杖錫西來拜法王，願求妙典遠傳揚。金芝三秀詩壇瑞，寶樹千花蓮蕊香。
百尺竿頭須進步，十方世界立行藏。修成玉像莊嚴體，極樂門前是道場。」

四老聽畢，俱極贊揚。十八公道：「老拙無能，大膽僭越，也勉和一首。」云：

「勁節孤高笑木王，靈椿不似我名揚。山空百丈龍蛇影，泉泌千年琥珀香。
解與乾坤生氣概，喜因風雨化行藏。衰殘自愧無仙骨，惟有苓膏結壽場。」

云：

孤直公道：「此詩起句豪雄，聯句有力，但結句自謙太過矣。堪羨！堪羨！老拙也和一首。」

「霜姿常喜宿禽王，四絕堂前大器揚。露重珠纓蒙翠蓋，風輕石齒碎寒香。
長廊夜靜吟聲細，古殿秋陰淡影藏。元日迎春曾獻壽，老來寄傲在山場。」

凌空子笑而言曰：「好詩！好詩！真個是月脅天心，老拙何能為和？但不可空過，也須扯淡幾句。」曰：

「梁棟之材近帝王，太清宮外有聲揚。晴軒恍若來青氣，暗壁尋常度翠香。
壯節凜然千古秀，深根結矣九泉藏。凌雲勢蓋婆娑影，不在群芳豔麗場。」

拂雲叟道：「三公之詩，高雅清淡，正是放開錦繡之囊也。我身無力，我腹無才，得三公之教，茅塞頓開。無已，也打油幾句，幸勿哂焉。」詩曰：

「淇澳園中樂聖王，渭川千畝任分揚。翠筠不染湘娥淚，班籜堪傳漢史香。
霜葉自來顏不改，煙梢從此色何藏？子猷去世知音少，亙古留名翰墨場。」

三藏道：「眾仙老之詩，真個是吐鳳噴珠，游夏莫贊（孔子作《春秋》時，學生子游、子夏無一句可補充。此處形容詩寫得完美無瑕）。厚愛高情，感之極矣。但夜已深沉，三個小徒，不知在何處等我。意者弟子不能久留，敢此告回尋訪，尤無窮之至愛也。望老仙指示歸路。」四老笑道：「聖僧勿慮。我等也是千載奇逢。況天光晴爽，雖夜深卻月明如畫，再寬坐坐，待天曉自當遠送過嶺，高徒一定可相會也。」

正話間，只見石屋之外，有兩個青衣女童，挑一對絳紗燈籠，後引著一個仙女。那仙女拈著一枝杏花，笑吟吟進門相見。那仙女怎生模樣？他生得：

青姿妝翡翠，丹臉賽胭脂。星眼光還彩，蛾眉秀又齊。下襯一條五色梅淺紅裙子，上穿一件煙裡火比甲輕衣。弓鞋彎鳳嘴，綾襪錦拖泥。妖嬈嬌似天台女，不亞當年俏妲姬。

四老欠身問道：「杏仙何來？」那女子對眾道了萬福，道：「知有佳客在此賡酬，特來相訪。敢求一見。」十八公指著唐僧道：「佳客在此，何勞求見！」三藏躬身，不敢言語。那女子叫：「快獻茶來。」又有兩個黃衣女童，捧一個紅漆丹盤，盤內有六個細磁茶盂，盂內設幾品異果，橫擔著匙兒，提一把白鐵嵌黃銅的茶壺，壺內香茶噴鼻。斟了茶，那女子微露春蔥，捧磁盂先奉三藏，次奉四老，然後一盞，自取而陪。

凌空子道：「杏仙為何不坐？」那女子方才去坐。茶畢，欠身問道：「仙翁今宵盛樂，佳句請教一二如何？」拂雲叟道：「我等皆鄙俚之言，惟聖僧真盛唐之作，甚可嘉羨。」那女子道：「如不吝教，乞賜一觀。」四老即以長老前詩後詩並禪法論，宣了一遍。那女子滿面春風，對眾道：「妾身不才，不當獻醜。但聆此佳句，似不可虛也，勉強將後詩奉和一律如何？」遂朗吟道：

「上蓋留名漢武王，周時孔子立壇場。董仙偏愛春林蔭，孫楚曾憐寒食香。
雨潤紅姿嬌且嫩，煙蒸翠色顯還藏。自知過熟微酸意，落處年年伴麥場。」

四老聞詩，人人稱賀。都道：「清雅脫塵，句內包含春意。好個『雨潤紅姿嬌且嫩』！『雨潤紅姿嬌且嫩』！」那女子笑而悄答道：「惶恐！惶恐！適聞聖僧之章，誠然錦心繡口。如不吝珠玉，賜教一闋如何？」唐僧不敢答應。那女子漸有見愛之情，挨挨軋軋，漸近坐邊，低聲悄語，呼道：「佳客莫者，趁此良宵，不耍子待要怎的？人生光景，能有幾何？」十八公道：「杏仙盡有仰高之情，聖僧豈可無俯就之意？如不見憐，是不知趣了也。」孤直公道：「聖僧乃有道有名之士，決不苟且行事。如此樣舉措，是我等取罪過了。污人名，壞人德，非遠達也。果是杏仙有意，可教拂雲叟與十八公做媒，我與凌空子保親，成此姻眷，何不美哉！」

三藏聽言，遂變了顏色，跳起來高叫道：「汝等皆是一類邪物，這般誘我！當時只以砥礪之言，談玄談道可也；如今怎麼以美人局來騙害貧僧！是何道理！」四老見三藏發怒，一個個咬指擔驚，再不復言。那赤身鬼使，暴躁如雷道：「這和尚好不識抬舉！我這姐姐，那些兒不好？他人材俊雅，玉質嬌姿，不必說那女工針指，只這一段詩才，也配得過你。你怎麼這等推辭！休錯過了！孤直公之言甚當。如果不可苟合，待我再與你主婚。」三藏大驚失色。憑他們怎麼胡談亂講，只是不從。鬼使又道：「你這和尚，我們好言好語，你不聽從，若是我們發起村野之性，還把你攝了去，教你和尚不得做，老婆不得娶，卻不枉為人一世也？」那長老心如金石，堅執不從。暗想道：「我徒弟們不知在那裡尋我哩！」說一聲，止不住眼中墮淚。那女子陪著笑，挨至身邊，翠袖中取出一個蜜合綾汗巾兒，與他揩淚，道：「佳客勿得煩惱。我與你倚玉偎香，耍子去來。」長老咄的一聲吆喝，跳起身來就走；被那些人扯扯拽拽，嚷到天明。

忽聽得那裡叫聲：「師父！師父！你在那方言語也？」原來那孫大聖與八戒、沙僧，牽著馬，挑著擔，一夜不曾住腳，穿荊度棘，東尋西找；卻好半雲半霧的，過了八百里荊棘嶺西下，聽得唐僧吆喝，卻就喊了一聲。那長老掙出門來，叫聲「悟空，我在這裡哩。快來救我！快來救我！」那四老與鬼使，那女子與女童，幌一幌，都不見了。

須臾間，八戒、沙僧俱到邊前道：「師父，你怎麼得到此也？」三藏扯住行者道：「徒弟啊，多累了你們了！昨日晚間見的那個老者，言說土地送齋一事，是你喝聲要打，他就把我抬到此方。他與我攜手相攙，走入門，又見三個老者，來此會我，俱道我做『聖僧』。一個個言談清雅，極善吟詩。我與他賡和相攀，覺有夜半時候，又見一個美貌女子，執燈火，也來這裡會我，吟了一首詩，稱我做『佳客』。因見我相貌，欲求配偶，我方省悟。正不從時，又被他做媒的做媒，保親的保親，主婚的主婚，我立誓不肯。正欲掙著要走，與他嚷鬧，不期你們到了。一則天明，二來還是怕你，只才還扯扯拽拽，忽然就不見了。」行者道：「你既與他敘話談詩，就不曾問他個名字？」三藏道：「我曾問他之號。那老者喚做十八公，號勁節；第二個號孤直公；第三個號凌空子；第四個號拂雲叟；那女子，人稱他做杏仙。」八戒道：「此物在於何處？才往那方去了？」三藏道：「去向之方，不知何所；但只談詩之處，去此不遠。」

第六十四回

荊棘嶺悟能努力　木仙庵三藏談詩

他三人同師父看處，只見一座石崖，崖上有「木仙庵」三字。三藏道：「此間正是。」行者仔細觀之，卻原來是一株大檜樹，一株老柏，一株老松，一株老竹。竹後有一株丹楓。再看崖那邊，還有一株老杏，二株臘梅，二株丹桂。行者笑道：「你可曾看見妖怪？」八戒道：「不曾。」行者道：「你不知。就是這幾株樹木在此成精也。」八戒道：「哥哥怎得知成精者是樹？」行者道：「十八公乃松樹；孤直公乃柏樹；凌空子乃檜樹；拂雲叟乃竹竿；赤身鬼乃楓樹；杏仙即杏樹；女童即丹桂、臘梅也。」八戒聞言，不論好歹，一頓釘鈀，三五長嘴，連拱帶築，把兩棵臘梅、丹桂、老杏、楓楊俱揮倒在地，果然那根下俱鮮血淋漓。三藏近前扯住道：「悟能，不可傷了他！他雖成了氣候，卻不曾傷我。我等找路去罷。」行者道：「師父不可惜他。恐日後成了大怪，害人不淺也。」那呆子索性一頓鈀，將松、柏、檜、竹一齊皆築倒，卻才請師父上馬，順大路一齊西行。

畢竟不知前去如何，且聽下回分解。

第六十五回

妖邪假設小雷音　四眾皆遭大厄難

這回因果，勸人為善，切休作惡。一念生，神明照鑑，任他為作。拙蠢乖能君怎學，兩般還是無心藥。趁生前有道正該修，莫浪泊。

認根源，脫本殼。訪長生，須把捉。要時時明見，醍醐斟酌。貫徹三關填黑海，管教善者乘鸞鶴。那其間愍故更慈悲，登極樂。

話表三藏一念虔誠，且休言天神保護，似這草木之靈，尚來引送，雅會一宵，脫出荊棘針刺，再無蘿蓏攀纏。四眾西進，行彀多時，又值冬殘，正是那三春之日：

物華交泰，斗柄回寅（指進入春天）。草芽遍地綠，柳眼滿堤青。一嶺桃花紅錦涴，半溪煙水碧羅明。幾多風雨，無限心情。日曬花心豔，燕銜苔蕊輕。山色王維畫濃淡，鳥聲季子舌縱橫。芳菲鋪繡無人賞，蝶舞蜂歌卻有情。

師徒們也自尋芳踏翠，緩隨馬步。正行之間，忽見一座高山，遠望著與天相接。三藏揚鞭指道：「悟空，那座山也不知有多少高，可便似接著青天，透沖碧漢。」行者道：「古詩不云：『只有天在上，更無山與齊。』但言山之極高，無可與他比並。豈有接天之理！」八戒道：「若不接天，如何把崑崙山號為『天柱』？」行者道：「你不知。自古『天不滿西北』。崑崙山在西北乾位上，故有頂天塞空之意，遂名天柱。」沙僧笑道：「大哥把這好話兒莫與他說。他聽了去，又降別人。我們且走路。等上了那山，就知高下也。」

那呆子趕著沙僧，廝耍廝鬥。老師父馬快如飛。須臾，到那山崖之邊。一步步往上行來，只見那山：

林中風颯颯，澗底水潺潺。鴉雀飛不過，神仙也道難。千崖萬壑，億曲百灣。塵埃滾滾無人到，怪石森森不厭看。有處有雲如水滉，是方是樹鳥聲繁。鹿銜芝去，猿摘桃還。狐貉往來崖上跳，麋獐出入嶺頭頑。忽聞虎嘯驚人膽，斑豹蒼狼把路攔。

唐三藏一見心驚。孫行者神通廣大，你看他一條金箍棒，哮吼一聲，嚇過了狼蟲虎豹，剖開路，引師父直上高山。行過嶺頭，下西平處，忽見祥光藹藹，彩霧紛紛，有一所樓台殿閣，隱隱的鐘磬悠揚。三藏道：「徒弟們，看是個甚麼去處。」行者抬頭，用手搭涼篷，仔細觀看，那壁廂好個所在！真個是：

珍樓寶座，上剎名方。谷虛繁地籟，境寂散天香。青松帶雨遮高閣，翠竹留雲護講堂。霞光縹緲龍宮顯，彩色飄搖沙界長。朱欄玉戶，畫棟雕梁。談經香滿座，語籙月當窗。鳥啼丹樹內，鶴飲石泉旁。四圍花發琪園秀，三面門開舍衛光。樓台突兀門迎嶂，鐘磬虛徐聲韻長。窗開風細，簾捲煙茫。有僧情散淡，無俗意和昌。紅塵不到真仙境，靜土招提好道場。

行者看罷，回覆道：「師父，那去處便是座寺院，卻不知禪光瑞藹之中，又有些凶氣何也。觀此景象，也似雷音，卻又路道差池。我們到那廂，決不可擅入，恐遭毒手。」唐僧道：「既有雷音之景，莫不就是靈山？你休誤了我誠心，擔擱了我來意。」行者道：「不是，不是！靈山之路，我也走過幾遍，那是這路途！」八戒道：「縱然不是，也必有個好人居住。」沙僧道：「不必多疑。此條路未免從那門首過，是不是一見可知也。」行者道：「悟淨說得有理。」

那長老策馬加鞭，至山門前，見「雷音寺」三個大字，慌得滾下馬來，倒在地下。口裡罵道：「潑猢猻！害殺我也！現是雷音寺，還哄我哩！」行者陪笑道：「師父莫惱，你再看看。山門上乃四個字，你怎麼只念出三個來，倒還怪我？」長老戰戰兢兢的爬起來再看，真個是四個字，乃「小雷音寺」。三藏道：「就是小雷音寺，必定也有個佛祖在內。經上言三千諸佛，想是不在一方：似觀音在南海，普賢在峨眉，文殊在五台。這不知是那一位佛祖的道場。古人云：『有佛有經，無方無寶。』我們可進去來。」行者道：「不可進去。此處少吉多凶。若有禍患，你莫怪我。」三藏道：「就是無佛，也必有個佛像。我弟子心願，遇佛拜佛，如何怪你。」即命八戒取袈裟，換僧帽，結束了衣冠，舉步前進。

第六十五回

妖邪假設小雷音　四眾皆遭大厄難

只聽得山門裡有人叫道：「唐僧，你自東土來拜見我佛，怎麼還這等怠慢？」三藏聞言，即便下拜。八戒也磕頭，沙僧也跪倒；惟大聖牽馬，收拾行李，在後。方入到二層門內，就見如來大殿。殿門外寶台之下，擺列著五百羅漢、三千揭諦、四金剛、八菩薩、比丘尼、優婆塞、無數的聖僧、道者。真個也香花豔麗，瑞氣繽紛。慌得那長老與八戒、沙僧一步一拜，拜上靈台之間。行者公然不拜。又聞得蓮台座上厲聲高叫道：「那孫悟空，見如來怎麼不拜？」不知行者又仔細觀看，見得是假，遂丟了馬匹、行囊，掣棒在手，喝道：「你這伙孽畜，十分膽大！怎麼假倚佛名，敗壞如來清德！不要走！」雙手掄棒，上前便打。只聽得半空中叮噹一聲，撇下一副金鐃，把行者連頭帶足，合在金鐃之內。慌得豬八戒、沙和尚連忙使起鈀杖，就被些阿羅、揭諦、聖僧、道者一擁近前圍繞。他兩個措手不及，盡被拿了。將三藏捉住，一齊都繩纏索綁，緊縛牢拴。

原來那蓮花座上裝佛祖者乃是個妖王，眾阿羅等，都是些小怪。遂收了佛祖體像，依然現出妖身。將三眾抬入後邊收藏；把行者合在金鐃之中，永不開放。只擱在寶台之上，限三晝夜化為膿血。化後，才將鐵籠蒸他三個受用。這正是：

碧眼猢兒識假真，禪機見像拜金身。黃婆盲目同參禮，木母痴心共話論。
邪怪生強欺本性，魔頭懷惡詐天人。誠為道小魔頭大，錯入旁門枉費身。

那時群妖將唐僧三眾收藏在後；把馬拴在後邊；把他的袈裟、僧帽安在行李擔內，亦收藏了。一壁廂嚴緊不題。

卻說行者合在金鐃裡，黑洞洞的，燥得滿身流汗，左拱右撞，不能得出。急得他使鐵棒亂打，莫想得動分毫。他心裡沒了算計，將身往外一掙，卻要掙破那金鐃；遂捻著一個訣，就長有千百丈高，那金鐃也隨他身長，全無一些瑕縫光明。卻又捻訣把身子往下一小，小如芥菜子兒，那鐃也就隨身小了，更沒些孔竅。他又把鐵棒，吹口仙氣，叫「變！」即變做幡竿一樣，撐住金鐃。他卻把腦後毫毛，選長的，拔下兩根，叫「變！」即變做梅花頭，五瓣鑽兒，挨著棒下，鑽有千百下，只鑽得蒼蒼響亮，再不鑽動一些。行者急了，卻捻個訣，念一聲「唵藍靜法界，乾元亨利貞」的咒語。拘得那五方揭諦、六丁六甲、一十八位護教伽藍，都在金鐃之外道：「大聖，我等俱保護著師父，不教妖魔傷害，你又拘喚我等做甚？」行者道：「我那師父，不聽我勸解，就弄死他也不虧！但只你等怎麼快作法將這鐃鈸掀開，放我出來，再作處治。這裡面不通光亮，滿身暴躁，卻不悶殺我也？」眾神真個掀鐃，就如長就的一般，莫想揭得分毫。金頭揭諦道：「大聖，這鐃鈸不知是件甚麼寶貝，連上帶下，合成一塊。小神力薄，不能掀動。」行者道：「我在裡面，不知使了多少神通，也不得動。」

揭諦聞言，即著六丁神保護著唐僧，六甲神看守著金鐃，眾伽藍前後照察；他卻縱起祥光，須臾間，闖入南天門裡。不待宣召，直上靈霄寶殿之下，見玉帝俯伏啟奏道：「主公，臣乃五方揭諦使。今有齊天大聖保唐僧取經，路遇一山，名小雷音寺。唐僧錯認靈山進拜，原來是妖魔假設，困陷他師徒，將大聖合在一副金鐃之內，進退無門，看看至死，特來啟奏。」即傳旨：「差二十八宿星辰，快去釋厄降妖。」

那星宿不敢少緩，隨同揭諦，出了天門，至山門之內。有二更時分，那些大小妖精，因獲了唐僧，老妖俱犒賞了，各去睡覺。眾星宿更不驚張，都到鐃鈸之外，報道：「大聖，我等是玉帝差來二十八宿，到此救你。」行者聽說大喜。便教：「動兵器打破，老孫就出來了！」眾星宿道：「不敢打。此物乃渾金之寶，打著必響；響時驚動妖魔，卻難救拔。等我們用兵器捎他。你那裡但見有一些光處就走。」行者道：「正是。」你看他們使槍的使槍，使劍的使劍，使刀的使刀，使斧的使斧；扛的扛，抬的抬，掀的掀，捎的捎；弄到有三更天氣，漠然不動，就是鑄成了囫圇的一般。那行者在裡邊，東張張，西望望，爬過來，滾過去，莫想看見一些光亮。

亢金龍道：「大聖啊，且休焦躁。觀此寶定是個如意之物，斷然也能變化。你在那裡面，於那合縫之處，用手摸著，等我使角尖兒拱進來，你可變化了，順鬆處脫身。」行者依言，真個在裡面亂摸。這星宿把身變小了，那角尖兒就似個針尖一樣，順著鈸合縫口上，伸將進去。可憐用盡千斤之力，方能穿透裡面。卻將本身與角使法相，叫「長！長！長！」角就長有碗來粗細。那鈸口倒也不像金鑄的，好似皮肉長成的，順著亢金龍的角，緊緊噙住，四下裡更無一絲拔縫。行者摸著他的角，叫道：「不濟事！上下沒有一毫鬆處！沒奈何，你忍著些兒疼，帶我出去。」好大聖，即將金箍棒變作一把鋼鑽兒，將他那角尖上鑽了一個孔竅，把身子變得似個芥菜子兒，拱在那鑽眼裡蹲著，叫：「扯出角去！扯出角去！」這星宿又不知費了多少力，方才拔出，使得力盡筋柔，倒在地下。

行者卻自他角尖鑽眼裡鑽出，現了原身，掣出鐵棒，照鐃鈸當的一聲打去，就如崩倒銅山，炸開金鐃。可惜把個佛門之器，打做個千百塊散碎之金！唬得那二十八宿驚張，五方揭諦發豎。大小群妖皆夢醒。老妖王睡裡慌張，急起來，披衣擂鼓，聚點群妖，各執器械。此時天將黎明。一擁趕到寶台之下。只見孫行者與列宿圍在碎破金鐃之外，大驚失色，即令：「小的們！緊關了前門，不要放出人去！」

行者聽說，即攜星眾，駕雲跳在九霄空裡。那妖王收了碎金，排開妖卒，列在山門外。妖王懷恨，沒奈何披掛了，使一根短軟狼牙棒，出營高叫：「孫行者！好男子不可遠走高飛！快向前與我交戰三合！」行者忍不住，即引星眾，按落雲頭，觀看那妖精怎生模樣。但見他：

蓬著頭，勒一條扁薄金箍；光著眼，簇兩道黃眉的豎。懸膽鼻，孔竅開查；四方口，牙齒尖利。穿一副叩結連環鎧，勒一條生絲攢穗絛。腳踏烏喇鞋一對，手執狼牙棒一根。此形似獸不如獸，相貌非人卻似人。

行者挺著鐵棒喝道：「你是個甚麼怪物，擅敢假裝佛祖，侵占山頭，虛設小雷音寺！」那妖王道：「這猴兒是也不知我的姓名，故來冒犯仙山。此處喚做小西天。因我修行，得了正果，天賜與我的寶閣珍樓。我名乃是黃眉老佛。這裡人不知，但稱我為黃眉大王、黃眉爺爺。一向久知你往西去，有些手段，故此設像顯能，誘你師父進來，要和你打個賭賽。如若鬥得過我，饒你師徒，讓汝等成個正果；如若不能，將汝等打死，等我去見如來取經，果正中華也。」行者笑道：「妖精，不必海口（誇口，吹牛）！既要賭，快上來領棒！」那妖王喜孜孜，使狼牙棒抵住。這一場好殺：

兩條棒，不一樣，說將起來有形狀：一條短軟佛家兵，一條堅硬藏海藏。都有隨心變化功，今番相遇爭強壯。短軟狼牙雜錦妝，堅硬金箍蛟龍像。若粗若細實可誇，要短要長甚停當。猴與魔，齊打仗，這場真個無虛誑。馴猴秉教作心猿，潑怪欺天弄假像。嗔嗔恨恨各無情，惡惡凶凶都有樣。那一個當頭手起不放鬆，這一個架丟劈面難推讓。噴雲照日昏，吐霧遮峰嶂。棒來棒去兩相迎，忘生忘死因三藏。

看他兩個鬥經五十回合，不見輸贏。那山門口，嗚鑼擂鼓，眾妖精吶喊搖旗。這壁廂有二十八宿天兵共五方揭諦眾聖，各掮器械，吆喝一聲，把那魔頭圍在中間，嚇得那山門外群妖難擂鼓，戰兢兢手軟不敲鑼。

老妖魔公然不懼，一隻手使狼牙棒，架著眾兵；一隻手去腰間解下一條舊白布搭包兒，往上一抛，滑的一聲響亮，把孫大聖、二十八宿與五方揭諦，一搭包兒通裝將去，挎在肩上，拽步回身。眾小妖個個歡然得勝而回。老妖教小的們取了三五十條麻索，解開搭包，拿一個，捆一個。一個個都骨軟筋麻，皮膚窊皺。捆了抬去後邊，不分好歹，俱擲之於地。妖王又命排筵暢飲，自旦至暮方散，各歸寢處不題。

卻說孫大聖與眾神捆至夜半，忽聞有悲泣之聲。側耳聽時，卻原來是三藏聲音。哭道：「悟空啊！我

自恨當時不聽伊，致令今日受災危。金鐃之內傷了你，麻繩捆我有誰知。

四眾遭逢緣命苦，三千功行盡傾頹。何由解得迍邅難，坦蕩西方去復歸！」

行者聽言，暗自憐憫道：「那師父雖是未聽吾言，今遭此毒，然於患難之中，還有憶念老孫之意。趁此夜靜妖眠，無人防備，且去解脫眾等逃生也。」

好大聖，使了個遁身法，將身一小，脫下繩來，走近唐僧身邊，叫聲：「師父。」長老認得聲

音，叫道：「你為何到此？」行者悄悄的把前項事告訴了一遍。長老甚喜道：「徒弟！快救我一救！向後事但憑你處，再不強了！」行者才動手，先解了師父，放了八戒、沙僧，又將二十八宿、五方揭諦，個個解了，又牽過馬來，教快先走出去。方出門，卻不知行李在何處，又來找尋。亢金龍道：「你好重物輕人！既救了你師父就彀了，又還尋甚行李？」行者道：「人固要緊，衣缽尤要緊。包袱中有通關文牒、錦襴袈裟、紫金缽盂，俱是佛門至寶，如何不要！」八戒道：「哥哥，你去找尋，我等先去路上等你。」你看那星眾，簇擁著唐僧，使個攝法，共弄神通，一陣風，撮出垣圍，奔大路，下了山坡，卻屯於平處等候。

約有三更時分，孫大聖輕挪慢步，走入裡面，原來一層層門戶甚緊。他就爬上高樓看時，窗牖皆關。欲要下去，又恐怕窗櫺兒響，不敢推動。捻著訣，搖身一變，變做一個仙鼠，俗名蝙蝠。你道他怎生模樣：

頭尖還似鼠，眼亮亦如之。有翅黃昏出，無光白晝居。
藏身穿瓦穴，覓食撲蚊兒。偏喜晴明月，飛騰最識時。

他順著不封瓦口椽子之下，鑽將進去。越門過戶，到了中間看時，只見那第三重樓窗之下，閃灼灼一道毫光，也不是燈燭之光，螢火之光，又不是飛霞之光，掣電之光。他半飛半跳，近於窗前看時，卻是包袱放光。那妖精把唐僧的袈裟脫了，不曾折，就亂亂的揌在包袱之內。那袈裟本是佛寶，上邊有如意珠、摩尼珠、紅瑪瑙、紫珊瑚、舍利子、夜明珠，所以透的光彩。他見了此衣缽，心中一喜，就現了本相，拿將過去，也不管擔繩偏正，抬上肩，往下就走。不期脫了一頭，撲的落在樓板上，唿喇的一聲響亮。噫！有這般事：可可的老妖精在樓下睡覺，一聲響，把他驚醒，跳起來，亂叫道：「有人了！有人了！」那些大小妖都起來，點燈打火，一齊吆喝，前後去看。有的來報道：「唐僧走了！」又有的來報道：「行者眾人俱走了！」老妖急傳號令，教：「拿！各門上謹慎！」行者聽言，恐又遭他羅網，挑不成包袱，縱筋斗，就跳出樓窗外走了。

那妖精前前後後，尋不著唐僧等。又見天色將明，取了棒，帥眾來趕，只見那二十八宿與五方揭諦等神，雲霧騰騰，屯住山坡之下。妖王喝了一聲「那裡去！吾來也！」角木蛟急喚：「兄弟們！怪物來了！」亢金龍、女土蝠、房日兔、心月狐、尾火虎、箕水豹、斗木獬、牛金牛、氐土貉、虛日鼠、危月燕、室火豬、壁水㺄、奎木狼、婁金狗、胃土彘、昴日雞、畢月烏、觜火猴、參水猿、井木犴、鬼金羊、柳土獐、星日馬、張月鹿、翼火蛇、軫水蚓，領著金頭揭諦、銀頭揭諦、六甲、六丁等神、護教伽藍，同八戒、沙僧——不領唐三藏，丟了白龍馬——各執兵器，一擁而上。這妖王見了，呵呵冷笑，叫一聲哨子，有四五千大小妖精，一個個威強力勝，渾戰在西山坡上。好殺：

魔頭潑惡欺真性，真性溫柔怎奈魔。百計施為難脫苦，千方妙用不能和。諸天來擁護，眾聖助干戈。留情虧木母，定志感黃婆。渾戰驚天並振地，強爭設網與張羅。那壁廂搖旗吶喊，這壁廂擂鼓篩鑼。槍刀密密寒光蕩，劍戟紛紛殺氣多。妖卒凶還勇，神兵怎奈何。愁雲遮日月，慘霧罩山河。苦掤苦拽來相戰，皆因三藏拜彌陀。

那妖精倍加勇猛，帥眾上前掩殺。正在那不分勝敗之際，只聞得行者叱吒一聲道：「老孫來了！」八戒迎著道：「行李如何？」行者道：「老孫的性命幾乎難免，卻便說甚麼行李！」沙僧執著寶杖道：「且休敘話，快去打妖精也！」那星宿、揭諦、丁甲等神，被群妖圍在垓心渾殺，老妖使棒來打他三個。這行者、八戒、沙僧丟開棍杖，掄著釘鈀抵住。真個是地暗天昏，不能取勝。只殺得太陽星，西沒山根；太陰星，東生海嶠。那妖見天晚，打個哨子，教群妖各各留心，他卻取出寶貝。孫行者看得分明。那怪解下搭包，拿在手中。行者道聲：「不好了！走啊！」他就顧不得八戒、沙僧、諸天等眾，一路筋斗，跳上九霄空裡。眾神、八戒、沙僧不解其意，被他抛起去，又都裝在裡面，只是走了行者。那妖王收兵回寺，又教取出繩索，照舊綁了。將唐僧、八戒、沙僧懸梁高吊；白馬拴在後邊；諸神亦俱綁縛，抬在地窖子內，封了蓋鎖。那眾妖遵依，一一收了不題。

卻說行者跳在九霄，全了性命；見妖兵回轉，不張旗號，已知眾等遭擒。他卻按下祥光，落在那東山頂上，咬牙恨怪物，滴淚想唐僧，仰面朝天望，悲嗟忽失聲。叫道：「師父啊！你是那世裡造下這迍邅難，今生裡步步遇妖精。似這般苦楚難逃，怎生是好！」獨自一個，嗟嘆多時，復又寧神思慮，以心問心道：「這妖魔不知是個甚麼搭包子，那般裝得許多物件？如今將天神、天將，許多人又都裝進去了。我待求救於天，奈恐玉帝見怪。我記得有個北方真武，號曰蕩魔天尊，他如今現在南贍部洲武當山上，等我去請他來搭救師父一難。」

正是：仙道未成猿馬散，心神無主五行枯。畢竟不知此去端的如何，且聽下回分解。

第六十六回

諸神遭毒手　彌勒縛妖魔

話表孫大聖無計可施，縱一朵祥雲，駕筋斗，徑轉南贍部洲去拜武當山，參請蕩魔天尊，解釋（解除）三藏、八戒、沙僧、天兵等眾之災。他在半空裡無停止。不一日，早望見祖師仙境，輕輕按落雲頭，定睛觀看，好去處：

巨鎮東南，中天神嶽。芙蓉峰竦傑，紫蓋嶺巍峨。九江水盡荊揚遠，百越山連翼軫（翼和軫都是二十八星宿之一）多。上有太虛之寶洞，朱陸之靈台。三十六宮金磬響，百千萬客進香來。舜巡禹禱，玉簡金書。樓閣飛青鳥，幢幡擺赤裾。地設名山雄宇宙，天開仙境透空虛。幾樹榔梅花正放，滿山瑤草色皆舒。龍潛澗底，虎伏崖中。幽含如訴語，馴鹿近人行。白鶴伴雲棲老檜，青鸞丹鳳向陽鳴。玉虛師相真仙地，金闕仁慈治世門。

上帝祖師，乃淨樂國王與善勝皇后夢吞日光，覺而有孕，懷胎一十四個月，於開皇元年甲辰之歲三月初一日午時降誕於王宮。那爺爺：

幼而勇猛，長而神靈。不統王位，惟務修行。父母難禁，棄舍皇宮。參玄入定，在此山中。功完行滿，白日飛升。玉皇敕號，真武之名。玄虛上應，龜蛇合形。周天六合，皆稱萬靈。無幽不察，無顯不成。劫終劫始，剪伐魔精。

孫大聖玩著仙境景致，早來到一天門、二天門、三天門。卻至太和宮外，忽見那祥光瑞氣之間，簇擁著五百靈官。那靈官上前迎著道：「那來的是誰？」大聖道：「我乃齊天大聖孫悟空，要見師相。」眾靈官聽說，隨報。祖師即下殿，迎到太和宮。行者作禮道：「我有一事奉勞。」問：「何事？」行者道：「保唐僧西天取經，路遭險難。至西牛賀洲，有座山喚小西天，小雷音寺有一妖魔。我師父進得山門，見有阿羅、揭諦、比丘、聖僧排列，以為真佛，倒身才拜，忽被他拿住綁了。我又失於防閑，被他抛一副金鐃，將我罩在裡面，無纖毫之縫，口合如鉗。甚虧金頭揭諦請奏玉帝，欽差二十八宿，當夜下界，掀揭不起。幸得亢金龍將角透入鐃內，將我度出，被我打碎金鐃，驚醒怪物。趕戰之間，又被撒一個白布搭包兒，將我與二十八宿並五方揭諦，盡皆裝去，復用繩捆了。是我當夜脫逃，救了星辰等眾，與我唐僧等。後為找尋衣鉢，又驚醒那妖，與天兵趕戰。那怪又拿出搭包兒，理弄之時，我卻知道前音，遂走了。眾等被他依然裝去。我無計可施，特來拜求師相一助力也。」

祖師道：「我當年威鎮北方，統攝真武之位，剪伐天下妖邪，乃奉玉帝敕旨。後又披髮跣足，踏騰蛇神龜，領五雷神將、巨虬獅子、猛獸毒龍，收降東北方黑氣妖氛，乃奉元始天尊符召。今日靜享武當山，安逸太和殿，一向海嶽平寧，乾坤清泰。奈何我南贍部洲並北俱蘆洲之地，妖魔剪伐，邪鬼潛蹤。今蒙大聖下降，不得不行；只是上界無有旨意，不敢擅動干戈。假若法遣眾神，又恐玉帝見罪；十分卻了大聖，又是我逆了人情。我諒著那西路上縱有妖邪，也不為大害。我今著龜、蛇二將並五大神龍與你助力，管教擒妖精，救你師之難。」

行者拜謝了祖師，即同龜、蛇、龍神各帶精銳之兵，復轉西洲之界。不一日，到了小雷音寺，按下雲頭，徑至山門外叫戰。

卻說那黃眉大王聚眾怪在寶閣下說：「孫行者這兩日不來，又不知往何方去借兵也。」說不了，只見前門上小妖報道：「行者引幾個龍蛇龜相，在門外叫戰！」妖魔道：「這猴兒怎麼得個龍蛇龜相？此等之類，卻是何方來者？」隨即披掛，走出山門高叫：「汝等是那路龍神，敢來造吾仙境？」五龍、二將相貌崢嶸，精神抖擻，喝道：「那潑怪！我乃武當山太和宮混元教主蕩魔天尊之前五位龍神、龜、蛇二將。今蒙齊天大聖相邀，我天尊符召，到此捕你這妖精，快送唐僧與天星等出來，免你一死！不然，將這一山之怪，碎劈其屍；幾間之房，燒為灰燼！」那怪聞言，心中大怒道：「這畜生，有何法力，敢出大言！不要走！吃吾一棒！」這五條龍，翻雲使雨；那兩員將，播土揚沙，各執槍刀劍戟，一擁而攻。孫大聖又使鐵棒隨後。這一場好殺：

凶魔施武，行者求兵。凶魔施武，擅據珍樓施佛像；行者求兵，遠參寶境借龍神。龜蛇生水火，妖怪動刀兵。五龍奉旨來西路，行者因師在後收。劍戟光明搖彩電，槍刀晃亮閃霓虹。這個狼牙棒，強能短軟；那個金箍棒，隨意如心。只聽得扢撲響聲如爆竹，叮噹音韻似敲金。水火齊來征怪物，刀兵共簇繞精靈。喊殺驚狼虎，喧嘩振鬼神。渾戰正當無勝處，妖魔又取寶和珍。

行者帥五龍、二將，與妖魔戰經半個時辰，那妖精即解下搭包在手。行者見了心驚，叫道：「列位仔細！」那龍神、蛇、龜不知甚麼仔細，一個個都停住兵，近前抵擋。那妖精幌的一聲，把搭包兒撇將起去；孫大聖顧不得五龍、二將，駕筋斗，跳在九霄逃脫。他把個龍神、龜、蛇一搭包子又裝將去了。妖精得勝回寺，也將繩捆了，抬在地窖子裡蓋住不題。

你看那大聖落下雲頭，斜倚在山巔之上，沒精沒采，懊恨道：「這怪物十分利害！」不覺的合著眼，似睡一般。猛聽得有人叫道：「大聖，休推睡，快早上緊求救。你師父性命，只在須臾間矣！」行者急睜睛跳起來看，原來是日值功曹。行者喝道：「你這毛神，這向在那方貪圖血食，不來點卯，今日卻來驚我！伸過孤拐來，讓老孫打兩棒解悶！」功曹慌忙施禮道：「大聖，你是人間之喜仙，何悶之有！我等早奉菩薩旨令，教我等暗中護佑唐僧，乃同土地等神，不敢暫離左右，是以不得常來參見。怎麼反見責也？」行者道：「你既是保護，如今那眾星、揭諦、伽藍並我師等，被妖精困在何方？受甚罪苦？」功曹道：「你師父、師弟，都吊在寶殿廊下；星辰等眾，都收在地窖之間受罪。這兩日不聞大聖消息，卻才見妖精又拿了神龍、龜、蛇，又送在地窖裡去了，方知是大聖請來之兵，小神特來尋大聖。大聖莫辭勞倦，千萬再急急去求救援。」

行者聞言及此，不覺對功曹滴淚道：「我如今愧上天宮，羞臨海藏！怕問菩薩之原由，愁見如來之玉像！才拿去者，乃真武師相之龜、蛇、五龍聖眾。教我再無方求救，奈何？」功曹笑道：「大聖寬懷。小神想起一處精兵，請來斷然可降。適才大聖至武當，是南贍部洲之地。這枝兵也在南贍部洲盱眙山蠙城，即今泗州是也。那裡有個大聖國師王菩薩，神通廣大。他手下有一個徒弟，喚名小張太子，還有四大神將，昔年曾降伏水母娘娘。你今若去請他。他來施恩相助，準可捉怪救師也。」行者心喜道：「你且去保護我師父，勿令傷他，待老孫去請也。」

行者縱起筋斗雲，躲離怪處，直奔盱眙山。不一日，早到。細觀，真好去處：

南近江津，北臨淮水。東通海嶠，西接封浮。山頂上有樓觀崢嶸，山凹裡有澗泉浩湧。嵯峨怪石，岭秀喬松。百般果品應時新，千樣花枝迎日放。人如蟻陣往來多，船似雁行歸去廣。上邊有瑞岩觀、東岳宮、五顯祠、龜山寺，鐘韻香煙沖碧漢；又有玻璃泉、五塔峪、八仙台、杏花園，山光樹色映蠙城。白雲橫不度，幽鳥倦還鳴。說甚泰嵩衡華秀，此間仙景若蓬瀛。

大聖點玩不盡，徑過了淮河，入蠙城之內，到大聖禪寺山門外。又見那殿宇軒昂，長廊彩麗，有一座寶塔崢嶸。真是：

插雲倚漢高千丈，仰視金瓶透碧空。上下有光凝宇宙，東西無影映簾櫳。
風吹寶鐸聞天樂，日映冰虯對梵宮。飛宿靈禽時訴語，遙瞻淮水渺無窮。

行者且觀且走，直至二層門下。那國師王菩薩早已知之，即與小張太子出門迎迓。相見敘禮畢，行者道：「我保唐僧西天取經，路上有個小雷音寺，那裡有個黃眉怪，假充佛祖。我師父不辨真偽，就下拜，被他拿了。又將金鐃把我罩了，幸虧天降星辰救出。是我打碎金鐃，與他賭鬥，又將一個布搭包兒，把天神、揭諦、伽藍與我師父、師弟盡皆裝了進去。我前去武當山請玄天上帝救援，他差五龍、龜、蛇拿怪，又被他一搭包子裝去。弟子無依無倚，故來拜請菩薩，大展威力，將那收水母之神通，拯生民之妙用，同弟子去救師父一難！取得經回，永傳中國，揚我佛之智慧，興般若之波羅也。」國師王道：「你今日之事，誠我佛教之興隆，理當親去；奈時值初夏，正淮水泛漲之時。新收了水猿大聖，那廝遇水即興；恐我去後，他乘空生頑，無神可治。今著小徒領四將和你去助力，煉魔收伏罷。」行者稱謝。即同四將並小張太子，又駕雲回小西天。直至小雷音寺，小張太子使一條楮白槍，四大將掄四把鋸鋘劍，和孫大聖上前罵戰。

小妖又去報知，那妖王復帥群妖，鼓噪而出道：「猢猻！你今又請得何人來也？」說不了，小張太子，指揮四將，上前喝道：「潑妖精！你面上無肉，不認得我等在此！」妖王道：「是那方小將，敢來與他助力？」太子道：「吾乃泗州大聖國師王菩薩弟子，帥領四大神將，奉令擒你！」妖王笑道：「你這孩兒有甚武藝，擅敢到此輕薄？」太子道：「你要知我武藝，等我道來：

祖居西土流沙國，我父原為沙國王。自幼一身多疾苦，命干華蓋惡星妨。
因師遠慕長生訣，有分相逢捨藥方。半粒丹砂袪病退，願從修行不為王。
學成不老同天壽，容顏永似少年郎。也曾趕赴龍華會，也曾騰雲到佛堂。

第六十六回
諸神遭毒手　彌勒縛妖魔

捉霧拿風收水怪，擒龍伏虎鎮山場。撫民高立浮屠塔，靜海深明舍利光。
楮白槍尖能縛怪，淡緇衣袖把妖降。如今靜樂蠙城內，大地揚名說小張！」

妖王聽說，微微冷笑道：「那太子，你捨了國家，從那國師王菩薩，修的是甚麼長生不老之術？只好收捕淮河水怪。卻怎麼聽信孫行者誑謬之言，千山萬水，來此納命！看你可長生可不老也！」小張聞言，心中大怒，纏槍當面便刺，四大將一擁齊攻，孫大聖使鐵棒上前又打。好妖精，公然不懼，掄著他那短軟狼牙棒，左遮右架，直挺橫衝。這場好殺：

小太子，楮白槍，四柄錕鋙劍更強。悟空又使金箍棒，齊心圍繞殺妖王。妖王其實神通大，不懼分毫左右搪。狼牙棒是佛中寶，劍砍槍掄莫可傷。只聽狂風聲吼吼，又觀惡氣混茫茫。那個有意思凡弄本事，這個專心拜佛取經章。幾番馳騁，數次張狂。噴雲霧，閉三光（指日、月、星），奮怒懷嗔各不良。多時三乘（指佛教的大乘、中乘、小乘）無上法，致令百藝苦相將。

概眾（眾人）爭戰多時，不分勝負。那妖精又解搭包兒。行者又叫：「列位仔細！」太子並眾等不知「仔細」之意。那怪滑的一聲，把四大將與太子，一搭包又裝將進去，只是行者預先知覺走了，那妖王得勝回寺，又教取繩捆了，送在地窖，牢封固鎖不題。

這行者縱筋斗雲，起在空中，見那怪回兵閉門，方才按下祥光，立於西山坡上，悵望悲啼道：

「師父啊！我

自從秉教入禪林，感荷菩薩脫難深。保你西來求大道，相同輔助上雷音。
只言平坦羊腸路，豈料崔巍怪物侵。百計千方難救你，東求西告枉勞心！」

大聖正當淒慘之時，忽見那西南上一朵彩雲墜地，滿山頭大雨繽紛，有人叫道：「悟空，認得我麼？」行者急走前看處，那個人：

大耳橫頤方面相，肩查腹滿身軀胖。一腔春意喜盈盈，兩眼秋波光蕩蕩。
敞袖飄然福氣多，芒鞋灑落精神壯。極樂場中第一尊，南無彌勒笑和尚。

行者見了，連忙下拜道：「東來佛祖，那裡去？弟子失回避了。萬罪！萬罪！」佛祖道：「我此來，專為這小雷音妖怪也。」行者道：「多蒙老爺盛德大恩。敢問那妖是那方怪物，何處精魔，不知他那搭包兒是件甚麼寶貝，煩老爺指示指示。」佛祖道：「他是我面前司磬的一個黃眉童兒。三月三日，我因赴元始會去，留他在宮看守，他把我這幾件寶貝拐來，假佛成精。那搭包兒是我的後天袋子，俗名喚做『人種袋』。那條狼牙棒是個敲磬的槌兒。」

行者聽說，高叫一聲道：「好個笑和尚！你走了這童兒，教他誑稱佛祖，陷害老孫，未免有個家法不謹之過！」彌勒道：「一則是我不謹，走失人口；二則是你師徒們魔障未完：故此百靈下界，應該受難。我今來與你收他去也。」行者道：「這妖精神通廣大，你又無些兵器，何以收之？」

彌勒笑道：「我在這山坡下，設一草庵，種一田瓜果在此，你去與他索戰。交戰之時，許敗不許勝，引他到我這瓜田裡。我別的瓜都是生的，你卻變做一個大熟瓜。他來定要瓜吃，我卻將你與他吃。吃下肚中，任你怎麼在內擺布他。那時等我取了他的搭包兒，裝他回去。」行者道：「此計雖妙，你卻怎麼認得變的熟瓜？他怎麼就肯跟我來此？」彌勒笑道：「我為治世之尊，慧眼高明，豈不認得你！憑你變作甚物，我皆知之。但恐那怪不肯跟來耳。我卻教你一個法術。」行者道：「他斷然是以搭包兒裝我，怎肯跟來！有何法術可來也？」彌勒笑道：「你伸手來。」

行者即舒左手，遞將過去。彌勒將右手食指，蘸著口中神水，在行者掌上寫了一個「禁」字，教他捏著拳頭，見妖精當面放手，他就跟來。

行者攥拳，欣然領教。一隻手掄著鐵棒，直至山門外，高叫道：「妖魔，你孫爺爺又來了！可快出來，與你見個上下！」

小妖又忙忙奔告。妖王問道：「他又領多少兵來叫戰？」小妖道：「別無甚兵，止他一個。」妖王笑道：「那猴兒計窮力竭，無處求人，斷然是送命來也。」隨又結束整齊，帶了寶貝，舉著那輕軟狼牙棒，走出門來，叫道：「孫悟空，今番掙挫不得了！」行者罵道：「潑怪物！我怎麼掙挫不得？」妖王道：「我見你計窮力竭，無處求人，獨自個強來支持，如今拿住，再沒個甚麼神兵救拔，此所以說你掙挫不得也。」行者道：「這怪不知死活！莫說嘴！吃吾一棒！」那妖王見他一隻手掄棒，忍不住笑道：「這猴兒，你看他弄巧！怎麼一隻手使棒支吾？」行者道：「兒子！你禁不得我兩隻手打！若是不使搭包子，再著三五個，也打不過老孫這一隻手！」妖王聞言，道：「也罷！也罷！

我如今不使寶貝，只與你實打，比個雌雄。」即舉狼牙棒，上前來鬥。孫行者迎著面，把拳頭一放，雙手掄棒。那妖精著了禁，不思退步，果然不弄搭包，只顧使棒來趕。行者虛幌一下，敗陣就走。那妖精直趕到西山坡下。

行者見有瓜田，打個滾，鑽入裡面，即變做一個大熟瓜，又熟又甜。那妖精停身四望，不知行者那方去了。他卻趕至庵邊叫道：「瓜是誰人種的？」彌勒變作一個種瓜叟，出草庵答道：「大王，瓜是小人種的。」妖王道：「可有熟瓜麼？」彌勒道：「有熟的。」妖王叫：「摘個熟的來，我解渴。」

彌勒即把行者變的那瓜，雙手遞與妖王。妖王更不察情，到此接過手，張口便啃。那行者乘此機會，一轂轆鑽入咽喉之下，等不得好歹，就弄手腳。抓腸蒯腹，翻跟頭，豎蜻蜓，任他在裡面擺布。那妖精疼得傞牙倈嘴，眼淚汪汪，把一塊種瓜之地，滾得似個打麥之場，口中只叫：「罷了！罷了！誰人救我一救！」

彌勒卻現了本相，嘻嘻笑叫道：「孽畜！認得我麼？」

那妖抬頭看見，慌忙跪倒在地，雙手揉著肚子，磕頭撞腦，只叫：「主人公！饒我命罷！饒我命罷！再不敢了！」彌勒上前，一把揪住，解了他的後天袋兒，奪了他的敲磬槌兒，叫：「孫悟空，看我面上，饒他命罷。」行者十分恨苦，卻又左一拳，右一腳，在裡面亂掏亂搗。那怪萬分疼痛難忍，倒在地下。

彌勒又道：「悟空，他也彀了，你饒他罷。」行者才叫：「你張大口，等老孫出來。」那怪雖是肚腹絞痛，還未傷心。俗語云：「人未傷心不得死，花殘葉落是根枯。」他聽見叫張口，即便忍著疼，把口大張。

行者方才跳出，現了本相，急掣棒還要打時，早被佛祖把妖精裝在袋裡，斜跨在腰間。手執著磬槌，罵道：「孽畜！金鐃偷了那裡去了？」那怪卻只要憐生，在後天袋內哼哼嘰嘰的道：「金鐃是孫悟空打破了。」佛祖道：「鐃破，還我金來。」那怪道：「碎金堆在殿蓮台上哩。」

那佛祖提著袋子，執著磬槌，嘻嘻笑叫道：「悟空，我和你去尋金還我。」行者見此法力，怎敢違誤。只得引佛上山，回至寺內，收取金磋。只見那山門緊閉。佛祖使槌一指，門開入裡看時，那些小妖，已得知老妖被擒，各自收拾囊底，都要逃生四散。被行者見一個，打一個；見兩個，打兩個；把五七百個小妖，盡皆打死。各現原身，都是些山精樹怪，獸孽禽魔。佛祖將金收攢一處，吹口仙氣，念聲咒語，即時返本還原，復得金鐃一副。別了行者，駕祥雲，徑轉極樂世界。

這大聖卻才解下唐僧、八戒、沙僧。那呆子吊了幾日，餓得慌了，且不謝大聖，卻就蝦著腰，跑到廚房尋飯吃。原來那怪正安排了午飯，因行者索戰，還未得吃。這呆子看見，即吃了半鍋，卻拿出兩鉢頭叫師父、師弟們各吃了兩碗，然後才謝了行者。問及妖怪原由。行者把先請祖師，龜、蛇，後請大聖借太子，並彌勒收降之事，細陳了一遍。三藏聞言，謝之不盡，頂禮了諸天，道：「徒弟，這些神聖，困於何所？」行者道：「昨日日值功曹對老孫說，都在地窖之內。」叫：「八戒，我與你去解脫他等。」

那呆子得食力壯，抖擻精神，尋著他的釘鈀，即同大聖到後面，打開地窖，將眾等解了繩，請出珍樓之下。三藏披了袈裟，朝上一一拜謝。這大聖才送五龍、二將回武當；送小張太子與四將回蠙城；後送二十八宿歸天府；發放揭諦、伽藍各回境。師徒們卻寬住了半日。餵飽了白馬，收拾行囊，至次早登程。臨行時，放上一把火，將那些珍樓、寶座、高閣、講堂，俱盡燒為灰燼。這裡才：無掛無牽逃難去，消災消障脫身行。

畢竟不知幾時才到大雷音，且聽下回分解。

國家圖書館出版品預行編目資料

西遊記／吳承恩；黎庶注釋，初版
-- 新北市：新潮社，2018.09
冊；　公分
ISBN 978-986-316-707-5（上冊：平裝）
ISBN 978-986-316-708-2（中冊：平裝）
ISBN 978-986-316-709-9（下冊：平裝）

857.47　　　　107006273

西遊記 (中)

吳承恩／著

【策　劃】張明
【出版人】翁天培
【出　版】新潮社文化事業有限公司
電話：(02) 8666-5711
傳真：(02) 8666-5833
E-mail：service@xcsbook.com.tw

【總經銷】創智文化有限公司
新北市土城區忠承路 89 號 6F（永寧科技園區）
電話：2268-3489
傳真：2269-6560

印前作業　菩薩蠻數位文化有限公司

初版一刷　2018 年 09 月